D0927624

Pecado original

Pecado original

Karin Slaughter

Traducción de Juan Castilla Plaza

Rocaeditorial

Título original: *Fallen*

© Karin Slaughter, 2011

Primera edición: junio de 2014

© de la traducción: Juan Castilla Plaza
© de esta edición: Roca Editorial de Libros, S. L.
Av. Marquès de l'Argentera 17, pral.
08003 Barcelona
info@rocaeditorial.com
www.rocaeditorial.com

Impreso por LIBERDÚPLEX, s.l.u.
Crta. BV-2249, km 7,4, Pol. Ind. Torrentfondo
Sant Llorenç d'Hortons (Barcelona)

ISBN: 978-84-9918-749-5
Depósito legal: B-10.603-2014
Código IBIC: FH

A los bibliotecarios del mundo,
en nombre de todos los niños a los que habéis
ayudado a convertirse en escritores.

SÁBADO

Capítulo uno

*F*aith Mitchell vertió todo el contenido del bolso sobre el asiento del pasajero de su Mini, intentando encontrar algo para comer. Salvo un trozo sucio de chicle y un cacahuete de origen un tanto dudoso, no había nada que fuese ni remotamente comestible. Se acordó de la caja de barritas nutritivas que tenía en la despensa de su cocina, y su estómago emitió un ruido parecido al de una bisagra oxidada.

Se suponía que el seminario de informática al que había asistido esa mañana duraría tres horas, pero se había prolongado hasta las cuatro y media gracias a los gilipollas de la primera fila que no pararon de hacer preguntas estúpidas. La Oficina de Investigación de Georgia, el GBI, organizaba cursos para sus agentes con más frecuencia que cualquier otra agencia de la región. Constantemente, los machacaban con datos y estadísticas sobre las actividades criminales, y tenían que estar al tanto de los últimos avances tecnológicos. Debían ir al campo de tiro dos veces al año, y organizaban redadas y simulacros de tiradores activos tan intensos que había semanas en que Faith no podía ir al cuarto de baño por la noche sin mirar si había alguna sombra oculta tras las puertas. Solía apreciar la rigurosidad de la agencia, pero en lo único que pensaba en ese momento era en su bebé de cuatro meses y en la promesa que le había hecho a su madre de no regresar después del mediodía.

Cuando arrancó el coche, el reloj del salpicadero marcaba la una y diez. Soltó una maldición mientras salía del aparcamiento que había enfrente de las instalaciones de Panthersville Road. Utilizó el Bluetooth para marcar el número de su madre. Los altavoces del coche respondieron con estática y silencio. Faith colgó y volvió a marcar, pero en esa ocasión escuchó la señal de ocupado.

Dio unos golpecitos con el dedo en el volante mientras oía el sonido intermitente. Su madre tenía buzón de voz. Todo el mundo lo tenía. Faith no recordaba la última vez que había soportado la señal de comunicar en un teléfono, y ya casi se había olvidado de aquel sonido. Probablemente había un cruce de líneas en la compañía telefónica. Colgó y volvió a marcar, pero una vez más le llegó la señal de ocupado.

Condujo con una mano mientras miraba en su Black-Berry si tenía algún mensaje de su madre. Evelyn Mitchell había sido policía durante casi cuatro décadas antes de jubilarse. Había muchos motivos para criticar a los cuerpos de seguridad de Atlanta, pero no que estuviesen anticuados. Evelyn había dispuesto de un teléfono móvil cuando eran tan grandes como un bolso, y había aprendido a utilizar el correo electrónico mucho antes que su hija. Llevaba una BlackBerry desde hacía doce años. Hoy, sin embargo, no le había enviado ningún mensaje.

Faith comprobó el buzón de voz. Había guardado un mensaje de su dentista en el que le comunicaban que pidiese cita para una limpieza bucal, pero aparte de eso no había nada nuevo. Intentó llamar al teléfono de su casa, por si su madre había ido a recoger algo para la niña. Faith vivía bajando la calle donde estaba la casa de Evelyn. Puede que Emma se hubiese quedado sin pañales, o que necesitase otro biberón. Oyó el timbre del teléfono de su casa, y luego su propia voz diciendo que dejasen un mensaje.

Colgó el teléfono. Sin pensar, miró el asiento trasero. La sillita vacía de Emma estaba allí. Vio el forro rojo sobresalir por encima del plástico.

«Qué estúpida soy», se dijo a sí misma. Volvió a marcar el número del móvil de su madre. Contuvo la respiración mientras escuchaba tres tonos. Respondió al buzón de voz.

Faith tuvo que aclararse la garganta antes de poder hablar. Notó que le temblaba la voz.

—Mamá, ya estoy de camino. Imagino que estarás dando

un paseo con Em... —Miró al cielo mientras cogía la interestatal. Se encontraba a unos veinte minutos de Atlanta, y vio algunas nubes blancas y algodonosas envolviendo como bufandas los delgados cuellos de los rascacielos—. Llámame —añadió con tono de preocupación.

Supermercado, gasolinera, farmacia. Su madre tenía una sillita de coche idéntica a la que ella llevaba en la parte trasera del Mini. Lo más probable es que hubiese salido a hacer algunos recados. Faith se había retrasado una hora, y puede que Evelyn se hubiese llevado a la niña..., aunque lo más normal es que le hubiese dejado un mensaje para decirle que había salido. Su madre había estado de guardia la mayor parte de su vida, y no iba al cuarto de baño sin decírselo a alguien. Faith y su hermano mayor, Zeke, siempre habían bromeado a ese respecto cuando eran niños. En todo momento sabían dónde estaba su madre, incluso cuando no deseaban saberlo. Especialmente cuando no lo deseaban.

Faith miró el teléfono que tenía en la mano como si pudiese decirle lo que sucedía. Probablemente se estuviese alarmando por nada. La línea del teléfono fijo podría estar estropeada, pero su madre no lo sabría a menos que hiciese una llamada. Su teléfono móvil podía estar apagado, cargándose, o ambas cosas. Puede que tuviera la BlackBerry en el coche, en su bolso o en cualquier otro lugar donde no oyese el vibrador. Faith miraba una y otra vez a la carretera y a su BlackBerry mientras escribía un mensaje a su madre. Pronunció las palabras en voz alta al mismo tiempo que las escribía.

—De camino. Siento el retraso. Llámame.

Envió el mensaje y luego arrojó el teléfono al asiento del pasajero, junto a los demás objetos que contenía el bolso. Después de unos instantes de duda, se metió el chicle en la boca. Masticaba mientras conducía, ignorando la pelusa del bolso, que se le pegaba a la lengua. Encendió la radio, pero luego decidió apagarla. El tráfico disminuyó a medida que se acercaba a la ciudad. Las nubes se abrieron y dejaron pasar los rayos de sol. El interior del coche se convirtió en un horno.

Diez minutos después, Faith aún tenía los nervios de

13

punta y empezó a sudar por el calor que hacía en el interior del coche. Abrió el techo solar para que entrase un poco de aire. Probablemente era un caso de ansiedad por separación. Había vuelto al trabajo hacía algo más de dos meses, pero aún seguía sintiendo un poco de angustia cada vez que tenía que dejar a Emma en casa de su madre. La vista se le nublaba, el corazón se le encogía y la cabeza le zumbaba como si tuviese una colmena de abejas en su interior. En el trabajo estaba más irritable que de costumbre, especialmente con su compañero, Will Trent, quien, o bien tenía más paciencia que un santo, o bien estaba planeando una coartada para cuando la estrangulase.

Faith no recordaba si había sentido esa misma ansiedad cuanto tuvo a Jeremy, su hijo, que ahora cursaba su primer año en la universidad. Ella tenía dieciocho años cuando ingresó en la academia de policía. Jeremy entonces tenía tres años, y a ella se le había metido la idea de entrar en el cuerpo de policía como si ese fuese el único salvavidas del *Titanic*. Gracias a dos minutos de escaso juicio en la fila de atrás de una sala de cine, y a lo que presagiaba toda una vida de desaciertos con los hombres, había pasado directamente de la pubertad a la maternidad. A los dieciocho años pensó que lo más acertado era conseguir un salario estable que le permitiese independizarse de sus padres y educar a Jeremy a su manera. Ir a trabajar todos los días fue un paso hacia esa independencia, y tener que dejar al niño en la guardería supuso un precio muy pequeño por conseguirla.

Sin embargo, ahora que tenía treinta y cuatro años, una hipoteca, las letras del coche y otro bebé al que cuidar ella sola, lo único que deseaba era regresar a casa de su madre para que Evelyn se pudiese encargar de todo. Quería abrir la nevera y verla llena de comida que no hubiese tenido que ir a comprar. Quería encender el aire acondicionado en verano sin tener que preocuparse de pagar la factura. Quería dormir hasta el mediodía, y luego ver la televisión el resto del día. Y puestos a soñar, también le gustaría poder resucitar a su padre, que había fallecido hacía once años, para que le preparase tortitas para desayunar y le dijese lo guapa que era.

Eso resultaba imposible en aquel momento. A Evelyn le

gustaba hacer de niñera ahora que estaba jubilada, pero Faith no se hacía ilusiones pensando que su vida pudiese mejorar en ningún aspecto. Aún le quedaban casi veinte años para poder jubilarse. Todavía le faltaban tres años para terminar de pagar el Mini, y antes de eso ya se le habría acabado la garantía. Emma necesitaría comida y ropa durante los próximos dieciocho años, si no más. Para colmo, las cosas habían cambiado, y ya no eran como cuando Jeremy era un niño, cuando lo podía vestir con calcetines de distinto color y ropa de segunda mano. En la actualidad, los bebés tenían que vestir de forma apropiada, necesitaban biberones exentos de bisfenol y compotas orgánicas certificadas por los amables granjeros amish. Si Jeremy conseguía entrar en el programa de arquitectura de la Universidad Técnica de Georgia, a Faith no le quedaría otro remedio que afrontar seis años más comprando libros de texto y haciéndole la colada. Sin embargo, lo más preocupante era que su hijo se había echado novia, una chica mayor con amplias caderas y un reloj biológico imparable. Podía convertirse en abuela antes de los treinta y cinco.

Un calor desagradable le recorrió el cuerpo mientras trataba de ahuyentar ese último pensamiento. Volvió a comprobar el contenido del bolso mientras conducía. El chicle le había servido de poco, ya que el estómago seguía protestando. Alargó la mano y miró dentro de la guantera, pero no encontró nada. Quizá debía parar en algún establecimiento de comida rápida y pedir al menos una Coca-Cola, pero llevaba puesto el uniforme: pantalones caqui y una camisa azul con las letras GBI estampadas en amarillo chillón en la espalda. Esa no era la mejor parte de la ciudad para pararse si pertenecías al cuerpo de seguridad. Las personas solían reaccionar echando a correr, y entonces no te quedaba otro remedio que perseguirlas, lo que no era lo más adecuado si querías llegar a casa a una hora razonable. Por otra parte, había algo que le decía, o mejor dicho, que le gritaba, que debía ver a su madre lo antes posible.

Cogió el teléfono y marcó de nuevo el número de Evelyn. El de la casa, el móvil e incluso el de la BlackBerry, que utilizaba exclusivamente para enviar mensajes. De todos obtuvo la misma falta de respuesta. Notó que se le encogía el estómago pensando lo peor. Cuando era policía de barrio, presenció muchos escenarios en que los llantos de un niño habían alertado a los vecinos de que algo grave había sucedido. Madres que se habían caído en la bañera, padres que se habían herido accidentalmente o que habían sufrido un ataque al corazón. Los bebés yacían allí, llorando con desesperación hasta que alguien presentía que algo malo había sucedido. No había nada más desgarrador que un niño llorando al que no había forma de consolar.

Faith se reprendió a sí misma por pensar en esas cosas. Siempre había sido un tanto negativa, incluso antes de convertirse en policía. Lo más seguro es que a Evelyn no le ocurriese nada. Emma solía dormirse a la una y media, y su madre probablemente había desconectado el teléfono para no despertar a la niña. También era posible que se hubiese cruzado con alguna vecina mientras comprobaba el buzón, o que estuviese ayudando a la anciana señora Levy a sacar la basura.

Puso las manos sobre el volante mientras salía para dirigirse al bulevar. Estaba sudando, a pesar del suave clima del mes de marzo, algo que sin duda no se debía solo a su preocupación por la niña, por su madre o por la sumamente fértil novia de Jeremy. Le habían diagnosticado diabetes hacía menos de un año, y llevaba a rajatabla eso de medirse la cantidad de azúcar, comer los alimentos adecuados y asegurarse de tener algún tentempié a mano. Salvo hoy, lo cual explicaba por qué quizás estaba divagando un poco. Necesitaba comer algo, aunque prefería hacerlo en presencia de su hija y de su madre.

Volvió a mirar la guantera para asegurarse de si de verdad estaba vacía. Recordaba vagamente haberle dado el día anterior la última barrita nutritiva a Will, mientras esperaban a las puertas del juzgado. Era eso o verle engullir un bollo de la máquina expendedora. Aunque se había quejado del sabor, se la comió entera, y ahora ella estaba pagando las consecuencias.

Se pasó un semáforo en ámbar, acelerando todo lo posible que podía por una calle medio residencial. La carretera se estrechaba en Ponce de León. Faith pasó una hilera de restaurantes de comida rápida y un establecimiento de comida orgánica. El cuentakilómetros subió lentamente. Aceleró en los giros y las curvas que bordeaban el Piedmont Park. El destello de una cámara de tráfico se reflejó en el espejo retrovisor cuando se pasó otro semáforo en ámbar. Tuvo que pisar el freno para no atropellar a un peatón que se había quedado rezagado. Pasó dos tiendas de comestibles más y llegó al último semáforo, que, afortunadamente, estaba en verde.

Evelyn seguía viviendo donde Faith y su hermano mayor habían crecido. La casa, de una sola planta, estaba en una zona de Atlanta llamada Sherwood Forest, ubicada entre Ansley Park, uno de los barrios más acomodados de la ciudad, y la Interestatal 85, cuyo tráfico se hacía notar si el viento soplaba en aquella dirección. Aquel día soplaba bastante fuerte, y, cuando bajó la ventanilla para dejar que entrase el aire fresco, oyó el mismo zumbido habitual de casi todos los días de su infancia.

Al ser una residente habitual de Sherwood Forest, Faith sentía un profundo y arraigado odio por los hombres que habían planificado el vecindario. La subdivisión se había llevado a cabo después de la Segunda Guerra Mundial, y las casas de ladrillo las ocuparon los soldados que supieron aprovecharse de los bajos préstamos para los veteranos de guerra. Los diseñadores habían adoptado sin ningún reparo el concepto Sherwood. Después de girar bruscamente a la izquierda en Lionel, cruzó Friar Tuck, giró a la derecha en Robin Hood Road, pasó la bifurcación en Lady Mariane Lane y divisó la entrada de su casa en la esquina de Doncaster y Barnesdale antes de entrar en casa de su madre, en Little John Trail.

El Chevy Malibu de color beis de Evelyn estaba aparcado frente al garaje. Eso, al menos, era normal, ya que Faith jamás había visto a su madre aparcar el coche de morro en ningún aparcamiento, una costumbre que adquirió cuando ejercía como policía, pues siempre se aseguraba de dejarlo estacionado de tal manera que pudiese salir a toda prisa si recibía una llamada urgente.

Faith no tenía tiempo para pensar en las costumbres de su madre, y aparcó el Mini delante del Malibu. Al levantarse le dolieron las piernas; había estado tensando todos los músculos de su cuerpo durante los últimos veinte minutos. Oyó la estridente música que procedía de la casa. Heavy metal, no los Beatles, que era lo que acostumbraba a escuchar su madre. Faith puso la mano sobre el capó del Malibu mientras se dirigía a la puerta de la cocina. El motor estaba frío. Puede que Evelyn estuviese en la ducha cuando la había telefoneado, y que no hubiese mirado el móvil ni el buzón de voz. O puede que se hubiese cortado, pues vio la huella sangrienta de una mano en la puerta.

La huella de sangre era de una mano izquierda, a medio metro del pestillo. Habían cerrado la puerta, pero no le habían echado el cerrojo. Una ráfaga de luz pasó por el marco, probablemente procedente de la ventana que había encima del fregadero.

Faith aún no pudo procesar lo que estaba viendo. Puso la mano sobre la huella, como cuando los niños juntan los dedos con los de su madre. La mano de Evelyn era más pequeña y tenía los dedos más delgados. La punta del dedo anular no había tocado la puerta. Había un coágulo de sangre donde debería haber estado el dedo.

De repente, la música se paró de golpe. Faith oyó un gorjeo que le resultó familiar, el preámbulo que anunciaba un llanto a pleno pulmón. El sonido reverberó en el garaje de tal forma que, por un instante, pensó que procedía de su propia boca. Luego volvió a escucharlo y se dio la vuelta, sabiendo que era Emma.

Casi todas las casas de Sherwood Forest habían sido demolidas y remodeladas, pero la de los Mitchell había permanecido casi intacta desde que la construyeron. La distribución era bastante simple: tres dormitorios, un salón, el comedor y una cocina con una puerta que daba al garaje abierto. Bill Mitchell, el padre de Faith, había construido un cobertizo en el lado opuesto. Era una construcción muy sólida —su padre nunca hacía nada a medias—, con una puerta de metal que se cerraba con un pestillo y un cristal de seguridad en la única ventana. Faith tenía diez años cuando supo el motivo por el cual estaba tan fortificado. Con la delicadeza propia de un hermano mayor, Zeke le había explicado el verdadero propósito del cobertizo: «Es donde mamá guarda su pistola, idiota».

Faith pasó corriendo al lado del coche e intentó abrir la puerta del cobertizo. Estaba cerrada. Miró a través de la ventana. Los alambres de metal del cristal de seguridad formaban una especie de telaraña delante de sus ojos. Vio el banco de trabajo y las bolsas de abono apiladas ordenadamente debajo de él. Las herramientas estaban colgadas en sus respectivos ganchos, y el cortacésped en su lugar de costumbre. En el suelo, había una caja de seguridad atornillada al suelo, debajo de la mesa. La puerta estaba abierta. La pistola Smith y Wesson con la empuñadura color cereza no estaba en su interior, ni tampoco la caja de municiones que solía haber a su lado.

El gorjeo volvió a escucharse de nuevo, aunque más alto. Una pila de mantas tiradas en el suelo subía y bajaba como el latido de un corazón. Evelyn solía utilizarlas para cubrir las plantas cuando caían esas heladas inesperadas. Normalmente, permanecían dobladas en la estantería de arriba, pero ahora estaban amontonadas en una esquina al lado de la caja fuerte. Faith vio un gorrito de color rosa detrás de las mantas grises, y luego la curvatura del reposacabezas de plástico de la sillita de Emma. La manta volvió a moverse. Un pie diminuto salió por uno de los lados, y vio el calcetín amarillo y de algodón con un lazo blanco alrededor del tobillo. Luego apareció el puño color rosado, y después la cara de Emma.

La niña sonrió al ver a Faith, formando una especie de triángulo con su labio superior. Gorjeó de nuevo, pero esta vez de alegría.

«Dios mío», dijo Faith empujando inútilmente la puerta. Le temblaban las manos mientras palpaba el borde superior del marco, tratando de encontrar la llave. El polvo le cayó encima y se clavó una espina en uno de los dedos. Volvió a mirar por la ventana. Emma daba palmadas al ver a su madre, a pesar de que ella estaba a punto de sufrir un ataque de pánico. En el interior del cobertizo hacía calor, demasiado calor. La niña podía deshidratarse y morir.

Aterrorizada, se puso a gatas, pensando que a lo mejor la llave se había caído y se había deslizado bajo la puerta. Vio

19

que la parte inferior de la sillita de Emma estaba doblada, ya que la habían empotrado entre la caja fuerte y la pared, oculta bajo las mantas. Habían utilizado la caja de seguridad para protegerla.

Faith se detuvo y contuvo la respiración. Tenía la mandíbula tensa, como si se la hubiesen cerrado con una placa. Se irguió lentamente. Había gotas de sangre en el cemento. Siguió el rastro hasta la puerta de la cocina, hasta la huella que había visto antes.

Emma estaba encerrada en el cobertizo, la pistola de Evelyn había desaparecido y había un rastro de sangre que conducía hasta la casa.

Faith se detuvo, mirando la puerta de la cocina, que estaba abierta. No oyó el más mínimo ruido, salvo el de su agitada respiración.

¿Quién había apagado la música?

Faith corrió hasta el coche y cogió su Glock de debajo del asiento del conductor. Miró el cargador y se colocó la pistolera en el costado. Aún tenía el teléfono en el asiento delantero. Lo cogió antes de abrir el maletero. Había sido inspectora de la Brigada de Homicidios de Atlanta antes de convertirse en agente especial del estado. Marcó el número de emergencias. La persona que cogió el teléfono no tuvo tiempo ni de responder. Le dio su número antiguo de placa, su unidad y la dirección de la casa de su madre.

Faith se detuvo antes de decir:

—Código treinta.

Casi se atragantó al pronunciar esas palabras. Código treinta. Jamás lo había dicho. Significaba que un agente de policía estaba en serio peligro, posiblemente en peligro de muerte.

—Mi hija está encerrada en el cobertizo que hay fuera. Hay sangre en el suelo y la huella de una mano ensangrentada en la puerta de la cocina. Creo que mi madre está dentro de la casa. Oí música, pero luego alguien la apagó. Ella es una agente jubilada. Creo que está... —Su garganta se cerró como un puño—. Por favor, envíen ayuda urgentemente.

—Recibido el código treinta —respondió la mujer de la centralita con el tono tenso—. Quédese fuera y espere los refuerzos. No entre en la casa. Repito: no entre en la casa.

—Recibido.

Faith colgó el teléfono y lo tiró al asiento trasero. Metió la llave en la cerradura que mantenía su escopeta atornillada al maletero de su coche.

El GBI entregaba a cada agente dos armas. La Glock modelo 23 era una pistola semiautomática del calibre 40, capaz de cargar trece balas en el cargador y una en la recámara. La Remington 870 podía cargar cuatro cartuchos de doble calibre en el cañón, pero la escopeta de Faith llevaba seis más en la cartuchera situada delante de la culata. Cada cartucho contaba con ocho perdigones, cada uno del tamaño de una bala del calibre 38.

Cada vez que se apretaba el gatillo de la Glock, disparaba una bala. Cada disparo de la Remington disparaba ocho.

La política de la agencia dictaminaba que todos los agentes llevasen una bala en la recámara de sus Glocks, lo que les permitía efectuar catorce disparos en total. El arma no llevaba un seguro externo convencional. Los agentes estaban autorizados a utilizarla si consideraban que su vida o la de otra persona estaba en peligro. Y solo se disparaba cuando se tenía la intención de matar.

La escopeta era una historia diferente, pero cuyo fin era el mismo. El seguro estaba en la parte trasera del guardamonte, un pestillo en forma de cruz que se movía con suma facilidad. No se guardaba una bala en la recámara, porque se pretendía que todos los que estuviesen a tu alrededor oyesen el sonido de la bala al introducirse en el cañón antes de disparar. Faith había visto a muchos hombres hechos y derechos arrodillarse al escuchar aquel sonido.

Miró de nuevo en dirección a la casa mientras quitaba el seguro. Las cortinas de la ventana delantera se movieron. Vio una sombra correr por el vestíbulo.

Faith sostuvo la escopeta con una mano mientras se dirigía hacia el garaje. Sus movimientos produjeron un sonido que reverberó contra el cemento. En un instante, se colocó la culata contra el hombro, el cañón justo delante de ella. Le dio una patada a la puerta para abrirla mientras sostenía el arma firmemente y gritaba:

—¡Policía!

Sus palabras resonaron en toda la casa como un relámpago. Le salieron de lo más profundo, de algún lugar oscuro de sus entrañas, de un sitio que procuraba ignorar por miedo a encender algo que ya nunca pudiese apagar.

—¡Salgan con las manos levantadas!

No salió nadie. Oyó un ruido en la parte de atrás de la casa. Aguzó la vista al entrar en la cocina. Vio sangre en la encimera, un cuchillo del pan y más sangre en el suelo. Los cajones y los armarios estaban abiertos. El teléfono que había en la pared colgaba como una soga retorcida. La BlackBerry y el teléfono móvil de Evelyn estaban tirados en el suelo, hechos añicos. Faith sostenía la escopeta delante de ella, con el dedo apoyado en el lado del gatillo para no cometer ningún error.

Debía pensar en su madre, o en Emma, pero solo se le pasaban dos palabras por la cabeza: personas y puertas. Cuando se inspeccionaba una casa, esas eran las mayores amenazas para la seguridad. Había que saber dónde se encontraban las personas, ya fuesen de los buenos o de los malos, y tenías que saber qué te podías encontrar cada vez que cruzabas una puerta.

Faith se echó hacia un lado, apuntando con la escopeta dentro de la habitación de la colada. Vio a un hombre tirado boca abajo, con el pelo moreno y la piel amarilla como la cera. Tenía los brazos alrededor del cuerpo, como un niño que juega a dar vueltas. No estaba armado ni había pistola alguna a su lado. Le brotaba sangre de la nuca. La lavadora estaba manchada con trozos de cerebro. Faith vio el agujero que había hecho la bala en la pared al atravesarle el cráneo.

Regresó a la cocina. Había un pasillo que conducía hasta el comedor. Se agachó y miró alrededor.

Estaba vacío.

Visualizó la distribución de la casa como si fuese un diagrama. El salón estaba a su izquierda; el vestíbulo, grande y abierto, a la derecha. La entrada quedaba justo delante; el cuarto de baño, al final. Había dos dormitorios a la derecha y otro a la izquierda; el de su madre. En el interior había un cuarto de baño diminuto, y una puerta que conducía al jardín trasero. La puerta del dormitorio de Evelyn era la única del pasillo que estaba cerrada.

Faith se dirigió hacia la puerta cerrada, pero se detuvo. Personas y puertas.

Se imaginó aquellas palabras grabadas en piedra: «No proceder hasta tu última amenaza, hasta que no te asegures de que tienes las espaldas cubiertas».

Se agachó cuando giró a la izquierda y entró en el salón. Recorrió con la mirada las paredes, y comprobó la puerta de cristal que conducía hasta el jardín trasero. El cristal estaba hecho añicos. La brisa agitaba las cortinas. La habitación estaba totalmente desordenada. Alguien había estado buscando algo. Los cajones estaban rotos y habían destripado los cojines. Desde su lugar estratégico miró detrás del sofá y comprobó que al sillón orejero no se le veían pies adicionales. Se asomó varias veces entre la habitación y el vestíbulo hasta que se aseguró de que podía avanzar.

La primera puerta era la de su antiguo dormitorio. Alguien lo había registrado. Los cajones del viejo buró estaban abiertos y sobresalían como si fuesen lenguas. Habían rajado el colchón. La cuna de Emma estaba hecha pedazos y habían rasgado las mantas por la mitad. El pequeño toldo que había colgado sobre su cabeza todos los meses de su vida estaba tirado en el suelo. Faith tuvo que contener su rabia y siguió avanzando.

Rápidamente, miró dentro de los armarios y debajo de la cama. Hizo lo mismo en la habitación de Zeke, convertida ahora en el despacho de su madre. Había papeles tirados por el suelo; habían arrojado los cajones contra la pared. Comprobó el cuarto de baño. La cortina de la ducha estaba descorrida; el armarito, abierto de par en par. Vio toallas y sábanas en el suelo.

Faith estaba de pie, a la izquierda de la puerta del dormitorio de su madre cuando oyó la primera sirena. Se oía a lo lejos, pero claramente. Debía esperar a que llegase, tenía que esperar los refuerzos.

Faith le dio una patada a la puerta para abrirla y entró agazapada. Tenía el dedo puesto en el gatillo. Había dos hombres al pie de la cama. Uno estaba de rodillas. Era hispano. Solo vestía unos pantalones vaqueros. Tenía la piel del

23

pecho desollada, como si le hubiesen azotado con un alambre de espino. El sudor le corría por todo el cuerpo. Tenía moratones en las costillas, así como tatuajes en los brazos y en el torso, el mayor en el pecho: una estrella de Texas de color verde y rojo con una serpiente de cascabel a su alrededor. Era un miembro de los Texicanos, una banda mexicana que había controlado el tráfico de drogas en Atlanta durante los últimos veinte años.

El segundo hombre era asiático. No tenía tatuajes. Vestía una camisa hawaiana rojo brillante y unos pantalones chinos color crema. Estaba de pie, con el texicano delante de él, apuntándole con una pistola a la cabeza. Era una Smith & Wesson de cinco disparos, con la empuñadura color fresa: el arma de su madre.

Faith sostenía la escopeta apuntando al pecho del asiático. El frío y duro metal era como una extensión de su cuerpo. La adrenalina hacía que el corazón le latiese frenéticamente. Cada músculo de su cuerpo le decía que apretase el gatillo.

—¿Dónde está mi madre? —preguntó de forma entrecortada.

El hombre respondió con un deje sureño.

—Si me disparas, le vas a dar a él.

Tenía razón. Faith estaba en el vestíbulo, a menos de dos metros de distancia. Los dos hombres estaban muy cerca uno del otro. Hasta un disparo en la cabeza suponía el riesgo de que un perdigón se perdiese e impactara al rehén, que podía morir en el acto. Aun así, mantuvo el dedo en el gatillo, dispuesta a disparar.

—Dime dónde está mi madre.

El asiático presionó el cañón contra la cabeza del hombre.

—Tira el arma.

Las sirenas se estaban acercando. Venían de la zona 5, por el lado del Peachtree del vecindario.

—¿Las oyes? —preguntó Faith.

Visualizó mentalmente el recorrido que les quedaba desde Nottingham; los coches patrulla llegarían al cabo de menos de un minuto.

—Dime dónde está mi madre o te juro por Dios que te mato antes de que lleguen.

El asiático volvió a sonreír mientras sostenía la pistola.

—Ya sabes por qué estamos aquí. Dánoslo y la dejaremos libre.

Faith no tenía ni la más remota idea de a qué se refería. Su madre era una viuda de sesenta y tres años. Lo único que tenía de valor era la casa donde vivía.

El tipo interpretó su silencio como una evasiva.

—¿Quieres cambiar a tu madre por Chico?

Faith fingió entender.

—¿Así de sencillo? ¿Estás dispuesto a cambiarlo?

El hombre se encogió de hombros.

—Es la única forma de que ambos salgamos de aquí.

—No me jodas.

—No te miento. Es un trato.

Las sirenas se acercaron. Se oyó rechinar los neumáticos en la calle.

—¿Qué me dices, zorra? ¿Hay trato o no?

Faith se dio cuenta de que mentía. Ya había matado a una persona y estaba amenazando a otra. En cuanto cediese, recibiría un tiro en el pecho.

—De acuerdo —dijo, utilizando la mano izquierda para tirar el arma delante de ella.

El instructor de tiro llevaba un cronómetro que contaba cada décima de segundo, por eso Faith sabía que tardaba ocho décimas en sacar su Glock de la pistolera. Mientras el asiático se distrajo viendo cómo caía la escopeta a sus pies, Faith sacó su Glock, puso el dedo en el gatillo y le disparó al hombre en la cabeza.

El tipo levantó los brazos y soltó la pistola. Estaba muerto antes de caer al suelo.

La puerta de delante se abrió de golpe. Faith se giró hacia la entrada, justo en el momento en que todo el equipo de asalto entraba en la casa. Luego se dirigió de nuevo al dormitorio y vio que el mexicano había desaparecido.

La puerta del jardín estaba abierta. Faith salió a toda prisa y lo vio saltar la valla de tela metálica. Llevaba en la mano el S&W. Las nietas de la señora Johnson jugaban en el jardín trasero, y gritaron al ver al hombre armado dirigirse hacia ellas. Estaba a unos siete metros de distancia, luego a cinco. Levantó el arma en dirección a las niñas y disparó por encima de sus cabezas. Saltaron algunos trozos de ladrillo y cayeron al suelo. Las niñas se quedaron tan aterrorizadas que fueron incapaces de gritar, de moverse, de ponerse a salvo. Faith se detuvo en la valla, levantó su Glock y apretó el gatillo.

El hombre se detuvo como si hubiese chocado con una cuerda a la altura del pecho. Logró mantenerse en pie durante un segundo, pero luego se le doblaron las rodillas y cayó al suelo. Faith saltó la valla y corrió en su dirección. Le clavó los tacones en la muñeca hasta que el hombre soltó el arma de su madre. Las niñas empezaron a gritar de nuevo. La señora Johnson salió al porche y las cogió en brazos como si fuesen patitos. Miró a Faith mientras cerraba la puerta. Su mirada denotaba que estaba consternada, horrorizada. Cuando Faith y Zeke eran niños, a menudo los perseguía con la manguera del jardín. Ella solía sentirse a salvo allí.

Faith enfundó su Glock y se metió el revólver de Evelyn en la parte trasera de los pantalones. Cogió al mexicano por los hombros y le preguntó:

—¿Dónde está mi madre? ¿Qué le habéis hecho?

El tipo abrió la boca. Le brotaba sangre por debajo de los empastes de plata. Sonreía. El muy gilipollas sonreía.

—¿Dónde está? —preguntó Faith presionándole el pecho y notando cómo se movían sus costillas rotas bajo los dedos.

El hombre gritó de dolor, pero ella apretó aún más fuerte, haciendo entrechocar los huesos.

—¿Dónde está?

—¡Agente! —gritó un policía joven apoyándose con una mano mientras saltaba la valla. Se acercó hasta ella, con la pistola apuntando hacia el suelo—. Aléjese del prisionero.

Faith se acercó aún más al mexicano. Podía sentir el calor que emanaba de su cuerpo.

—Dime dónde está.

Emitió un ruido con la garganta. Ya no sentía ningún dolor. Tenía las pupilas del tamaño de una moneda de diez centavos. Parpadeó e hizo una mueca con sus labios.

—Dime dónde está —insistió Faith con un tono de desesperación en la voz—. ¡Por favor, dime dónde está!

El hombre gemía, como si tuviese los pulmones pegados. Movió los labios y susurró algo que Faith no pudo entender.

—¿Cómo dices?

Faith acercó tanto el oído a sus labios que notó cómo le salpicaba su saliva.

—Dímelo. Por favor, dímelo.

—*Almeja.*[1]

—¿Qué? —preguntó de nuevo Faith.

El hombre abrió la boca, pero, en lugar de palabras, lo que brotó fue más sangre.

—¿Qué has dicho? —gritó Faith—. ¡Dime qué has dicho!

—¡Agente! —volvió a gritar el policía.

—¡No!

Faith presionó el pecho del mexicano, intentando reanimar su corazón. Cerró el puño y le golpeó tan fuerte como pudo.

—¡Dímelo! —gritaba—. ¡Dímelo!

—¡Agente!

Faith notó que la cogían por la cintura. El policía prácticamente la levantó en el aire.

—¡Suéltame!

Le propinó un codazo tan fuerte que el policía la soltó como si fuese una piedra. Ella rodó por la hierba y luego se acercó a gatas al testigo, al rehén, al asesino, a la única persona que podía decirle qué narices le había sucedido a su madre.

Puso las manos en la cara del mexicano y miró sus inertes ojos.

—Por favor, dímelo —le rogó, sabiendo que ya era demasiado tarde—. Por favor.

—¿Faith?

El inspector Leo Donnelly, su antiguo compañero en la policía de Atlanta, estaba al otro lado de la valla. Resollaba y aferraba con fuerza el borde superior de la valla metálica. El viento agitaba la chaqueta de su barato traje de color marrón.

—Emma se encuentra bien. Hemos traído a un cerrajero.

Sus palabras sonaron lentas y pesadas, como cuando la melaza se pasa por un tamiz.

27

1. En castellano en el original. (*N. del T.*)

—Vamos, chica. Emma necesita a su madre.

Faith miró detrás de él. Había policías por todos lados. Veía uniformes de color azul recorrer la casa y el jardín. A través de las ventanas vio cómo seguían las tácticas usuales, yendo habitación por habitación, con el arma levantada y gritando «despejado» cuando no encontraban nada. Se oían sirenas por todos lados, sirenas de los coches patrulla, de ambulancias y de un camión de bomberos.

La llamada había seguido el proceso de un código treinta: un oficial necesita ayuda urgente.

Tres hombres muertos. Su bebé encerrada en el cobertizo. Su madre desaparecida.

Faith se apoyó sobre los talones, se llevó las temblorosas manos a la cabeza y se esforzó por no echarse a llorar.

Capítulo dos

—*M*e dijo que estaba cambiando el aceite del coche, que hacía calor en el garaje y que por eso se había quitado los pantalones...

—Vaya, vaya —dijo Sara Linton, intentando simular interés mientras pinchaba un poco de ensalada.

—Así que le dije: «Mira, amigo, soy médico. No estoy aquí para juzgarte. Así que puedes ser honesto sobre...».

Sara observaba cómo se movía la boca de Dale Dugan mientras el sonido de su voz se mezclaba con el ruido que había en la pizzería. Música suave, gente riéndose, el entrechocar de los platos en la cocina. Su historia no es que fuese fascinante, ni tan siquiera nueva. Sara era pediatra en el servicio de urgencias del hospital Grady de Atlanta. Antes de eso, había tenido su propia clínica privada durante doce años, mientras trabajaba como forense del condado a media jornada para una pequeña pero activa ciudad universitaria. No había ningún instrumento, herramienta, producto del hogar o figurita de cristal que no hubiese visto alojada en el interior de un cuerpo humano.

Dale continuó hablando:

—Entonces entró la enfermera con el aparato de rayos X.

—Vaya —respondió Sara intentando mostrar algo de curiosidad.

Dale le sonrió. Tenía un poco de queso entre los dientes delanteros y los laterales. Sara intentó no juzgarle. Dale era un hombre agradable. No es que fuese apuesto, pero no estaba mal, con ese tipo de rasgos que muchas mujeres encontraban atractivos cuando se enteraban de que se había licenciado en la Facultad de Medicina. Sara, sin embargo, no era tan influenciable. Además, tenía hambre, ya que la amiga que había planeado esa ridícula cita a ciegas le había dicho que pidiese una ensalada en lugar de una pizza, porque eso la haría quedar mejor.

—Así que levanté la radiografía y qué es lo que vi...

«Una llave de cubo», pensó Sara, un instante antes de que él llegase al momento cumbre de la historia.

—¡Una llave de cubo! ¿Te imaginas?

—¿De verdad? —respondió Sara forzando una carcajada que sonó como si saliese de un juguete de cuerda.

—Y seguía diciendo que había resbalado.

Sara chasqueó la lengua.

—Pues vaya caída.

—Desde luego. —Dale le sonrió de nuevo antes de darle un buen bocado a la pizza.

Sara masticaba algo de lechuga. El reloj digital que había por encima de la cabeza de Dale marcaba las 2:12 y algunos segundos. Los números iluminados en rojo le recordaron que, en ese momento, hubiera podido estar en su casa, viendo el baloncesto y doblando la montaña de ropa limpia que tenía sobre el sofá. Había intentado no mirar el reloj, calculando cuánto tiempo podía pasar antes de que perdiese el control y empezase a contar los segundos. Tres minutos y veintidós segundos era su récord. Cogió un poco más de ensalada, jurando que lo batiría.

—Así que fuiste a Emory —dijo Dale.

Ella asintió.

—¿Tú estudiaste en Duke?

Como era de esperar, empezó a describir detalladamente sus logros académicos, incluidos los artículos periodísticos que había publicado y los discursos que había pronunciado en algunas conferencias. Una vez más, Sara simuló prestarle atención, intentando no mirar el reloj, masticando la lechuga tan lentamente como una vaca en un pastizal para que Dale no se viese obligado a hacerle más preguntas.

Esa no era su primera cita a ciegas, ni por desgracia la menos aburrida. Aquel día, el problema había comenzado a los seis minutos, algo que Sara supo por el reloj. Habían pasado por los preliminares muy rápidamente antes de pedir la comida. Dale estaba divorciado, no tenía hijos, mantenía una buena relación con su exesposa y jugaba partidos improvisados de baloncesto en el hospital en su tiempo libre. Sara procedía de una pequeña ciudad del sur de Georgia. Tenía dos galgos y un gato que prefirió que se quedara a vivir con sus padres. Su marido había sido asesinado cuatro años antes.

Normalmente, cuando decía eso, la conversación se interrumpía, pero Dale se lo había tomado como un detalle sin importancia. Sara le dio algunos puntos por no preguntarle más detalles, pero luego observó que estaba demasiado centrado en sí mismo como para preguntar, aunque más tarde se reprendió a sí misma por ser tan exigente con él.

—¿A qué se dedicaba tu marido?

La pilló con la boca llena de lechuga. Sara masticó, se la tragó y respondió:

—Era agente de policía. Jefe de policía del condado.

—Qué extraño. —La expresión de Sara debió de ser de sorpresa porque él añadió—: Lo digo porque no es médico. Mejor dicho, no era médico. No era un hombre de chaqueta y corbata.

—¿De chaqueta y corbata?

Sara percibió el tono acusatorio que solía emplear, pero no pudo contenerse.

—Mi padre es fontanero. Mi hermana y yo trabajamos con él para...

—Bueno, bueno —respondió Dale levantando las manos en señal de rendición—. Me parece que me has malinterpretado. Creo que hay algo noble en trabajar con las manos.

Sara no sabía qué clase de medicina practicaba el doctor Dale, pero ella utilizaba sus manos todos los días.

Dale, haciendo caso omiso, dijo con tono solemne:

—Respeto mucho a los policías. Y a los militares. —Nervioso, se limpió la boca con la servilleta—. Su trabajo es muy peligroso. ¿Fue así como murió?

Sara asintió, mirando el reloj. Tres minutos y diecinueve segundos. No había batido su récord.

Dale sacó el teléfono del bolsillo y miró la pantalla.

—Perdona, pero es que estoy de guardia. Quería asegurarme de que hay cobertura.

Al menos no había fingido que lo tenía desactivado, aunque Sara estaba segura de que después lo diría.

—Lamento haber estado tan a la defensiva. Me cuesta hablar de eso.

—Lo siento —dijo Dale. Su tono tenía una cadencia ensayada que Sara reconoció como de la serie de *Urgencias*—. Estoy seguro de que debió ser un golpe muy duro.

Sara se mordió la punta de la lengua. No sabía cómo responder de forma educada. Cuando pensó que debía cambiar de tema ya había transcurrido tanto rato que la conversación se hizo más tensa. Finalmente dijo:

—Bueno, por qué no…

—Disculpa un momento —dijo Dale interrumpiéndola—. Tengo que ir al cuarto de baño.

Se levantó tan rápido que casi tira la silla. Sara lo observó mientras correteaba a la parte de atrás. Puede que fuese su imaginación, pero le pareció que dudaba delante de la salida de emergencia.

—Qué estúpida soy —dijo soltando el tenedor en el plato de ensalada.

Volvió a mirar el reloj para ver la hora. Eran las dos y cuarto pasadas. Podía dar la cita por concluida a eso de las dos y media, si es que Dale regresaba del aseo. Sara había venido caminando desde su apartamento, así no se produciría ese horrible y prolongado silencio mientras él la llevaba hasta su casa. Habían pagado la cuenta en la caja al pedir la comida. Tardaría unos quince minutos en llegar a casa, por lo que tendría tiempo de quitarse el vestido y ponerse el chándal antes de que empezara el partido de baloncesto. Sara notó un ruido en el estómago. Quizá simulase que se marchaba y luego volvería para pedir una pizza.

Transcurrió otro minuto en el reloj. Sara miró el aparcamiento. El coche de Dale continuaba en el mismo lugar, suponiendo que el Lexus de color verde con la matrícula de DRDALE fuese el suyo. No sabía si se sentía decepcionada o aliviada.

El reloj le indicó que habían pasado otros treinta segundos. El pasillo que conducía a los aseos permaneció vacío otros veintitrés segundos. Una anciana con un andador caminaba a pasos pequeños por el pasillo. Nadie la seguía.

Ella se llevó la mano a la cabeza. Dale no era un mal tipo. Era un hombre estable, relativamente sano, con un buen trabajo, con la mayor parte del pelo y, salvo por el queso que se le había quedado entre los dientes, con aspecto de hombre limpio e higiénico. Sin embargo, eso no le pareció suficiente. Sara empezaba a pensar que el problema estaba en ella. Se estaba convirtiendo en la versión de Atlanta del señor Darcy, el personaje de *Orgullo y prejuicio*, de Jane Austen. En cuanto se forjaba una opinión, todo estaba perdido. Hacerla cambiar de parecer era más difícil que hacer cambiar de dirección a un barco de vapor.

Debería intentarlo más. Ya no tenía veinticinco años, más bien casi cuarenta. Como medía más de un metro ochenta, su número de citas era muy limitado. Su pelo rojo y su blanquísima piel tampoco eran del gusto de muchos hombres. Además, trabajaba muchas horas, y no sabía cocinar. Al parecer, había perdido su capacidad para mantener una conversación normal, y la sola mención de su marido hacía que perdiera los estribos.

Posiblemente ponía el listón demasiado alto. Su matrimonio no había sido perfecto, pero no estuvo mal. Había querido a su marido con toda su alma. Perderle la dejó hundida, pero Jeffrey había muerto hacía ya casi cinco años y, si era sincera, sabía que se sentía sola. Echaba de menos la compañía de un hombre. Echaba de menos su forma de ser y, aunque parezca sorprendente, las cosas tan dulces que podían decir. Añoraba el tacto áspero de su piel y, por supuesto, otras cosas. Por desgracia, la última vez que un hombre había hecho que se le pusiesen los ojos en blanco había sido por aburrimiento, no por éxtasis.

Sara tenía que aceptar que eso de las citas se le daba mal, muy mal. De hecho, no había tenido mucho tiempo para practicar. Desde la pubertad había sido monógama. Su primer novio lo tuvo en la escuela secundaria y duró hasta la universidad, donde empezó a salir con un compañero de la Facultad de Medicina. Luego conoció a Jeffrey, y desde entonces

33

no había vuelto a pensar en nadie más. Salvo por una desastrosa noche que pasó con un hombre hacía tres años, no había estado con ninguna otra persona. Solo recordaba un hombre por el que se había sentido atraída, pero estaba casado. Y lo que era peor, era un policía casado. Y para colmo estaba de pie, al lado de la cajera, a menos de tres metros de distancia de donde estaba ella.

Will Trent vestía un pantalón de deporte color negro y una camiseta de manga larga del mismo color que dejaba ver sus anchos hombros. Tenía el pelo rubio, y en ese momento lo llevaba mucho más largo que hacía unos meses, cuando Sara lo vio por última vez. Había trabajado en un caso en el que estaba involucrado uno de sus antiguos pacientes en la clínica infantil de su ciudad. Sara había metido tanto las narices en sus asuntos que a Will no le quedó más remedio que dejar que le ayudase con la investigación. Habían flirteado un poco, pero, cuando el caso se terminó, él regresó a su casa con su mujer.

Will era muy observador, y seguro que la había visto al entrar. Aun así, le daba la espalda mientras miraba fijamente un folleto que había clavado en el tablón de anuncios que colgaba de la pared. Sara no necesitaba el reloj para contar los segundos mientras esperaba que la reconociese.

Will se fijó en otro folleto.

Sara se quitó la pinza que le sujetaba el pelo y dejó que sus rizos le cayesen sobre los hombros. Se levantó y se acercó hasta donde estaba.

Había algunas cosas que sabía acerca de él. Era alto, medía al menos un metro noventa, con el cuerpo delgado de corredor y las piernas más bonitas que había visto en un hombre. A su madre la habían asesinado cuando él tenía menos de un año, por lo que se crio en un orfanato, aunque nunca lo habían adoptado. Era un agente especial del GBI, además de uno de los hombres más inteligentes que había conocido. Era tan disléxico que, por lo que sabía, leía como un estudiante de segundo grado.

Sara se puso a su lado, mirando atentamente el folleto que había acaparado su atención.

—Parece interesante.

Fingió muy mal sentirse sorprendido de verla.

—Doctora Linton. Acabo de... —Tiró de una de las etiquetas informativas del folleto—. He estado pensando en comprarme una moto.

Sara miró el anuncio, que tenía un dibujo detallado de una Harley Davidson debajo de un titular que solicitaba miembros para ingresar en el club.

—No creo que Dykes on Bikes[2] vaya contigo.

Will dejó de sonreír. Había pasado la vida tratando de ocultar su discapacidad y, aunque Sara la conocía, aún detestaba reconocer que padecía un problema.

—Es una bonita forma de conocer mujeres.

—¿Estás tratando de conocer a otras mujeres?

Sara recordó otra de las características de Will: la de tener una capacidad asombrosa de mantener la boca cerrada cuando no sabía qué decir. Eso provocó unos instantes de tanta tensión que hicieron que su vida amorosa pareciese sumamente efervescente.

Por suerte, le trajeron su pedido. Sara se echó hacia atrás mientras él cogía la caja con la pizza que le entregó una camarera con muchos tatuajes y piercings. La joven le obsequió con lo que solamente se podía definir como una mirada de admiración. Will parecía ajeno mientras comprobaba la pizza y se aseguraba de que le daban la que había pedido.

—Bueno —dijo utilizando el pulgar para hacer girar su anillo de boda—. Creo que debo marcharme.

—De acuerdo.

No se movió, ni tampoco Sara. Fuera, un perro empezó a ladrar. Sus agudos chillidos entraban por las ventanas abiertas. Sara sabía que había un poste y un recipiente con agua en la puerta para los clientes que traían sus mascotas al restaurante. También sabía que la esposa de Will tenía una perrita llamada *Betty*, aunque era él quien se encargaba de cuidarla y darle de comer.

Los estridentes ladridos se intensificaron, pero Will seguía sin hacer ademán de marcharse.

—Parece un chihuahua —dijo Sara.

2. Club de motoristas lesbianas de Chicago. (*N. del T.*)

Will escuchó atentamente y luego asintió.

—Has acertado.

—Ya estoy aquí —dijo Dale regresando del aseo—. Disculpa, pero me han llamado del hospital... —Levantó la cabeza y vio a Will—. Hola.

Sara los presentó.

—Dale Dugan, te presento a Will Trent.

Will hizo un gesto con la cabeza al que Dale respondió de la misma forma.

El perro seguía ladrando y aullando de forma desgarradora. Por la expresión de Will, Sara se dio cuenta de que prefería morir antes que decir que era suyo.

Sara se sintió piadosa y dijo:

—Dale, ya sé que tienes que marcharte al hospital. Gracias por la comida.

—A ti —respondió. Se acercó y la besó directamente en la boca—. Te llamaré.

—De acuerdo —dijo Sara, conteniéndose para no limpiarse. Vio cómo los dos hombres intercambiaban un saludo que le hizo sentirse como la única boca de incendios en un parque de perros.

Los ladridos de *Betty* se intensificaron cuando Dale cruzó el aparcamiento. Will murmuró algo antes de abrir la puerta. Desató la correa y cogió a la perra con una mano, sujetando la caja de la pizza con la otra. Los ladridos cesaron de inmediato. *Betty* apoyó la cabeza en su pecho. Tenía la lengua fuera.

Sara acarició la cabeza de la perrita. Tenía algunas suturas recién hechas en su espalda, tan delgada.

—¿Qué le ha pasado?

Will aún tenía la mandíbula apretada.

—La arañó un Jack Russell.

—¿De verdad?

A menos que el Jack Russell tuviese un par de tijeras por pezuñas no había forma de que un perro le hubiese hecho esas heridas.

Will señaló a *Betty*.

—Tengo que llevarla a casa.

Sara nunca había estado en casa de Will, pero sabía en qué calle vivía.

—¿Vas en esa dirección?

Will no respondió. Parecía estar evaluando si podía engañarla y salirse con la suya.

Sara insistió.

—¿No vives en Linwood?

—Tú vas en dirección contraria.

—Sí, pero puedo cortar yendo por el parque.

Sara empezó a caminar, así que a él no le quedó opción. No hablaron mientras bajaban Ponce de León. El ruido del tráfico era lo bastante fuerte para llenar ese vacío, pero ni los tubos de escape podían ensombrecer que estaban en medio de un espléndido día de primavera. Las parejas bajaban por la calle cogidas de la mano. Las madres empujaban los carritos de los niños. Los corredores cruzaban a toda prisa las cuatro hileras de tráfico. El manto de nubes de por la mañana se había dirigido hacia el este y dejaba entrever un cielo sorprendentemente azul. Corría una ligera brisa. Sara unió sus manos detrás de la espalda, y miraba el pavimento roto de la acera. Las raíces de los árboles sobresalían por encima del cemento como dedos viejos y nudosos.

Miró a Will. El sol reflejaba el sudor de su frente. Tenía dos cicatrices en la cara; no sabía cómo se las había hecho. Tenía el labio superior roto, no se lo habían cosido bien y eso le daba un aspecto de tunante. La otra cicatriz le recorría el lado izquierdo de la mandíbula y le llegaba hasta el cuello. Cuando lo vio por primera vez, pensó que se las habría provocado haciendo alguna travesura de niño, pero luego, al conocer su historia, al saber que se había criado en un orfanato, imaginó que las tendría por una razón más siniestra.

Will la miró y ella apartó la mirada.

—Dale parece un hombre agradable.

—Sí, lo es.

—Médico, ¿verdad?

—Sí.

—Muy besucón.

Sara sonrió.

Will movió a *Betty* para poder sujetarla mejor.

—Imagino que estáis saliendo.

—Hoy ha sido nuestra primera cita.

—Pues parece que hay algo más entre vosotros.

Sara se detuvo.

—¿Cómo está tu esposa, Will?

Él no respondió de inmediato. Sus ojos se posaron sobre sus hombros.

—Llevo cuatro meses sin verla.

A Sara la invadió un extraño sentimiento de traición. Su esposa se había marchado y él no la había llamado.

—¿Os habéis separado?

Will se echó a un lado para que pudiese pasar un corredor.

—No.

—¿Ha desaparecido?

—No exactamente.

Un autobús de la empresa MARTA se detuvo en el bordillo, y el prolongado ruido del motor inundó el ambiente. Sara había conocido a Angie Trent un año antes. Era la típica mujer contra la cual te prevenían las madres, con ese aspecto mediterráneo y esas curvas.

El autobús inició la marcha.

—¿Dónde está? —preguntó Sara.

Will soltó un prolongado suspiro.

—Se marcha con mucha frecuencia. Se va y luego regresa. Se queda un tiempo y después se vuelve a marchar.

—¿Y adónde va?

—No tengo ni idea.

—¿Nunca se lo has preguntado?

—No.

Sara no simuló entenderlo.

—¿Por qué no?

Will miró a la calle, observando cómo circulaba el tráfico a toda velocidad.

—Es complicado.

Sara alargó la mano y la puso en su brazo.

—Explícamelo.

Will la miró fijamente. Tenía un aspecto un tanto ridículo con la diminuta perrita en una mano y la caja de pizza en la otra.

Sara se acercó y le puso la mano sobre el hombro. Notó sus fuertes músculos debajo de la camisa, así como el calor que desprendía su cuerpo. Bajo la brillante luz del sol, se fijó en sus ojos, de un azul intenso. Tenía unas pestañas delicadas, rubias y suaves. En la mandíbula se había dejado un pequeño punto sin afeitar. Sara era unos cuantos centímetros más baja que él. Se puso de puntillas para mirarlo directamente a los ojos.

—Cuéntamelo —dijo.

Will se quedó en silencio, recorriendo con la mirada su rostro y deteniéndose en sus labios antes de volverla a mirar de frente.

—Me gusta cuando te sueltas el pelo.

Sara no pudo responder porque un SUV de color negro frenó de golpe en medio de la calle. Derrapó unos veinte metros y luego retrocedió. Los neumáticos chirriaron en el asfalto. El olor a goma quemada impregnó la atmósfera. El SUV se detuvo justo delante de ellos. Alguien bajó la ventanilla.

Amanda Wagner, la jefa de Will, gritó:

—¡Sube!

Sara y Will se quedaron tan sorprendidos que no se movieron. Las bocinas de los coches empezaron a sonar. La gente comenzó a sacar el puño en señal de protesta. Sara se sintió como si estuviese en una película de acción.

—¡Vamos! —ordenó Amanda.

—¿Te importaría…?

No hizo falta que terminase la frase, ya que Sara cogió a *Betty* y la caja de pizza. Will se llevó la mano al calcetín y le dio la llave de su casa.

—Enciérrala en la habitación de invitados para que no…

—¡Will!

El tono de Amanda no le permitió más evasivas.

Sara cogió la llave. Estaba caliente por el calor de su cuerpo.

—Vete —dijo Sara.

Will no necesitó que se lo dijese dos veces. De un salto se metió en el coche y el pie patinó por la carretera cuando Amanda inició la marcha. Se oyeron más bocinas. Un sedán de cuatro puertas derrapó. Sara vio a una adolescente en el asiento trasero. Las manos de la chica presionaban la ventanilla. Dibujó un gesto de horror con la boca. Otro coche venía por detrás, a bastante velocidad, pero dio un volantazo en el último momento y lo esquivó. Las miradas de Sara y la chica se cruzaron. El sedán enderezó y continuó su camino.

Betty estaba temblando, al igual que Sara. Trató de calmar a la perrita mientras se dirigía a la calle donde vivía Will, abrazándola y poniendo sus labios sobre su cabeza. El corazón les latía a ambas con fuerza. Sara no estaba segura de si se debía a lo que podía haber pasado entre Will y ella, o al terrible accidente que estuvo a punto de causar Amanda.

Tendría que ver las noticias cuando llegase a casa para averiguar qué había sucedido. Fuese lo que fuese, estaba segura de que las furgonetas de los telediarios los seguirían. Amanda era la directora adjunta del GBI, y no era el tipo de persona que buscase a sus agentes en la calle por capricho. Sara pensó que Faith, la compañera de Will, estaría yendo a toda prisa a la escena del crimen.

Se había olvidado de preguntarle el número de la casa, pero *Betty*, por suerte, llevaba una placa en el collar con las señas. Además, distinguió fácilmente el Porsche negro de Will aparcado en la entrada, al final de la calle. Era un modelo antiguo que había sido renovado por completo. Debía de haberlo lavado ese mismo día, ya que le brillaban tanto los neumáticos que vio reflejada la punta de su capucha cuando pasó a su lado.

Sonrió al ver por primera vez donde vivía. Era una casa de ladrillo rojo con un garaje adosado. La puerta principal estaba pintada de negro. Las molduras eran de color crema. El jardín estaba muy bien cuidado, los setos podados y los arbustos esculpidos. Un seto de flores de muchos colores rodeaba la mimosa que había en el jardín delantero. Sara se preguntó si Angie Trent tendría buena mano para las plantas. Los pensamientos eran plantas muy resistentes, pero necesitaban mucha agua. Sin embargo, por lo que le había contado Will, no parecía el tipo de persona que pudiese ocuparse de esas cosas. Sara no sabía qué pensar a ese respecto, ni si podía entenderlo, pero, aun así, podía escuchar la voz regañona de su madre advirtiéndola: «una esposa ausente sigue siendo una esposa».

Betty empezó a agitarse cuando Sara subió por la entrada, por lo que tuvo que agarrarla con más fuerza. Lo peor que podía sucederle es que perdiese a la perrita de la esposa del hombre que había estado deseando besar en plena calle.

Sara sacudió la cabeza mientras subía los escalones delanteros. No debía pensar en Will de esa forma; tenía que alegrarse de que Amanda Wagner los hubiese interrumpido. Al principio de su matrimonio, Jeffrey la había engañado, lo cual fue casi motivo de que se separasen. Tardaron años en poder recuperar su relación, años de mucho esfuerzo y trabajo. Para bien o para mal, Will había elegido, y su historia no se podía decir que fuese una aventura de una noche. Se había criado con Angie, ambos se habían conocido en el orfanato cuando tan solo eran unos críos, y llevaban casi veinticinco años juntos. Sara no quería entrometerse entre ellos, ni quería que otra mujer sufriese tanto como ella por muy deprimentes que fuesen sus otras opciones.

La llave entró con facilidad en la cerradura de la puerta delantera. Una brisa de aire fresco las recibió cuando cruzó la entrada. Dejó a *Betty* en el suelo y le quitó la correa. Al sentirse liberada, la perra se encaminó directamente a la parte trasera de la casa.

Sara no pudo contener la curiosidad y miró a su alrededor. No había duda de que la casa estaba decorada con gusto masculino. Si su esposa había contribuido a la decoración, no se percibía. Una máquina recreativa ocupaba el centro del comedor, justo debajo de la lámpara de araña. Se veía que Will la estaba reparando, pues había muchos instrumentos electrónicos colocados ordenadamente al lado de una caja de herramientas abierta que había en el suelo. El olor del aceite de máquina impregnaba la atmósfera.

El sofá del salón estaba tapizado de gamuza color marrón oscuro, con un enorme reposapiés haciendo juego. Las paredes estaban pintadas de un color beis mate. Había un sillón negro y elegante mirando en dirección a una televisión de plasma de cincuenta pulgadas, con varias cajas de aparatos electrónicos apiladas ordenadamente debajo de ella. Todo parecía estar en su lugar. No había ni polvo ni objetos en desorden, ni tampoco una montaña de ropa lavada encima del sofá. No había duda de que Will era mejor amo de casa que Sara, pero, en ese momento, cualquiera podía serlo.

Su mesa de despacho estaba en la esquina del salón, justo fuera del pasillo. Era de cromo y metal. Pasó el dedo por la montura de sus gafas. Había papeles apilados ordenadamente alrededor del ordenador portátil y la impresora. Un paquete de rotuladores Magic Markers descansaba sobre un montón de carpetas de colores. Había pequeñas cajas de metal con gomillas y clips separados por colores y tamaños.

Sara ya había visto anteriormente esa configuración. Will sabía leer, pero no podía hacerlo con facilidad, y mucho menos con rapidez. Utilizaba los rotuladores de colores y los clips para ayudarse a encontrar lo que buscaba sin necesidad de mirar lo que había en una página o en una carpeta. Era un truco muy astuto que probablemente había inventado él mismo. A Sara no le cabía duda de que había sido uno de esos chicos que se sientan al final de la clase y memorizan todo lo que dice el profesor porque no pueden, o no quieren, escribir nada.

Llevó la caja de la pizza a la cocina, que había sido remodelada utilizando los mismos tonos marrones que el resto de la casa. A diferencia de la de Sara, la encimera de granito estaba limpia e inmaculada, y solo había encima una cafetera y una televisión. La nevera estaba vacía, salvo por un cartón de leche y un paquete de gelatina. Sara colocó la caja en el estante de arriba, y se dirigió a la parte trasera de la casa para buscar a *Betty*, aunque encontró primero la habitación de invitados. Las luces del techo estaban apagadas, pero Will había dejado encendida una lámpara de suelo que había detrás de otro sillón de cuero. Al lado de este había una cama para perros con la forma de una tumbona. En la esquina vio un recipiente con agua y algo de pienso. Había otra televisión sujeta a la pared, así como una cinta plegable de correr debajo de ella.

El dormitorio estaba oscuro, con las paredes pintadas de color marrón, haciendo juego con el salón. Encendió las luces del techo. Para su sorpresa vio que había estanterías en las paredes. Sara pasó el dedo mientras miraba los títulos, y vio que había una mezcla de libros clásicos y feministas, de los que normalmente se les asignan a las jóvenes en su primer curso de universidad. Casi todos tenían el lomo desgarrado, como si los hubiesen leído atentamente. Jamás habría imaginado que Will tendría una biblioteca, ya que, con la dislexia que padecía, leer una novela larga habría supuesto un esfuerzo titánico. Los audiolibros tenían más sentido. Sara se arrodilló y miró las cajas de CD apiladas al lado de un caro reproductor marca Bose. El gusto de Will era sin duda más intelectual que el suyo, ya que tenía muchas obras históricas y de ensayo que ella solo habría recomendado para combatir el insomnio. Presionó una etiqueta adhesiva y vio que tenía escrito: «Propiedad de la Biblioteca del condado de Fulton».

El ruido de las pezuñas la avisó de que *Betty* estaba en el pasillo. Sara se sonrojó, como si la hubieran sorprendido *in fraganti*. Se levantó para coger a la perrita, pero ella echó a correr a una velocidad sorprendente. Sara la siguió, pasando por el cuarto de baño y por el segundo dormitorio. El de Will.

La cama estaba hecha, y tenía una manta azul marino cubriendo unas sábanas del mismo color. Había una sola almohada apoyada contra la pared donde debería haber estado el cabecero, así como una única mesita de noche y una sola lámpara.

A diferencia del resto de la casa, la habitación tenía un aire utilitario. Sara no quiso reflexionar sobre los motivos por los que esa falta de romanticismo le provocó cierto alivio. Tenía las paredes blancas, y no había ningún cuadro colgado de ellas. El reloj y la cartera de Will estaban encima de la cómoda, al lado de otra televisión. Había un par de pantalones vaqueros y una camiseta extendidos sobre el banco que había a los pies de la cama. Había también un par de calcetines doblados, y sus botas estaban debajo del banco. Sara cogió la camiseta. Era de algodón, de manga larga y de color negro, como la que llevaba puesta.

La perrita saltó sobre la cama, ahuecó la almohada y se acomodó como un pájaro en su nido.

Sara dobló la camisa y la colocó de nuevo al lado de los pantalones vaqueros. Sintió que se estaba comportando como una acosadora, pero al menos no se detuvo a oler la camisa ni a hurgar en sus cajones. Cogió en brazos a *Betty*, pensando que debía encerrarla en la habitación de invitados y marcharse de allí. En ese momento sonó el teléfono. Respondió el contestador automático, pero oyó la voz de Will en el dormitorio.

—Sara, si estás ahí, por favor, coge el teléfono.

Regresó a su dormitorio y respondió la llamada.

—Estaba a punto de marcharme.

Notó que tenía la voz tensa, y oyó de fondo el llanto de un bebé y a mucha gente gritando.

—Necesito que vengas inmediatamente. A casa de Faith. A la casa de su madre. Es importante.

Un brote de adrenalina le hizo aguzar los sentidos.

—¿Se encuentra bien?

—No —respondió Will tajantemente—. ¿Te doy la dirección?

Sin pensarlo, abrió el cajón de la mesita de noche, pensando que encontraría papel y lápiz, pero en lugar de eso vio una de esas revistas que su padre solía guardar en el garaje, detrás de la caja de herramientas.

—¿Sara?

El cajón no se cerraba.

—Espera. Voy a coger algo para anotarla.

Al parecer, Will era la única persona de Estados Unidos que no tenía teléfono inalámbrico. Sara dejó el auricular sobre la cama, encontró papel y un bolígrafo en el escritorio y regresó.

—Dime.

Will esperó a que alguien dejase de gritar. Habló en voz baja mientras le daba la dirección.

—Está en Sherwood Forest, en la parte de atrás de Ansley. ¿La conoces?

Ansley estaba a solo cinco minutos de distancia.

—Podré encontrarla.

—Coge mi coche. Las llaves están en un gancho en la puerta trasera de la cocina. ¿Sabes conducir un coche con cambio manual?

—Sí.

—Los periodistas ya están aquí. Busca al primer policía que veas y dile que vienes porque yo te lo he pedido. Ellos te traerán hasta aquí. No hables con nadie más. ¿De acuerdo?

—Sí.

Colgó el teléfono y empujó el cajón con ambas manos para cerrarlo. *Betty* estaba de nuevo acostada sobre la almohada. Sara la volvió a coger. Se dirigió a la puerta para marcharse, pero se detuvo un instante porque se acordó de que Will iba en pantalones cortos y probablemente querría sus pantalones vaqueros. Metió la cartera y el reloj en el bolsillo trasero. Era imposible saber dónde guardaba la pistola, pero no pensaba seguir mirando entre sus cosas.

—¿Qué es lo que buscas?

Sara sintió una oleada de miedo recorrerle el cuerpo. Angie Trent estaba apoyada en la puerta del dormitorio, con la palma de la mano sobre el marco. Su pelo moreno y rizado le caía sobre los hombros. Estaba maquillada perfectamente, llevaba las uñas muy cuidadas y su entallada falda y su pronunciado escote le habrían servido para salir en la portada de la revista que Will guardaba en el cajón.

—Yo, yo...

Sara no había tartamudeado desde los doce años.

—Nos conocemos, ¿verdad? Tú trabajas en el hospital.

—Sí.

Sara se apartó de la cama.

—Will recibió una llamada urgente y me pidió que trajese a tu perrita.

—¿«Mi» perrita?

Sara oyó el gruñido que emitía *Betty*.

Angie dibujó una mueca de disgusto con la boca.

—¿Qué le ha pasado a la perra?

—Le... —Sara se sintió como una estúpida allí de pie. Dobló los pantalones de Will y se los puso debajo del brazo—. La pondré en la habitación de invitados y me marcho.

—No me digas.

Angie bloqueaba la puerta y se tomó su tiempo para dejarla pasar. Luego la siguió hasta la habitación de invitados, vio cómo ponía a *Betty* en su cama y cerró la puerta.

Se dirigió hacia la puerta principal, pero entonces se acordó de que necesitaba las llaves del coche de Will. Hizo un esfuerzo para que la voz no le temblase.

—Me dijo que le llevase el coche.

Angie cruzó los brazos. No llevaba el anillo en el dedo anular, pero tenía uno de plata en el pulgar.

—Me lo imagino.

Sara regresó a la cocina. Tenía la cara muy roja y sudaba.

45

Al lado de la mesa, había un bolso de lona que no había visto antes. Las llaves del coche de Will estaban colgadas en un gancho junto a la puerta trasera, tal como le había dicho. Las cogió y regresó de nuevo al cuarto de estar, consciente de que Angie estaba en el pasillo observando cada uno de sus movimientos. Sara se dirigió todo lo rápido que pudo hacia la puerta principal, con el corazón en la garganta, pero Angie no estaba dispuesta a dejar que se fuese así como así.

—¿Cuánto tiempo llevas follando con él?

Sara sacudió la cabeza. No podía creer lo que le estaba sucediendo.

—Te he preguntado cuánto tiempo llevas follándote a mi marido.

Sara miró hacia la puerta trasera, demasiado avergonzada para mirarla de frente.

—Es un malentendido. Te lo aseguro.

—Te encuentro en «mi» casa, en «el» dormitorio que comparto con mi marido. ¿Qué explicación puedes darme? Me muero por oírla.

—Ya te he dicho que…

—¿Qué pasa? ¿Te ponen los polis?

Sara notó que se le encogía el corazón.

—Tu marido, el que murió, era poli, ¿no es cierto? ¿Eso te pone cachonda? —Angie soltó una carcajada irónica y burlona—. Cariño, él nunca me dejará, así que mejor búscate otra polla con la que jugar.

Sara no respondió. La situación era demasiado horrible para decir nada. Buscó el pestillo de la puerta.

—Se cortó las venas por mí. ¿Te lo ha dicho?

Forcejeó para mantener la mano firme y poder abrir la puerta.

—Tengo que irme. Lo siento.

—Vi como cogía la cuchilla de afeitar y se cortaba el brazo.

La mano de Sara no se movió. Trataba en vano de comprender lo que estaba oyendo.

—Jamás he visto tanta sangre en mi vida —dijo Angie. Luego hizo una pausa y añadió—: Al menos podías mirarme cuando te hablo.

Sara no tenía el más mínimo deseo, pero se dio la vuelta. Angie hablaba con un tono pasivo, pero su mirada de odio resultaba difícil de soportar.

—Yo le sostuve todo el tiempo. ¿Te lo ha contado? ¿Te ha explicado cómo le agarré el brazo?

Sara seguía sin poder hablar.

Angie levantó la mano izquierda y le enseñó la piel desnuda. Con suma lentitud, pasó su dedo índice desde la muñeca hasta el codo.

—Los médicos dijeron que el corte fue tan profundo que le llegó al hueso. —Sonrió como si fuese un bonito recuerdo—. Y lo hizo por «mí», so zorra. ¿Crees que haría algo así por ti?

Ahora que la estaba mirando, no pudo contenerse. Transcurrieron unos instantes. Sara pensó en el reloj que había en el restaurante, en cómo pasaban los segundos. Finalmente, se aclaró la voz, sin estar segura de si podría hablar.

—El otro brazo —dijo.

—¿Cómo dices?

—La cicatriz —dijo saboreando la mirada de sorpresa que ponía Angie—. Digo que la cicatriz está en el otro brazo.

A Sara le sudaban tanto las manos que apenas pudo girar el pomo de la puerta. Se encogió mientras salía al exterior, pensando que Angie saldría corriendo detrás de ella, o lo que era peor, la cogería en la mentira.

Sara jamás había visto la cicatriz en el brazo de Will porque nunca había visto su brazo desnudo. Siempre llevaba camisas de manga larga, y jamás se las remangaba ni se desabrochaba los gemelos. Lo dedujo porque Will era zurdo; si había intentado suicidarse mientras su odiosa esposa le animaba, se habría cortado el brazo derecho, no el izquierdo.

Capítulo tres

Will se tocó el cuello de la camisa. El vehículo de mando era un horno, repleto de tantos trajes y uniformes que apenas quedaba espacio para respirar. El ruido también era insoportable, pues no paraban de sonar los teléfonos ni las Black-Berry. Los monitores de ordenador mostraban imágenes en directo de los tres canales de noticias locales. A esa cacofonía había que sumarle a Amanda Wagner, que llevaba los últimos quince minutos gritándoles a los tres comandantes de zona que estaban en la escena. El jefe de policía de Atlanta estaba de camino, así como el director del GBI. El concurso por la disputa jurisdiccional se iba a intensificar.

Entre tanto, realmente, no había nadie trabajando en el caso.

Will empujó la puerta para abrirla. La luz entró en el oscuro interior. Amanda dejó de gritar durante unos segundos, pero luego volvió de nuevo a la carga cuando él cerró la puerta. Will inspiró profundamente un poco de aire fresco, contemplando la escena desde la parte de arriba de la escalera de metal. En lugar de la intensa y habitual actividad que seguía a un crimen espeluznante, todo el mundo iba de un lado para otro esperando órdenes. Había inspectores sentados en sus coches camuflados mirando sus mensajes de correo electrónico. Seis coches de patrulla bloqueaban cada extremo de la calle. Los vecinos miraban boquiabiertos desde el porche de sus casas. La furgoneta de la brigada criminalística de la policía de Atlanta estaba allí, así como la del GBI. El camión de bomberos aún estaba detenido delante de la casa de los

Mitchell. Los sanitarios fumaban sentados en el parachoques trasero de sus ambulancias. Había varios oficiales uniformados apoyados sobre los vehículos de emergencia, pasando el rato y fingiendo no preocuparse por lo que pasaba en el centro de mando.

Todos miraron a Will cuando bajaba por la calle. Fruncieron el ceño, se cruzaron de brazos, alguien musitó una maldición y hubo quien escupió en la acera.

Will no tenía muchos amigos en la policía de Atlanta.

El ambiente era tan tenso que se podía cortar con un cuchillo. Will levantó la mirada. Dos helicópteros de los canales de televisión sobrevolaban la escena del crimen. No estarían solos por mucho tiempo. Cada diez minutos pasaba un helicóptero de las fuerzas especiales. Habían montado una cámara de infrarrojos en el morro de la aeronave. La cámara podía ver a través de los bosques más espesos y los tejados; podía detectar cuerpos de sangre caliente y dirigir la búsqueda de los delincuentes. Era un instrumento sorprendente, pero completamente inútil en una zona residencial como aquella, en la que, en cualquier momento, había miles de personas yendo de un lado para otro sin cometer ningún delito. Con suerte podrían detectar formas de un rojo brillante sentadas en sus sofás viendo la televisión, las cuales, a su vez, verían el helicóptero de las fuerzas especiales revoloteando por encima.

Will miró entre la multitud, buscando a Sara, deseando que apareciese. Si hubiese tenido tiempo de pensar cuando Amanda se detuvo en la calle, le habría dicho que los acompañase. Debería haber anticipado que Faith necesitaría ayuda. Era su compañera, y se suponía que debía cuidar de ella, cuidarle las espaldas. Ahora, sin embargo, era demasiado tarde.

No sabía cómo Amanda se había enterado tan rápidamente del tiroteo, pero llegaron a la escena del crimen quince minutos después de que se hiciera el último disparo. El cerrajero acababa de abrir el cobertizo. Faith había estado yendo de un lado para otro como un animal enjaulado mientras esperaba que liberasen a su hija, y siguió haciendo lo mismo hasta mucho después de tener a Emma en brazos. Nada más ver a Will, Faith empezó a balbucear, hablando sobre la vecina del jardín trasero, la señora Johnson, su hermano Zeke, el cobertizo que había construido su padre cuando eran niños y otras muchas cosas que carecían por completo de sentido.

Al principio, Will pensó que estaba en *shock*, pero las personas que están en ese estado no van de un lado para otro gritando como lunáticos. Su presión sanguínea desciende tan rápidamente que, por lo general, no pueden estar de pie. Jadean como perros, miran al vacío, hablan con lentitud, y no con tanta rapidez que apenas se les entiende. Algo más estaba afectando a su comportamiento, pero no sabía si era una crisis nerviosa, la diabetes que padecía o qué.

Para colmo, en ese momento había unos veinte policías alrededor que sabían exactamente qué le sucedía a una persona cuando había vivido una experiencia tan traumática, pero Faith no se ajustaba a ninguno de sus perfiles. No estaba llorando, ni temblando, ni enfadada, tan solo fuera de control. Nada de lo que decía parecía razonable. No podía explicar lo sucedido. No podía conducirlos por la escena del crimen y explicarles el derramamiento de sangre. Era completamente inútil hablar con ella, porque las respuestas que daba carecían por completo de sentido.

Fue entonces cuando uno de los agentes comentó que podía estar ebria, y cuando otro se ofreció voluntario para traer el alcoholímetro del coche.

Amanda intervino de inmediato. Se llevó a Faith al jardín de enfrente, llamó a la puerta de la vecina —no a la de la señora Johnson, la cual tenía un cadáver en el jardín trasero, sino a la de una anciana, la señora Levy— y prácticamente le ordenó que dejase entrar a Faith para que pudiera serenarse.

Para entonces ya había llegado la unidad móvil de mando. Amanda se había dirigido directamente a la parte trasera del vehículo y empezó a exigir que le diesen el caso al GBI. Sabía que no podía ganar la contienda territorial con los comandantes de zona. Por ley, el GBI no podía hacerse fácilmente con un caso y decir que era suyo. El forense, el fiscal del distrito o el jefe de policía solían pedirle ayuda al estado, pero solo cuando no habían logrado resolver un caso, no querían gastar dinero o carecían de personal para seguir las pistas. La única persona que podía quitarle el caso a la policía de Atlanta era el gobernador, pero cualquier político del estado le habría dicho que no era una idea muy aconsejable. Amanda había empezado a chillar para impresionar, pues no era una persona que gritase cuando se enfadaba, sino todo lo contrario. Su voz adquiría un tono muy comedido, parecido a un murmullo, tanto que a veces había que aguzar el oído para oír los insultos que soltaba por la boca. Ahora lo que pretendía era ganar tiempo. Ganar tiempo en favor de Faith.

A los ojos de los agentes de la policía de Atlanta, Faith ya no era una policía, sino una testigo, una sospechosa. Era la persona en cuestión, y querían hablar con ella sobre los hombres que había matado y las razones por las que su madre había sido secuestrada. La policía de Atlanta no estaba formada por un puñado de palurdos. Se les consideraba uno de los mejores cuerpos de seguridad del país. Si no fuese porque Amanda les estaba gritando, ya tendrían a Faith en la comisaría y la estarían interrogando como si fuese una terrorista y estuvieran en Guantánamo.

Will no podía culparlos. Sherwood Forest no era el tipo de vecindario donde se esperaba que hubiese una masacre una bonita tarde de sábado. Ansley Park estaba a escasa distancia. En esa zona se encontraba el ochenta por ciento de los ingresos por el impuesto de propiedad; casas de millones de dólares con pistas de tenis y habitaciones lujosas para las canguros. Los ricos no eran ese tipo de personas que se quedaban con los brazos cruzados sin buscar un culpable cuando algo malo sucedía. Alguien tenía que responsabilizarse. Si Amanda no encontraba una forma de evitarlo, esa persona sería Faith. Y Will no sabía qué podía hacer.

El inspector Leo Donnelly se acercó, arrastrando los pies por el asfalto. Un cigarrillo le colgaba de la comisura del labio. El humo se le metió en el ojo, pero parpadeó para echarlo fuera.

—No me gustaría oírla chillar en la cama —dijo.

Se refería a Amanda. Seguía gritando, aunque apenas se podían distinguir sus palabras a través de las puertas cerradas.

Leo continuó.

—Aunque puede que valiese la pena. Las viejas se convierten en tigresas en la cama.

Will evitó estremecerse, no porque Amanda ya tuviera

más de sesenta años, sino porque Leo estaba considerando seriamente esa posibilidad.

—Sabe que no va a salirse con la suya, ¿verdad?

Will se apoyó en uno de los coches patrulla. Leo había sido el compañero de Faith durante seis años, pero ella había hecho casi todo el trabajo sucio. Leo, que tenía cuarenta y ocho años, no era ningún viejo, pero llevaba muchos años en la policía. Tenía la piel amarilla porque el hígado no le funcionaba bien, y había padecido cáncer de próstata, aunque el tratamiento había surtido efecto. No es que fuese mal tío, pero era muy vago, lo que no habría revestido importancia si fuese un vendedor de coches usados, pero era algo sumamente peligroso si eras policía. Faith se consideraba afortunada por haber podido librarse de él.

—No he visto un lío como este desde la última vez que trabajé contigo —dijo Leo.

Will observó la escena: el murmullo del generador del puesto de mando se mezclaba con el zumbido metálico que procedía de las furgonetas de televisión. Los policías yendo de un lado para otro con las manos en el cinturón. Los bomberos pasando el tiempo como podían. La completa y total inactividad. Decidió que debía hablar con Leo.

—¿De verdad? No me diga.

—¿Cómo se llama vuestro hombre del CSU? ¿Charlie? —dijo Leo asintiendo para sí mismo—. Ha conseguido entrar en la casa.

El agente especial Charlie Reed era el jefe de la Unidad Criminalística del GBI, y haría lo que fuese por ver la escena del crimen.

—Sabe lo que se hace —dijo Will.

—Como muchos —respondió Leo apoyándose contra el coche patrulla a medio metro de distancia de Will. Soltó un resoplido por la boca y añadió—: No sabía que Faith fuese una borracha.

—No lo es.

—¿Toma pastillas?

Will le echó la peor mirada que pudo.

—Ya sabes que tengo que hablar con ella.

Will no pudo evitar un tono de desdén.

—¿Usted lleva el caso?

—No te pases de listo.

Will no desperdició las palabras. A Leo le quedaba muy poco tiempo de andar metiendo las narices. En cuanto el jefe de policía de Atlanta llegase a la escena del crimen, le quitaría de en medio y formaría su propio equipo. Leo tendría suerte si le dejaban traer el café.

—Hablando en serio —dijo Leo—, ¿se encuentra bien Faith?

—Perfectamente.

Le dio la última calada al cigarrillo y lo tiró al suelo.

—La vecina está desquiciada. Casi matan a sus nietas.

Will trató de parecer imperturbable. Sabía algo de lo que había sucedido, pero no gran cosa. Los chicos del equipo táctico se habían aburrido después de pasar cinco minutos sin romper nada. Los detalles de la escena del crimen se habían filtrado gota a gota. Se habían encontrado dos cuerpos en la casa, y uno en el jardín trasero de la vecina. Faith llevaba dos armas encima, su Glock y una Smith&Wesson. Habían encontrado su escopeta en el suelo del dormitorio. Will dejó de prestar atención cuando oyó que un policía que acababa de llegar a la escena dijo que había visto a Faith con sus propios ojos y estaba tan borracha como una cuba.

Will, por su parte, solo sabía dos cosas: que no sabía qué había ocurrido en la casa, y que Faith había hecho lo debido.

Leo se aclaró la garganta y soltó un escupitajo de flema en el asfalto.

—La abuelita Johnson dijo que había oído gritos en el jardín trasero. Miró por la ventana de la cocina y vio al tirador, un mexicano, apuntando directamente a sus nietas. Soltó un disparo que hizo saltar algunos ladrillos de la casa. Faith corrió hasta la valla y le disparó, salvando a las pequeñas.

Will sintió que se quitaba un peso de encima.

—Tuvieron suerte de que Faith estuviese allí.

—Tanta como ella de que su vecina sea una buena testigo.

Will intentó meterse las manos en los bolsillos, pero recordó tardíamente que llevaba puestos sus pantalones de deporte.

Leo se rio.

53

—Me gusta tu nuevo uniforme. Pareces el policía de Village People.

Will cruzó los brazos sobre el pecho.

—Los Texicanos —dijo Leo—. El tipo del jardín trasero es uno de ellos. Hemos visto que tiene tatuajes en el pecho y en los brazos.

—¿Y los otros dos?

—Asiáticos. No sé si pertenecen a alguna banda. Parece que no. Al menos no visten como si lo fueran, ni llevan tatuajes. —Leo se tomó su tiempo para encender otro cigarrillo. Soltó una bocanada uniforme de humo antes de continuar—: Scott Shepherd —dijo señalando a un joven de aspecto robusto vestido con el uniforme táctico— dice que tenía a su equipo preparado fuera de la casa esperando los refuerzos. Oyeron un disparo. Pensaron que era una situación con rehenes. Había una agente dentro, dos si se cuenta a Evelyn. El peligro era inminente, por eso derribaron la puerta. —Leo le dio otra calada al cigarrillo—. Scott vio a Faith de pie, en el vestíbulo, con las piernas separadas y apuntando con su Glock. Ella vio a Scott, pero no dijo nada y se limitó a entrar en el dormitorio. Fueron detrás de ella y encontraron a un tipo muerto tirado sobre la alfombra. —Leo se llevó un dedo a la frente y añadió—: Le había disparado entre los ojos.

—Tendría una buena razón para ello.

—Ojalá la supiese. No tenía ninguna pistola en la mano.

—Puede que la tuviese el otro hombre. El que salió corriendo al jardín trasero y disparó a las niñas.

—Tienes razón. Él llevaba una.

—¿Han encontrado alguna huella?

—Están en ello.

Will habría apostado su casa a que encontraban dos tipos de huellas, una del asiático y otra del mexicano.

—¿Dónde han encontrado al tercer hombre?

—En el cuarto de la colada. Tenía un tiro en la cabeza. Le han levantado la tapa de los sesos. Hemos sacado una bala del treinta y ocho de la pared.

—La Glock de Faith es del calibre cuarenta. ¿Acaso el S&W no es del calibre treinta y ocho?

—Sí —respondió Leo apartándose del coche—. No sabemos nada de la madre. Tenemos a varios equipos buscándola. Ella era jefa de la Brigada de Estupefacientes, pero imagino que eso ya lo sabrás, Ratatouille.

Will trató de no apretar la mandíbula. Lo único que se le daba bien a Leo era poner el dedo en la llaga. Por esa razón, los policías uniformados le ponían tan mala cara a Will. Todos sabían que él había sido la causa de que Evelyn Mitchell forzase su jubilación. Uno de los trabajos más odiosos que había desempeñado en el GBI era investigar a los policías corruptos. Cuatro años antes, encontró pruebas sólidas que culpaban a la brigada de estupefacientes de Evelyn. Seis inspectores habían acabado en prisión por apropiarse del dinero que incautaban en las redadas de drogas, así como por aceptar sobornos por mirar para otro lado, pero la capitán Mitchell salió impune y conservó su pensión y su reputación casi intactas.

—Dile a la chica que le doy diez minutos como mucho, pero luego tiene que dejarse de tonterías y hablar conmigo —dijo Leo acercándose—. He oído la llamada que hizo al centro. Le dijeron que permaneciese fuera de la casa. Tendrá que darme razones muy convincentes para explicar por qué entró.

Leo empezó a marcharse, pero Will le preguntó:

—¿Cómo parecía encontrarse?

Leo se dio la vuelta.

—¿Cómo se encontraba?

Como era de esperar, Leo no se lo había planteado. Lo hizo en ese momento, y rápidamente empezó a asentir con la cabeza.

—Quizás un poco asustada, pero lúcida, calmada y serena.

Will también asintió.

—Así suele comportarse Faith.

Leo dibujó una sonrisa, pero Will no supo si era de alivio o porque estaba desempeñando su papel de costumbre y haciéndose el listillo.

—Me gustan tus pantalones —dijo Leo dándole una palmada en el brazo—. Deberías dejar que los de la televisión enseñasen tus bonitas piernas.

Leo hizo una señal a los periodistas que estaban detrás de la cinta amarilla. Se apretujaron entre sí, pensando que iba a hacer alguna declaración. Luego se oyó un murmullo de protesta cuando le vieron alejarse. Los agentes que los mantenían a raya les hicieron retroceder a base de empujones. Will vio que no les importaba gran cosa controlar a la muchedumbre. Tenían los ojos fijos en el puesto de mando, como si esperasen alguna declaración de un superior. Los agentes estaban tan interesados como los periodistas en saber qué había sucedido, puede que incluso más.

La capitán Evelyn Mitchell había servido en la policía de Atlanta durante treinta y nueve años. Había empezado desde lo más bajo, como administrativa, y había ido ascendiendo a lectora de parquímetros y policía de tráfico, hasta que finalmente le dieron una pistola del veintidós y una placa que no estaba hecha de plástico precisamente. Formaba parte de un grupo que destacaba en todo: las primeras mujeres en patrullar solas, las primeras inspectoras. Evelyn fue la primera mujer que había ocupado el rango de teniente de la policía de Atlanta, y también la primera en desempeñar el cargo de capitán. Las razones por las que se había jubilado carecían de importancia, pues tenía más medallas y galardones que todos los policías que estaban presentes en la escena.

Will sabía desde hacía mucho tiempo que los agentes de policía mostraban una lealtad incondicional, y también que existía una jerarquía establecida en esa lealtad. Era como una pirámide en la que todos los policías del mundo estaban en la parte inferior y tu compañero en el vértice. Faith había pertenecido al Departamento de Policía de Atlanta desde que ingresó, pero se trasladó al GBI dos años antes, donde empezó a ser la compañera de Will, que no era precisamente el más popular del equipo. Leo aún podía estar de parte de Faith, pero en lo que respecta a los demás miembros del departamento había perdido su lugar en la pirámide. Especialmente desde que supieron que el primer agente que llegó a la escena, un novato joven y con mucho entusiasmo, estaba siendo operado porque Faith le había dado tal codazo en los testículos que se los había puesto de corbata.

Will vio que levantaban la cinta amarilla. Sara se había

recogido el pelo y lo llevaba sujeto con una pinza en la parte de atrás de la cabeza. El traje de lino que tenía puesto parecía un poco desgastado. Llevaba un par de pantalones vaqueros doblados debajo del brazo. Al principio, Will pensó que parecía confusa, pero cuando se acercó vio que estaba molesta, incluso enfadada. Tenía los ojos enrojecidos y las mejillas encendidas.

Le dio los pantalones vaqueros a Will y le preguntó:

—¿Para qué me necesitas aquí?

Will la cogió del codo y la alejó de los periodistas.

—Es Faith.

Sara cruzó los brazos, manteniendo cierta distancia entre ellos.

—Si necesita atención médica, debes llevarla al hospital.

—No podemos —respondió Will tratando de no centrarse en la frialdad de su voz—. Está en la casa de la vecina. No tenemos mucho tiempo.

—En la radio he oído lo que ha pasado.

—Creemos que es un asunto de drogas, pero no se lo digas a nadie. —Will se detuvo y esperó hasta que ella le mirase—. Faith no está en sus cabales. Se encuentra confusa. Quieren hablar con ella, pero... —No sabía qué decir. Amanda le había pedido que llamase a Sara. Sabía que había estado casada con un policía, y asumía que su alianza no habría muerto con él—. Las cosas pueden ponerse muy feas para Faith. Ha matado a dos hombres, y han secuestrado a su madre. La van a presionar todo lo que puedan, por muchas razones.

—¿Se ha excedido?

—Ha sido una situación con rehenes. Las niñas de la vecina estaban en la línea de fuego —respondió Will sin darle más detalles—. Ha disparado a un hombre en la cabeza, y a otro en la espalda.

—¿Están bien las niñas?

—Sí, pero...

Las puertas traseras del puesto de mando se abrieron de golpe. El jefe Mike Geary, comandante de zona de Ansley y Sherwood Forest, bajó los escalones. Iba vestido con su áspero uniforme de poliéster azul marino que le quedaba muy apretado sobre su considerable barriga. Parpadeó al salir al sol, dejando entrever una profunda arruga en su bronceada frente. Al igual que la mayoría de los antiguos oficiales, llevaba el pelo gris cortado al estilo militar. Geary se puso el sombrero y se dio la vuelta para tenderle la mano a Amanda, pero algo le detuvo justo cuando iba a hacerlo, por lo que terminó dejándola caer antes de que ella pudiese apoyarse.

—Trent —ordenó—. Quiero hablar con su compañera inmediatamente. Vaya a buscarla. Tiene que venir con nosotros a comisaría.

Will miró a Amanda mientras ella se inclinaba sobre sus zapatos de tacón alto. Movía la cabeza, indicándole que no podía oponerse.

Para su sorpresa, fue Sara quien los salvó.

—Primero tengo que examinarla.

A Geary no le gustó que nadie se interpusiera.

—¿Y usted quién es?

—Soy traumatóloga del servicio de urgencias del Grady —respondió Sara, omitiendo hábilmente decir su nombre—. He venido para evaluar a la agente Mitchell y a asegurarme de que cualquier testimonio que dé sea admisible. —Inclinó la cabeza hacia un lado y añadió—: Estoy segura de que su política no es tomar declaración bajo coacción.

—No está bajo coacción —replicó toscamente Geary.

Sara enarcó una ceja.

—¿Esa es su postura oficial? Odiaría tener que testificar que ha llevado a cabo un interrogatorio coactivo en contra del consejo médico.

La confusión superó el enfado de Geary. Normalmente, los médicos estaban dispuestos a ayudar a la policía, pero también podían interrumpir cualquier interrogatorio si creían que eso podía perjudicar a sus pacientes. Aun así, Geary lo intentó:

—¿Qué tipo de tratamiento necesita?

Sara no se amedrentó.

—No puedo saberlo hasta que no la evalúe. Puede estar en estado de *shock*. O herida. Puede que necesite ser hospitalizada. La podría trasladar al hospital ahora mismo y empezar a hacerle pruebas.

Sara se dio la vuelta para llamar a los sanitarios.

—Espere.

Geary soltó una maldición y se dirigió a Amanda:

—Se te dan muy bien las tácticas dilatorias, ¿verdad, directora adjunta?

Amanda respondió con una sonrisa que simulaba dulzura y encanto.

—Adoro que se reconozcan mis méritos.

—Quiero que se mande una muestra de su sangre a un laboratorio independiente para hacerle un examen toxicológico —ordenó Geary—. ¿Cree que podrá hacerlo, doctora?

—Por supuesto —respondió Sara.

Will la cogió del brazo y la condujo hasta la casa de la vecina. En cuanto vio que nadie los escuchaba, dijo:

—Gracias.

Una vez más, ella se apartó de él mientras subían por la entrada de la casa. Cuando llegaron al porche delantero, estaba a unos cuantos metros de distancia, aunque parecía un abismo. No era la misma Sara que había visto una hora antes. Puede que fuese la escena del crimen, aunque Will ya la había visto anteriormente en otra situación similar. Sara había sido médica forense en otro tiempo, y no se podía decir que no estuviese en su elemento. Will no sabía a qué se debía ese cambio. Había pasado toda la vida evaluando el estado de ánimo de otras personas, pero comprender los de esa mujer en particular le resultaba imposible.

La puerta se abrió y la señora Levy los miró a través de sus gruesas gafas. Llevaba un traje amarillo con el cuello deshilachado. Tenía un delantal blanco con una manada de gansos recorriendo el dobladillo atado a su delgada cintura. Se le salían los talones por las zapatillas amarillas que hacían juego con el traje. A pesar de tener más de ochenta años, su mente era lúcida y se veía que apreciaba a Faith.

—¿Es usted la doctora? Me dijeron que solo dejase entrar a un médico.

—Sí, señora. Yo soy médica —respondió Sara.

—Una mujer muy guapa. Pase. Vaya día que hemos tenido.

La señora Levy se echó a un lado y abrió la puerta de par

en par para que pudiesen entrar en el vestíbulo. Se la oía respirar a través de su dentadura postiza.

—He tenido más visitas hoy que en todo el año.

El salón estaba varios escalones por debajo y los muebles parecían tener tantos años como la casa. Había una moqueta amarillenta de esquina a esquina, y un sofá color mostaza con muchos cojines. El único mueble moderno era un sillón reclinable de esos que tienen una palanca para que sea más fácil sentarse y levantarse. La única luz que había en la habitación procedía del televisor. Faith estaba desplomada sobre el sofá, con Emma apoyada en el hombro. Toda aquella palabrería la había dejado exhausta, y parecía completamente ida. Will vio que se comportaba como era de esperar cuando supo que había estado involucrada en un tiroteo. Cuando estaba triste, solía ser una persona callada, pero su estado tampoco era muy normal. Estaba demasiado callada.

—Faith —dijo—. Ha venido la doctora Linton.

Faith miraba la enmudecida televisión y no respondió. En algunos aspectos, parecía sentirse peor que antes. Tenía los labios tan blancos como la piel. El sudor le daba a su rostro cierta luminiscencia. Tenía el pelo apelmazado, y respiraba débilmente. Emma ronroneó, pero Faith no parecía darse cuenta de nada.

Sara encendió la luz antes de arrodillarse delante de ella.

—¿Faith? ¿Puedes mirarme?

Faith seguía con la mirada fija en el televisor. Will aprovechó ese momento para ponerse los pantalones encima del pantalón de deporte. Notó un bulto en el bolsillo trasero y sacó la cartera y el reloj.

—¿Faith? —dijo Sara empleando un tono más elevado y firme—. Mírame.

Lentamente, miró a Sara.

—¿Me dejas que coja a Emma?

—Está durmiendo —respondió arrastrando las palabras.

Sara pasó las manos alrededor de la cintura de Emma y le quitó a la niña de encima del hombro.

—Qué grande se ha puesto. —Sara examinó a la niña, mirándole los ojos, los dedos de las manos y de los pies, y luego las encías—. Creo que está un poco deshidratada.

—Tengo un biberón preparado —dijo la señora Levy—, pero no me ha dejado dárselo.

—¿Le importaría dárselo ahora?

Sara le hizo una señal a Will para que se acercase y cogiese a Emma. Él se sorprendió de lo mucho que pesaba. La reclinó sobre su hombro. Su cabeza cayó contra su cuello como un saco de harina húmeda.

—¿Faith? —Sara le hablaba de forma sucinta, como si tratase de acaparar la atención de una anciana—. ¿Cómo te encuentras?

—La llevé al médico.

—¿Has llevado a Emma? —preguntó Sara mientras le sostenía el rostro con la mano—. ¿Qué te ha dicho?

—No sé.

—¿Puedes mirarme?

La boca de Faith se movió como si masticase chicle.

—¿Qué día es hoy, cariño? ¿Me puedes decir qué día de la semana es?

Faith echó para atrás la cabeza.

—No.

—Bueno, no te preocupes.

Sara le abrió uno de los párpados y le preguntó:

—¿Cuándo fue la última vez que comiste?

Faith no respondió. La señora Levy regresó con el biberón y se lo dio a Will, que acunó a Emma en su brazo para que pudiese beber.

—¿Faith? ¿Cuándo comiste por última vez?

Ella trató de apartar a Sara. Al ver que no lo conseguía, empujó más fuerte.

Sara siguió hablándole mientras le bajaba las manos.

—¿Esta mañana? ¿Has desayunado algo esta mañana?

—Aparta.

Sara se giró para hablarle a la señora Levy.

—Usted no es diabética, ¿verdad?

—No, doctora, pero mi marido sí. Falleció hace casi veinte años. Que Dios le bendiga.

Sara se dirigió a Will.

—Tiene una reacción a la insulina. ¿Dónde está su bolso?

La señora Levy interrumpió:

61

—No tenía ninguno cuando la trajeron. Quizás esté en el coche.

Sara se volvió a dirigir a Will.

—Debe tener un kit de emergencia en su bolso. Es de plástico. En uno de los lados pone «glucagón». —Hizo un esfuerzo por recordar—. Es ovalado, del tamaño de un estuche de pluma. Rojo brillante o naranja. Ve a buscarlo, por favor.

Will se llevó a la niña con él. Andando apresuradamente se dirigió a la puerta principal y salió al jardín. Los solares en Sherwood Forest eran más grandes de lo habitual, pero algunos eran más alargados y estrechos que anchos. Will pudo ver el cuarto de baño de Evelyn Mitchell desde el garaje de la señora Levy. Vio a un hombre de pie, en el largo pasillo. Una vez más se preguntó cómo es que la anciana no había oído el tiroteo en la casa de al lado. No era la primera persona que no quería verse involucrada, pero le sorprendía su reticencia.

Hasta que no estuvo a pocos metros del Mini no pensó que el coche de Faith formaba parte de la escena del crimen. Había dos policías de pie, al otro lado del automóvil, y cuatro más en el garaje. Will miró en el interior. Vio el estuche de plástico que Sara le había indicado, junto con otros objetos en el asiento del pasajero.

—Necesito coger una cosa del coche —les dijo a los agentes.

—Vete a la mierda —le respondió uno de ellos.

Will señaló a Emma, que estaba tomándose el biberón como si llevase una semana sin comer.

—Necesita el calmante. Le están saliendo los dientes.

Los agentes le miraron, y Will se preguntó si no habría metido la pata. Había cambiado pañales en el orfanato, pero no tenía ni idea de cuándo les salían los dientes a los bebés. Emma tenía cuatro meses, y lo único que comía venía de su madre o de un biberón. Por lo que sabía, aún no necesitaba masticar nada.

—Por favor —dijo Will levantando a Emma para que ellos pudiesen ver su sonrosada carita—. Es tan solo un bebé.

—De acuerdo —cedió uno de ellos. Le dio la vuelta al coche, abrió la puerta y preguntó—: ¿Dónde está?

—Es ese objeto rojo de plástico que parece un estuche de pluma.

El policía no pareció notar nada raro. Cogió el kit y se lo dio a Will.

—¿Se encuentra bien?

—Solo tenía sed.

—Me refiero a Faith, gilipollas.

Will intentó coger el kit, pero el policía no lo soltaba. Repitió la pregunta.

—¿Se pondrá bien Faith?

Will vio que estaba realmente interesado.

—Sí. Se pondrá bien.

—Dígale de parte de Brad que encontraremos a su madre —aseguró el policía. Soltó el kit y cerró la puerta de un portazo.

Will no le dio tiempo a cambiar de opinión. Regresó apresuradamente a la casa, intentando no zarandear a Emma. La señora Levy aún estaba en la puerta y la abrió antes de que Will llamase.

La escena en el interior había cambiado. Faith estaba tendida en el sofá. Sara le sostenía la cabeza y le estaba dando una lata de Coca-Cola.

Sara arremetió inmediatamente contra Will.

—Deberías haber llamado a los sanitarios de inmediato —le dijo—. Su nivel de azúcar es muy bajo. Está estuporosa y diaforética. Tiene el corazón acelerado. No es para tomárselo a broma. —Cogió el kit y lo abrió. Dentro había una jeringa con un líquido claro y una ampolla con un polvo blanco muy parecido a la cocaína. Sara limpió la aguja con un poco de algodón y alcohol que obviamente le había dado la señora Levy. Hablaba mientras metía la jeringa en el frasco e introducía el líquido—. Creo que no ha comido nada desde el desayuno. La adrenalina que ha segregado con el enfrentamiento le habrá producido un elevado nivel de azúcar, pero el bajón habrá sido también mayor. Teniendo en cuenta lo sucedido, me extraña que no haya entrado en coma.

Will se tomó tan en serio sus palabras como ella pretendía. No importaba lo que había dicho Amanda, debería haber exigido la ayuda de un sanitario media hora antes. Se había preocupado por la carrera de Faith cuando debería haberlo hecho por su vida.

63

—¿Se pondrá bien?

Sara agitó la ampolla para que los contenidos se mezclasen antes de succionarlos con la jeringa.

—Lo sabremos de inmediato.

Levantó la camisa de Faith y limpió una parte de la piel del abdomen. Will observó cómo penetraba la aguja, y cómo el tapón de goma hacía descender el cilindro de plástico mientras se introducía el líquido.

—¿Te preocupa que piensen que estaba trastornada cuando disparó a los dos hombres? —preguntó Sara.

Will no respondió.

—Su bajón debió de ser muy brusco y rápido. Apenas podría articular palabra, y probablemente parecería como si estuviese ebria. —Sara limpió el kit y puso todas las piezas en su sitio—. Diles que presten atención a los hechos. Disparó a un hombre en la cabeza y a otro en la espalda, probablemente desde cierta distancia, teniendo a dos personas inocentes en su trayectoria. Si hubiese estado trastornada, no podría haber efectuado unos disparos tan certeros.

Will miró a la señora Levy, quien probablemente no debería estar escuchando esa conversación. Ella hizo un gesto restándole importancia.

—No te preocupes por mí, muchacho. Se me olvidan muy fácilmente las cosas. —Extendió los brazos para coger a Emma—. ¿Me dejas que me ocupe de esta preciosidad?

Will, con sumo cuidado, le dio a la niña. La anciana se dirigió a la parte trasera de la casa. Sus zapatillas palmeaban contra sus talones.

—¿Qué me dices de la diabetes? ¿Podrán decir que se debió a eso? —preguntó Will.

Sara respondió con un tono profesional.

—¿Cómo se comportaba cuando llegaste?

—Parecía… —Sacudió la cabeza, pensando que no le gustaría volver a verla en semejante estado—. Parecía como si hubiese perdido la cabeza.

—¿Crees que alguien mental o químicamente alterado podría haber matado a dos personas, a cada una de un simple disparo? —Sara apoyó la mano en el hombro de Faith y, con un tono más delicado, dijo—: Faith, ¿puedes levantarte?

Faith, lentamente, se irguió. Parecía aturdida, como si acabase de despertar de un profundo sueño, aunque estaba empezando a recuperar el color. Se llevó las manos a la cabeza, haciendo un gesto de dolor.

—Te dolerá la cabeza durante un rato —la advirtió Sara—. Bebe toda el agua que puedas. Necesitamos el medidor para poder evaluar tu nivel de azúcar.

—Lo tengo en el bolso.

—Trataré de conseguir otro de alguna ambulancia. —Sara cogió una botella de agua de la mesa y desenroscó el tapón—. Bebe agua. No tomes más Coca-Cola.

Sara se marchó sin mirar a Will. Su espalda era como una muralla de hielo. Él no sabía qué hacer al respecto, así que optó por ignorarla y se sentó sobre la mesa de café, frente a Faith.

Ella bebió un largo sorbo de agua antes de decir:

—La cabeza me está matando. —Repentinamente, recordó todo lo sucedido—. ¿Dónde está mi madre?

Intentó levantarse, pero Will se lo impidió.

—¿Dónde está?

—La están buscando.

—¿Y las pequeñas?

—Están bien. Por favor, quédate sentada unos minutos, ¿de acuerdo?

Miró alrededor, recuperando algo de su vitalidad.

—¿Dónde está Emma?

—Con la señora Levy. Está dormida. Llamé a Jeremy a la escuela...

Faith abrió la boca. Will vio que se recuperaba por momentos.

—¿Qué le has dicho?

—Hablé con Víctor. Sigue siendo el jefe de estudios. Imaginé que no querrías que enviase a un policía a la clase de Jeremy.

—Víctor. —Faith apretó los labios. Había estado saliendo con Víctor Martínez durante un tiempo, pero rompieron hacía aproximadamente un año—. Espero que no le hayas mencionado a Emma.

Will no recordaba exactamente qué le había dicho, pero dedujo que Faith no le había comentado que tenía una hija.

—Lo siento.

—No importa —respondió ella dejando la botella encima de la mesa. Las manos le temblaban tanto que derramó un poco de agua sobre la moqueta—. ¿Qué más?

—Estamos tratando de localizar a tu hermano.

El doctor Zeke Mitchell era cirujano en las Fuerzas Aéreas, y estaba destinado en algún lugar de Alemania.

—Amanda recurrió a un amigo suyo de la Reserva Aérea de Dobbins. Están intentando suprimir la burocracia.

—Mi teléfono... —dijo Faith recordando dónde lo había dejado—. Mi madre tiene su número al lado del teléfono que hay en la cocina.

—Lo cogeré en cuanto hayamos acabado —prometió Will—. Ahora cuéntame lo ocurrido.

Faith respiraba entrecortadamente. Will vio que trataba de recordar lo sucedido.

—He matado a dos personas.

Will le cogió ambas manos. Aún tenía la piel fría y húmeda. Temblaba ligeramente, pero no creía que se debiese a su problema de diabetes.

—Has salvado a dos niñas, Faith.

—El hombre de la habitación —dijo—. No sé qué le pasó.

—¿Estás confundida? ¿Quieres que vaya a buscar a la doctora Linton?

—No. —Faith sacudió la cabeza durante tanto rato que Will pensó que debería llamar a Sara de todas formas—. Mi madre no es mala, Will. No es una poli corrupta.

—No hablemos de eso ahora...

—Sí —insistió Faith—. Y, aunque lo fuese, que no lo es, hace cinco años que está jubilada. Ya está fuera de todo eso. Nunca va a las recaudaciones de fondos ni a ningún acontecimiento. No habla con nadie que pertenezca a su vida anterior. Los viernes, juega a las cartas con algunas mujeres del vecindario, y va a la iglesia los miércoles y los domingos. Cuida de Emma mientras trabajo. Su coche tiene cinco años, y acaba de pagar la última letra de la hipoteca de la casa. No está metida en ningún asunto. No hay motivos para pensar...

Empezaron a temblarle los labios, y parecía estar a punto de echarse a llorar.

Will la puso al tanto.

—Fuera hay un centro de mando. Todas las carreteras están controladas. La foto de Evelyn está en todos los canales de televisión. Todos los coches patrulla también tienen una foto suya. Estamos poniendo a todo el mundo al tanto para ver si se han enterado de algo. Han intervenido tus teléfonos por si piden un rescate. Amanda se ha puesto hecha una furia, pero ellos pusieron a uno de sus agentes en tu casa para supervisar los mensajes y las llamadas. Jeremy está en tu casa. Hay un policía de paisano con él. Y a ti también te pondrán otro.

Faith había trabajado anteriormente en algunos casos de secuestros.

—¿Crees que pedirán un rescate? —preguntó.

—Es posible.

—Eran texicanos. Buscaban algo. Por eso se la llevaron.

—¿Qué buscaban? —preguntó Will.

—No lo sé. La casa estaba patas arriba. El asiático dijo que cambiaría a mi madre por lo que estaban buscando.

—¿El asiático dijo que negociaría?

—Sí. Tenía una pistola apuntándole al texicano; el que ha muerto en el jardín trasero.

—Espera —dijo Will dándose cuenta de que no lo estaban haciendo bien—. Vamos a empezar. Piensa como si estuvieses en la escena del crimen. Empecemos por el principio. Has estado de servicio esta mañana, ¿no? Haciendo un curso de informática.

Asintió.

—Me retrasé casi dos horas.

Describió todos los detalles, cómo había intentado llamar a su madre, la música que oyó al bajarse del coche. No se percató de que algo iba mal hasta que no dejó de oír la música. Will le dejó narrar la historia; que había encontrado la casa revuelta, el cadáver con el que se había topado y los dos hombres que había matado.

Cuando terminó, lo rebobinó todo mentalmente y vio a Faith en el garaje, al lado del cobertizo, y luego regresar a su coche. A pesar de sus recientes problemas médicos, lo recordaba todo claramente. Había llamado al centro de emergencia, y luego cogió su arma. Will notó que ese detalle le causaba cierto dolor. Faith sabía que él estaba en su casa ese día. Habían hablado de ello el día anterior por la tarde. Ella se quejaba de tener que ir al curso, y él le dijo que lavaría el coche y cuidaría del jardín. Will vivía a cuatro kilómetros de su casa, y podría haber llegado en solo cinco minutos.

Ella, sin embargo, no le había llamado.

—¿Qué sucede? ¿Me he perdido algo?

Will se aclaró la voz.

—¿Qué canción se oía cuando entraste?

—*Back in black*, de AC/DC.

Resultaba extraño.

—¿Es la clase de música que suele escuchar tu madre?

Faith negó con la cabeza. Obviamente, aún seguía en estado de *shock*.

Will puso las manos sobre sus brazos, para que se concentrase.

—Piensa detenidamente, ¿de acuerdo? —dijo esperando hasta que lo miró—. Hay dos hombres muertos en la casa. Los dos son asiáticos. El hombre del jardín trasero es mexicano, de la banda de los Texicanos.

Faith se centró.

—El asiático del dormitorio llevaba una camisa hawaiana. Parecía del sur —dijo refiriéndose a su acento—. Apuntaba al texicano y amenazaba con matarle.

—¿Dijo algo más?

—Le disparé —respondió Faith. Sus labios empezaron a temblar de nuevo.

Will nunca la había visto llorar, y no quería hacerlo en ese momento.

—El hombre de la camisa apuntaba a la cabeza del otro con la pistola —le recordó—. El texicano estaba ya maltrecho, probablemente le habían torturado. Temiste por su vida. Por eso apretaste el gatillo.

Faith asintió, aunque Will vio cierta duda en su mirada.

—Después de que el hawaiano de la camisa muriese, el texicano salió huyendo al jardín, ¿no es verdad?

—Sí.

—Y tú saliste detrás de él. Cuando él disparó a las dos niñas, le disparaste, ¿no es así?

—Sí.

—Estabas protegiendo al rehén que había en el dormitorio, y a las dos niñas que había en el jardín trasero de tu vecina, ¿no es cierto?

—Sí —respondió Faith con una voz más contundente—. Así fue.

Estaba recuperando la serenidad. Will se sintió un poco más aliviado. Le soltó las manos.

—Tú recuerda las instrucciones. Estamos autorizados a utilizar la fuerza letal cuando nuestra vida o la de otras personas están en juego. Hiciste lo que debías. Solo tienes que decir lo que pensabas. Había personas en peligro, y disparaste para detener la amenaza. No disparaste para herir.

—Lo sé.

—¿Por qué no esperaste a que llegaran los refuerzos?

Faith no respondió.

—El operador de la central de emergencias te dijo que esperases, pero no lo hiciste.

Ella seguía sin responder.

Will volvió a sentarse sobre la mesa, con las manos entre las rodillas. Puede que no confiase en él. Jamás habían hablado sinceramente sobre el caso que había llevado contra su madre, pero sabía que Faith pensaba que eran los inspectores de la brigada y no la capitán que estaba al mando quienes lo habían organizado todo. Por muy inteligente que fuese, aún era muy ingenua sobre la política de su trabajo. Will había notado en todos los casos de corrupción en los que había trabajado que los cabecillas que solían dedicarse a esos negocios eran los que no llevaban medallas de oro. Faith estaba muy por debajo en la cadena para disfrutar de esa clase de protección.

—Probablemente oíste algo. ¿Un grito? ¿Un disparo?

—No.

—¿Viste algo?

—Vi que se movían las cortinas, pero fue después de…

—Vale, eso está bien —dijo Will echándose hacia delante de nuevo—. Viste a alguien. Pensaste que tu madre estaba dentro. Presentiste que estaba en peligro y entraste para asegurar la escena.

69

—Will...

—Escúchame, Faith. He preguntado a muchos policías las mismas cosas y sé cuáles deben ser las respuestas. ¿Me escuchas?

Faith asintió.

—Viste a alguien dentro de la casa, y pensaste que tu madre estaba en un serio peligro...

—Vi sangre en el garaje. Y en la puerta. Había huellas de una mano ensangrentada en la puerta.

—Exacto. Eso te daba un motivo para entrar. Alguien estaba gravemente herido. Su vida estaba en juego. Lo demás sucedió porque te viste inmersa en una situación que justificaba el uso de la fuerza letal.

Faith movió la cabeza.

—¿Por qué me dices todo eso? Tú odias cuando los policías mienten para defenderse entre sí.

—No estoy mintiendo por ti. Me estoy asegurando de que conserves tu trabajo.

—Me importa un carajo el trabajo. Lo único que quiero es que mi madre regrese.

—Entonces cíñete a lo que hemos hablado. No podrás hacer nada encerrada en una celda.

Aquello la dejó consternada. No se le había ocurrido pensar que las cosas se podían poner aún más feas de lo que ya estaban.

Se oyó un golpe fuerte en la puerta. Will hizo ademán de levantarse, pero la señora Levy se adelantó. Recorrió el pasillo con los brazos balanceándose. Will dedujo que había dejado a Emma en la cama, y esperaba que hubiese colocado algunas almohadas a su alrededor.

Geary fue el primero en entrar, seguido de Amanda y de dos hombres de aspecto mayor, uno negro y otro blanco. Ambos tenían las cejas espesas, iban bien afeitados y llevaban todas esas condecoraciones en el pecho que demostraban que habían ascendido desde un despacho. Venían de adorno, para hacer que Geary pareciese aún más importante. Si hubiese sido una estrella del rap, les habrían llamado sus colegas, pero, al ser comandante de zona, era su «plantilla de apoyo».

—Señora —le dijo Geary a la señora Levy mientras se quitaba el sombrero.

Sus acompañantes hicieron lo mismo, y pusieron sus sombreros debajo del brazo, como su jefe. Geary se dirigió hacia Faith, pero la anciana se puso en medio.

—¿Les apetece una taza de té y algunas pastas?

—Estamos dirigiendo una investigación, no hemos venido a tomar el té —espetó Geary.

La señora Levy permaneció tranquila.

—De acuerdo. Entonces, pónganse cómodos.

Le guiñó un ojo a Will mientras se daba la vuelta y recorría el pasillo.

—Levántese, agente Mitchell —dijo Geary.

Will notó que se le tensaba el estómago cuando Faith se levantó. Había dejado de temblar, aunque tenía la camisa arrugada y el pelo revuelto.

—Estoy preparada para declarar si…

—Tu abogado y un representante sindicalista te esperan en comisaría —la interrumpió Amanda.

Geary frunció el ceño. Obviamente no le importaba la representación legal de Faith.

—Agente Mitchell, le dijeron que esperase a los refuerzos. No sé cómo funciona el GBI, pero los hombres que están a mi cargo cumplen las órdenes.

Faith miró a Amanda, pero le respondió a Geary sin alterarse.

—Había sangre en la puerta de la cocina. Vi a una persona dentro de la casa. El revólver de mi madre había desaparecido. Pensé que su vida corría peligro, así que entré para garantizar su seguridad.

No podía haber respondido mejor ni aunque Will se lo hubiese dado por escrito.

—¿Qué me dice del hombre que hay en la cocina? —preguntó Geary.

—Estaba muerto cuando entré en la casa.

—¿Y el del dormitorio?

—Apuntaba al otro tipo a la cabeza con el revólver de mi madre. Yo protegí la vida de un rehén.

—¿Y el del jardín?

—Era el rehén. Cogió el revólver después de que yo disparase al primer hombre. Tiraron la puerta principal y me despisté. Salió huyendo al jardín trasero con la pistola, y disparó a las dos niñas. Yo tenía mi arma, y la usé para salvar sus vidas.

Geary miraba a sus compañeros mientras decidía qué hacer. Los dos hombres también parecían inseguros, pero estaban dispuestos a respaldar a su jefe incondicionalmente. Will estaba tenso, porque era uno de esos momentos en que las cosas se ponían fáciles o difíciles. Quizá la lealtad que le debía a Evelyn Mitchell hizo que adoptase una actitud más delicada.

—Uno de mis oficiales la llevará a comisaría. Si lo necesita, tómese unos minutos para serenarse.

Hizo ademán de ponerse el sombrero, pero Amanda le detuvo.

—Mike, necesito recordarte algo —dijo esbozando la misma sonrisa de dulzura que antes—. El GBI tiene jurisdicción completa sobre todos los casos de drogas del estado.

—¿Me estás diciendo que has encontrado pruebas de que el tiroteo se debe a un asunto de estupefacientes?

—Yo no he dicho tal cosa, ¿verdad que no?

Geary la miró fijamente mientras se ponía el sombrero.

—No creas que no voy a averiguar por qué me has hecho perder el tiempo.

—Me parece fantástico que utilices así tus recursos.

Geary se dirigió hacia la puerta caminando a grandes zancadas, con sus esbirros siguiéndole. Sara subía las escaleras del porche delantero. Con rapidez puso las manos en la espalda para ocultar el medidor de azúcar que había pedido prestado.

—Doctora Linton —dijo Geary quitándose el sombrero de nuevo, al igual que sus hombres—. Lamento no haberla reconocido antes. —Will dedujo que se debía a que no se lo había dicho, pero obviamente alguien le había puesto al tanto—. Yo conocí a su marido. Era un buen policía. Y un buen hombre.

Sara continuaba con las manos en la espalda, retorciendo el medidor de plástico. Will reconoció la mirada que les puso a los hombres. No quería hablar. Aun así respondió:

—Gracias.

—Si puedo ayudarla en algo, dígamelo.

Sara asintió. Geary se puso el sombrero, pero el gesto fue automático, como un saludo en un partido de rugby.

Faith habló en cuanto se cerró la puerta.

—El texicano me dijo algo antes de morir. —Movió la boca, como si intentase recordar lo que le había dicho—. Alma o *al-may*.

—¿Almeja? —preguntó Amanda pronunciando la palabra con un tono exótico.

Faith asintió.

—Eso es. ¿Sabes lo que significa?

Sara abrió la boca, pero antes de que pudiese decir nada, Amanda intervino:

—Es una palabra española. En su jerga significa «dinero». ¿Crees que estaban buscando dinero?

Faith sacudió la cabeza y se encogió de hombros al mismo tiempo.

—No lo sé. No dijeron nada, pero tiene sentido. Los texicanos son una banda de drogas, y drogas significa dinero. Mi madre trabajaba en narcóticos. Puede que creyesen que ella... —Faith miró a Will.

Él le leyó los pensamientos. Después de su investigación, mucha gente pensaba que Evelyn Mitchell era el tipo de policía que tenía un montón de dinero escondido en su casa.

Sara aprovechó el silencio.

—He de marcharme. —Le dio el medidor de azúcar a Faith—. Tienes que seguir tu horario religiosamente. El estrés no es nada bueno. Llama a tu médico y pregúntale sobre la dosis, sobre los ajustes que tienes que hacer y los síntomas a los que debes prestar atención. ¿Sigues viendo a la doctora Wallace? —Faith asintió, y Sara prosiguió—: La llamaré de camino a casa y le contaré lo sucedido, pero tienes que ponerte en contacto con ella lo antes posible. Aunque sea un momento muy estresante, debes seguir con tu rutina. ¿Lo comprendes?

—Gracias.

A Faith nunca se le había dado bien dar las gracias, pero Will jamás la había visto expresarlas con tanta sinceridad.

—¿Vas a hacerle una prueba toxicológica para Geary? —le preguntó Will a Sara.

Ella se dirigió a Amanda.

—Faith trabaja para usted, no para la policía de Atlanta. Necesitan una orden para sacarle sangre, pero imagino que no querrá pasar por todo eso.

—Hipotéticamente —preguntó Amanda—, ¿qué se detecta en una prueba de toxicología?

—Que no estaba ebria ni influenciada por ninguna de las sustancias que ellos buscan. ¿Quiere que le saque una muestra de sangre?

—No, doctora Linton, pero le agradezco su ayuda.

Sara se marchó sin decir nada más, y sin tan siquiera mirar a Will.

—¿Por qué no vas a ver a la viuda alegre? —sugirió Amanda.

Will pensó que se refería a Sara, pero luego recapacitó. Entró de nuevo en la casa para buscar a la señora Levy, pero no antes de ver cómo Amanda abrazaba a Faith. Era un gesto desconcertante en una mujer que tenía los instintos maternales de un dingo.

Will sabía que Faith y Amanda compartían un pasado del cual ninguna de ellas hablaba. Mientras Evelyn Mitchell abría el camino para las mujeres en la policía de Atlanta, Amanda Wagner hacía otro tanto en el GBI. Eran contemporáneas, de la misma edad, y compartían ese deseo de romper con los moldes. También llevaban muchos años siendo amigas —Amanda incluso había salido con el cuñado de Evelyn, el tío de Faith—, un detalle que ella no le mencionó cuando le encomendó el trabajo de investigar la brigada de estupefacientes que lideraba su antigua amiga.

Will encontró a la señora Levy en la habitación trasera, la cual parecía haberse transformado en un compendio de todas las cosas que le gustaban a la anciana. Había un tablero de recortes, algo que Will reconoció porque había trabajado en un caso en el que una mujer joven había fallecido en un tiroteo que se produjo en un barrio de la periferia mientras pegaba en una cartulina de colores fotografías de unas vacaciones que había pasado en la playa. Había también un par de patines de cuatro ruedas, una raqueta de tenis apoyada en una esquina, diversos tipos de cámaras sobre un sofá cama, algunas digitales, pero la mayoría antiguas, de las que utilizaban un carrete. Por la luz roja que había encima del armario, dedujo que ella misma revelaba las fotografías.

La señora Levy estaba sentada en una mecedora de madera, al lado de la ventana. Tenía a Emma en su regazo. El delantal cubría a la niña como si fuese una manta. La camada de gansos estaba en posición inversa. Emma tenía los ojos cerrados mientras se tomaba ansiosamente el biberón. El ruido que emitía le recordó a la niña pequeña de *Los Simpson*.

—¿Por qué no se sienta? —dijo la anciana—. Emma ya se encuentra mejor.

Will se sentó en la cama, con cuidado, para no tirar las cámaras.

—Ha sido una suerte que tuviese un biberón para ella.

—¿Verdad que sí? —respondió mientras sonreía a la niña—. La pobre no ha podido dormir su siesta por culpa del ajetreo.

—¿Tiene usted también una cuna?

La anciana soltó una risita.

—Por lo que veo, ha mirado en mi dormitorio.

Will no había sido tan atrevido, pero lo tomó como un sí.

—¿Con qué frecuencia se queda cuidando de la niña?

—Normalmente, algunas veces por semana.

—¿Y recientemente?

La anciana le guiñó un ojo.

—Usted es muy inteligente.

No fue una cuestión de inteligencia, sino de suerte. Le había sorprendido que la señora Levy tuviese un biberón preparado justo en el momento en que Emma lo necesitaba.

—¿En qué estaba metida Evelyn?

—¿Le parezco el tipo de persona que se mete en los asuntos de los demás?

—¿Cómo puedo responder a esa pregunta sin ofenderla?

La anciana se rio, pero su risa se fue apagando.

—Evelyn nunca me lo dijo, pero creo que estaba saliendo con alguien.

—¿Desde hace cuánto?

75

—¿Tres o cuatro meses? —Parecía estar respondiéndose a sí misma y asintió—. Fue justo después de que Emma naciese. Empezaron poco a poco, al principio una vez por semana, pero en los últimos diez días se vieron con más frecuencia. Dejé de contar los días cuando me jubilé, pero la semana pasada Evelyn me pidió que cuidase de Emma tres mañanas seguidas.

—¿Siempre por la mañana?

—Sí, normalmente desde las once hasta las dos de la tarde.

Tres horas era tiempo de sobra para una cita.

—¿Estaba Faith al tanto de eso?

La señora Levy negó con la cabeza.

—No creo que quisiera que sus hijos lo supiesen. Querían mucho a su padre. Igual que ella. Pero murió hace más de diez años, y eso es mucho tiempo sin ninguna compañía.

Will pensó que hablaba por propia experiencia.

—Usted me dijo que su marido murió hace veinte años.

—Sí, pero a mí no me gustaba el señor Levy, y él no se preocupaba lo más mínimo de mí. —Utilizó el pulgar para acariciar la mejilla de Emma—. Evelyn quería mucho a Bill. Tuvieron algunos problemas en su vida, pero es distinto cuando se ama a la otra persona. Ahora ambos han muerto..., tu vida se parte por la mitad. Se tarda mucho tiempo en poder recomponerla de nuevo.

Will pensó en Sara durante unos segundos. La verdad es que nunca había dejado de pensar en ella. Era como ese tipo de noticias que aparecen en la parte inferior de la televisión mientras tu vida, la historia protagonista, ocupa la parte principal de la pantalla.

—¿Sabe usted cómo se llama ese señor?

—No, por supuesto que no. Yo jamás hago esas preguntas. Pero conducía un bonito Cadillac CTS-V. Me refiero al sedán, no al cupé. De color negro, con la parrilla delantera de acero inoxidable. Y un motor V8 que hacía un ruido impresionante. Se le podía oír a varias manzanas de distancia.

Will se quedó durante unos instantes demasiado sorprendido como para responder.

—¿Le gustan los coches?

—No, para nada, pero lo miré en Internet para saber cuánto le habría costado.

Will esperó a que continuase.

—Unos setenta y cinco mil dólares —dijo la anciana—. El señor Levy y yo compramos esta casa por menos de la mitad.

—¿Le dijo Evelyn su nombre?

—No, nunca. Aunque los hombres no lo creáis, las mujeres no nos pasamos el rato hablando de vosotros.

Will sonrió.

—¿Qué aspecto tenía?

—Calvo —dijo, como si fuese algo normal—. Un poco panzudo. Casi siempre llevaba pantalones vaqueros, la camisa arrugada y las mangas remangadas, lo que me parecía un tanto extraño, porque a Evelyn siempre le gustaron los hombres elegantes.

—¿Qué edad cree que tiene?

—Al no tener pelo resulta difícil decirlo. Pero diría que la misma edad que Evelyn.

—Unos sesenta años.

—Vaya —respondió sorprendida—. Yo creía que Evelyn tendría unos cuarenta, pero eso no tiene sentido si Faith tiene treinta y tantos, y su hijo ya no es ningún niño. —Bajó la voz como si alguien la escuchase y prosiguió—: Creo que está a punto de cumplir los veinte; ese tipo de embarazo no es de los que se olvidan fácilmente. Fue todo un escándalo cuando se le empezó a notar. Fue una lástima que la gente se comportase de esa manera; todos nos hemos divertido de vez en cuando. Pero, como le dije a Evelyn en su momento, una mujer puede correr más rápido con la falda levantada que un hombre con los pantalones bajados.

Will nunca había pensado en la situación tan difícil que debería haber vivido Faith, aunque le pareció raro que se hubiese quedado con el niño. El vecindario se debió de alarmar mucho al tener a una joven de catorce años embarazada, en aquel ambiente tan refinado.

En la actualidad era algo muy normal, pero, en aquellos tiempos, una chica en su misma situación se hubiese visto obligada a atender a una tía desconocida y enfermiza, o sufrir lo que eufemísticamente se denominaba una apendectomía. Los menos afortunados terminaban en un orfanato, como él.

—¿Entonces el hombre del coche lujoso tendrá algo más de sesenta años? —preguntó Will. La señora Levy asintió—. ¿Les vio usted alguna vez comportarse de forma cariñosa?

—No, Evelyn no era de ese tipo de mujeres. Se subía al coche y se marchaban.

—¿Ni un beso en la mejilla?

—Yo no le vi ningún gesto de ese tipo. Ni tan siquiera le conocí. Evelyn me dejaba a la niña, regresaba a su casa y esperaba.

Will dejó de insistir en ese tema.

—¿Le vio entrar en la casa?

—No. Las personas se comportan de forma muy diferente ahora. En mis tiempos, un hombre llamaba a tu puerta y te acompañaba hasta el coche. No venían a tu casa y tocaban la bocina.

—¿Eso es lo que hacía? ¿Tocar la bocina?

—No, estaba hablando metafóricamente. Imagino que Evelyn estaba mirando por la ventana, porque siempre salía en cuanto le veía aparecer.

—¿Sabe adónde iban?

—No, pero, como le he dicho, solían salir durante dos o tres horas, así que imagino que irían al cine o a comer.

Eso suponía ir al cine con mucha frecuencia.

—¿Vio a ese hombre hoy?

—No, y tampoco vi a nadie en la calle. Ni coches ni nada. Supe que había problemas al oír las sirenas. Luego oí los disparos, primero uno y, un minuto después, otro. Conozco el sonido de un disparo. El señor Levy era cazador. En aquellos tiempos, todos los policías lo eran. Me obligaba a ir para que cocinase para ellos. —Puso los ojos en blanco—. Qué hombre más aburrido. Que descanse en paz.

—Un hombre con suerte por tenerla.

—Más tengo yo de que ya no esté.

Se levantó con dificultad de la mecedora, sosteniendo al bebé con firmeza en sus brazos. El biberón estaba vacío. Lo dejó en la mesa y le tendió la niña a Will.

—Cójala un momento, por favor.

Will apoyó la cría sobre su hombro y le dio unos golpecitos en la espalda. La niña soltó un gratificante eructo.

La señora Levy entrecerró los ojos.

—Vaya, veo que sabe cuidar de los niños.

Will no quería contarle su vida.

—Es fácil tratar con ellos.

La señora Levy le puso la mano en el brazo antes de ir al armario. Will había estado en lo cierto: una habitación oscura en un espacio reducido. Se quedó en el umbral, intentando no quitarle la luz mientras miraba un puñado de fotografías. Las manos le temblaban ligeramente, pero sus piernas se mantenían firmes.

—El señor Levy nunca me dejaba mucho espacio para mis pasatiempos, pero, en cierta ocasión, le llamaron para que acudiese a la escena de un crimen y le preguntaron si conocía a algún fotógrafo. Pagaban veinticinco dólares por hacer las fotos, y el muy cabrón no iba a decir que no a semejante oportunidad. Me llamó y me dijo que me llevase la cámara. Cuando vieron que no me desmayaba al ver la escena —fue un incidente con una escopeta—, me dijeron que me llamarían de nuevo. —Miró hacia la cama y añadió—: Esa máquina Brownie Seis-16 nos ayudó a pagar la casa.

Will sabía que se refería a la cámara con caja. Parecía vieja, pero cuidada.

—Luego empecé a hacer trabajos de vigilancia. El señor Levy había dejado de trabajar y, como soy una mujer, tardé un tiempo en demostrarles que no estaba allí para flirtear ni follar.

Will notó que empezaba a sonrojarse.

—¿Trabajó con la policía de Atlanta?

—¡Cincuenta y ocho años! —Parecía tan sorprendida como Will de que hubiese durado tanto tiempo—. Puede que ahora parezca un saco de huesos, pero hubo un tiempo en que Geary y ese montón de chupaculos se partían el culo por mí y no me trataban como una pelusa en sus lustrosos pantalones. —Cogió otro montón de fotografías. Will vio las de algunos pájaros y otras mascotas, todas tomadas desde un lugar estratégico que demostraba que las habían estado vigilando más que admirando—. Este pequeño sinvergüenza ha estado haciendo agujeros en mis arriates. —Le enseñó a Will la fotografía de un gato blanco y gris con la nariz manchada de tierra. La iluminación era un tanto chillona, pero al gato lo único que le faltaba era un letrero en el pecho con su nombre y su número de recluso—. Aquí está —dijo finalmente cuando encontró lo que estaba buscando—. Ese es el novio de Evelyn.

Él miró por encima de los encorvados hombros de la señora Levy. La foto tenía mucho grano, pues la había tomado desde detrás de las cortinas de la ventana delantera. La lente presionaba los listones finos de plástico. Un hombre mayor y alto aparecía apoyado sobre un Cadillac negro. Tenía las manos sobre el capó, y los antebrazos descubiertos. El coche estaba aparcado en la calle, con las ruedas delanteras giradas contra el bordillo. Will aparcaba de la misma manera. Atlanta era una ciudad con muchas colinas, situada sobre el Piamonte de los Apalaches. Si conducías un coche con cambio manual, aparcabas con las ruedas contra el bordillo para evitar que se deslizase.

80

—¿Qué miras? —preguntó Faith desde la entrada. Will le pasó a su hija, pero ella parecía más interesada en la fotografía—. ¿Qué estabas mirando?

—Le estaba enseñando a *Snippers*.

La señora Levy había hecho algún truco de magia para hacer desaparecer la foto del hombre y colocar la del gato que había estado hurgando en sus arriates.

Emma se agitó en los brazos de Faith, contagiada por el nerviosismo de su madre. Ella le dio varios besos en la mejilla y le hizo algunas muecas hasta que la niña sonrió. Will se dio cuenta de que estaba interpretando, pues tenía los ojos empañados de lágrimas. Luego abrazó a Emma calurosamente.

—Evelyn es una mujer muy dura —dijo la señora Levy—. No acabarán con ella.

Faith mecía a la niña como suelen hacerlo las madres.

—¿No oíste nada?

—Cariño, ya sabes que, si hubiera oído algo, habría ido allí con mi pipa. Ev saldrá de esta. Siempre sale ilesa de todas las situaciones. Puedes estar segura.

—Si... —La voz de Faith se entrecortó—. Si hubiese llegado antes... —Sacudió la cabeza y añadió—: ¿Por qué le habrá ocurrido esto? Tú sabes que mamá no está mezclada en ningún asunto turbio. ¿Por qué la querrían secuestrar?

—A veces las personas no tienen un motivo para cometer estupideces —dijo la señora Levy encogiendo ligeramente los hombros—. Lo que sí sé es que no ganas nada diciéndote que si hubieras hecho esto o aquello... —Cogió a Faith por las mejillas y terminó diciendo—: «Confía en el Señor y no en tu propia inteligencia».

Faith asintió con solemnidad, aunque Will no la imaginaba como una persona religiosa.

—Gracias.

Los tacones de Amanda se oyeron por el pasillo enmoquetado.

—No puedo entretenerlos más —le dijo a Faith—. Hay un coche patrulla esperándote para llevarte a comisaría. Procura no decir nada y haz lo que te diga el abogado.

—Yo me puedo quedar cuidando a la niña —dijo la señora Levy—. No tienes por qué llevarla a esa mugrienta comisaría, y Jeremy no creo que sepa cambiarle los pañales.

Faith obviamente quería aceptar su oferta, pero dudó.

—No sé cuánto tardaré.

—Ya sabes que soy un ave nocturna, así que no te preocupes.

—Gracias —respondió Faith, dándole de mala gana la niña. Le alisó a Emma la mata de pelo fino y castaño, y la besó en la cabeza. Sus labios se quedaron allí durante unos segundos, y luego se marchó sin decir nada.

En cuanto Faith cerró la puerta principal, Amanda fue al grano.

—¿Qué pasa?

La señora Levy sacó la fotografía de debajo del delantal.

—Evelyn se veía con una persona con cierta frecuencia —explicó Will.

La señora Levy tenía buena memoria: era un hombre calvo, llevaba pantalones vaqueros holgados, la camisa arrugada y las mangas remangadas. No había mencionado un detalle muy importante: era hispano. Los tatuajes de sus brazos se veían un poco borrosos, pero Will reconoció de inmediato el símbolo que llevaba en el antebrazo y que lo identificaba como un miembro de los Texicanos.

Amanda dobló la fotografía por la mitad y se la guardó en el bolsillo de su traje de chaqueta. Luego le preguntó a la señora Levy:

—¿Has hablado con la policía?

—Estoy segura de que vendrán por aquí después.

—Imagino que serás tan cooperadora como de costumbre.

La mujer sonrió.

—No sé qué puedo decirles, pero iré por delante y les ofreceré unas pastas recién hechas en caso de que vengan por aquí.

Amanda soltó una risita.

—Cuídate, Roz.

Antes de salir de la habitación, le hizo un gesto a Will para que la siguiese. Él cogió su cartera, sacó una de sus tarjetas y se la dio a la señora Levy.

—Aquí tiene mi número. Llámeme si se acuerda de algo o si necesita ayuda con la niña.

—Gracias, hijo.

Su voz había perdido ese tono amable propio de las ancianas pero, de todas formas, se guardó la tarjeta en el delantal.

Amanda ya estaba cerca de la entrada cuando Will la alcanzó. No dijo nada sobre la fotografía, ni acerca del estado de Faith, ni tampoco sobre la disputa territorial que había mantenido con Geary. En lugar de eso, empezó a darle órdenes.

—Quiero que revises todos los archivos de la investigación. —No necesitaba decirle a qué investigación se refería—. Revisa todas las declaraciones de los testigos, todos los informes, cualquier soplo de alguien en la cárcel. No me importa lo pequeño que sea. Quiero saberlo todo. —Amanda se detuvo, y Will se percató de que estaba pensando en sus problemas de lectura.

—No hay problema —dijo con voz firme.

Ella no estaba dispuesta a ponérselo tan fácil.

—Ponte las pilas, Will. Si necesitas ayuda, dímelo ahora.

—¿Quieres que empiece ahora mismo? Las cajas están en mi casa.

—No. Primero tenemos que hacer algo. —Se detuvo en el vestíbulo, con las manos en las caderas. Era una mujer bajita. Will solía olvidarse de su estatura hasta que la veía estirar el cuello para mirarle—. He conseguido obtener algo de información mientras Geary soltaba su rabieta. El texicano del jardín trasero tenía un tatuaje en la espalda que lo identificaba. Se llamaba Ricardo no sé qué más. Aún no tenemos su identificación completa. Tenía veintitantos años, medía un metro setenta y cinco y pesaba unos ochenta y cinco kilos. El asiático del dormitorio tendrá unos cuarenta años, algo más bajo y delgado que su amigo hispano. Creo que no es de esta parte de la ciudad. Puede que lo hubiesen llamado para hacer este trabajo.

Will recordó.

—Faith dijo que tenía acento del sur.

—Eso reduce nuestro campo de búsqueda.

—También llevaba una camisa hawaiana. Eso no es muy propio de un gánster.

—Añadiremos eso a su lista de delitos. —Miró al fondo del pasillo y luego a Will—. El asiático que estaba en la habitación de la colada es también muy extraño, ya que tuvo la cortesía de llevar su cartera en el bolsillo trasero. Se llamaba Hironobu Kwon, de diecinueve años. Es un estudiante de primer curso en la Universidad de Georgia. También es hijo de una maestra de escuela, Miriam Kwon.

—¿No está afiliado?

—No que sepamos. La policía de Atlanta localizó a Mama Kwon antes que nosotros. La buscaremos mañana para ver qué sabe. —Señaló con el dedo a Will—. Tenemos que hacerlo con mucha cautela. Aún no nos han dado oficialmente el caso. De momento solo tú y yo, hasta que encuentre la forma de quedármelo.

—Faith cree que los Texicanos estaban buscando algo. —Will trató de evaluar la expresión de Amanda, que normalmente solía ser de sorpresa o de fastidio, pero en esa ocasión fue imperturbable—. A Ricardo le dieron una buena paliza. Tenía una pistola apuntándole a la cabeza. No buscaba nada, excepto salvar la vida. Primero deberíamos hablar con los asiáticos.

—Eso parece lógico.

83

—Sí, pero señala un problema mayor —continuó Will—. Entiendo que los Texicanos tuviesen algo en contra de Evelyn, pero no los asiáticos. ¿Qué tienen que ver con esto?

—Esa es la pregunta del millón.

Will trató de afinar.

—Evelyn dirigía la Brigada de Estupefacientes. Los Texicanos controlan el tráfico de drogas en Atlanta. Así ha sido durante los últimos veinte años.

—Eso es cierto.

Will notó que se estaba dando contra un muro. Era la misma evasiva que siempre le daba Amanda cuando tenía información que no quería compartir. Sin embargo, en esta ocasión era aún peor, pues no solo estaba jugando con él, sino que estaba encubriendo a su vieja amiga.

—Has dicho que probablemente llamaron al tipo de la camisa hawaiana para hacer este trabajo. ¿A qué trabajo te refieres? ¿Secuestrarla o encontrar lo que Evelyn había escondido en su casa?

—No creo que hoy nadie encuentre lo que busca —dijo deteniéndose para dejar que asimilara lo que trataba de darle a entender—. Charlie está ayudando a la policía local con la escena del crimen, pero no se dejan engatusar por sus encantos tanto como yo quisiera. Ha tenido un acceso muy limitado, y lo han supervisado atentamente. Dicen que compartirán los resultados del laboratorio, pero no confío mucho en su forense.

—¿Y el médico forense del condado de Fulton? ¿No ha venido?

—Aún está examinando ese apartamento que salió incendiado en People's Town. —Los recortes del presupuesto habían afectado a la Oficina Forense. Si había más de un delito grave dentro de los límites de la ciudad, a los inspectores no les quedaba otro remedio que guardar cola—. Me encantaría poder contar con Pete.

Se refería al forense del GBI.

—¿No podría hacer algunas llamadas? —preguntó Will.

—No lo creo —respondió Amanda—. Pete no es de los que tienen muchos amigos. Ya sabes lo extraño que es. Tanto que a su lado tú pareces normal. ¿Qué me dices de Sara?

—Ella no dirá nada.

—Ya lo sé, Will. Os vi tonteando en la calle. Me refiero a si crees que conoce a alguien en la oficina del forense.

Will se encogió de hombros.

—Pregúntale —ordenó Amanda.

Will dudaba que le gustase recibir una llamada suya, pero asintió de todas maneras.

—¿Qué se sabe del estado de las tarjetas de crédito de Evelyn y de los registros de llamadas?

—He ordenado que los pidan.

—¿Tiene un GPS en su coche o en su teléfono?

Amanda no le dio una respuesta concreta.

—Estamos haciendo algunas cosas de forma ilegal. Como te he dicho, no podemos hacerlo abiertamente.

—Pero tenías razón en lo que le dijiste a Geary. Tenemos jurisdicción sobre los casos de drogas.

—Sí, pero que Evelyn estuviese a cargo del Departamento de Estupefacientes no significa que este asunto esté relacionado con drogas. Por lo que sé, no han encontrado ningún indicio de drogas en la casa, ni en ninguno de los cadáveres.

—¿Y Ricardo, el texicano muerto? ¿No estaba relacionado con las drogas?

—Puede que sea una mera coincidencia.

—¿Y qué me dices del texicano vivito y coleando que conduce un Cadillac negro y con el cual Evelyn no tenía reparo en irse a dar una vuelta?

Amanda simuló sorpresa.

—¿Crees que está metido en esto?

—Vi su tatuaje en la fotografía. Evelyn se ha estado viendo con un texicano durante, al menos, cuatro meses. —Will trató de moderar el tono de voz—. Es un hombre mayor, y debe ocupar un puesto alto en la organización. La señora Levy dice que se han visto con mucha frecuencia en los últimos diez días. Solían marcharse en su coche, normalmente desde las once de la mañana hasta las dos.

Amanda volvió a ignorar sus razonamientos y planteó los suyos.

—Tú degradaste a seis detectives de la brigada de Evelyn. Dos de ellos obtuvieron la libertad condicional el año pasado y fueron trasladados fuera del Estado, uno a California y otro a Tennessee, que es donde estaban esta tarde cuando secuestraron a Evelyn. Dos están en la prisión de media seguridad de Valdosta. Aún les quedan cuatro años para salir en libertad y sin buena conducta. Otro está muerto por una sobredosis, eso que yo llamo el karma del cabeza pensante. Y el último está esperando que le den cita para ponerle la inyección en D&C.

Se refería a la Prisión de Diagnóstico y Clasificación de Georgia. El corredor de la muerte.

—¿A quién ha matado? —preguntó de mala gana Will.

—A un guardia y a otro interno. Estranguló a un violador con una toalla, lo cual no es una gran pérdida, pero luego golpeó al guardia hasta matarlo con sus propias manos. Dijo que fue en defensa propia.

—¿Contra el guardia?

—Hablas como el fiscal de su caso.

Will lo intentó de nuevo.

—¿Y Evelyn?

—¿Qué pasa con ella?

—Yo también la investigué a ella.

—Sí.

—¿No vamos a hablar del elefante en la habitación?

—¿Qué elefante? Por lo que más quieras, Will, ya tenemos a todo el circo aquí. —Abrió la puerta, y el sol se coló en aquella casa oscura como un cuchillo.

Amanda se puso las gafas de sol mientras recorrían el césped en dirección a la escena del crimen. Un par de policías uniformados se dirigían hacia la casa de la señora Levy. Los dos le lanzaron una mirada fulminante a Will, y saludaron de forma muy seca a Amanda.

—Justo a tiempo —le murmuró Amanda a Will, como si ella no hubiese sido la causa del retraso.

Él esperó hasta que los hombres empezaron a aporrear la puerta principal.

—Me da la impresión de que conoces a la señora Levy de su época en la policía de Atlanta.

—En el GBI. La investigué por el asesinato de su marido.

—Amanda parecía disfrutar con la expresión de horror que

puso Will—. Nunca pude demostrarlo, pero estoy segura de que le envenenó.

—¿Con pastas?

—Esa fue mi teoría. —Una sonrisa de admiración apareció en sus labios mientras cruzaba el césped—. Roz es una vieja muy astuta. Ha visto más escenas del crimen que todos nosotros juntos, y estoy segura de que aprendió de todas ellas. No me creo ni la mitad de lo que te haya dicho. Ya sabes eso de que el diablo cita las Escrituras para conseguir sus propósitos.

Amanda tenía razón, o Shakespeare. No obstante, Will le recordó:

—La señora Levy es precisamente quien nos ha hablado del texicano que visitaba a Evelyn. Le hizo una foto.

—¿De verdad?

Eso sonó como una reprimenda por su ingenuidad. Considerando que el talento artístico de la señora Levy se había centrado en tomar fotos poco halagüeñas de mascotas, resultaba extraño que tuviese una fotografía del texicano al lado de su Cadillac negro. Era una anciana muy astuta. Si había estado espiando, era por algún motivo.

—Deberíamos regresar y hablar con ella.

—¿Y crees que nos dirá algo que valga la pena?

Will aceptó silenciosamente sus argumentos. A la señora Levy le gustaba espiar, y ahora que había desaparecido Evelyn no tenía a quién hacerlo.

—¿Sabe Evelyn que mató a su marido?

—Por supuesto que lo sabe.

—¿Y aun así deja a Emma a su cuidado?

Habían llegado hasta el Mini de Faith. Amanda ahuecó las manos y miró en el interior.

—Mató a un viejo de sesenta y cuatro años, alcohólico y maltratador, no a una niña de cuatro meses.

Aquello tenía cierta lógica.

Amanda se dirigió hacia la casa. Charlie Reed estaba en el garaje, hablando con otros técnicos forenses. Algunos fumaban. Otro estaba apoyado sobre un Malibu color crema aparcado delante del Mini de Faith. Todos iban vestidos con trajes esterilizados blancos que les daban la apariencia de malvaviscos de diferentes tamaños. El bigote en forma de manillar de Charlie era lo único que lo diferenciaba de los demás. Vio a Amanda y se separó del grupo.

—Enséñame la escena, Charlie.

Charlie miró al hombre corpulento y de piel oscura cuya extraña constitución hacía que el traje esterilizado le quedase desfavorablemente estrecho en las zonas más críticas. El hombre le dio una última calada al cigarrillo y se lo pasó a uno de sus compañeros. Él mismo se presentó a Amanda con un acento cortado y típicamente británico.

—Doctora Wagner, soy el doctor Ahbidi Mittal.

Amanda señaló a Will.

—Le presento a mi colega, el doctor Trent.

Will estrechó la mano del hombre, intentando no enfurecerse por la forma tan descarada que tenía Amanda de otorgarle una titulación que ambos sabían que había obtenido mediante una escuela en línea de dudosa reputación.

—Permítame la gentileza de mostrarle la escena del crimen —ofreció Mittal.

Amanda le lanzó una mirada fulminante a Charlie, como si él tuviera algo que ver en el asunto.

—Gracias —respondió Will, ya que vio que nadie más se las daría.

Mittal les entregó un par de fundas blancas para ponérselas encima de los zapatos. Amanda se apoyó en el brazo de Will para mantener el equilibrio mientras se quitaba los zapatos de tacón y se enfundaba los pies con medias. Will tuvo que hacerlo sin ayuda de nadie. Incluso sin zapatos, sus pies eran demasiado grandes y terminó pareciéndose a la señora Levy, a quien se le salían los talones de las zapatillas.

—¿Empezamos por aquí?

Mittal no esperó a que aceptasen su invitación. Los condujo por detrás del Malibu y entraron en la casa por la puerta de la cocina. Will agachó instintivamente la cabeza al entrar en la habitación de techo bajo. Charlie chocó con él y le pidió disculpas. La cocina era muy pequeña para cuatro personas, tenía forma de herradura y un espacio abierto que conducía al cuarto de la colada. Will percibió el olor a hierro oxidado que desprendía la sangre cuando se coagulaba.

Faith tenía razón: los intrusos habían estado buscando algo. La casa había quedado en un completo desorden. La cubertería estaba tirada por el suelo. Habían volcado el contenido de los cajones. Había agujeros en las paredes. El móvil y la vieja BlackBerry estaban aplastados contra el suelo. Habían arrancado el teléfono de la pared. Salvo el polvo oscuro para detectar las huellas dactilares y los marcadores de plástico color amarillo que había utilizado el equipo forense, la casa estaba tal como la había descrito Faith cuando entró en la vivienda. Incluso el cadáver seguía en la habitación de la colada. Faith debió de sentirse aterrorizada al no saber qué podía encontrarse a la vuelta de cada esquina, y al pensar que su madre podría estar herida, o algo peor.

Will se dijo que debería haber estado allí, que debería haber sido ese tipo de compañero al que se acude sin importar el motivo.

—Aún tengo que redactar el informe —dijo Mittal—, pero estoy preparado para compartir mi teoría de trabajo.

Amanda dibujó un círculo con la mano para que prosiguiera.

—Dígame lo que ha encontrado.

Mittal frunció los labios como respuesta a ese tono tan imperioso.

—Creo que la capitán Mitchell estaba preparando la comida cuando comenzó el asalto.

Había bolsas de fiambres sobre la encimera, al lado de un cuchillo, así como una tabla de cortar sobre la que se veía claramente que Evelyn había estado partiendo tomates. Había una bolsa de pan Wonder arrugada en el fregadero. El tostador hacía tiempo que había saltado. Había cuatro rebanadas de pan en su interior. Evelyn probablemente había deducido que Faith necesitaría comer algo cuando llegase a casa.

Era una escena normal, incluso agradable, de no ser porque todos los objetos que había sobre la encimera estaban salpicados o manchados de sangre. El tostador, el pan, la tabla de cortar. También había sangre en el suelo y en los azulejos. Había dos series de huellas de zapatos entrecruzadas sobre el suelo blanco, unas pequeñas y otras más grandes. Estaba claro, había habido un forcejeo.

89

Mittal continuó:

—La capitán Mitchell debió de oír algún ruido, posiblemente cuando rompieron el cristal de la puerta corredera; eso es posible que hiciera que se cortase el dedo con el cuchillo que estaba utilizando para partir tomates.

—Hay mucha sangre para un accidente doméstico —recalcó Amanda.

Mittal no quería ningún comentario editorial, e hizo una pausa antes de continuar:

—La pequeña Emma debía de estar aquí —dijo señalando el espacio de la encimera al lado de la nevera, justo enfrente de donde Evelyn había estado preparando la comida—. Hemos encontrado una pequeña gota de sangre sobre el mostrador. —Señaló la mancha que había al lado de un viejo reproductor de CD—. Hay un rastro de sangre que va desde aquí hasta el cobertizo y vuelve, por lo que deduzco que la capitán Mitchell, probablemente, estaba sangrando cuando salió de la cocina. La huella de su mano que hay en la puerta respalda tal teoría.

Amanda asintió.

—Oye un ruido, oculta a la niña para ponerla a salvo y regresa con su arma.

Charlie interrumpió, como si no pudiese contenerse por más tiempo.

—Parece que se puso un trozo de papel alrededor del corte, pero debió de empaparse de inmediato. Hay sangre en la puerta de la cocina y en la empuñadura de madera de la S&W.

—¿Qué me dice de la sillita de la niña? —preguntó Will.

—Está limpia. Debió de llevarla con la mano que no tenía herida. Hay un rastro de sangre que recorre toda la cochera y llega hasta el cobertizo donde ocultó a Emma. Es sangre de Evelyn. El personal a cargo de Ahbidi ya la ha examinado, por eso hemos podido deducirlo. —Miró a Mittal y añadió—: Disculpa, Ahbi. No quiero entrometerme en tu trabajo.

Mittal hizo un gesto expresivo con las manos, indicándole a Charlie que podía continuar.

Will sabía que a Charlie era la parte de su trabajo que más le gustaba. Se dirigió hasta la entrada abierta balanceándose y juntó las manos cerca de su cara como si portase un arma.

—Evelyn regresó a la casa. Se gira, ve al primer hombre esperando en la habitación de la colada y le dispara en la cabeza. La fuerza del impacto le hizo girar como un molinete. Hay una herida de salida en su cabeza. —Charlie se giró, con las manos levantadas y adoptando la clásica postura de las Ángeles de Charlie, que era la mejor forma de recibir un disparo en el pecho—. Luego apareció el hombre número dos, probablemente de allí. —Señaló la zona que había entre la cocina y el comedor—. Hay un forcejeo y Evelyn pierde su arma. ¿Lo ves allí?

Will miró donde le indicaba con el dedo, y vio un marcador de plástico en el suelo. Ahora que Charlie se lo señalaba, distinguió el leve bosquejo de un arma.

—Evelyn coge el cuchillo de la encimera. La empuñadura está manchada con su sangre, pero no la hoja.

—¿No hay sangre suya en el cuchillo? —interrumpió Amanda.

—No. De acuerdo con su expediente, Evelyn es cero positivo y nosotros hemos encontrado sangre del tipo B negativo, tanto en la hoja como aquí, cerca de la nevera.

Todos miraron una docena de manchas grandes y redondas de sangre que había en el suelo.

—Es una salpicadura pasiva —apuntó Mittal—. No se dañó ninguna arteria, de lo contrario habría una mancha proyectada. Todas las muestras se han enviado al laboratorio para hacer un análisis de ADN. Imagino que los resultados los tendremos en una semana.

Amanda dibujó una sonrisa mientras miraba la sangre.

—Bien hecho, Ev —dijo con un aire de triunfo en la voz—. ¿Alguno de los hombres muertos era B negativo?

Charlie miró a Mittal una vez más. El hombre asintió en señal de conformidad.

—El asiático con esa camisa tan fea era cero positivo, lo cual es muy normal en todas las razas. Es el mismo tipo de Evelyn, y el mío. El otro hombre, ese al que llamamos Ricardo por el tatuaje que tiene, era B negativo, pero aquí viene lo extraño: no tiene ninguna herida de arma blanca. Es obvio que sangró, pues lo torturaron, pero la sangre que tenemos aquí es de mayor volumen…

—Entonces hay alguien más ahí fuera con una herida de arma blanca cuya sangre es del tipo B negativo —intervino Amanda—. ¿Es eso raro?

—Menos del dos por ciento de la población de raza blanca de Estados Unidos es B negativo —dijo Charlie—. La cuarta parte entre los asiáticos, y un uno por ciento entre los hispanos. En pocas palabras, que es un tipo de sangre muy raro, lo cual indica que es muy probable que Ricardo esté genéticamente relacionado con el hombre herido y desaparecido que tiene sangre del tipo B negativo.

—Por tanto, tenemos a un hombre herido con sangre del tipo B negativo.

Charlie se adelantó una vez más.

—Ya he puesto en alerta a todos los hospitales a cien kilómetros a la redonda sobre un tipo con herida de cuchillo, ya sea hombre o mujer, blanco, negro o naranja. Ya hemos recibido tres llamadas de accidentes domésticos en la última media hora. Por lo que se ve, hay más gente que resulta apuñalada de lo que parece.

Mittal se aseguró de que Charlie había terminado, y luego señaló la sangre esparcida por el suelo.

—Esas huellas de zapato demuestran que hubo un forcejeo entre una mujer pequeña y un hombre de estatura media, probablemente de unos setenta kilos. Por la variación de claro a oscuro en las huellas podemos decir que hay cierta inclinación o supinación.

Amanda detuvo la lección.

—Hábleme de la herida de arma blanca. ¿Es una herida mortal?

Mittal se encogió de hombros.

—La oficina del forense tendrá que darle su opinión. Como he dicho anteriormente, no hay ninguna proyección de sangre en las paredes ni en el techo, de lo que podemos deducir que ninguna arteria resultó dañada. Esta mancha puede ser el resultado de una herida en la cabeza, en la que se puede encontrar una buena cantidad de sangre sin que haya lesiones serias. —Miró a Charlie—. ¿Estás de acuerdo?

Charlie asintió, pero añadió:

—Una herida en el vientre también puede sangrar de esa

forma. No estoy seguro del tiempo que puedes sobrevivir con una herida de ese estilo. Si es verdad lo que dicen en las películas, no mucho. Si la herida alcanzó un pulmón, máximo una hora, antes de morir asfixiado. No hay proyección arterial, por lo que es una herida sangrante. No estoy en desacuerdo con el doctor Mittal, y cabe la posibilidad de que sea una herida en la cabeza… —Se encogió de hombros y luego mostró su desacuerdo—. Sin embargo, la hoja estaba manchada de sangre desde la punta hasta la empuñadura, lo que significa que el cuchillo se hundió en el cuerpo. —Vio que Mittal fruncía el ceño y se retractó—: También es posible que la víctima agarrase el cuchillo, se cortase en la mano y dejase sangre en la hoja. —Enseñó sus manos, con las palmas hacia arriba—. En ese caso, tenemos a alguien con sangre del tipo B negativo y una herida en la mano.

Amanda nunca había comprendido los subterfugios de la ciencia forense e intentó resumir.

—Entonces uno de ellos, con sangre del tipo B negativo, forcejea con Evelyn. Luego supongo que intervino el asiático con la camisa hawaiana, que finalmente terminó muerto en el dormitorio. Consiguen reducir a Evelyn y quitarle el arma. Y luego hay un tercer hombre, Ricardo, que, en cierto momento, era un rehén, pero luego se apodera del arma y gracias a la rápida intervención de la agente Mitchell acaba muerto antes de herir a nadie. —Se giró hacia Will—. Apuesto a que Ricardo estaba involucrado en este asunto, fuese torturado o no. Simuló ser un rehén para intentar convencer a Faith.

Mittal no parecía muy cómodo con su tono de convencimiento.

—Bueno, eso es solo una interpretación.

Charlie trató de sosegar los ánimos.

—Siempre cabe la posibilidad de que…

Se oyó un ruido parecido a la caída de una cascada tropical. Mittal descorrió la cremallera de su traje esterilizado y buscó en los bolsillos de los pantalones. Sacó su teléfono móvil.

—Disculpen —dijo, y se fue hacia el garaje.

—¿Eso es todo? —le dijo Amanda a Charlie.

93

—No me han dado acceso completo, pero no tengo motivos para estar en desacuerdo con lo que ha dicho Ahbi de momento.

—Pero...

—No quiero parecer racista, pero es extraño ver a los asiáticos y los mexicanos trabajando juntos. Especialmente los Texicanos.

—La gente joven no tiene tantos reparos en eso —comentó Will, preguntándose si eso serviría de algo.

Amanda no valoró ninguno de los comentarios.

—¿Qué más?

—La lista que había al lado del teléfono. —Charlie señaló un trozo de papel con una serie de nombres y números—. Me he tomado la libertad de llamar a Zeke. Le he dejado un mensaje para que se ponga en contacto contigo.

Amanda miró su reloj.

—¿Y el resto de la casa? ¿Han encontrado algo los forenses?

—No que me hayan dicho. Ahbi no se ha mostrado grosero en absoluto, pero tampoco me va a dar nada voluntariamente. —Charlie se detuvo antes de añadir—: Lo que es obvio es que, fuese lo que fuese lo que buscaban, no lo encontraron. De ser así se habrían marchado en cuanto vieron aparecer a Faith.

—Y ahora estaríamos planeando el funeral de Evelyn. —Amanda no reflexionó sobre ese hecho—. ¿Tienes idea del tamaño que pueda tener eso que andaban buscando?

—No sabría decirlo —admitió Charlie—. Por lo que se ve, han estado buscando por todos lados: cajones, armarios, cojines. Creo que empezaron a cabrearse a medida que registraban la casa, por eso lo rompieron todo. Rajaron los colchones, los juguetes de la niña. Se ve que estaban muy furiosos.

—¿Cuántas personas estuvieron registrando?

—Disculpe, doctora Wagner. —Mittal regresó. Se metió el teléfono en el bolsillo, pero se dejó el traje blanco abierto—. Era el médico forense. Se ha retrasado porque ha descubierto otro cadáver en el apartamento incendiado. ¿Qué deseaba saber?

Charlie respondió por ella, quizá porque creía que el tono de Amanda terminaría por echarlos de la casa.

—Preguntaba cuántas personas crees que han intervenido en el registro de la casa.

Mittal asintió.

—Yo diría que tres o cuatro hombres.

Will se percató de la mirada de indignación de Amanda. Tenían que haber sido más de tres. De no ser así, todos los sospechosos estaban muertos y Evelyn se había secuestrado a sí misma.

—No llevaban guantes —continuó Mittal—. Probablemente pensaron que la capitán Mitchell no opondría resistencia.

Amanda soltó una carcajada, y Mittal hizo otra de sus peculiares pausas.

—Hay huellas en casi todas las superficies, que por supuesto compartiremos con el GBI.

—Ya he llamado al laboratorio —dijo Charlie—. Vienen dos técnicos para digitalizarlas e introducirlas en la base de datos. Es solo cuestión de tiempo que sepamos si están en el sistema.

Amanda señaló la cocina.

—Cuando la neutralizaron, empezaron a registrar la casa por aquí. Miraron los cajones, así que lo que buscaban debe caber en uno de ellos. —Miró a Charlie y luego a Mittal—. ¿Alguna huella de neumáticos... o de zapatos?

—Nada de importancia.

Mittal la condujo a la ventana de la cocina y empezó a señalarle las cosas que había en el jardín trasero y que habían comprobado. Will se fijó en los CD que estaban rotos en el suelo. Los Beatles, Sinatra, pero ninguno de AC/DC. El radio casete era de plástico blanco, aunque estaba embadurnado del polvo negro para tomar las huellas dactilares. Will utilizó el pulgar y presionó el botón de expulsión, pero el interior estaba vacío.

Volvió a oír la voz de Amanda.

—¿Dónde retuvieron a Evelyn mientras registraban la casa?

Mittal se dirigió al salón. Will se puso al final de la cola mientras Charlie y Amanda seguían al doctor a través del montón de objetos desperdigados. La distribución era similar

95

a la de la casa de la señora Levy, salvo el aspecto hundido del salón. Enfrente del sofá y de una mecedora había una pared con estantes y un televisor de plasma con un agujero del tamaño de un pie en el centro. La mayoría de los libros estaban tirados por el suelo. El sofá y las sillas estaban destripados. Había un estéreo en un estante, al lado de la televisión, un viejo modelo. Los altavoces estaban rotos y habían arrancado el brazo del plato giratorio. Había unos cuantos discos de vinilo aplastados por el tacón de una bota.

Había una silla ondulada estilo Thonet contra la pared, el único objeto de la habitación que parecía intacto. El asiento era de mimbre. Las patas estaban pulidas. Mittal señaló dónde se habían desprendido algunos trozos de barniz.

—Parece que utilizaron cinta adhesiva. Encontré adhesivo donde creo que estuvieron los pies de la capitán Mitchell. —Levantó la silla y la apartó de la pared. Había un marcador de plástico amarillo al lado de una mancha oscura—. Se puede deducir por las manchas de sangre de la moqueta que la capitán Mitchell tenía las manos colgando. El corte que tenía en la mano seguía sangrando, pero no demasiado. Quizá mi colega tenga razón al decir que se envolvió la herida con una toalla de papel.

Amanda se inclinó para mirar la mancha de sangre, pero Will estaba más interesado en la silla. A Evelyn le habían atado las manos a la espalda. Él utilizó el pie para mover la silla hacia delante y poder ver el reverso del asiento de mimbre. Había una mancha de sangre debajo, con la forma de una cabeza de flecha.

Will miró la habitación, tratando de descubrir qué señalaba la flecha. El sofá que había delante de la silla estaba destripado, así como la mecedora que había al lado. El suelo de madera implicaba que no se podía ocultar nada debajo de la moqueta. ¿Había intentado señalar Evelyn algo en el jardín trasero?

Oyó pasar un siseo de aire a través de los dientes. Will levantó la mirada y vio a Amanda echándole una mirada tan fulminante que colocó la silla en su lugar sin darse cuenta de lo que hacía su pie. Ella le hizo un gesto con la cabeza, indicándole que no debía mencionar lo que acababa de encontrar.

Will miró a Charlie. Los tres habían visto la flecha debajo de la silla, mientras Mittal, ausente, soltaba un sermón sobre la eficacia de las huellas dactilares en las superficies porosas y no porosas.

Charlie abrió la boca para decir algo, pero Amanda se le adelantó.

—Doctor Mittal, ¿usted cree que rompieron la puerta de cristal con un objeto que encontraron, como una piedra o una herramienta de jardinería? —Miró a Charlie. Will pensó que si Amanda fuese capaz de lanzar rayos láser con la mirada, fulminaría la boca de Charlie de inmediato—. Quiero saber si este asalto estaba bien planeado. ¿Trajeron algo para romper el cristal? ¿Rodearon la casa? Y de ser así, ¿conocían la distribución de la casa?

Mittal frunció el ceño, porque no podía responder a ninguna de esas preguntas.

—Doctora Wagner, eso no son escenarios que pueda evaluar un forense.

—Echemos un vistazo y veamos si encontramos algo. ¿Utilizaron un ladrillo para romper el cristal?

Charlie empezó a mover la cabeza. Will se dio cuenta de su conflicto interno. Le gustase o no, esa era la escena de crimen de Mittal, y había pruebas debajo de la silla —posiblemente importantes— que se le habían pasado por alto. Charlie parecía confuso. Como solía suceder con Amanda, una cosa era lo correcto y otra lo que ella ordenaba. Todas las decisiones tenían sus consecuencias.

Mittal también movía la cabeza, pero solo porque Amanda parecía no querer comprender.

—Doctora Wagner, hemos revisado cada centímetro de la escena del crimen y le aseguro que no hemos encontrado ningún objeto importante que no le haya mencionado.

Will tenía pruebas de que no habían mirado cada centímetro.

—¿Han mirado en el Malibu? —preguntó.

A Charlie eso lo sacó de sus pensamientos. Frunció el ceño. Will había cometido el mismo error con el Mini de Faith. Toda la violencia había tenido lugar dentro de la casa, pero los coches seguían siendo parte de la escena del crimen.

Amanda fue la primera en moverse. Se dirigió al garaje y abrió la puerta del conductor del Malibu antes de que nadie pudiera impedírselo.

—Por favor, aún no lo hemos procesado... —dijo Mittal.

Amanda le lanzó una mirada mordaz.

—¿Acaso ha mirado en el maletero?

Su silencio sirvió de respuesta. Amanda abrió el maletero. Will estaba de pie, dentro de la entrada de la cocina, lo que le permitía ver completamente la escena. Había varias bolsas de plástico en el maletero, con el contenido aplastado por el cadáver que había encima de ellas. Al igual que en la cocina, todo estaba cubierto de sangre, empapando la caja de cereales y goteando por la envoltura de plástico de los bollos para las hamburguesas. El hombre muerto era un tipo grande. Habían doblado su cuerpo para poderlo meter en el maletero. Una profunda herida en su cabeza calva dejaba entrever el hueso astillado y algunos trozos de cerebro. Tenía los pantalones arrugados y las mangas de la camisa remangadas. Lucía un tatuaje de los Texicanos en el antebrazo.

Era el amigo de Evelyn.

Capítulo cuatro

*L*a prisión de Diagnóstico y Clasificación de Georgia estaba en Jackson, aproximadamente a una hora al sur de Atlanta. El trayecto solía hacerse rápido a través de la I-75, pero la Atlanta Motor Speedway estaba organizando una especie de exposición que hacía que el tráfico fuera más lento. Amanda, impertérrita, se salía una y otra vez al carril de emergencia, girando el volante rápidamente para adelantar a los coches que se movían con lentitud. Los neumáticos del SUV traqueteaban al pasar por encima de las bandas sonoras, cuya función era impedir que los conductores se saliesen de la calzada. Will, con el ruido y las vibraciones, intentó contrarrestar una inesperada sensación de mareo.

Finalmente, pasaron la zona de mayor tráfico. Al llegar a la salida de la autopista, Amanda dio el último acelerón para salirse al carril y luego volvió a meter el SUV en la calzada. El coche derrapó y el chasis tembló. Will bajó la ventanilla para que el aire fresco le ayudase a asentar su estómago. El viento le golpeó con tal fuerza en la cara que pensó que iba a arrancarle la piel.

Amanda presionó el botón para subir de nuevo la ventanilla, mientras le lanzaba una de esas miradas que reservaba para los niños y los estúpidos. Iban a más de ciento cincuenta kilómetros por hora; Will se sintió afortunado de no haber salido despedido por la ventanilla.

Amanda soltó un prolongado suspiro mientras volvía a mirar la carretera. Tenía una mano sobre el regazo mientras con la otra sostenía firmemente el volante. Llevaba su traje de costumbre: una falda de color azul brillante, una chaqueta haciendo juego y una blusa de color claro debajo. Sus zapatos de tacón alto también hacían juego con el traje. Aunque llevaba las uñas cortas, las tenía muy arregladas. El peinado, como de costumbre, tenía forma de casco, y estaba teñido de ese color salpimentado. Solía mostrar más energía que todos los hombres del equipo, pero ese día parecía cansada. Will notó que las arrugas de preocupación alrededor de sus ojos las tenía más pronunciadas.

—Háblame de Spivey —dijo Amanda.

Will trató de recordar los detalles del antiguo caso contra el equipo de Evelyn Mitchell. Boyd Spivey era el exinspector jefe de la Brigada de Estupefacientes; actualmente estaba esperando su turno en el corredor de la muerte. Will solo había hablado con él en una ocasión antes de que los abogados le aconsejasen que no dijese nada.

—No me extraña que haya matado a una persona con sus puños. Era un hombre corpulento, más alto que yo, y probablemente pesaba veinticinco kilos más, todo puro músculo.

—¿Una rata de gimnasio?

—Creo que también tomaba esteroides para incrementar la musculatura.

—¿Qué efecto le producían?

—Hacían que se comportase de forma descontrolada —recordó Will—. No es tan listo como se cree, pero no pude hacer que confesara, así que puede que yo tampoco lo sea.

—Lo enviaste a prisión.

—No, fue él mismo quien se envió. La casa que tenía en la ciudad estaba pagada. La que tenía en el lago también. Sus tres hijos iban a una escuela privada. Su esposa trabajaba diez horas a la semana y conducía un Mercedes último modelo. Su amante, un BMW. Y él guardaba su inmaculado Porsche 911 en la entrada de su casa.

—Los hombres y sus coches —murmuró Amanda—. Su comportamiento no me parece muy inteligente.

—Creía que nadie le haría preguntas.

—Por regla general, eso es lo que sucede.

—Se le daba muy bien eso de tener la boca cerrada.

—Por lo que recuerdo, se le daba bien a todos.

Estaba en lo cierto. En un caso de corrupción, la estrategia más normal era buscar al miembro más débil y convencerle de que declarase en contra de sus compañeros a cambio de una sentencia más benévola. Sin embargo, los seis detectives que formaban la Brigada de Estupefacientes de Evelyn Mitchell demostraron que eran inmunes a esa estrategia. Nadie declaró en contra de ninguno de sus compañeros, y todos insistieron en que la capitán Mitchell no tenía nada que ver con los delitos que les imputaban. No escatimaron esfuerzos para proteger a su jefa. Fue admirable, pero también sumamente frustrante.

—Spivey trabajó en la brigada de Evelyn durante doce años, más que ningún otro —dijo Will.

—Ella confiaba en él.

—Sí. Son como dos gotas de agua.

Amanda le lanzó una mirada fulminante.

—Ten cuidado con lo que dices.

Will apretó tanto la mandíbula que le dolió el hueso. Pensaba que, si ignoraban la parte fundamental de ese caso, no llegarían a ningún lado. Amanda sabía tan bien como él que su amiga era tan culpable como los demás. Evelyn no había vivido a lo grande, pero al igual que Spivey se había comportado como una estúpida.

El padre de Faith había sido un agente de seguros de clase media, con las típicas deudas que suele tener la gente: las letras de un coche, una hipoteca, las tarjetas de crédito. Sin embargo, durante la investigación, Will había encontrado una cuenta pantalla a nombre de Bill Mitchell. En esa época, Bill hacía ya seis años que había fallecido. Aunque el saldo de la cuenta siempre había rondado los diez mil dólares, se habían hecho depósitos mensuales desde su muerte que ascendían a un total de sesenta mil dólares. No había duda de que era una cuenta pantalla, del tipo que los fiscales llaman «una prueba irrefutable». Al estar Bill muerto, Evelyn era la única titular. Se había sacado y depositado el dinero utilizando su tarjeta del cajero automático en una sucursal de su banco en Atlanta. Desde luego, no era su difunto marido el que mantenía sus actividades al margen y los depósitos rozando el límite para no llamar la atención del Departamento de Seguridad Interna.

Por lo que Will sabía, jamás se le había preguntado sobre esa cuenta a Evelyn Mitchell. Pensó que lo harían durante el juicio, pero jamás se celebró. En su lugar hubo una rueda de prensa en la que se anunció su jubilación, y ese fue el fin de la historia.

Hasta ahora.

Amanda bajó el visor para que no le diese el sol en la cara. En la parte inferior había sujetos dos recibos de color amarillo que parecían ser de la tintorería. El sol no le estaba haciendo justicia, pues ya no tenía aspecto de cansada, sino de ojerosa y demacrada.

—¿Hay algo que te preocupe?

Will se contuvo para no decir «pues claro que sí».

—No pienses en ello —dijo como si pudiera leerle los pensamientos—. Faith no te llamó para pedirte ayuda porque sabía que estaba haciendo algo indebido.

Will miró por la ventana.

—Tú le habrías dicho que esperase hasta que llegasen los refuerzos.

Odió el alivio que le proporcionaban sus palabras.

—Siempre ha sido muy cabezota.

Will sintió la necesidad de decirlo:

—No creo que hiciera lo incorrecto.

—Vaya. Así me gusta.

Will observó los árboles que había a lo largo de la carretera convertirse en un mar de color verde.

—¿Crees que pedirán un rescate?

—Espero que sí.

Ambos sabían que un rescate significaba que el rehén estaba vivo, o al menos la oportunidad de pedir una prueba de que así fuese.

—Parece un asunto personal —dijo Will.

—¿Por qué lo dices?

Will movió la cabeza.

—Por la forma en que dejaron la casa. Se ve que se volvieron locos y que estaban muy cabreados.

—No me imagino a la anciana sentada tranquilamente mientras registraban su casa.

—Puede que no. —Evelyn Mitchell no era Amanda Wagner, pero Will pudo imaginarla fácilmente insultando a los hombres que ponían patas arriba su casa. No se conseguía ser la primera mujer en desempeñar el cargo de capitán de la policía de Atlanta siendo una dulzura—. Obviamente buscaban dinero.

—¿Por qué dices eso?

—La última palabra que le dijo Ricardo a Faith antes de morir fue «almeja». Dijiste que en argot significa dinero. Por eso lo digo.

—¿Y lo buscaban en el cajón de la cubertería?

Otra buena observación. El dinero al contado era agradable, pero suponía un estorbo a la hora de ocultarlo. Harían falta muchos cajones de cubertería para justificar el secuestro de una excapitán de la policía de Atlanta.

—La flecha señalaba el jardín —dijo Will.

—¿Qué flecha?

Will reprimió un gruñido. Amanda no solía ser tan obvia.

—La flecha pintada con la sangre de Evelyn que había debajo de la silla donde fue atada. Sé que la viste. Me lanzaste un siseo, como un compresor de aire.

—Deberías mejorar tus metáforas. —Amanda se quedó callada durante unos instantes, pensando probablemente en la forma más enrevesada de confundirle—. ¿Crees que Evelyn tenía un tesoro escondido en el jardín?

Tuvo que admitir que eso resultaba bastante improbable, especialmente porque el jardín trasero estaba a la vista de los demás vecinos, la mayoría de ellos jubilados y con tiempo de sobra para espiar. Por otro lado, Will no podía imaginar a la madre de Faith con una pala y una linterna en plena noche. Pero tampoco podía meterlo en el banco.

—En una caja de seguridad —dijo Will—. Puede que estuviesen buscando una llave.

—Evelyn tendría que ir al banco y firmar para poder acceder a ella. Compararían la firma y le pedirían su identificación. El secuestrador tenía que saber que su foto aparecería en la televisión poco después de secuestrarla.

Will admitió sus argumentos en silencio. Además, había que aplicar la misma regla. Una gran cantidad ocuparía mucho espacio. Los diamantes y el oro eran más propios de las películas de Hollywood. En la vida real, las joyas robadas tenían muy poco valor.

—¿Qué piensas de la escena del crimen? —preguntó Amanda—. ¿Crees que Charlie la ha interpretado correctamente?

Will salió en su defensa.

—Mittal fue quien la describió en su mayor parte.

—Vale, ahora que le has salvado el culo a Charlie, responde a mi pregunta.

—Se le pasó por alto el texicano que había en el maletero del Malibu, el amigo de Evelyn.

Amanda asintió.

—No lo apuñalaron. Murió de un disparo en la cabeza, y además es B positivo. Eso significa que aún tenemos que encontrar a alguien con B negativo y una herida grave.

—Yo no me refiero a eso —respondió Will, reprimiéndose para no añadir «y usted lo sabe».

Amanda no solo le estaba atando las manos a la espalda, sino que le estaba vendando los ojos y empujándolo al borde de un barranco. Su negativa a hablar y reconocer el sórdido pasado de Evelyn Mitchell no le iba a ayudar en nada a Faith, ni tampoco iba a conseguir que su madre regresase de una pieza. Evelyn había trabajado en la Brigada de Estupefacientes. Obviamente, había estado en contacto, casi a diario, con uno de los jefazos de los Texicanos, la banda que dirigía el contrabando de drogas dentro y fuera de Atlanta. Deberían regresar a la ciudad, empezar a hablar con los miembros de la banda y descubrir qué había hecho Evelyn durante las últimas semanas en lugar de hacer una estúpida visita a un tipo que no tenía nada que perder y que ya era conocido por guardar completo silencio.

—Vamos, doctor Trent —le reprendió Amanda—. No me lo ponga difícil.

Will dejó que su ego se interpusiera durante unos segundos más antes de decir:

—El amigo de Evelyn. No tenía cartera, ni documentación, ni dinero encima. Lo único que llevaba en el bolsillo era las llaves del Malibu de Evelyn. Ella debió de dárselas.

—Continúa.

—Ella estaba preparando la comida para dos personas. Había cuatro rebanadas de pan en el tostador. Faith se había retrasado. Evelyn no sabía a qué hora llegaría a casa, pero asumiría que la llamaría de camino. Había bolsas de comida en el maletero del Malibu. El recibo dice que utilizó su tarjeta de crédito para pagar en el Kroger a las 12:02. El hombre traía la compra mientras ella preparaba la comida.

—A menudo se me olvida lo inteligente que eres, pero luego siempre hay algo que me hace darme cuenta de por qué te contraté.

Will ignoró su irónico cumplido.

—Veamos. Evelyn está preparando la comida. Se pregunta dónde está su amigo. Sale y encuentra su cuerpo en el maletero. Coge a Emma y la esconde en el cobertizo. Si hubiese cogido a Emma después de cortarse, como dijo el doctor Mittal, habría alguna mancha de sangre en la sillita del coche. Evelyn es fuerte, pero no Hércules. La sillita, incluso sin bebé, es bastante pesada. No podría haberla levantado con una sola mano, al menos de forma segura. La tendría que haber cogido por debajo. Emma es pequeña, pero ya ha cogido algo de peso.

—Evelyn estuvo cierto tiempo en el cobertizo —apuntó Amanda—. Cogió las mantas, y no hay ninguna mancha de sangre en ellas. Abrió la caja fuerte y tampoco se ha encontrado sangre en el dial. El suelo está limpio. Empezó a sangrar después de cerrar la caja.

—No soy un experto en heridas culinarias, pero es difícil cortarse el dedo anular cuando estás cortando algo. Normalmente es el pulgar o el dedo índice.

—Otra buena observación. —Amanda miró por el retrovisor y cambió de carril—. De acuerdo. ¿Qué hizo después?

—Como acabas de decir, oculta a la niña, luego saca el arma de la caja, regresa a la casa y le dispara a Kwon, que espera escondido en el cuarto de la colada. Luego la ataca el segundo hombre, probablemente el tipo misterioso con sangre del tipo B negativo. A Evelyn se le cae el arma durante el forcejeo. Apuñala al B negativo, pero hay un tercer hombre, el de la camisa hawaiana, que aprovecha para coger el arma y detener el forcejeo. Le pregunta dónde está lo que buscan. Ella le dice que se vayan al Infierno y ellos la atan a la silla mientras registran la casa.

105

—Eso parece plausible.

Will parecía confuso. Había muchos hombres involucrados y le resultaba difícil hacer un seguimiento de todos ellos. Dos asiáticos, uno hispano, puede que incluso dos, y tal vez un tercer hombre de raza desconocida. Además, había una casa que había sido registrada buscando Dios sabe qué, y una expolicía de sesenta y tres años que había desaparecido y que guardaba muchos secretos.

Luego estaba otra cuestión aún más importante: ¿por qué Evelyn no había llamado pidiendo ayuda? Según el relato de Will, había tenido al menos dos oportunidades de llamar o de correr pidiendo ayuda: cuando oyó el ruido por primera vez y después de disparar a Hironobu Kwon en el cuarto de la colada. Sin embargo, no lo hizo.

—¿Qué piensas?

Will optó por no ser sincero.

—Me pregunto cómo la sacaron de la casa sin que nadie los viese.

—Asumes que Roz Levy estaba cerca —le recordó Amanda.

—¿Crees que está involucrada?

—Creo que es una vieja puta que no te echaría una cuerda aunque viese que te estás ahogando.

Will supuso que el tono venenoso de su voz se debía a la experiencia.

—No fue algo improvisado. Lo planearon bien. No entraron todos a la vez. Tendrían un coche en algún lado, puede que una furgoneta. Hay un callejón sinuoso que desemboca en Little John Trail. Debieron salir por detrás, por el jardín trasero de Evelyn. Si sigues la valla entre los vecinos, se llega al cabo de un par de minutos.

—¿Cuántos crees que intervinieron? —preguntó Will.

—Hay tres cadáveres en la escena. Hay otro más herido con sangre B negativo, y al menos uno más sano. Evelyn no habría dejado que la llevasen a un segundo lugar sin oponer resistencia. Se habría arriesgado a recibir un disparo. Tuvo que haber alguien lo bastante fuerte como para atarla y obligarla.

Will no mencionó que podrían haberla herido o matado, y luego llevarse su cuerpo.

—Lo sabremos seguro cuando recibamos el informe de las huellas dactilares. Todos han debido de tocar algo.

Amanda cambió bruscamente de tema.

—¿Alguna vez habéis hablado Faith y tú del caso que llevaste contra su madre?

—No. Ni jamás le he mencionado lo de la cuenta bancaria, porque no hay motivos para eso. Ella cree que yo estaba equivocado. Muchas personas lo piensan. Mi caso nunca llegó al tribunal. Evelyn se jubiló con todos los beneficios. No es difícil sacar conclusiones.

Amanda asintió como si le diese su aprobación.

—El hombre del maletero. Ese que llamas el amigo de Evelyn. Hablemos de él.

—Si había ido a hacer la compra, implica que mantenían una relación personal.

—Es posible.

Will pensó en el hombre. Le habían disparado en la nuca. Su cartera y su identificación no eran los únicos objetos que habían desaparecido, también su teléfono móvil. Tampoco tenía el grueso reloj de oro que llevaba en la fotografía que le había enseñado la señora Levy. Su ropa era de lo más normal: zapatillas Nike con plantillas ortopédicas marca Doctor Scholl, pantalones vaqueros J. Crew, y una camisa de una república bananera que no debía de haberle costado mucho dinero, ya que no se había molestado ni en plancharla. Tenía una mancha canosa en la perilla, negra. El incipiente pelo que crecía en su brillante cabeza indicaba que ocultaba un patrón de calvicie masculina más que estar intentando reafirmar un estilo. De no ser por la estrella de los Texicanos que llevaba en el antebrazo, podría haber pasado por un corredor de bolsa que estaba pasando por la crisis de la mediana edad.

—He hablado con Estupefacientes. Se rumorea que los asiáticos han intentado hacerse con el contrabando de cocaína. Ha estado disponible desde que se desintegró la BMF.

La Black Mafia Family había controlado la venta de cocaína desde Atlanta hasta Los Ángeles, incluido Detroit.

—Eso supone mucho dinero. La Family ingresaba cientos de millones de dólares al año.

—Los Texicanos eran los que estaban a cargo. Siempre han

sido proveedores, no distribuidores. Son muy listos, y por eso han sobrevivido todos estos años. A pesar de lo que piense Charlie, a ellos no les importa si el distribuidor es negro, marrón o púrpura, siempre y cuando el dinero sea verde.

Will nunca había trabajado en ningún caso importante de drogas.

—No sé gran cosa sobre la organización.

—Los Texicanos empezaron a mediados de los sesenta en Atlanta Pen. La población entonces era justo lo contrario que ahora: el setenta por ciento blancos; el treinta, negros. El consumo de crack cambió eso en poco tiempo. Es más efectivo que el transporte de estudiantes en autobús. Quedaban unos cuantos mexicanos en la ciudad y se unieron para evitar que les cortasen el cuello. Ya sabes cómo funciona eso.

Will asintió. Casi todas las bandas de Estados Unidos habían empezado como un grupo minoritario, ya fuesen irlandeses, judíos, italianos, o lo que fuera. Se unían para sobrevivir. Normalmente, tardaban un par de años en empezar a hacer peores cosas que las que les hacían a ellos.

—¿Cómo es la estructura?

—Muy abierta. No hacen un seguimiento como la MS-13.

Se refería a la que a menudo se ha denominado la banda más peligrosa del mundo. Su estructura de organización era equivalente a la militar, y su lealtad era tan acérrima que nadie había logrado infiltrarse.

—Durante los primeros años —explicó Amanda—, los Texicanos aparecían en la primera página de los periódicos todos los días, a veces incluso en ambas ediciones. Tiroteos en las calles, heroína, marihuana, lotería clandestina, prostitución, atracos. Su tarjeta de visita era marcar a los niños. Ellos no iban detrás de las personas que se habían cruzado en su camino, sino de sus hijos o sobrinos. Les hacían un corte en la cara, uno en la frente y otro vertical que iba desde la nariz hasta el mentón.

Will, sin pensarlo, se llevó la mano a la cicatriz que tenía en la mandíbula.

—Hubo un momento durante la investigación de los Asesinatos de los Niños de Atlanta en que los Texicanos ocuparon el primer lugar de nuestra lista. Eso fue al principio, durante el otoño del 79. Yo entonces era la glorificada ayudante del oficial superior de Fulton, Cobb y Clayton. Evelyn trabajaba en la policía de Atlanta, principalmente trayendo café hasta que llegaba el momento de hablar con los padres; entonces dejaban que esa responsabilidad recayese sobre sus hombros. El consenso general era que los Texicanos estaban tratando de enviar un mensaje a toda la clientela. Ahora parece absurdo, pero en aquella época esperábamos que fuesen ellos. —Encendió el intermitente y cambio de carril—. Tú entonces tendrías cuatro años, por eso no lo recuerdas, pero fue una época muy tensa. Toda la ciudad estaba aterrorizada.

—Era para estarlo —respondió Will, sorprendido de que supiese su edad.

—Poco después de los asesinatos de los niños, mataron a uno de los altos cargos de los Texicanos durante una lucha interna. Son un grupo muy unido y nunca supimos qué había sucedido ni quién asumió el mando, pero averiguamos que el nuevo jefe era una persona más interesada en los negocios. Ya no hubo más violencia injustificada. Se centró en los negocios, eliminando el componente más arriesgado. Su lema era que fluyese la cocaína, pero que corriese la sangre en las calles. Por eso, cuando pasaron al submundo, nos alegramos de poder ignorarlos.

—¿Quién es el jefe ahora?

—Solo tenemos el nombre de Ignatio Ortiz. Es el capo de la banda. Hay otros dos, pero pasan desapercibidos, y rara vez se los ve a los tres juntos en el mismo lugar. Antes de que lo preguntes, te diré que Ortiz se encuentra en la prisión de Phillips cumpliendo su tercer año de una condena de siete por intento de asesinato.

—¿Intento? Eso no es muy propio de un pandillero.

—Regresó a su casa y encontró a su esposa revolcándose con su hermano. Dicen que erró el tiro a propósito.

Will asumió que Ortiz seguiría dirigiendo sus negocios desde la cárcel.

—¿Vale la pena hablar con él?

—Aunque tuviésemos motivos, no se sentaría con nosotros en una habitación sin la presencia de su abogado, quien nos diría que su cliente es solo un empresario que se dejó llevar por sus instintos.

109

—¿Lo habían arrestado antes?

—Varias veces cuando era más joven, pero por cosas sin importancia.

—Entonces la banda sigue pasando desapercibida.

—Salen de vez en cuando para instruir a los más jóvenes. ¿Te acuerdas del asesinato que se cometió el Día del Padre en Buckhead el año pasado?

—¿El hombre al que le cortaron el cuello delante de sus hijos?

Amanda asintió.

—Hace treinta años habrían asesinado también a los hijos. Podría decirse que, con la edad, se han ido ablandando.

—Yo no diría tal cosa.

—En el talego, los Texicanos son famosos por cortar el cuello.

—El hombre del maletero es uno de los altos cargos de la cadena.

—¿Qué te hace pensar eso?

—Solo tiene un tatuaje.

Los miembros más jóvenes de una banda solían usar su cuerpo como un lienzo para ilustrar su vida, tatuándose una lágrima debajo de los ojos por cada asesinato que cometían, llenando sus antebrazos y hombros de telarañas para mostrar que habían estado en prisión. Los tatuajes se hacían con tinta azul extraída de rotuladores, lo que se denominaba «la tinta del talego», y siempre contaban una historia. A menos que esa historia fuese tan mala que no necesitase contarse.

—Un cuerpo limpio significa dinero, poder y control —dijo Will—. El hombre es bastante mayor, probablemente más de sesenta. Eso lo sitúa en la cabeza de los Texicanos. Su edad es un emblema de honor. No es un estilo de vida que se caracterice por la longevidad.

—No se llega a viejo siendo estúpido.

—No se llega a viejo perteneciendo a una banda.

—Esperemos que la policía de Atlanta nos confirme su identidad cuando la tengan.

Will observó a Amanda, que miraba fijamente a la carretera. Sospechaba que ella ya sabía quién era ese hombre y qué lugar ocupaba en la jerarquía de los Texicanos. Lo notó en su forma de meterse en el bolsillo la fotografía que le dio la señora Levy, y estaba seguro de que le había enviado un mensaje codificado para que no contase su historia.

—¿Alguna vez has escuchado a los AC/DC? —preguntó Will.

—¿Tengo cara de eso?

—Es un grupo de heavy metal. —No le contó que habían producido uno de los álbumes más vendidos en la historia de la música—. Tienen una canción llamada *Back in black*. Estaba sonando cuando Faith entró. Miré los CD que había en la casa. No estaba entre la colección de Evelyn, y el casete estaba vacío cuando lo comprobé.

—¿Y qué pasa?

—Bueno, es obvio. Regresar y vestir de negro. Se grabó después de que el cantante original muriese por ingerir una mezcla de drogas y alcohol.

—Siempre es triste que alguien muera de un cliché.

Will pensaba en la letra, que se sabía de memoria.

—Habla de la resurrección, de la transformación. Regresar de un mal lugar y decirle a la gente que te ha infravalorado o que se ha reído de ti que ya no vas a seguir soportándolo. Es como decir que estás dispuesto a todo. Vistes de negro. Eres un tío malo, dispuesto a devolver el golpe. —De repente, se dio cuenta de por qué había gastado el disco cuando era un adolescente—. Algo así. También puede significar otras cosas.

—Hmm —fue la única respuesta que obtuvo de Amanda.

Will tamborileaba los dedos en el reposabrazos.

—¿Cómo conociste a Evelyn?

—Fuimos juntas a la escuela Negro.

Will casi se atraganta con la lengua.

Amanda se rio al ver su reacción; era una expresión muy conocida.

—Así la llamaban en la Edad de Piedra: La Escuela de Tráfico Negro para Mujeres. Las mujeres estudiaban separadas de los hombres. Nuestro trabajo consistía en comprobar los parquímetros y emitir las citaciones de los coches aparcados ilegalmente. A veces se nos dejaba hablar con las prostitutas, pero solo si nos lo permitían los hombres, quienes solían gastar bromas muy pesadas al respecto. Evelyn y yo éramos las

111

dos únicas mujeres blancas de un grupo de treinta que se graduó aquel año. —Dibujó una sonrisa sincera de afecto y añadió—: Estábamos dispuestas a cambiar el mundo.

Will se dio cuenta de que era mejor no decir lo que pensaba: que Amanda era mucho mayor de lo que aparentaba.

Ella le leyó el pensamiento.

—Vamos, Will, no me jodas. Yo ingresé en el 73. La Atlanta que tú conoces la forjaron las mujeres de esas clases. Los agentes negros no estaban autorizados a arrestar a los blancos hasta el año 62. No disponían ni tan siquiera de un recinto central. Tenían que pasar el rato en la Asociación de Jóvenes Cristianos, en Butler Street, hasta que alguien los llamase. Y si eras mujer, aún peor; dos detenciones y pendiente de la tercera. —Adquirió un tono solemne y dijo—: Cada día era una lucha por hacer las cosas bien cuando todo lo que te rodeaba estaba mal.

—Parece como si Evelyn y tú hubieseis pasado una prueba de fuego.

—No lo sabes bien.

—Pues cuéntamelo.

Amanda se volvió a reír, pero esta vez por su torpeza.

—¿Está usted intentando interrogarme, doctor Trent?

—Solo me pregunto por qué no quieres hablar de que Evelyn tenía una relación estrecha y personal con un texicano de la vieja escuela que ha acabado muerto en el maletero de su coche.

Amanda miraba fijamente a la carretera.

—Resulta extraño, ¿verdad?

—¿Cómo vamos a resolver este caso si no admitimos realmente lo que sucedió? —Amanda no respondió—. Quedará entre nosotros, nadie más tiene que saberlo. Ella es tu amiga. Lo comprendo. Yo mismo pasé mucho tiempo con ella. Parece una mujer agradable, y obviamente quiere mucho a Faith.

—Sí, pero…

—Ella estaba cogiendo dinero como el resto de su equipo. Debía conocer a los Texicanos de…

Amanda lo interrumpió.

—Por cierto, hablando de los Texicanos, volvamos otra vez a Ricardo.

Will apretó los puños, deseando darle un puñetazo a cualquier cosa.

Amanda dejó que sufriera en silencio durante un rato.

—Te conozco desde hace mucho tiempo, Will. Necesito que confíes en mí.

—¿Tengo elección?

—En realidad, no. Pero te estoy dando la oportunidad de devolverme el beneficio de la duda que yo he depositado en ti durante muchos años.

Él pensó por un momento en decirle dónde se podía meter su beneficio, pero nunca había sido ese tipo de persona que dice lo primero que se le pasa por la cabeza.

—Me tratas como a un perro atado.

—Puede ser. —Se detuvo un instante—. ¿No has pensado nunca en que te he estado protegiendo?

Will se rascó la mandíbula de nuevo, notando la cicatriz que le habían hecho hacía muchos años. Solía protegerse contra la introspección, pero hasta un ciego podía ver que mantenía unas relaciones extrañamente disfuncionales con todas las mujeres de su vida. Faith era como una hermana mayor mandona; Amanda, la peor madre que había tenido en su vida; y Angie una combinación de ambas cosas, lo cual resultaba inquietante por razones obvias. Podían ser mezquinas y controladoras, y Angie especialmente cruel, pero a Will jamás se le habría ocurrido pensar que ninguna de ellas quisiera herirle a propósito. Y Amanda tenía razón en una cosa: ella siempre le había protegido, incluso en las pocas ocasiones en que había puesto su trabajo en entredicho.

—Tenemos que llamar al representante de Cadillac en la ciudad. El hombre no es que condujera un Honda. Es un coche muy caro y probablemente solo haya unos cuantos modelos como ese. Creo que tiene el cambio manual. Es raro en un coche de cuatro puertas.

Sorprendentemente, Amanda dijo:

—Buena idea. Hazlo.

Will se llevó la mano al bolsillo, recordando demasiado tarde que no tenía teléfono, ni arma, ni placa. Ni tampoco su coche.

Amanda le tiró su teléfono mientras tomaba la salida sin apenas apretar el freno.

—¿Qué hay entre tú y Sara Linton?

Will abrió el teléfono.

—Somos amigos.

—Yo trabajé en un caso con su marido, hace unos años.

—Me parece bien.

—Te va a costar trabajo estar a su altura, amigo.

Will marcó el teléfono de información y preguntó el número del concesionario de Cadillac más cercano de Atlanta.

Mientras seguía a Amanda por el pasillo que conducía al corredor de la muerte, Will tuvo que admitir, aunque solo fuese para sus adentros, que odiaba visitar las prisiones, no solo la D&C, sino cualquiera. Podía soportar la constante amenaza de violencia que hacía que todas las instalaciones para reclusos pareciesen una olla a punto de explotar. Podía soportar el ruido, la suciedad y las miradas inexpresivas. Pero lo que no podía tolerar era ese sentimiento de impotencia que surgía del confinamiento.

Los internos dirigían el tráfico de drogas y otros negocios, pero, en realidad, no eran dueños de esos aspectos básicos que los convertían en personas. No podían ducharse cuando les apeteciese, ni ir al cuarto de baño sin que alguien lo presenciase. Les podían cachear o incluso examinar sus cavidades corporales en cualquier momento. No podían salir a dar un paseo ni coger un libro de la biblioteca sin permiso. Sus celdas se registraban constantemente en busca de algún objeto de contrabando, que bien podía ser una revista de coches o un rollo de hilo dental. Tenían que comer siguiendo un horario estipulado por otra persona. Las luces se encendían y se apagaban cuando alguien distinto lo ordenaba. Sin embargo, lo peor de todo era el constante manoseo al que se veían sometidos. Los guardias se pasaban la vida toqueteándolos, retorciéndoles los brazos en la espalda, palpándoles la cabeza durante el recuento, empujándolos para hacerles avanzar o retroceder. No había nada que fuese suyo, ni tan siquiera su cuerpo.

Era como el peor orfanato, pero con más barrotes.

La prisión D&C era el mayor centro penitenciario de Georgia y, entre otras cosas, servía como uno de los principa-

114

les centros de procesamiento para todos los reclusos que entraban en el sistema penal. Había ocho módulos con literas dobles y sencillas, además de otros tantos dormitorios que servían para alojar al excedente de reclusos. A su entrada, todos los presos tenían que someterse a un examen médico general, una evaluación psicológica, una prueba conductual y una evaluación de amenaza con el fin de establecer un índice de seguridad que determinase si pertenecían a un centro de mínima, media o máxima seguridad.

Si tenían suerte, el proceso de diagnosis y clasificación podía durar unas seis semanas aproximadamente, antes de que los asignaran a otra prisión o se les trasladase a una instalación permanente dentro de la prisión D&C. Hasta entonces permanecían veintitrés horas encerrados, lo que significaba que, salvo durante una hora, el resto del tiempo lo pasaban confinados en su celda. No se les permitía fumar ni tomar café ni ninguna bebida. Solo podían comprar un periódico a la semana, y no les dejaban tener libros, ni tan siquiera la Biblia. Tampoco tenían televisión, ni radio, ni teléfono. Había un patio, pero solo podían salir tres veces a la semana, si el tiempo lo permitía, y únicamente durante una hora al día. Solo los residentes a largo plazo podían recibir visitas, pero tenían que hacerlo en una sala separada por una tela metálica que les obligaba a chillar para poder comunicarse. No se podían tocar, ni abrazar, ni tener contacto de ningún tipo.

A eso le llamaban máxima seguridad.

Ese era uno de los motivos por los que el porcentaje de suicidios en las prisiones era tres veces más alto que fuera de ellas. Resultaba desolador ver las condiciones en que vivían hasta que leías algunos de sus expedientes: violación de un menor, agresión agravada con un bate de béisbol, violencia doméstica, secuestro, asalto, tiroteo, maltrato, mutilación, apuñalamiento, heridas con arma blanca y heridas por quemaduras.

Sin embargo, los tipos realmente peligrosos estaban en el corredor de la muerte. Estaban acusados de asesinatos tan atroces que el Estado solo podía tomar la solución de condenarlos a muerte. Estaban segregados del resto de los internos, y su vida estaba aún más limitada. Reclusión y aislamiento completo. No podían salir al patio ni tan siquiera una hora. Comían solos. No podían traspasar los barrotes de sus celdas bajo ningún pretexto, salvo el de ducharse una vez por semana. Podían pasar días enteros sin oír la voz de otra persona, y años enteros sin sentir el contacto de un tercero.

Allí es donde estaba recluido Boyd Spivey. Allí es donde vivía, mientras esperaba la muerte, ese exinspector tan condecorado.

Will notó que sus hombros se encogían cuando se cerró la puerta que conducía a las celdas del corredor de la muerte. El diseño de la prisión se prestaba a pasillos anchos y abiertos donde un hombre que intentase escapar corriendo podía ser derribado con un rifle a cien metros de distancia. Las esquinas formaban un perfecto ángulo de noventa grados que le quitaban a uno las ganas de andar merodeando. Los techos eran altos para atrapar el constante calor que emanaba de los cuerpos sudorosos. Había barrotes y tela metálica por todos lados: en las ventanas, en las puertas, en las luces del techo y en los interruptores.

A pesar de hacer un tiempo primaveral, la temperatura en el interior oscilaba en torno a los veinticinco grados. Will lamentó de inmediato llevar sus pantalones transpirables de correr debajo de sus gruesos vaqueros; no era una buena combinación. Amanda, como siempre, parecía sentirse como en casa, y no parecían importarle los barrotes grasientos ni los botones de emergencia que había alineados en las paredes cada tres metros. Los reclusos permanentes de la prisión D&C estaban clasificados como delincuentes violentos, y muchos de ellos no tenían nada que perder si se involucraban en un acto de salvajismo y violencia. Quitarle la vida a una directora adjunta del GBI podía ser un gran triunfo. Will no sabía qué pensaban sobre los policías que arrestaban a otros policías, pero no creía que hubiese una gran diferencia para los presos que quisieran ascender de categoría.

Por ese motivo iban escoltados por dos guardias tan grandes como dos armarios. Uno iba delante de Amanda, y el otro detrás de Will, haciéndole parecer enclenque. Nadie tenía permiso para portar una pistola en la prisión, pero los guardias llevaban un arsenal completo de armas en el cinturón: espray de pimienta, porras de acero y, lo peor de todo, un manojo de llaves tintineando que les decía a cada paso que la única forma de escapar de allí era atravesando treinta puertas.

Dieron la vuelta a una esquina y vieron a un hombre vestido con un traje gris apostado al lado de otra puerta cerrada. Al igual que en todas las puertas, había un gran botón de alarma al lado del marco.

Amanda extendió la mano.

—Alcaide Peck, gracias por organizar esta visita con tan poco tiempo de antelación.

—Siempre a su disposición, directora adjunta. —Tenía una voz ronca que encajaba perfectamente con el rostro gastado y mortecino, con su pelo gris y engominado—. Ya sabe que solo tiene que llamar.

—¿Sería mucho pedir que me diese una lista de todas las personas que han visitado a Spivey desde que entró en el sistema?

Peck obviamente pensaba que era mucho pedir, pero lo ocultó.

—Spivey ha estado en cuatro módulos diferentes. Tendré que hacer algunas llamadas.

—Gracias por tomarse la molestia. —Amanda señaló a Will—. Le presento al agente Trent. Tendrá que quedarse en la sala de observación. Él tuvo ciertas diferencias con el prisionero.

—No importa. Pero tengo que advertirle que la semana pasada recibimos la notificación de la sentencia de muerte del señor Spivey. Lo ejecutarán el día 1 de septiembre.

—¿Él lo sabe?

Peck asintió solemnemente, y Will se percató de que no le agradaba esa parte de su trabajo.

—Tengo por norma proporcionarles a los internos toda la información posible en cuanto puedo. La noticia le ha sosegado mucho. Por lo general, se vuelven muy dóciles durante esa época, pero no se deje engañar. Si en algún momento se siente amenazada, levántese y salga de la habitación inmediatamente. No le toque. Evite estar a su alcance. Por su seguridad, su visita será supervisada a través de las cámaras, y uno de mis hombres se quedará en la puerta en todo momento.

Tenga en cuenta que estos hombres son muy rápidos y no tienen nada que perder.

—Tendré que ser más rápida que él. —Le guiñó un ojo, como si fuese una especie de fiesta fraternal en la que los chicos podían ponerse un poco pendencieros—. Cuando usted quiera.

Hicieron entrar a Will por una puerta anterior que daba a la sala de observación. Era una habitación pequeña y sin ventanas, de esas que pueden pasar por un cuarto de almacenaje. Había tres monitores sobre una mesa de metal, todos enfocando a Boyd Spivey desde diferentes ángulos en la habitación adyacente. Estaba encadenado a una silla atornillada al suelo.

Hacía cuatro años, no se podía decir que Spivey fuese un hombre atractivo, pero andaba con ese aire arrogante que suelen tener los policías que ocultaban sus deficiencias. Tenía la reputación de ser un verdadero juerguista, pero un buen policía; de esos que a uno le gusta tener a sus espaldas cuando las cosas se ponen realmente feas. Su expediente estaba repleto de distinciones, e, incluso después de aceptar el trato de declararse culpable a cambio de una condena más reducida, había muchos en la comisaría que se negaban a creer que fuese un policía corrupto.

Ahora su aspecto decía todo lo contrario. Parecía un hombre duro como el granito. Tenía la piel hinchada y picada de viruelas. Llevaba una coleta larga y raída colgándole por la espalda, y muchos tatuajes en los brazos y alrededor del cuello. Sus gruesas muñecas estaban atadas a una barra de cromo soldada en el centro de la mesa, y las piernas cruzadas a la altura de los tobillos. Las cadenas de los grilletes que llevaba en las piernas estaban tensas. Will dedujo que Boyd se pasaba el día haciendo ejercicio en la celda. Su uniforme color naranja brillante parecía estar a punto de estallar por sus musculosos brazos y su amplio pecho.

Will se preguntó si ese peso extra no afectaría a su inminente ejecución. Después de algunos horribles accidentes con la silla eléctrica, entre los que se incluía un hombre al que le ardió el pecho, el Tribunal Supremo del Estado ordenó que se dejase de emplear la silla eléctrica en Georgia. Ahora, en lugar de afeitarlos, amordazarlos con algodón y freírlos como cangrejos, a los reclusos sentenciados a muerte se les ataba a una mesa y se les inyectaba una serie de drogas que hacían que sus pulmones dejasen de respirar, su corazón se detuviese y, al final, muriesen. A Boyd Spivey probablemente le darían una dosis mayor que a los demás, ya que se necesitaba una combinación de drogas muy fuerte para acabar con un hombre tan grande.

Se oyó una tos aguda por los altavoces diminutos que había encima de la mesa. En la habitación adyacente, Will vio cómo Boyd miraba fijamente a Amanda, que estaba apoyada contra la pared, a pesar de haber una silla enfrente de él.

El tono de su voz era sorprendentemente agudo para un hombre de su tamaño.

—¿Te da miedo sentarte a mi lado?

Will jamás había visto a Amanda asustada, y aquel momento no fue una excepción.

—No quiero ser grosera, Boyd, pero apestas.

—Solo me dejan ducharme una vez a la semana —dijo mirando la mesa.

—Vaya. Qué gente más cruel —respondió Amanda en tono de mofa.

Will miró la cámara que enfocaba el rostro de Boyd. Tenía una sonrisa dibujada en los labios.

Los tacones de Amanda retumbaron en el cemento cuando se dirigió hacia la silla. Las patas de metal chirriaron al arrastrarla por el suelo. Se sentó, cruzó las piernas remilgadamente y puso las manos sobre el regazo.

Boyd la miró de arriba abajo.

—Se te ve muy bien, Mandy.

—He estado ocupada.

—¿Con qué?

—¿Te has enterado de lo que le ha pasado a Evelyn?

—Aquí no tenemos televisión.

Amanda se rio.

—Estoy segura de que sabías que vendría antes que yo. Este lugar es como la CNN.

Boyd se encogió de hombros, como si no dependiera de él.

—¿Cómo está Faith?

—De maravilla.

—Me he enterado de que mató a los dos hombres dándoles en el centro.

—Uno murió de un tiro en la cabeza.

—Ufff. —Simuló sentir dolor—. ¿Cómo está Emma?

—Echa una muñequita. Siento no haberte traído una foto. He dejado mi bolso en el coche.

—Mejor. Los pedófilos estos se la habrían quedado.

—Qué falta de decoro.

Boyd sonrió y enseñó los dientes. Los tenía astillados y rotos, resultado de pelear sucio.

—Recuerdo el día que a Faith le dieron su placa. —Se echó hacia atrás, haciendo que los grilletes se deslizasen por la mesa—. Ev estaba más orgullosa que un pavo real.

—Todos lo estábamos —admitió Amanda, y Will dedujo que su jefa conocía a Boyd Spivey mucho mejor de lo que le había hecho ver en el coche—. ¿Cómo lo llevas, Boyd? ¿Te tratan bien?

—No me tratan mal. —Volvió a sonreír, pero luego se detuvo—. Perdona el aspecto de mis dientes. Pensé que no valía la pena arreglármelos.

—Peor es el olor.

La miró avergonzado.

—Hace mucho tiempo que no oía la voz de una mujer.

—Odio decirlo, pero es lo más agradable que me han dicho en mucho tiempo.

Boyd se rio.

—Veo que no ha sido una época muy buena para ninguno de los dos.

Amanda dejó alargar ese momento.

—Creo que deberíamos hablar del motivo que te ha traído hasta aquí.

—Como quieras. —Su tono implicaba que podía pasarse el día hablando con él, pero Boyd captó el mensaje.

—¿Quién ha secuestrado a Ev?

—Creemos que un grupo de asiáticos.

Frunció el ceño. A pesar de su uniforme naranja y de ese lugar al que él llamaba su casa, a Boyd Spivey aún le quedaba algo de policía.

—Los chinos no pintan nada en esta ciudad. Los mexicanos han estado captando negros para volver a hacerse con el negocio.

—Los hispanos están involucrados, pero no estoy segura de cómo.

Boyd asintió, indicando que lo entendía, pero no sabía cómo interpretarlo.

—A los hispanos no les gusta ensuciarse las manos.

—Sí, lo sé. Pero la mierda siempre cae hacia abajo.

—¿Han enviado alguna señal? —Se refería a una prueba de que estaba viva. Amanda negó con la cabeza—. ¿Qué piden a cambio?

—Dímelo tú.

Se quedó callado.

—Ambos sabemos que Ev estaba limpia —dijo Amanda—, pero ¿puede ser una represalia?

Boyd miró la cámara y luego sus manos.

—No creo. Estaba protegida. No importa lo sucedido. No hay ningún hombre de su equipo que aún no diese la vida por ella. No se le da la espalda a la familia.

Will siempre había pensado que Evelyn estaba protegida por ambos lados de la ley. Oír que estaba en lo cierto no le servía de consuelo.

—¿Sabes que Chuck Finn y Demarcus Alexander ya están fuera? —dijo Amanda.

Boyd asintió.

—Chuck se marchó al sur, y Demarcus a los Ángeles, donde vive la familia de su madre.

Amanda ya debía saber la respuesta, pero preguntó:

—¿Sabes si están limpios?

—Chuck se mete todo lo que pilla. —Se refería a que se pinchaba heroína y fumaba crack—. Acabará aquí de nuevo si no la palma antes.

—¿Sabes si ha cabreado a alguien?

—No, que yo sepa. Pero es un yonqui, y vendería a su madre por un chute.

—¿Y Demarcus?

—Creo que está tan limpio como se puede estar con una acusación grave sobre la espalda.

121

—Me han dicho que está intentando sacarse el título de electricista.

—Hace bien. —Boyd parecía sincero—. ¿Has hablado con Hop y Hump? —Se refería a Ben Humphrey y a Adam Hopkins, sus dos compañeros, que estaban cumpliendo condena en la prisión de Valdosta.

Amanda sopesó sus palabras.

—¿Debería hacerlo?

—Vale la pena intentarlo, aunque dudo que te digan algo. Les quedan cuatro años. No quieren buscarse problemas. Y no creo que se muestren muy comunicativos contigo teniendo en cuenta tu papel en su actual condena. —Se encogió de hombros y añadió—: Yo no tengo nada que perder.

—Me han dicho que ya sabes la fecha.

—El 1 de septiembre. —La habitación se quedó en silencio, como si hubieran extraído todo el aire. Boyd se aclaró la voz. La nuez cabeceó en su cuello—. Te hace reflexionar.

Amanda se inclinó hacia adelante.

—¿Sobre qué?

—Sobre no ver a mis hijos crecer. Ni tener la oportunidad de disfrutar de mis nietos. —Se aclaró la voz de nuevo—. Me encantaba trabajar en la calle, persiguiendo a los chorizos. El otro día tuve un sueño. Estábamos en la furgoneta de la policía. Evelyn escuchaba esa canción estúpida, ¿te acuerdas de ella?

—*Would I lie to you?*

—Annie Lennox. Fría como un témpano. Cuando me desperté, aún la seguía escuchando. Me retumbaba en la mente, a pesar de no haber oído música en... ¿cuánto? ¿Cuatro años? —Movió la cabeza con tristeza—. Es como una droga, ¿verdad? Echas la puerta abajo, limpias toda esa basura y luego te despiertas al día siguiente para empezar de nuevo. —Abrió las manos todo lo que pudo con los grilletes—. ¿Nos pagaban por hacer esa mierda? Deberíamos pagarles nosotros a ellos.

Amanda asintió, pero Will estaba pensando que ellos consiguieron beneficiarse de otras muchas maneras.

—Se suponía que yo era una buena persona, pero este lugar... —Miró a su alrededor y añadió—: Te pudre por dentro.

—Si no te hubieses metido en líos, ya habrías salido.

Boyd miró a la pared que había detrás de ella.

—Me grabaron; a mí cargándome a esos tipos. —Dibujó una sonrisa, pero no había ningún humor en sus labios, solo oscuridad y desaliento—. Creía que había sucedido de forma distinta, pero pusieron la cinta en el juicio. Las imágenes no mienten, ¿verdad que no?

—No.

Se aclaró la voz dos veces antes de seguir.

—Se veía a ese hombre pegándole al guardia con los puños, enroscando una toalla alrededor del cuello del otro. Los ojos le brillaban y se le salían como en esos espectáculos de rarezas, y gritaba como un jodido animal. Me hizo pensar en la época que pasé en las calles, en todos esos chorizos a los que arresté, en esos hombres a los que consideraba monstruos, pero luego vi que el que salía en la cinta matando al guardia no era otro, sino yo. —Su voz se convirtió en un susurro—. Era yo quien golpeaba a ese hombre. Era yo quien estaba matando a esos dos hombres. Y todo eso, ¿por qué? Entonces me di cuenta de que me había convertido en eso que había odiado durante tantos años. —Sorbió por la nariz. Tenía los ojos empañados de lágrimas—. Te conviertes justo en eso que más odias.

—A veces.

Will no sabía si Boyd se lamentaba por los hombres que había matado o por sí mismo. Probablemente, por ambas cosas. Todo el mundo sabía que iba a morir más tarde o más temprano, pero Boyd Spivey sabía el día y la hora. Y la forma. Sabía cuándo iba a tomar su última comida, cuándo iba a echar su última cagada, cuándo iba a rezar por última vez. Luego vendrían a buscarle, le harían levantarse y andar por su propio pie hasta el lugar donde descansaría su cabeza por última vez.

Boyd tuvo que aclararse la voz una vez más antes de hablar.

—He oído que los Yellow han intentado desbancar a su jefa. Deberías hablar con Ling-Ling en Chambodia. —Will no reconoció el nombre, pero sabía que llamaban Chambodia a esa zona que iba desde Buford Highway hasta los límites de Chamblee. Era la meca de los inmigrantes asiáticos y latinos—. No puedes hablar directamente con los Yellow sin una

123

invitación. Dile a Ling-Ling que Spivey te dijo que no se lo dijeses a nadie. Pero ten cuidado. Me parece que esto se está yendo de las manos.

—¿Algo más?

Will vio moverse la boca de Boyd, pero no pudo entender lo que decía.

—¿Ha oído lo que ha dicho? —le preguntó al guardia.

Este negó con la cabeza.

—No tengo ni idea. Parece como si hubiese dicho «amén»… o algo así.

Will observó la reacción de Amanda. Estaba asintiendo.

—De acuerdo. —El tono de Boyd indicaba que habían terminado. Siguió a Amanda con la mirada mientras se levantaba. Luego le preguntó—: ¿Sabes lo que más echo de menos?

—¿El qué?

—Levantarme cuando una mujer entra en la habitación.

—Siempre fuiste un caballero.

Sonrió, enseñando sus astillados dientes.

—Cuídate, Mandy. Y haz lo que puedas para que Evelyn regrese con su familia.

Amanda dio la vuelta a la mesa y se quedó a unos pasos del prisionero. Will notó que se le encogía el estómago, y el guardia que estaba a su lado se movió inquieto. No había nada de lo que preocuparse. Amanda puso la mano en la mejilla de Boyd y salió de la habitación.

—Puta de mierda —exclamó el guardia.

—Cuidado con lo que dice —le advirtió Will.

Amanda podía ser una puta, pero era su puta. Abrió la puerta y se encontró con ella en el pasillo. Las cámaras no le habían enfocado el rostro, pero Will vio que había estado sudando en esa habitación pequeña y cargada. O puede que fuese Boyd quien le había provocado esa reacción.

Los dos guardias regresaron y se colocaron a ambos lados de Amanda y de Will. Él miró por encima del hombro de su jefa y vio cómo Boyd recorría el pasillo con las manos y las piernas encadenadas. Solo había un guardia con él, un hombre pequeño cuya mano apenas envolvía el brazo del prisionero.

Amanda se dio la vuelta y observó a Boyd hasta que este desapareció al dar la vuelta a la esquina.

—Tíos como ese hacen que desee que pongan la silla eléctrica de nuevo.

Los guardias soltaron una carcajada que retumbó en el pasillo. Amanda había sido muy delicada con Spivey y quería hacerles saber que todo había sido una comedia. Su actuación en la pequeña habitación había sido muy convincente, tanto que había engañado a Will momentáneamente, aunque la única vez que la oyó hablar sobre la pena de muerte dijo que solo le veía un inconveniente: que los convictos tardaban demasiado en morir.

—¿Señora? —preguntó uno de los guardias, indicándole la puerta al final del pasillo.

—Gracias.

Amanda le siguió hacia la salida. Miró su reloj y le dijo a Will:

—Son casi las cuatro. Con suerte, tardaremos una hora y media en regresar a Atlanta. Valdosta está a dos horas y media al sur de aquí, pero tardaríamos casi cuatro por el tráfico. No creo que llegásemos a tiempo para hacer una visita. Puedo mover algunos hilos, pero no conozco al nuevo alcaide y, aunque le conociese, no creo que fuese tan estúpido como para retirar a dos presos de máxima seguridad a esas horas de la noche.

Las prisiones estaban sujetas a una rutina, y cualquier cambio podía provocar un estallido de violencia.

—¿Aún quieres que revise todos mis archivos sobre la investigación? —preguntó Will.

—Por supuesto —respondió Amanda. Lo dijo como si nunca hubiese cuestionado que hablarían sobre la investigación que condujo a la jubilación forzosa de Evelyn—. Nos veremos en la oficina a las cinco de la mañana. Hablaremos del caso de camino a Valdosta. Se tardan tres horas en ir y otras tantas en volver. No creo que nos lleve más de media hora hablar con Ben y Adam, si es que dicen algo. A mediodía, como muy tarde, estaremos de vuelta, tiempo de sobra para hablar con Miriam Kwon.

Will casi se había olvidado del muchacho muerto que había aparecido en la habitación de la colada. Lo que sí recordaba perfectamente es que Amanda le había ocultado el hecho de

125

que conocía tan bien a Boyd Spivey como para que él la llamase Mandy. Asumió que otro tanto sucedería con Ben Humphrey y Adam Hopkins, lo que significaba que ella estaba investigando por su propia cuenta.

—Haré unas cuantas llamadas a los encargados de la libertad condicional en Memphis y Los Ángeles para que se lo hagan saber a Chuck Finn y a Demarcus Alexander —dijo Amanda—. Lo único que podemos hacer es enviarles un mensaje diciéndoles que Evelyn está en peligro, y que estamos dispuestos a escuchar si ellos están dispuestos a hablar.

—Todos eran muy leales a Evelyn.

Amanda se detuvo en la puerta, esperando que el guardia encontrase la llave.

—Así es —respondió.

—¿Quién es Ling-Ling?

—Ya hablaremos de eso.

Will abrió la boca para decir algo, pero entonces oyó una alarma estridente. Las luces de emergencia se iluminaron. Uno de los guardias cogió a Will por el brazo, que se dejó llevar por el instinto y se apartó de él. Amanda reaccionó de la misma manera, pero no se quedó quieta. Echó a correr por el pasillo, haciendo sonar sus tacones contra el suelo. Will corrió detrás. Al dar la vuelta a la esquina, casi choca con ella, que, de repente, se había parado.

Amanda no dijo nada. No jadeó ni gritó. Se limitó a cogerle por el brazo y a atravesar con sus uñas la delgada tela de su camiseta de algodón.

Boyd Spivey yacía muerto al final del pasillo. Tenía la cabeza girada, formando un ángulo extraño con respecto al cuerpo. El guardia que estaba a su lado sangraba por un profundo corte que le habían hecho en la garganta. Will se acercó hasta él, se arrodilló y le presionó con las manos la herida, tratando de detener la hemorragia. Era demasiado tarde. En el suelo, había un charco de sangre con la forma de un nimbo ladeado. El hombre se lo quedó mirando; sus ojos emanaban miedo, pero luego quedaron sumidos en un completo vacío.

Capítulo cinco

*F*aith redujo la velocidad del Mini al acercarse a su casa. Eran más de las ocho. Había pasado las seis últimas horas repitiendo lo que había sucedido en casa de su madre, diciendo las mismas cosas una y otra vez, mientras su abogado, su representante sindicalista, tres policías de Atlanta y un agente especial del GBI la interrogaban, tomaban notas y, básicamente, la hacían sentirse como una delincuente. No obstante, era lógico que creyesen que sabía por qué habían secuestrado a su madre. Evelyn había sido policía. Faith era policía. Evelyn había disparado y había matado a un hombre. Faith había matado a dos hombres, dos posibles testigos, aparentemente a sangre fría. Evelyn había desaparecido. Si ella estuviese al otro lado de la mesa, estaría haciendo las mismas preguntas.

¿Tenía su madre enemigos? ¿Había aceptado algún soborno? ¿Había cometido algún acto ilegal? ¿Había recibido dinero o regalos por mirar para otro lado?

Faith, sin embargo, no estaba al otro lado de la mesa y, por mucho que se devanase pensando, no encontraba ningún motivo para que nadie quisiese secuestrar a su madre. Lo peor de estar en la sala de interrogatorios era que, con cada minuto que pasaba, pensaba más y más que, en realidad, esos cinco oficiales tan capacitados estaban perdiendo el tiempo en esa minúscula habitación, cuando podían estar buscando a su madre.

¿Quién podría haberlo hecho? ¿Tenía Evelyn enemigos? ¿Qué habían estado buscando?

Faith estaba tan desconcertada como cuando empezó el interrogatorio.

Aparcó el coche en la acera, enfrente de su casa. Todas las luces estaban encendidas, algo que ella jamás habría permitido. La casa parecía como si estuviese decorada por Navidad, lo cual resultaba muy caro. Había cuatro coches aparcados en la entrada. Reconoció el viejo Impala que Jeremy le compró a Evelyn cuando ella lo cambió por el Malibu, pero no sabía de quién eran las dos camionetas ni el Corvette negro.

—Chisss… —le siseó a Emma, que se intranquilizó al detenerse el coche.

Infringiendo la ley y el sentido común, Faith la había puesto en el asiento del pasajero. Desde la casa de la señora Levy hasta la suya solo se tardaba cinco minutos, pero no lo había hecho por pereza, sino por la necesidad de sentir a su hija cerca. Cogió a Emma y la abrazó. El corazón del bebé latía entrecortadamente contra su pecho. Su respiración era sosegada y familiar, y sonaba como si estuviesen sacando clínex de una caja.

Faith añoraba a su madre. Quería poner la cabeza sobre su hombro y sentir sus manos nervudas y fuertes palmeándole la espalda mientras le decía que todo iba a salir bien. Quería verla bromeando con Jeremy sobre su pelo largo, y cómo hacía saltar a Emma sobre sus rodillas. Sin embargo, lo que más deseaba era hablar con ella sobre el día tan horrible que había pasado, y que la aconsejase sobre si debía confiar en su representante sindical cuando le decía que no necesitaba de un abogado, o si debía prestar atención al abogado cuando le advertía que el representante sindical estaba muy vinculado con la policía de Atlanta.

—Dios santo —exclamó suspirando en dirección a la nuca de Emma.

Faith necesitaba a su madre.

Los ojos se le empañaron de lágrimas, y por una vez no trató de contenerlas. Estaba sola por primera vez desde que había entrado en casa de su madre horas antes. Quería desmoronarse. Necesitaba hacerlo. Pero Jeremy también necesitaba a su madre. Necesitaba que ella mantuviese la serenidad. Necesitaba creer en su madre cuando le dijese que haría lo posible para que su abuela regresase a casa de una pieza.

Por el número de coches dedujo que, dentro de la casa, habría al menos tres policías con su hijo. Jeremy había empezado a llorar cuando ella le llamó desde la comisaría; estaba confundido, preocupado y tan asustado por su madre como por su abuela. Faith pensó en lo que le dijo Amanda cuando estaban en el salón de la señora Levy. Faith se había quedado sorprendida por su caluroso abrazo, pero no por sus palabras, que pronunció susurrando: «Tienes dos minutos para recuperar la compostura. Si estos hombres te ven llorar, lo único que verán a partir de ese momento es a una mujer indefensa».

Faith pensaba a menudo que Amanda estaba peleando una batalla que hacía mucho que se había librado, pero otras se daba cuenta de que tenía razón. Se secó las lágrimas con el dorso de la mano, abrió la puerta del coche, cogió su bolso y se lo colgó del hombro. Emma se movió, sorprendida por el aire frío. Faith la arropó con la manta y apretó los labios contra su cabeza. Tenía la piel cálida y su delgado cabello le cosquilleó los labios mientras recorrían la entrada.

Pensó en todas las cosas que tenía que hacer antes de acostarse. Fuese como fuese, tenía que ordenar la casa. Emma necesitaba dormir. Jeremy necesitaba ánimos, y probablemente cenar. Tenía que buscar algún momento para hablar con su hermano Zeke. Con suerte, estaría en algún lugar sobrevolando el Atlántico, viniendo desde Alemania, por lo que le resultaría difícil hablar con él esa noche. La relación entre ellos nunca había sido muy buena. Afortunadamente, Amanda se había encargado de hacer las llamadas telefónicas, ya que de no ser así ella habría pasado la mayor parte de la tarde peleándose con Zeke en lugar de hablar con la policía de Atlanta. Notó un ligero alivio al subir la escalera de entrada. La idea de hablar con su hermano hacía que las seis últimas horas resultasen agradables. Alargó la mano para coger el pomo de la puerta justo en el momento en que esta se abrió.

—¿Dónde narices te has metido?

Faith se quedó con la boca abierta, mirando a su hermano Zeke.

—¿Cómo has…?

—¿Qué ha pasado, Faith? ¿Qué has hecho?

129

—¿Cómo…? —Faith era incapaz de formular una frase completa.

—Tío, tranquilízate. —Jeremy empujó a su tío y cogió a Emma de los brazos de Faith—. ¿Te encuentras bien, mamá?

—Sí —respondió, aunque era Zeke quien acaparaba su atención—. ¿Has venido de Alemania?

—Ahora vive en Florida —intervino Jeremy. Ayudó a Faith a entrar en casa—. ¿Has comido? Puedo prepararte algo.

—Sí… Bueno, no, pero estoy bien. —Dejó de preocuparse por Zeke por un instante y se concentró en su hijo—. ¿Y tú? ¿Te encuentras bien?

Jeremy asintió, pero ella se dio cuenta de que se estaba haciendo el valiente.

Faith trató de abrazarlo, pero él no se dejó, probablemente porque Zeke los estaba observando. Dirigiéndose a Jeremy, le dijo:

—Quiero que te quedes aquí esta noche.

Jeremy se encogió de hombros.

—Por supuesto.

—La encontraremos. Te lo prometo, Jaybird.

Jeremy miró a Emma, meciéndola en sus brazos. «Jaybird» era la forma en que Evelyn le había llamado hasta que sus compañeros de la escuela primaria se enteraron y se mofaron de él hasta hacerle llorar.

—La tía Mandy me ha dicho lo mismo cuando me llamó. Que rescatará a la abuela.

—Ya sabes que ella no miente.

—No quiero pensar en esos pobres tíos cuando ella los encuentre —respondió Jeremy tratando de bromear.

Faith le puso la mano en la mejilla. Se pinchó un poco con la barba, algo a lo que nunca se acostumbraría. Su hijo era más alto que ella, pero no era muy fuerte.

—La abuela es fuerte. Ya sabes que es una luchadora. Y que hará lo posible por volver a verte. A vernos.

Zeke emitió un sonido de disgusto. Faith le lanzó una mirada desagradable por encima del hombro de Jeremy.

—Víctor quiere que le llames —dijo Zeke—. Supongo que sabes a quién me refiero, ¿verdad?

Víctor Martínez era la última persona con la que deseaba hablar en ese momento.

—Acuesta a Emma —le dijo a Jeremy—. Y apaga algunas luces, que la compañía eléctrica no la regala.

—Hablas como el abuelo.

—Vamos, venga.

Jeremy miró a Zeke, reacio a marcharse. Su instinto siempre había sido proteger a su madre.

—Vamos —le dijo Faith empujándole amablemente hacia las escaleras.

Zeke había tenido al menos la decencia de esperar hasta que se marchase Jeremy. Cruzó los brazos sobre el pecho e infló su corpulenta constitución.

—¿En qué lío has metido a mamá?

—Yo también me alegro de verte.

Le empujó para pasar y fue hacia la cocina. A pesar de lo que le había dicho a Jeremy, no había comido nada sólido desde las dos, por lo que notaba aquellas familiares punzadas en la cabeza y las náuseas que le indicaban que algo no iba bien.

—Si le pasa algo a mamá…

—¿Qué vas a hacer, Zeke? —Se dio la vuelta para hacerle frente. Siempre había sido un chulo y, como suele suceder con los de su clase, la única forma de pararle los pies era haciéndoles frente—. ¿Qué me vas a hacer? ¿Tirar mis muñecas? ¿Echarme a la hoguera?

—Yo no…

—Durante las últimas seis horas, una pandilla de gilipollas que creen que tengo algo que ver con el secuestro de mi madre me han estado interrogando, y por eso me he puesto a pegar tiros a todo quisqui. No tengo por qué escuchar esa misma mierda de mi hermano.

Se dio la vuelta, camino de la cocina. Había un hombre joven y pelirrojo sentado a la mesa. Se había quitado la chaqueta; un revólver Smith y Wesson M&P colgaba de su pistolera como una lengua negra. La correa le rodeaba el pecho, haciendo que su camisa se plegase. Estaba hojeando el catálogo de Land's End que había llegado por correo el día anterior, y simulaba no haber oído a Faith gritar a pleno pulmón. Se levantó cuando la vio entrar.

131

—Agente Mitchell, soy Derrick Connor, del Departamento de Negociación de Rehenes de la policía de Atlanta.

—Gracias por venir —respondió Faith, esperando que su tono sonase sincero—. Imagino que no ha llamado nadie.

—No, señora.

—¿Alguna novedad?

—No, señora, pero será la primera en saberlo.

Faith lo dudaba. El pelirrojo no estaba allí solo para responder a las llamadas. Hasta que la policía dijese lo contrario, ella seguiría siendo una sospechosa.

—¿Hay algún otro agente aquí?

—El inspector Taylor. Está comprobando el perímetro. Puedo llamarle si...

—Me gustaría tener un poco de intimidad, por favor.

—Sí, señora. Estaré fuera si me necesita.

Connor le hizo un gesto a Zeke antes de salir por la puerta corredera de cristal.

Faith gruñó mientras se sentaba a la mesa. Se sentía como si llevase horas de pie, a pesar de haber pasado la mayor parte del día sentada. Zeke aún permanecía con los brazos cruzados. Bloqueaba la puerta como si creyese que ella saldría corriendo.

—¿Sigues aún en las Fuerzas Aéreas?

—Me trasladaron a Eglin hace cuatro meses.

Más o menos cuando nació Emma.

—¿En Florida?

—Que yo sepa, sí. —Sus preguntas estaban obviamente irritándole aún más—. Estoy haciendo un servicio de dos semanas en el hospital de veteranos de Clairmont. Has tenido suerte de que estuviese en la ciudad, o Jeremy habría estado solo todo el día.

Faith le miró. Zeke Mitchell parecía estar siempre en posición de firmes. Incluso cuando tenía solo diez años, se comportaba como un general de las Fuerzas Aéreas, lo que significaba que había nacido con una barra de acero clavada en el culo.

—¿Sabe mamá que estabas aquí?

—Por supuesto. Habíamos quedado para cenar mañana por la noche.

—¿Y no pensabas decírmelo?

—Quería evitar una escena.

Faith soltó un prolongado suspiro mientras se apoyaba sobre el respaldo de la silla. En esas pocas palabras se resumía su relación. Faith había provocado una tragedia durante el último curso de Zeke, al quedarse embarazada. Su drama le había obligado a dejar la escuela secundaria e ingresar en el Ejército durante diez años. La tragedia se agravó cuando decidió quedarse con Jeremy, y más tragedia cuando lloró descontroladamente en el funeral de su padre.

—He estado viendo las noticias —dijo lanzando una acusación.

Faith se apoyó para levantarse de la mesa.

—Entonces sabrás que he matado a dos hombres.

—¿Dónde estabas?

Le temblaban las manos cuando abrió el armario para coger una barrita nutritiva. Había dicho esa frase como si nada. Faith había notado durante el interrogatorio que, cuanto más la repetía, más inmune se sentía. Por eso, volverla a repetir la dejó casi indiferente.

Zeke repitió.

—Te he hecho una pregunta, Faith. ¿Dónde estabas cuando mamá te necesitaba?

—¿Que dónde estaba? —Tiró la barrita sobre la mesa. La cabeza le daba vueltas una vez más. Debía comprobar su nivel de azúcar antes de comer nada—. Estaba en un seminario de formación.

—Llegaste tarde.

Faith asumió que estaba haciendo una deducción.

—No llegué tarde.

—Hablé con mamá esta mañana.

Faith aguzó los sentidos.

—¿A qué hora? ¿Se lo has dicho a la policía?

—Por supuesto. Hablé con ella sobre el mediodía.

Faith había llegado a casa de su madre casi dos horas después.

—¿Estaba bien? ¿Qué te dijo?

—Me dijo que, como de costumbre, llegabas tarde. Todo el mundo se tiene que amoldar a tu horario.

—Vaya por Dios —susurró.

133

No estaba para reproches en ese momento. La habían suspendido del trabajo por solo Dios sabía cuánto tiempo. Su madre podía estar muerta. Su hijo estaba hundido, y ella no podía librarse de su hermano el tiempo suficiente como para recuperar la serenidad. Además del estrés, la cabeza le daba vueltas. Buscó en su bolso el kit para medir su nivel de azúcar. Aunque entrar en coma sería un alivio bastante atractivo en ese momento, no le serviría de nada.

Faith puso el kit sobre la mesa. Detestaba que la mirasen cuando estaba midiéndose el nivel de azúcar, pero Zeke no parecía dispuesto a dejarle un poco de intimidad. Cambió la aguja de la pluma y sacó un algodón esterilizado. Zeke la observaba como un buitre. Era médico, y Faith podía oír en su cerebro cómo le decía lo mal que hacía las cosas.

Faith puso un poco de sangre en la tira reactiva. Apareció el número. Le enseñó a Zeke el diodo emisor de luz porque sabía que le preguntaría.

—¿Cuándo comiste por última vez?

—Tomé algunas galletas de queso en la comisaría.

—Eso no es suficiente.

Faith se levantó y abrió la nevera.

—Ya lo sé.

—Tu nivel de azúcar es muy alto, probablemente por el estrés.

—Eso también lo sé.

—¿Cuál fue tu último A1C?

—Seis punto uno.

Zeke se sentó en la mesa.

—Bueno, no es tan malo.

—No —respondió Faith sacando la insulina de la puerta de la nevera. Estaba un poco por encima de su objetivo, que tampoco era muy malo, teniendo en cuenta que acababa de tener un bebé.

—¿Realmente crees lo que dices? —Zeke hizo una pausa, y Faith se dio cuenta de que le costaba mucho hacerle esa pregunta—. ¿Crees que conseguiremos que mamá vuelva?

Faith se sentó.

—No lo sé.

—¿Estaba herida?

Faith negó con la cabeza y se encogió de hombros al mismo tiempo. La policía no le había dicho nada.

Zeke respiró profundamente.

—¿Por qué motivo querrían secuestrarla? ¿Estás…? —Para variar, trató de ser delicado—. ¿Estás involucrada en algo?

—¿Por qué eres tan cretino? —No esperaba una respuesta—. Mamá fue la jefa de la Brigada de Estupefacientes durante quince años. Tiene muchos enemigos. Era parte de su trabajo. Además, ya sabes que fue investigada, y conoces los motivos por los que se jubiló.

—Eso fue hace cuatro años.

—Esas cosas no caducan. Puede que alguien quiera algo de ella.

—¿Como qué? ¿Dinero? Ella no tiene dinero. Conozco el estado de sus cuentas. Solo tiene la pensión, y algo por la jubilación de papá. No tiene ni seguro médico.

—Debe estar relacionado con el caso. —Faith introdujo la insulina en la jeringa—. Todo su equipo acabó en prisión. Mucha gente se cabreó al ver que arrestaban a los policías que aceptaban sus sobornos.

—¿Crees que los que han secuestrado a mamá estaban involucrados en eso?

Faith movió la cabeza. Ellos siempre habían llamado al equipo de su madre «los hombres de mamá», porque así les resultaba más fácil distinguirlos.

—No tengo ni idea de quién puede estar involucrado ni por qué.

—¿Estás investigando todos sus casos y entrevistando a los perpetradores?

—¿Los perpetradores? ¿De dónde has sacado esa palabra? —Faith se levantó la camisa lo suficiente como para clavarse la aguja en la barriga. No sintió un bienestar inmediato; la droga no funcionaba de esa manera, pero, aun así, cerró los ojos esperando que se le pasase la sensación de náusea—. Me han suspendido, Zeke. Me han quitado la placa y el arma, y me han ordenado que me quede en casa. ¿Qué quieres que haga?

Zeke dobló los brazos encima de la mesa y se miró los pulgares.

135

—¿No puedes hacer algunas llamadas? ¿Buscar a algunos de tus informadores? Has sido policía durante veinte años. Imagino que podrás pedir algunos favores.

—Quince años. Y no, no tengo a quien llamar. He matado a dos hombres hoy. ¿No puedes entender en qué lugar me deja eso? Creen que estoy involucrada en este asunto. Nadie está dispuesto a hacerme favores.

Zeke movió la mandíbula. Estaba acostumbrado a que obedeciesen sus órdenes.

—Mamá aún tiene algunos amigos.

—Sí, y probablemente están cagados de miedo pensando que, fuese lo que fuese en lo que estaba metida, les va a explotar en la cara.

No le gustó oír eso. Inclinó la cabeza hasta que el mentón le dio en el pecho.

—Ya veo que no puedes hacer nada. Estamos indefensos. Igual que mamá.

—Amanda no se quedará con los brazos cruzados.

Zeke hizo un gesto de desconfianza. Nunca había sentido simpatía por Amanda. Estaba dispuesto a recibir órdenes de su hermana pequeña, pero no de nadie que no fuese de su familia. Era una reacción un tanto extraña, teniendo en cuenta que Zeke, Faith y Jeremy habían crecido llamándola tía Mandy. Faith sabía que si la utilizaba ahora, esa expresión cariñosa le costaría el puesto de trabajo. No obstante, siempre la habían considerado una más de la familia. Mantenía una amistad tan íntima con Evelyn que hubo una época en que pasaba por una sustituta.

Pero seguía siendo la jefa de Faith, y mantenía las distancias con ella tanto como con cualquiera que trabajase a sus órdenes, o con cualquiera que mantuviese contacto con ella, incluso con cualquiera que le sonriese en la calle.

Faith abrió la barrita nutritiva y le dio un buen mordisco. En la cocina, no se oía otra cosa que a ella masticar. Quería cerrar los ojos, pero la asustaban las imágenes que le pudiesen venir. Su madre atada y amordazada; los ojos enrojecidos de Jeremy; la forma en que los policías la habían mirado ese día, como si viesen que estaba metida hasta el cuello.

Zeke se aclaró la voz. Faith pensó que había dejado de lado

la hostilidad, pero su postura le indicó lo contrario. Él siempre había tenido ese sentimiento de superioridad respecto a ella.

—¿Qué pasa?

—Ese tal Víctor pareció muy sorprendido al enterarse de lo de Emma. Quería saber su edad y cuándo nació.

Faith se atragantó.

—¿Ha estado aquí? ¿En la casa?

—Tú no estabas aquí, Faith. Alguien tenía que quedarse con Jeremy hasta que yo llegase.

Los insultos que se le pasaron por la cabeza eran, seguramente, peores que lo que Zeke había oído mientras cosía a los soldados en Ramstein.

—Jeremy le enseñó una foto.

Faith intentó tragar de nuevo. Notaba como si algo le arañase la garganta.

—Emma se parece un poco a él.

—A Jeremy.

—¿Siempre vas a ser igual? ¿Acaso quieres ser una madre soltera?

—Veo que no te has enterado de que Ronald Reagan ya no es presidente.

—Por lo que más quieras, Faith, madura de una vez. Tiene derecho a saber si es el padre.

—Víctor no tiene el más mínimo interés en ser padre, te lo digo yo.

Víctor no sabía ni recoger los calcetines sucios del suelo ni bajar la tapa del váter. Sería incapaz de cuidar de un hijo.

—Tiene derecho a saberlo —repitió Zeke.

—Bueno, pues ya lo sabe.

—Como quieras, Faith. Mientras tú seas feliz.

Cualquiera habría dejado de lado el asunto después de que le hubiesen soltado esa ocurrencia, pero Zeke nunca eludía una disputa. Se quedó sentado, mirándola, esperando que se la devolviera. Faith recordó los viejos tiempos. Si se iba a comportar como cuando tenía diez años, ella haría otro tanto. Le ignoró y empezó a hojear el catálogo de Lands' End, arrancando la hoja donde aparecía la ropa interior que le gustaba a Jeremy para podérsela pedir después.

Siguió pasando las hojas y se fijó en una que aparecían las

137

camisetas térmicas. Zeke se echó hacia atrás, mirando por la ventana.

Aquella tensión entre ellos no era algo nuevo. A Zeke le encantaba reprocharle lo egoísta que era. Como de costumbre, ella aceptó su desaprobación como parte del castigo. Zeke tenía razones para odiarla. No fue nada agradable para un chico de dieciocho años enterarse de que su hermana de catorce se había quedado embarazada. Especialmente cuando Jeremy creció y vio lo que eso significaba para los chicos adolescentes, que no se lo tomaban con la facilidad que ella había imaginado. Entonces se sintió culpable por lo que le había hecho a su hermano.

Por muy duro que hubiese resultado para su padre, a quien le pidieron que dejase de asistir a sus estudios de la Biblia, y para su madre, a la que casi todas las mujeres del vecindario la dejaron de lado, Zeke fue el más perjudicado por el inesperado embarazo de Faith. Al menos una vez por semana regresaba de la escuela con la nariz ensangrentada o con un ojo morado. Cuando le preguntaban qué le había pasado, rehusaba hablar de ello. Miraba despectivamente a Faith por encima de la mesa, y la observaba con desprecio cuando pasaba por su habitación. Zeke la odiaba por lo que le había hecho a la familia, pero se partía la cara con cualquiera que dijese una palabra en contra de ella.

No recordaba gran cosa de aquella época. Incluso ahora tenía un vago recuerdo de babosa autocompasión. Costaba trabajo darse cuenta de lo mucho que habían cambiado las cosas en veinte años, pero Atlanta, o al menos algunos vecindarios como el de Faith, habían sido como un pequeño pueblo en aquel entonces. Las personas aún estaban muy influenciadas por los valores tan conservadores que impusieron Reagan y Bush. Faith era una adolescente egoísta y malcriada cuando eso sucedió, y en lo único que pensaba era en lo desgraciada que era su vida. Su embarazo fue el resultado de su primera —y en aquel tiempo juró que su última— relación sexual. Sus abuelos paternos se mudaron de estado rápidamente. No hubo fiesta de cumpleaños cuando cumplió los quince años. Sus amigas se olvidaron de ella. El padre de Jeremy jamás la llamó ni le escribió. Tuvo que visitar a muchos médicos para que la examinasen y la inyectasen. Estaba siempre cansada y de mal humor. Le salieron hemorroides, y le dolía la espalda y todo el cuerpo cada vez que se movía.

El padre de Faith pasaba mucho tiempo fuera, con viajes de negocios que antes no formaban parte de su trabajo. La iglesia había sido el centro de su vida, pero lo expulsaron de ella. El pastor le dijo que carecía de la autoridad moral para ser diácono. Su madre dejó el trabajo para estar con ella. Nunca le dijo si lo había hecho voluntaria o forzosamente.

Lo que sí recordaba es que las dos se pasaban el día entero encerradas en casa, engullendo comida basura, engordando y viendo culebrones que las hacían llorar. En lo que respecta a Evelyn, soportó la vergüenza de Faith como un eremita. No salía de casa a menos que fuese necesario. Se levantaba todos los lunes al amanecer para ir al supermercado que estaba al otro lado de la ciudad, y así evitar cruzarse con nadie conocido. Se negaba a sentarse en el jardín trasero con ella, incluso cuando el aire acondicionado se rompió y el salón se convirtió en un horno. El único ejercicio que hacía era dar un paseo por el vecindario, algo que hacía por la mañana muy temprano, o bien entrada la noche.

La señora Levy, la vecina de al lado, les preparaba galletas y se las dejaba en la puerta, pero jamás entraba. De vez en cuando, alguien le dejaba en el buzón folletos religiosos que Evelyn quemaba en la chimenea. La única persona que los visitaba era Amanda, que no tenía la opción de romper con el calendario social de su cuñada. Se sentaba en la cocina y hablaba en voz baja con Evelyn para que Faith no las escuchase. Después de irse, Evelyn se metía en el cuarto de baño y se echaba a llorar.

No fue de extrañar que un día Zeke regresase de la escuela ya no con un labio roto, sino con una copia de la orden de reclutamiento. Le quedaban cinco meses para graduarse. Su servicio en el Cuerpo de Entrenamiento para Oficiales de la Reserva y sus puntuaciones en el SAT podrían permitirle obtener una beca completa para Rutgers, pero se presentó al Examen de Desarrollo de Educación General y entró en el programa premédico un año antes de lo previsto.

Jeremy tenía ocho años la primera vez que vio a su tío

Zeke. Se habían evitado mutuamente como gatos hasta que un partido de baloncesto suavizó la situación. No obstante, Faith conocía a su hijo, y sabía que tenía sus reticencias con respecto a un hombre que sabía que no trataba a su madre debidamente. Por desgracia, con el paso del tiempo, tuvo muchas oportunidades para perfeccionar esa emoción tan particular.

Zeke echó hacia atrás la silla, pero siguió sin mirarla.

Faith masticaba lentamente la barrita nutritiva, obligándose a comer, a pesar de la sensación de náuseas que tenía en el estómago. Miró la puerta corredera y vio reflejados la mesa de la cocina y a Zeke, derecho como una tabla. Vio una luz roja al otro lado del cristal. Uno de los detectives estaba fumando.

Sonó el teléfono y ambos dieron un salto. Faith se levantó para coger el teléfono inalámbrico cuando entraron los inspectores.

—Aún no sabemos nada —dijo Will—. Solo quería decírtelo.

Faith hizo un gesto a los inspectores para que saliesen. Cogió el teléfono y se lo llevó al salón.

—¿Dónde estás? —le preguntó a Will.

—Acabo de llegar a casa. Hubo un vertido de un camión en la 675 y han tardado tres horas en limpiarlo.

—¿Por qué estabas allí?

—Hemos ido a D&C.

Faith sintió que se le hacía un nudo en el estómago.

Will no escatimó en detalles. Le habló de su visita a la prisión, del asesinato de Boyd Spivey. Ella se llevó la mano al pecho. Cuando era pequeña, Boyd solía ir a las cenas familiares y a las barbacoas que hacían en el jardín trasero. Él fue quien enseñó a Jeremy a montar en bicicleta. Luego empezó a flirtear tan abiertamente con ella que Bill Mitchell le sugirió que buscase otro lugar donde pasar los fines de semana.

—¿Saben quién lo ha hecho?

—La cámara de seguridad no funcionaba en esa sección. El alcaide ha ordenado un encierro y están registrando todas las celdas, pero no cree que puedan averiguar gran cosa.

—Alguien de fuera los habrá ayudado.

Habrían sobornado a uno de los guardias. Ningún recluso

podría deshabilitar una cámara colocada en uno de los pasillos de la prisión.

—Están hablando con el personal, pero los abogados ya están presentes. Es difícil encontrar un sospechoso.

—¿Amanda se encuentra bien? —Faith movió la cabeza al darse cuenta de la estupidez que había dicho. Por supuesto que se encontraba bien.

—Consiguió lo que quería. Estamos investigando el caso de tu madre gracias a eso.

El GBI tenía jurisdicción para todos los casos de muerte dentro de las prisiones estatales.

—Bueno, imagino que eso son buenas noticias.

Will guardó silencio. No le preguntó si se encontraba bien, pues sabía la respuesta. Faith pensó en la forma en que le había sujetado las manos esa tarde, haciendo que prestase atención e instruyéndola sobre lo que debía decir. Había sido de una delicadeza inesperada, y ella se tuvo que morder el interior de sus mejillas para no derrumbarse y echarse a llorar.

—¿Sabías que nunca había visto a Amanda ir al cuarto de baño? —dijo Will—. No me refiero en persona, pero, cuando salimos de la prisión, se paró en una gasolinera y entró. Jamás la había visto tomarse un respiro. ¿Y tú?

Faith estaba acostumbrada a la extraña forma que Will tenía de irse por la tangente.

—No, que yo recuerde.

Amanda había asistido a aquellas cenas y barbacoas familiares con Boyd Spivey, y había bromeado con él como suelen hacer los policías, es decir, cuestionando su virilidad o elogiando su progreso en el cuerpo a pesar de su incapacidad mental. No era de piedra. Estaba segura de que ver morir a Boyd la habría afectado.

—Resultó muy desconcertante.

—Puedo imaginarlo.

Faith se imaginó a Amanda en la gasolinera, entrando en los aseos, cerrando la puerta y llorando dos minutos por un hombre que en su momento significó algo para ella. Luego se habría mirado en el espejo para arreglarse, se habría acicalado el pelo y le habría devuelto la llave al empleado preguntándole si lo cerraba para que nadie entrase a limpiar.

141

—Probablemente cree que orinar es un signo de debilidad —añadió Will.

—Mucha gente lo cree. —Faith se apoyó sobre el respaldo del sofá. Will le había hecho el mejor regalo que podían hacerle en ese momento: un instante de distracción—. Gracias.

—¿Por qué?

—Por estar a mi lado. Por llamar a Sara. Por decirme lo que... —Recordó que el teléfono estaba intervenido—. Por decirme que todo iba a salir bien.

Will se aclaró la voz. Hubo un breve silencio. A él no se le daban bien esos sentimentalismos, ni a ella tampoco.

—¿Has pensado en qué estarían buscando?

—No he dejado de hacerlo. —Oyó que abrían y cerraban la puerta del refrigerador. Zeke estaría haciendo una lista de alimentos que no debería tener en casa—. ¿Y ahora qué vais a hacer?

Will dudó por unos instantes.

—Dime.

—Amanda y yo vamos a ir a Valdosta.

La prisión estatal de Valdosta. Ben Humphrey y Adam Hopkins. Estaban hablando con todos los miembros del equipo de su madre. Debería haberlo imaginado, pero la noticia de la muerte de Boyd la había dejado consternada. Tendría que haber supuesto que Will reabriría el caso.

—Debo colgar, por si alguien llama —dijo Faith.

—De acuerdo.

Colgó el teléfono porque no había nada más que decir. Él aún seguía pensando que su madre era culpable. Incluso después de trabajar con Faith durante casi dos años y comprobar que hacía las cosas como era debido, porque así se lo había enseñado ella, Will seguía pensando que Evelyn Mitchell era una policía corrupta.

Zeke estaba en la puerta.

—¿Con quién hablabas?

—Con mi compañero —respondió Faith levantándose del sofá.

—¿Con ese gilipollas que intentó llevar a prisión a mamá?

—El mismo.

—Sigo sin entender cómo puedes trabajar con ese capullo.

—Ya se lo expliqué a mamá.

—Sí, pero no a mí.

—¿Debería haber enviado la solicitud a Alemania o a Florida?

Zeke la miró fijamente.

Faith no pensaba justificarse ante su hermano. Fue Amanda quien le pidió que trabajase con Will, y Evelyn le dijo que hiciese lo que considerase mejor para su carrera. No tuvo que decirle que quería salirse de la policía de Atlanta porque la jubilación obligada de Evelyn se consideraba una bendición o un delito, dependiendo de a quién le preguntases.

—¿Te ha hablado alguna vez mamá sobre la investigación? —preguntó Faith.

—¿No serías tú la que deberías preguntarle a tu compañero?

—Te lo estoy preguntando a ti —respondió tajantemente Faith. Evelyn se había negado a hablar del caso contra ella, y no solo porque podrían haber llamado a Faith como testigo potencial—. Puede que te dijese algo, algo raro, aunque no te dieses cuenta en ese momento...

—Mamá no habla de trabajo conmigo. Eso es cosa tuya.

Seguía utilizando el mismo tono acusatorio, como si ella pudiese encontrar a su madre cuando quisiera, pero no le apeteciera. Faith miró el reloj de la pared. Eran casi las nueve, demasiado tarde para esas cosas.

—Me voy a la cama. Le diré a Jeremy que te traiga algunas mantas. El sofá es bastante cómodo.

Zeke asintió, y Faith le hizo un gesto de despedida. Cuando estaba a mitad del tramo de las escaleras oyó que decía:

—Es un buen chico. —Faith se giró—. Me refiero a Jeremy. Es un buen muchacho.

Faith sonrió.

—Sí, lo es. —Cuando ya estaba casi arriba, él terminó la frase.

—Mamá ha sabido educarlo.

Faith continuó subiendo las escaleras, negándose a morder el anzuelo. Entró en la habitación de la niña. Emma chas-

143

queó los labios cuando su madre se inclinó para besarle la frente. Dormía profundamente, como solo los bebés saben hacerlo. Luego comprobó el monitor para ver si estaba encendido. Acarició el brazo de Emma, dejando que sus diminutos dedos le agarrasen la mano una vez más antes de marcharse.

En la habitación de al lado, la cama de Jeremy estaba vacía. Faith se detuvo en la puerta. Ella no había cambiado nada de lo que él tenía en su habitación, aunque le hubiese gustado tener un despacho. Sus pósteres aún colgaban de las paredes: un Mustang GT con una rubia en bikini apoyada sobre el capó; otro con una morena medio desnuda echada sobre un Camaro; un tercer y un cuarto póster donde se veían prototipos de coches con la típica modelo de pechos grandes. Faith recordó el día que regresó a casa y vio cómo había reemplazado las fotografías de los puentes del sudeste de Estados Unidos por esas joyas. Jeremy aún pensaba que la había engañado diciéndole que sentía un repentino interés por los coches.

144

—Estoy aquí.

Faith encontró a Jeremy en su habitación. Estaba tendido sobre el estómago, con la cabeza en los pies de la cama, los pies en el aire y el iPhone en las manos. El volumen de la televisión estaba bajado, pero se podían leer los subtítulos.

—¿Va todo bien? —preguntó Faith.

Jeremy inclinó el iPhone en las manos, obviamente ocupado con algún juego.

—Sí.

Faith se acordó de su fértil novia. Le resultaba extraño que no estuviese allí, pues casi siempre estaban juntos.

—¿Dónde está Kimberly?

—Nos estamos tomando un descanso. —Faith casi se echó a llorar de alivio—. Os he oído gritar a Zeke y a ti.

—Siempre hay una primera vez.

Jeremy inclinó el teléfono en sentido contrario.

—A mí me gustaría tener uno de esos. —Jeremy captó el mensaje y se guardó el teléfono en el bolsillo—. Sé que has oído el teléfono. Era Will. Está trabajando con la tía Amanda.

Jeremy miraba la televisión.

—Me parece muy bien.

Faith empezó a desatarle las zapatillas. Como cualquier otro adolescente, creía que si levantaba los pies no caería la porquería en la cama.

—Dime qué ha pasado cuando llegó Zeke.

—Es un gilipollas.

—Cuéntamelo. Soy tu madre.

Vio que se sonrojaba ligeramente.

—Víctor estaba conmigo. Le dije que no hacía falta, pero se empeñó, así que…

Faith le desató la otra zapatilla.

—¿Le has enseñado una foto de Emma?

Jeremy seguía mirando el televisor. A él le había gustado Víctor, probablemente más que a ella, lo cual agravaba el problema.

—No tiene importancia —le dijo.

—Zeke se ha portado como un capullo con él.

—¿A qué te refieres?

—Le ha estado empujando y provocando.

Típico de Zeke.

—No ha pasado nada, ¿verdad?

—No. Víctor no es de esa clase.

Faith lo sabía de sobra. Víctor Martínez trabajaba en una oficina, leía el *Wall Street Journal*, vestía trajes elegantes y se lavaba las manos dieciséis veces al día. Era tan apasionado como un bloque de piedra. Parecía que el destino de Faith era enamorarse de esos hombres que llevan camisetas de tirantes y le dan un puñetazo a su hermano en la cara.

Le quitó una de las zapatillas a Jeremy y frunció el ceño al ver el estado de su calcetín.

—Se te salen los dedos, universitario.

Anotó mentalmente que debía comprarle más calcetines cuando le pidiese ropa interior. Los pantalones vaqueros también los tenía muy gastados. Demasiado para los trescientos dólares que le quedaban en la cuenta. Afortunadamente, aunque la habían suspendido, no le habían quitado la paga. Eso sí, igualmente, iba a tener que tirar de sus ahorros para que su hijo no pareciese un vagabundo.

Jeremy rodó sobre su espalda para mirarla de frente.

145

—Le enseñé a Víctor la foto que le hicimos a Emma en Semana Santa.

Ella tragó saliva. Víctor era inteligente, aunque no hacía falta ser un genio para ver el parecido. Faith era rubia. Emma, al contrario, era morena y tenía los ojos marrones de su padre.

—¿Esa en la que lleva las orejas de conejo?

Jeremy asintió.

—Es una foto bonita. —Faith vio cómo le brotaba un sentimiento de culpa—. No pasa nada, Jay. Lo habría averiguado más tarde o más temprano.

—¿Entonces por qué no se lo has dicho?

Porque Faith era la combinación perfecta de mujer emocional y controladora, algo que Jeremy averiguaría cuando su futura esposa se lo dijese a gritos en la cara.

—Eso es algo de lo que no voy a hablar contigo.

Jeremy se irguió.

—A la abuela le gusta Will.

Faith dedujo que había oído su conversación con Zeke.

—¿Te lo ha dicho ella?

—Dijo que era un hombre correcto. Que la trató bien. Que tuvo que hacer un trabajo muy difícil, pero que no se portó injustamente.

Faith no sabía si su madre había querido aliviar las preocupaciones de Jeremy o darle su verdadera opinión. Conociendo a su madre, probablemente ambas cosas.

—¿Te ha hablado alguna vez de por qué se jubiló?

Jeremy tiró de un hilo suelto de la colcha.

—Me dijo que ella era la jefa, y que era responsable por no haberse dado cuenta de lo que estaba pasando.

Eso ya era más de lo que le había dicho a ella.

—¿Algo más?

Jeremy negó con la cabeza.

—Me alegro de que esté ayudando a la tía Amanda. Ella no puede hacerlo sola. Es un tío muy inteligente.

Faith le agarró la mano y la sostuvo hasta que Jeremy la miró de frente. La única luz que había en la habitación procedía del televisor, y le daba un tono verdoso a su cara.

—Ya sé que estás preocupado por la abuela, y no puedo decirte nada para que te sientas mejor.

—Gracias. —Hablaba sinceramente. Jeremy siempre había agradecido la honestidad.

Lo levantó de la cama y le abrazó. Tenía una espalda estrecha, era larguirucho y aún no se había formado por completo, a pesar de que todos los días se comía su peso en macarrones y queso.

Jeremy dejó que lo abrazase más rato que de costumbre. Ella le besó en la cabeza.

—Todo saldrá bien.

—Eso es lo que siempre dice la abuela.

—Y tiene razón. —Faith lo estrechó más aún entre sus brazos.

—Mamá, me estás aplastando.

Ella lo soltó de mala gana.

—Llévale algunas sábanas y mantas al tío Zeke. Se va a quedar a dormir en el sofá.

Jeremy se puso de nuevo las zapatillas.

—¿Siempre ha sido así?

Faith evadió la pregunta.

—Cuando éramos pequeños, cada vez que tenía ganas de tirarse un pedo, venía a mi habitación y lo soltaba.

Jeremy se echó a reír.

—Y luego decía que, si le echaba la culpa, se comería un plato de judías y queso, me pondría boca arriba y se lo tiraría en mi cara.

Jeremy no pudo contenerse. Se desternillaba de risa y se sostenía el estómago mientras rebuznaba como un burro.

—¿Lo hizo alguna vez?

Faith asintió, lo que provocó que se riese aún más alto. Ella dejó que disfrutase de su humillación durante un rato antes de darle un golpecito en el hombro y decirle:

—Bueno, ya va siendo hora de acostarse.

Jeremy se enjugó las lágrimas.

—Tengo que hacerle eso a Horner.

Horner era su compañero de habitación. Faith dudaba que nadie pudiese percibir la diferencia, pues ya salía un olor nauseabundo de su cuarto.

—Saca una almohada para Zeke del armario.

Lo empujó para que se marchase de la habitación. Jeremy

147

seguía riéndose mientras recorría el pasillo. Había pagado un precio muy pequeño por lograr que su hijo se sintiera menos preocupado.

Faith tiró del edredón. La porquería que habían dejado las zapatillas de Jeremy se metió en sus sábanas, pero se sentía demasiado cansada para cambiarlas. De hecho, estaba tan derrotada que no se veía con fuerzas para ponerse el camisón o para cepillarse los dientes. Se quitó los zapatos y se metió en la cama con el mismo uniforme del GBI que se había puesto ese día a las cinco de la mañana.

La casa estaba en silencio, pero su cuerpo estaba tan tenso que parecía estar tendida sobre una tabla. Oía la suave respiración de Emma a través del monitor. Faith miró hacia el techo. Se había olvidado de apagar la televisión. La película de acción que había estado viendo Jeremy emitía destellos.

Boyd Spivey había muerto. No se lo podía creer. Era un tipo grande, uno de esos policías a los que uno se podía imaginar jubilándose cubierto de reconocimientos. Era justo lo contrario que su compañero. Chuck Finn era adusto, siempre prediciendo las cosas más horribles y atemorizado porque algún día podía morir cumpliendo con su deber. Su defensa durante la investigación fue la única que a Faith le había parecido creíble. Chuck había afirmado cumplir órdenes. Para aquellos que le conocían, resultaba completamente plausible. El inspector Finn era el seguidor incondicional, el tipo de persona que Boyd Spivey sabía cómo explotar.

Faith, sin embargo, no quería pensar en Boyd, ni en Chuck, ni en ninguno de los del equipo de su madre. La investigación le había robado seis meses de su vida. Seis meses sin dormir, seis meses de constante preocupación porque su madre sufriese un ataque al corazón, acabase en prisión, o ambas cosas.

Se obligó a cerrar los ojos. Quería pensar en los buenos momentos vividos con su madre, recordar esos tiempos de amabilidad y dulzura en los que había disfrutado de su compañía. Sin embargo, lo que vio fue al hombre que había en la habitación de su madre, el agujero negro que le hizo cuando recibió el disparo en la frente. Levantó las manos. El rehén la miró incrédulo. Tenía la boca abierta de par en par. Vio el empaste de plata de sus dientes, y el *piercing* que hacía juego y que llevaba clavado en la lengua.

Almeja.

Dinero.

Faith oyó crujir el suelo de madera en el pasillo.

—¿Jeremy?

Se apoyó sobre el codo y encendió la lámpara de la mesita de noche.

Jeremy la miró, avergonzado.

—Perdona, sé que estás cansada.

—¿Quieres que yo le baje las sábanas a Zeke?

—No es eso. —Sacó su iPhone del bolsillo y añadió—: Ha aparecido algo en mi página de Facebook.

—Pensaba que lo habías apagado cuando nos habíamos hecho amigos. —Faith nunca había sido la típica madre que confiaba plenamente en su hijo. Sus padres lo habían hecho, y habían pagado un alto precio por ello—. ¿Qué sucede?

Movió los pulgares por la pantalla mientras hablaba.

—Estoy aburrido. Bueno, no aburrido, pero no tengo nada que hacer, por eso...

—No pasa nada —dijo Faith irguiéndose sobre la cama—. ¿Qué ocurre?

—Mucha gente me está enviando mensajes. Imagino que se habrán enterado de lo que le ha pasado a la abuela por las noticias.

—Bueno, eso está bien —respondió Faith, aunque le pareció un poco macabro y, utilizando las palabras de su hermano, dramático—. ¿Qué dicen?

—Que están preocupados por mí... y cosas por el estilo. Pero mira este.

Le dio la vuelta al teléfono y se lo dio a ella.

Faith leyó el mensaje en voz alta.

—«Hola, Jaybird, espero que estés bien. Estoy seguro de que esos tíos se han pillado los dedos y los cogerán. Recuerda lo que decía tu abuela: cierra la boca y abre los ojos.» —Faith miró el nombre que salía en la pantalla: GoodKnight92—. ¿Es de alguien con el que fuiste a la escuela? —La mascota de la escuela secundaria de Jeremy se llamaba así, y él había nacido en 1992.

Jeremy se encogió de hombros.

—No sé quién es.

Faith observó que el mensaje había llegado a las 14:32, menos de una hora después de que Evelyn fuese secuestrada. Trató de no mostrar preocupación cuando le preguntó:

—¿Cuándo empezó a escribirte?

—Hoy, al igual que otras muchas personas. Todos los he recibido hoy.

Ella le dio el teléfono.

—¿Qué dice su perfil?

—Solo que vive en Atlanta y trabaja en distribución. —Toqueteó la pantalla y se lo enseñó a Faith.

Estaba tan cansada que le costó trabajo verlo. Sostuvo el teléfono cerca de sus ojos para poder leerlo. No había ninguna información más, ni siquiera una foto. Jeremy era su único amigo. Su instinto policiaco le dijo que algo estaba pasando, pero le devolvió el teléfono como si no tuviese importancia.

—Estoy segura de que es alguien con el que fuiste a la escuela. Se mofaron tanto del mote que te puso la abuela que querías que te cambiase de colegio.

—Es un poco raro, ¿no te parece?

Faith no quería preocuparlo.

—La mayoría de tus amigos lo son.

No parecía querer tranquilizarse.

—¿Cómo sabe que la abuela siempre decía esa frase?

—Es una frase muy normal —respondió Faith—. Cierra la boca y abre los ojos. Yo tenía un instructor en la academia que prácticamente la llevaba tatuada en la frente. —Trataba de restarle importancia—. Olvídalo. Seguro que es el hijo de un policía. Ya sabes lo que pasa. Cuando ocurre algo malo, todos hacen piña.

Eso sí que pareció tranquilizarlo. Jeremy había tenido que ir a hospitales y casas extrañas cuando algún agente de policía había muerto o había resultado herido. Se volvió a meter el teléfono en el bolsillo.

—¿Seguro que estás bien?

Jeremy asintió.

—Si te apetece, puedes quedarte a dormir aquí.

—Eso resultaría muy extraño, mamá.

—Bueno, despiértame si me necesitas.

Faith se echó en la cama y colocó la mano debajo de la almohada. Sus dedos tocaron algo húmedo, algo familiar.

Jeremy se dio cuenta de que le pasaba algo.

—¿Qué ocurre?

Faith se quedó sin respiración. Se había quedado muda.

—¿Mamá?

—Nada —dijo—. Solo es que estoy cansada. —Sus pulmones reclamaban oxígeno. Notó que el sudor le corría por todo el cuerpo—. Coge las mantas antes de que Zeke suba aquí.

—¿Te encuentras…?

—Jeremy, por favor, ha sido un día muy largo. Necesito dormir.

Parecía reacio a marcharse.

—De acuerdo.

—¿Te importaría cerrar la puerta?

No estaba segura de poder moverse aunque quisiese.

Jeremy volvió a mirarla, preocupado, mientras cerraba la puerta. Faith oyó el clic del pestillo, y luego sus suaves pasos recorriendo el pasillo hasta la habitación de la colada. Hasta que no oyó crujir el tercer escalón de abajo no sacó la mano de debajo de la almohada.

Abrió el puño. El intenso miedo que sentía dio paso a una furia desmedida.

El mensaje en el iPhone de Jeremy. Su escuela secundaria. El día de su nacimiento.

«Cierra la boca y abre los ojos.»

Su hijo había estado tendido en esa cama, con los pies a escasos centímetros de lo que acababa de encontrar.

«Estoy seguro de que esos tíos se han pillado los dedos y los cogerán.»

Y aquellas palabras cobraron todo su sentido cuando, con la mano, sostuvo el dedo cortado de su madre.

Capítulo seis

No era la primera vez que Sara Linton se despreciaba a sí misma. Se había sentido avergonzada cuando su padre la sorprendió robando una barrita de caramelo de la caja de las ofrendas de la iglesia. Se sintió humillada cuando descubrió que su marido la engañaba. Se había sentido culpable cuando le mintió a su hermana diciéndole que le gustaba su cuñado. Se había sentido acomplejada cuando su madre le dijo que era demasiado alta para ponerse pantalones pirata. Sin embargo, nunca se había sentido como una basura, y saber que se comportaba como una de esas mujeres que salían en los culebrones de la televisión la dejó completamente hundida.

A pesar de que habían transcurrido algunas horas, aún le seguía ardiendo la cara por su enfrentamiento con Angie Trent. Solo podía recordar una ocasión en su vida en que una mujer le había hablado de la misma forma. La madre de Jeffrey era una vulgar borracha, y Sara tuvo un enfrentamiento una noche que se encontró con ella. La única diferencia es que Angie tenía todo el derecho de llamarla puta.

«Jezabel», la habría llamado su madre, aunque no tenía la más mínima intención de contarle nada de lo sucedido.

Bajó el volumen de la televisión, ya que el sonido le ponía de los nervios. Había intentado leer y limpiar el apartamento. Le había cortado las uñas de las patas a los perros. Había lavado los platos y había doblado la ropa que estaba tan arrugada de estar apilada en el sofá que la tuvo que planchar antes de guardarla en los cajones.

Había ido dos veces hacia el ascensor para devolverle el coche a Will, pero en ambas ocasiones se había dado la vuelta. El problema es que ella tenía las llaves. No podía dejarlas en el coche, y por supuesto no pensaba llamar a la puerta para dárselas a Angie. Dejarlas en el buzón no era una opción. El vecindario de Will no es que fuese malo, pero vivía en el centro de una importante ciudad metropolitana, y el coche habría desaparecido antes de que ella regresase a su casa.

Continuó asignándose tareas mientras temía la llegada de Will. ¿Qué le diría cuando se presentase a recoger el coche? No tenía palabras, aunque había ensayado en silencio muchos discursos acerca del honor y la moralidad. La voz que le retumbaba en la cabeza había adoptado la cadencia de un predicador baptista. Resultaba todo tan sórdido. No estaba bien. Sara no pensaba comportarse como una cualquiera. No quería robarle el marido a ninguna mujer, aunque él estuviese dispuesto. Tampoco iba a entablar una pelea de gatas con Angie Trent y, sobre todo, no pensaba entrometerse en esa relación tan disfuncional.

¿Qué tipo de monstruo se enorgullecía de que su marido hubiese querido suicidarse por ella? Se le revolvía el estómago de solo pensarlo. Además, ¿hasta qué extremo había llegado Will para que pensase que la única solución era cortarse el brazo con una cuchilla de afeitar? ¿Tan obsesionado estaba con Angie como para hacer algo tan horrible? ¿Tan enferma estaba ella como para haberlo agarrado mientras lo hacía?

Eran preguntas para un psiquiatra. La infancia de Will no había sido un camino de rosas, de eso no cabía duda. Su dislexia era un problema, pero no parecía entorpecer su vida. Tenía sus rarezas, pero resultaban simpáticas, no desquiciantes. ¿Había superado sus tendencias suicidas o sencillamente las estaba ocultando? Si había dejado atrás esa fase de su vida, ¿por qué seguía con esa mujer tan detestable? Y es más, si ella había decidido que no habría nada entre ellos, ¿por qué seguía perdiendo el tiempo pensando en esas cosas?

Al fin y al cabo, Will ni siquiera era su tipo. No se parecía en nada a Jeffrey, ni tampoco tenía esa pasmosa seguridad en sí mismo. A pesar de su altura, no era físicamente un hombre que intimidase. Jeffrey, por el contrario, había sido jugador de rugby, y sabía cómo liderar un equipo. Will era un solitario al que le agradaba pasar desapercibido y realizar su trabajo bajo la sombra de Amanda. No quería ni gloria ni reconocimiento. No es que Jeffrey fuese de ese tipo de personas a las que les gusta acaparar la atención, pero sabía quién era y lo que quería. Las mujeres se derretían al verle. Sabía cómo debían hacerse las cosas, y ese fue uno de los motivos por los que Sara se casó con él sin pensárselo dos veces.

Es posible que ni tan siquiera estuviese interesada en Will, para nada, y puede que Angie Trent tuviese algo de razón. A Sara le había gustado estar casada con un policía, pero no por las razones pervertidas que ella había mencionado. El carácter distintivo de la policía la seducía profundamente. Sus padres la habían educado para ayudar a las personas, y ella pensaba que no había forma de ser más servicial que siendo policía. También la seducían los intrincados aspectos de una investigación criminal, y siempre le había encantado hablar con Jeffrey sobre los casos que tenía entre manos. Trabajar en el depósito de cadáveres como forense buscando pistas, proporcionándole información que sabía que le ayudaría en su trabajo la había hecho sentirse útil.

Sara dibujó una mueca de disgusto, como si ser médica no fuese útil. Puede que Angie Trent tuviese razón sobre lo de la perversión, y no tardaría mucho en imaginar a Will en uniforme.

Apartó a los dos galgos de su regazo para poder levantarse. *Billy* bostezó, y *Bob* se echó sobre el lomo para estar más cómodo. Sara miró a su alrededor. La invadió un sentimiento de ansiedad, un deseo ardiente de cambiar algo —cualquier cosa— que la hiciese sentirse más dueña de su propia vida.

Empezó con los sofás, colocándolos en ángulo con respecto a la televisión, mientras los perros miraban el suelo que se escurría debajo de ellos. La mesa de café era demasiado grande para esa distribución, así que volvió a moverlo todo, aunque no consiguió lo que buscaba. Cuando terminó de enrollar la alfombra y ponerlo todo de nuevo en su sitio estaba sudando.

Había polvo en la parte superior del marco de una fotografía que estaba encima de la mesa de la consola. Sacó los trapos para limpiar los muebles y empezó de nuevo a quitar el polvo. Había mucho espacio libre. El edificio donde vivía había sido una fábrica de procesamiento de leche que luego transformaron en apartamentos. Las paredes de ladrillo rojo sostenían techos de seis metros de altura. Todos los dispositivos mecánicos estaban a la vista. Las puertas interiores estaban hechas de planchas de madera con herrajes metálicos. Era el típico loft industrial que se podía encontrar en Nueva York, solo que a ella le había costado mucho menos que los diez millones de dólares que habría pagado por un sitio así en Manhattan.

Nadie creía que ese lugar fuese el más conveniente para ella, lo cual hizo que le gustase aún más. Cuando se trasladó a Atlanta, quería algo completamente distinto a la casa de campo que había tenido antes. Luego pensó que se había pasado. La distribución abierta resultaba un tanto tenebrosa. La cocina, de acero inoxidable y con encimera de granito color negro, resultó muy cara y prácticamente inútil para alguien como ella, que no sabía ni cómo preparar una sopa. El mobiliario era demasiado moderno. La mesa del comedor, hecha de una sola plancha de madera y tan grande que se podían sentar doce personas, fue un lujo ridículo teniendo en cuenta que solo la utilizaba para clasificar el correo y poner la pizza mientras pagaba al chico del reparto.

Guardó los utensilios para limpiar el polvo, pensando que ahí no estaba el problema. Debería trasladarse, encontrar una casa pequeña en uno de los vecindarios más habitados de Atlanta y desprenderse de sus sofás de cuero y de las mesas de cristal. Tendría que comprar sofás más esponjosos, y amplios sillones donde poder sentarse cómodamente para leer. Debería tener una cocina con un fregadero grande y una agradable vista al jardín trasero. En definitiva, tendría que vivir en una casa parecida a la de Will.

Una imagen le llamó la atención. En la pantalla apareció el logotipo de las noticias de la noche. Un presentador con aspecto serio apareció delante de la Prisión de Diagnóstico y Clasificación de Georgia. Los habitantes de la ciudad la conocían por el sobrenombre de D&C, conscientes del juego de palabras para designar al corredor de la muerte. Sara ya había escuchado las noticias, en las que habían hablado del asesinato de los dos hombres, y pensó lo mismo que estaba pensando en ese momento: que ya tenía una razón más para no querer saber nada de Will Trent.

155

Él estaba trabajando en el caso de Evelyn Mitchell. Probablemente no había estado ni cerca de la prisión, pero se le encogió el corazón cuando escuchó que habían matado a un agente. Incluso después de haber dicho el nombre del policía y del recluso que habían fallecido, el corazón le siguió latiendo con fuerza. Gracias a Jeffrey supo lo que significaba que el teléfono sonase inesperadamente en mitad de la noche. Recordó cómo cada noticia, cada rumor, hacía que ella sintiese un enorme pánico al saber que estaría inmerso en otro caso que ponía en riesgo su vida. Era como una especie de trastorno de estrés postraumático. Hasta que no falleció no se dio cuenta de que había vivido en un estado de constante miedo durante todos esos años.

El telefonillo sonó. *Billy* emitió un débil gruñido, pero ninguno de los dos perros se levantó del sofá. Sara pulsó el botón del auricular.

—¿Quién es?

—Hola, siento… —dijo Will.

Sara apretó el botón para abrirle la puerta. Cogió las llaves del mostrador y fue hacia la puerta principal. No pensaba decirle que entrase. No pensaba dejar que se disculpase por lo que le había dicho Angie esa mañana, ya que ella tenía derecho a decir lo que pensaba; y, es más, tenía razón en algunos aspectos. Lo único que le diría es que había sido un placer conocerle y que le deseaba suerte en su vida con su esposa.

Si es que conseguía llegar. El ascensor estaba tardando más de la cuenta. En la pantalla digital vio que estaba bajando desde la cuarta planta hasta la entrada. Tardó un tiempo interminable en que volviesen a aparecer los números que indicaban que estaba subiendo. En voz alta susurró: «Tres, cuatro, cinco…», a la de seis sonó la campana.

Las puertas se abrieron. Will se asomó por detrás de una pirámide de archivadores, una caja de poliestireno blanco y una caja de donuts Krispy Kreme. Los galgos, que solo parecían estar pendientes de Sara a la hora de cenar, corrieron a la entrada para saludarle.

Ella masculló una maldición.

—Siento venir tan tarde —dijo dándose la vuelta para que *Bob* no le tumbase.

Sara sujetó a los dos perros por el collar, sosteniendo la puerta con el pie para que pudiese pasar. Will soltó las cajas sobre la mesa del comedor y empezó de inmediato a acariciarlos. Ellos le lamieron como si saludasen a un viejo amigo, moviendo el rabo y arañando el suelo de madera. La firmeza de Sara, tan contundente segundos antes, empezó a desmoronarse.

—¿Estabas acostada? —preguntó él levantando la mirada.

Se había vestido en consonancia con su estado de ánimo, con unos pantalones de chándal y un jersey del equipo de rugby de los Grand County Rebels. Tenía el pelo tan echado hacia atrás que notaba cómo le tiraba de la piel del cuello.

—Aquí tienes las llaves.

—Gracias. —Se sacudió para quitarse los pelos de los perros. Vestía la misma camiseta negra que le había visto por la tarde—. Márchate —dijo empujando a *Bob* hacia atrás, ya que no dejaba de oler la caja de donuts.

—¿Eso es sangre? —Había una mancha seca y oscura en la manga derecha de su camisa. Sara extendió instintivamente la mano para cogerle del brazo.

—No es nada —respondió Will retrocediendo y bajándose el puño—. Hubo un incidente en la prisión hoy.

Sara notó esa sensación familiar en el pecho.

—Estuviste allí.

—No pude hacer nada por él. Puede que tú... —Se le quebró la voz—. El médico de la prisión dijo que fue una herida mortal. Había mucha sangre. —Puso la mano alrededor de la muñeca—. Debería haberme cambiado de camisa cuando llegué a casa, pero tengo mucho trabajo, y mi casa está muy desordenada.

Había estado en su casa. Sara prefirió pensar por un instante que no había visto a su mujer.

—Me gustaría que hablásemos sobre lo sucedido.

—Ufff... —Parecía evitar el tema intencionadamente—. No hay mucho que decir. Ha muerto. No es que fuese una buena persona, pero será un golpe para su familia.

Sara le miró fijamente. La expresión de su cara no denotaba que le estuviese engañando. Puede que Angie no le hubiese dicho nada sobre el enfrentamiento que habían tenido.

157

O puede que sí, pero él prefería ignorarlo. En cualquier caso, ocultaba algo. Sin embargo, después de haber estado muy cabreada durante las últimas horas, de repente dejó de importarle. No quería hablar de ese asunto. No quería analizarlo. De lo único que estaba segura era de que no quería que se marchase.

—¿Qué hay en las cajas? —preguntó.

Will pareció notar su cambio de actitud, pero optó por no decir nada al respecto.

—Los casos de una antigua investigación. Puede que tengan algo que ver con la desaparición de Evelyn.

—¿No ha sido secuestrada?

Su sonrisa delató que le habían pillado.

—Tengo que revisar todos esos casos para mañana a las cinco de la mañana.

—¿Necesitas ayuda?

—No. —Se dio la vuelta para coger las cajas—. Gracias por llevar a *Betty* a casa.

—Ser disléxico no es un defecto de personalidad.

Will dejó las cajas en la mesa y se dio la vuelta. No respondió de inmediato. Se limitó a mirarla de tal forma que ella pensó que ojalá se hubiese tomado la molestia de ducharse.

—Creo que me gustabas más cuando estabas cabreada conmigo —dijo finalmente.

Sara no respondió.

—Es por Angie, ¿verdad? Por eso estás molesta.

Esa extraña táctica era nueva para ella.

—Creía que estábamos ignorando ese tema.

—¿Quieres que lo continuemos haciendo?

Sara se encogió de hombros. No sabía qué es lo que quería. Lo más correcto era decirle que ese flirteo inocente se había acabado. Debería abrirle la puerta y dejar que se fuese. Lo suyo sería llamar al doctor Dale mañana por la mañana y pedirle otra cita. Debería olvidarse de Will y dejar que el tiempo borrase los recuerdos.

Sin embargo, sus recuerdos no eran el problema, sino esa sensación que sentía en el pecho al pensar que podía estar en peligro. Era el sentimiento de alivio cuando le veía cruzar la puerta, la felicidad que la embargaba al estar a su lado.

—Angie y yo no hemos estado juntos desde hace más de un año. —Will se detuvo, como si estuviera esperando a que sus palabras surtieran efecto—. Desde que te conocí.

—Vaya.

A Sara no se le ocurrió otra cosa.

—Cuando su madre murió hace unos meses, la vi durante un par de horas, pero luego se marchó. No fue ni tan siquiera al funeral. —Volvió a detenerse; era obvio que le costaba trabajo hablar de ese tema—. Es muy difícil explicar nuestra relación. No sin parecer estúpido y penoso.

—No tienes que darme explicaciones.

Will se metió las manos en los bolsillos y se apoyó en la mesa. La luz del techo iluminó la cicatriz irregular que tenía sobre la boca. Tenía la piel rosada, y había un delgado trazo que iba desde el borde del labio superior hasta la nariz. Sara no pudo calcular el tiempo que había perdido preguntándose cómo se habría hecho esa cicatriz.

Demasiado tiempo.

Will se aclaró la garganta. Miró al suelo, y luego a ella.

—Tú ya sabes dónde y cómo me crie.

Sara asintió. El Hogar de Acogida de Atlanta se cerró hace muchos años, pero el edificio abandonado estaba a menos de cinco kilómetros de donde ella vivía.

—Los niños desaparecían con mucha frecuencia. Intentaban que nos acogieran en alguna familia, ya que les resultaba más barato. —Se encogió de hombros—. Los mayores tenían dificultades para eso. Duraban algunas semanas, a veces incluso solo un par de días, y regresaban siendo personas muy distintas. Imagino que sabrás por qué.

Sara negó con la cabeza. Tampoco quería saberlo.

—No había muchas personas que quisiesen quedarse con un niño de ocho años que no podía aprobar el tercer grado. Pero Angie es una chica, guapa e inteligente, por eso la enviaban muchas veces fuera. —Volvió a encogerse de hombros—. Supongo que me acostumbré a esperar que regresase, a no preguntarle qué había hecho mientras estaba fuera. —Se apartó de la mesa y cogió las cajas—. Así es. Penoso y estúpido.

—No. Will...

Se detuvo delante de la puerta, con las cajas protegiéndole como una armadura.

—Amanda quería que te preguntase si conoces a alguien en la oficina forense de Fulton.

Sara tardó unos instantes en cambiar de chip.

—Probablemente. Hice unas prácticas allí cuando empecé.

Will sujetó las cajas por otro lado.

—Es algo que te pide Amanda, no yo. Quiere que hagas algunas llamadas. No tienes que hacerlo si no quieres, pero...

—¿Qué quiere que pregunte?

—Cualquier cosa relacionada con el resultado de las autopsias. No van a decirnos nada. Quieren llevar este caso ellos solos.

Estaba mirando hacia la puerta, esperando. Sara miraba el fino pelo de su nuca.

—De acuerdo.

—Creo que tienes el teléfono de Amanda. Llámala si sabes algo. O si no lo sabes. Está impaciente.

Esperaba para que le abriese la puerta.

Sara se había pasado el día deseando alejarlo de su vida, pero, ahora que le veía marcharse, no quería dejarle ir.

—Creo que Amanda se equivoca.

Will se dio la vuelta para mirarla de frente.

—Que se equivoca acerca de lo que dijo hoy —repitió Sara.

Will simuló consternación.

—No he oído a nadie en mi vida decir tal cosa en voz alta.

—Me refiero a lo de *almeja*. Las últimas palabras que dijo ese hombre —explicó Sara—. La traducción literal es correcta, pero en argot no significa «dinero». Yo al menos la he oído con otro sentido.

—¿Y qué significa?

Sara odiaba aquella expresión, pero la dijo:

—Hija de puta.

Will frunció el entrecejo.

—¿Cómo lo sabes?

—Trabajo en un hospital público. No creo que haya habido una semana en la que alguien no me haya llamado algo parecido.

Will dejó las cajas sobre la mesa.

—¿Quién te llama así?

Sara movió la cabeza. Parecía dispuesto a escuchar la lista completa de pacientes.

—Bueno, lo importante es que ese tipo estaba insultando a Faith. No estaba hablando de dinero.

Will cruzó los brazos. Estaba realmente molesto.

—Ricardo —dijo—. El hombre que disparó a las dos niñas se llamaba Ricardo. —Sara le miró a los ojos. Will siguió hablando—. Hironobu Kwon era el muerto que había en la habitación de la colada. No sabemos nada del otro asiático mayor, salvo que le gustaban las camisas hawaianas y hablaba con acento sureño. Y hay otro involucrado que ha resultado herido, probablemente en una pelea con cuchillo con Evelyn. Quizá veas el aviso en el hospital cuando vayas a trabajar. Tiene sangre del tipo B negativo, posiblemente hispano, herido en el vientre, y es probable que tenga un corte en la mano.

—Vaya. Veo que hay un amplio reparto de personajes.

—Créeme, no es fácil seguirles la pista. Además, no estoy seguro de que ninguno de ellos sea la causa real de lo sucedido.

—¿A qué te refieres?

—Me parece algo personal, como si hubiese algo más en juego. No esperas cuatro años para robarle a alguien. Hay algo más, aparte del dinero.

—Dicen que es la principal razón de la mayoría de los crímenes. —Al marido de Sara siempre le habían encantado las motivaciones relacionadas con el dinero, y por experiencia sabía que casi siempre tenía razón—. El hombre herido en el vientre, ¿pertenece a alguna banda?

Will asintió.

—Suelen tener sus propios médicos. No lo hacen mal. He visto algunos de sus trabajos en el hospital, pero una herida en el estómago es bastante complicada. Necesitará sangre, y la del tipo B negativo no es fácil de encontrar. También necesita un lugar esterilizado para que le operen, y medicinas que no se consiguen en cualquier farmacia. Solo se encuentran en las farmacias hospitalarias.

161

—¿Me podrías dar una lista? Podría ponerlas en sobreaviso.

—Claro —respondió Sara. Fue a la cocina a buscar papel y lápiz.

Will se quedó cerca de la mesa del comedor.

—¿Cuánto tiempo puede vivir una persona con una herida así en el estómago? Había mucha sangre en la escena.

—Depende. Horas, puede que incluso días. Con la priorización se puede conseguir algo más de tiempo, pero, si llega a una semana, será un milagro.

—¿Te importa si ceno mientras tú haces eso? —Abrió la caja de poliestireno. Sara vio dos perritos calientes empapados en chile. Will los olió y frunció el ceño—. Ahora veo por qué el hombre de la gasolinera los quería tirar. —Aun así cogió uno.

—No te comas eso.

—Probablemente esté bueno.

—Siéntate.

Sara sacó una sartén del armario y encontró un cartón de huevos en el refrigerador. Will se sentó a la barra que había al otro lado de la cocina de acero inoxidable. La caja de poliestireno estaba en la encimera que había a su lado. Will la olisqueó y luego retrocedió.

—¿Ibas a cenar eso? ¿Dos perritos calientes y un donut?

—Cuatro donuts.

—¿Cómo tienes el colesterol?

—Creo que blanco, como el que se ve en los anuncios.

—Muy gracioso. —Sara envolvió la caja de poliestireno en papel de aluminio y la tiró a la basura—. ¿Por qué crees que no han secuestrado a la madre de Faith?

—Yo no he dicho tal cosa. Solo creo que hay algo más. —Observó cómo Sara rompía los huevos en un bol—. No creo que se marchase voluntariamente. No le haría tal cosa a su familia. Pero creo que conocía a sus secuestradores. Como si hubiesen trabajado juntos antes.

—¿Cómo?

Se levantó y fue hacia la mesa del comedor para coger un puñado de carpetas amarillas de una de las cajas. Cogió la bolsa de donuts antes de volver a sentarse a la barra de la cocina.

—Boyd Spivey —dijo abriendo la carpeta de arriba y enseñándole una foto.

Sara reconoció el rostro y el nombre por las noticias.

—Es el hombre que han matado hoy en prisión.

Will asintió y abrió otro archivo.

—Ben Humphrey.

—¿Otro policía?

—Sí. —Abrió otra carpeta. Había una estrella amarilla pegada en el interior—. Este es Adam Hopkins. Era compañero de Humphrey. —Cogió otra carpeta, esta con una estrella morada—. Chuck Finn, compañero de Spivey, y este último… —Abrió la última carpeta, que tenía una estrella verde—. Este es Demarcus Alexander. —Se había olvidado de uno, así que se dirigió de nuevo a la mesa y cogió otra carpeta amarilla. Tenía una estrella negra, un color que le pareció profético cuando dijo—: Lloyd Crittenden. Murió de una sobredosis hace tres años.

—¿Todos policías?

Will asintió mientras se metía medio donut en la boca.

Sara echó los huevos en la sartén.

—Creo que me he perdido.

—Su jefa era Evelyn Mitchell.

Sara casi tira los huevos.

—¿La madre de Faith? —Volvió a mirar las fotografías, estudiando el rostro de los hombres. Todos tenían ese mismo aire arrogante, como si el problema en que estaban involucrados fuese una simple señal en un radar. Hojeó el informe de la detención de Spivey, intentando descifrar los errores tipográficos—. Robo durante la comisión de un delito. —Pasó la página y leyó los detalles—. Spivey emitió una orden permanente a su equipo para que cogiesen el diez por ciento de lo recaudado en todos los asuntos de drogas, siempre que ascendiese a más dos mil dólares.

—La cantidad fue considerable.

—¿Cuánto?

—Según los cálculos, en doce años, robaron unos seis millones de dólares.

Sara emitió un débil silbido.

—Eso supone algo menos de un millón por cabeza, libre de

163

impuestos. O al menos antes. Estoy seguro de que el Tío Sam recuperó lo suyo cuando los metieron en la cárcel.

Hasta el dinero robado tenía que pagar sus impuestos. La mayoría de los internos recibían una notificación de la Agencia Tributaria la primera semana que estaban encarcelados.

Sara miró la primera página del informe de detención. Un nombre le llamó la atención.

—Tú fuiste el agente que los investigó.

—Sí, aunque no es la parte que más me guste de mi trabajo.

Se metió el resto del donut en la boca.

Sara miró la carpeta, simulando leerla. Los errores no eran demasiado exagerados. Casi todos los informes policiacos que había leído tenían errores gramaticales y faltas de ortografía. Al igual que la mayoría de los disléxicos, Will consideraba estos últimos como sagrados. Había sustituido palabras que no tenían sentido contextual, y luego había firmado en la parte inferior. Sara se fijó en su firma. Era un simple garabato en un ángulo de la línea negra.

Will la observaba. Sara necesitaba preguntárselo:

—¿Quién hizo que se investigase?

—Recibimos una pista anónima en el GBI.

—¿Por qué no acusaron a Evelyn?

—El fiscal se negó a presentar el caso. Se le permitió jubilarse con la pensión completa. Ellos lo llamaron «jubilación anticipada», pero ella ya llevaba más de treinta años trabajando. No lo hacía por dinero. Al menos por el dinero que recibía por su trabajo.

Sara utilizó una espátula para remover los huevos. Will se comió otro donut de dos bocados. El azúcar que tenía por encima cayó sobre la encimera negra de granito.

—¿Puedo preguntarte algo? —dijo Sara.

—Por supuesto.

—¿Cómo es que Faith trabaja contigo después de haber investigado a su madre?

—Cree que estoy equivocado. —*Bob* había regresado. Apoyó el hocico sobre el mostrador y Will le acarició la cabeza—. Sé que ha hablado con su madre, pero entre nosotros nunca lo hemos hecho.

Aquello era difícil de creer, pero entendía cómo funcionaban esas cosas. Faith no era de esas personas que hablan de sus sentimientos, y Will era tan jodidamente decente que resultaba difícil imaginar que quisiera vengarse.

—¿Cómo es Evelyn?

—De la vieja escuela.

—¿Como Amanda?

—No exactamente. —Cogió otro donut de la bolsa—. Es igual de dura, pero no tan apasionada.

Sara comprendió a qué se refería. Esa generación no tuvo muchas oportunidades para demostrarles a sus compañeros hombres lo que valían. Amanda había adoptado el papel de dura con alegría.

—Empezaron al mismo tiempo —dijo Will—. Fueron juntas a la academia, y luego trabajaron juntas en los grupos operativos del Departamento de Policía y del GBI. Aún siguen siendo buenas amigas. Creo que Amanda salía con el hermano... o con el cuñado de Evelyn.

Sara no podía imaginar un conflicto de intereses más obvio.

—¿Amanda era tu jefa cuando investigaste a Evelyn?

—Sí —respondió tragándose otro donut.

—¿Y tú sabías todo eso?

Will movió la cabeza. Se colocó el donut en un lado de la mejilla como hacen las ardillas con las nueces y le preguntó:

—¿Te has dado cuenta de que el fuego está apagado?

—Joder.

Eso explicaba por qué los huevos aún estaban líquidos. Movió el mando hasta que la llama subió.

Will se limpió la boca con el dorso de la mano.

—A mí también me gusta dejarlos reposar un poco. Les da un aire boscoso.

—Eso es *E. coli*. —Miró el tostador preguntándose por qué no había saltado. Probablemente porque no había metido el pan. Will sonrió mientras ella sacaba una hogaza de pan del armario—. No sé mucho de cocina.

—¿Quieres que lo haga yo?

—Quiero que me hables de Evelyn.

Él se apoyó sobre el respaldo de la silla.

—Cuando la conocí, me gustó. Sé que parece extraño teniendo en cuenta las circunstancias. Se suponía que debía odiarla, pero no fue así. Eso es cosa del Gobierno. A veces, las investigaciones comienzan por una razón equivocada, y te ves delante de alguien que está en un aprieto porque dijo algo indebido o porque se metió con el político equivocado. —Hizo un montoncito con el azúcar que había derramado—. Evelyn fue muy educada y respetuosa. Su expediente estaba inmaculado hasta entonces. Me trató como si yo cumpliese con mi deber, no como un pedófilo, que es lo que suele suceder.

—A lo mejor ya sabía que nunca la acusarían.

—Creo que estaba inquieta, pero su mayor preocupación era su hija. Hizo lo que pudo por mantenerla al margen. Yo no la conocí hasta que Amanda nos emparejó.

—Bueno, al menos se comportó como una buena madre.

—Es una mujer fina, pero también inteligente, fuerte y dura. No me gustaría tener que enfrentarme a ella.

Sara se había olvidado de los huevos. Utilizó la espátula para despegarlos del fondo de la sartén.

—La amordazaron a una silla mientras registraban la casa —prosiguió Will—. Vi una flecha dibujada debajo del asiento. La pintó con su propia sangre.

—¿Hacia dónde señalaba?

—Hacia la habitación. Al sofá. Al jardín trasero. —Se encogió de hombros—. ¿Quién sabe? No hemos encontrado nada.

Sara se quedó pensando.

—¿Solo la punta de una flecha? ¿Nada más?

Will volvió a extender el azúcar y dibujó la forma.

Sara estudió el símbolo, en silencio. Finalmente, optó por decirle la verdad.

—A mí me parece más bien una V. La letra V.

Will se quedó tan callado que el ambiente de la habitación se tornó distinto. Sara pensó que cambiaría de tema o gastaría una broma, pero le respondió:

—No era perfecta. Estaba un poco emborronada en la parte de arriba.

—¿Así? —Sara pintó otra línea—. ¿Cómo la letra A?

Will miró la figura.

—Pensé que Amanda no fingía cuando dijo que no sabía de lo que estaba hablando.

—¿Ella también la vio?

Recogió el azúcar esparcido, se lo puso en su mano y lo echó en la bolsa con su último donut.

—Sí.

Sara le puso el plato delante. El tostador saltó. El pan estaba casi quemado.

—Vaya. Lo siento. No tienes por qué comértelos. ¿Quieres que vuelva a coger los perritos calientes de la basura?

Will cogió la tostada quemada y la puso en el plato. Sonó como un ladrillo chocando contra el cemento.

—¿Tienes un poco de mantequilla?

Tenía margarina. Will hundió el cuchillo en la tarrina y untó el pan hasta estar tan empapado que pudo plegarlo en la mano. Los huevos estaban más negros que amarillos, pero se los comió de todas formas.

—El nombre de «Amanda» empieza por A. «Almeja» empieza por A. Y ahora me dices que Evelyn había dibujado una A debajo de la silla.

Will soltó el tenedor. Había dejado el plato limpio.

—«Almeja» suena más o menos como «Amanda». Tiene el mismo número de sílabas, y terminan y empiezan por la misma letra.

Lo dijo pensando que quizá no se había dado cuenta de la aliteración. La mayoría de los disléxicos no podían rimar dos palabras ni aunque les pusiesen una pistola en la cabeza.

Will apartó el plato.

—Amanda me está ocultando algo. Ni siquiera admite que el caso de corrupción tenga algo que ver con esto.

—Pero sí te ha dicho que revises todos los archivos.

—Puede que necesite información, o que quiera mantenerme entretenido. Ella sabe que me llevará toda la noche.

—No si yo te ayudo.

Cogió el plato y fue al fregadero.

—¿Quieres que lo lave antes de que me vaya?

—Lo que quiero es que me hables de la escena del crimen.

Will enjuagó el plato y luego se lavó las manos.

—Esa es el agua fría —dijo Sara.

Resultaba innecesario decirle que la había puesto en el lado contrario porque era zurda, se acercó y ajustó la temperatura por él.

Will abrió la mano para echarse un poco de jabón en la palma.

—¿Por qué hueles al líquido de limpiar los muebles?

—¿Y tú por qué me dijiste que *Betty* era de tu esposa?

Se enjabonó las manos.

—Hay misterios que nunca se resolverán.

Sara sonrió.

—Háblame de la escena del crimen.

Will le describió lo que habían encontrado: sillas volcadas, juguetes rotos. Luego le habló de la señora Levy y del amigo de Evelyn, de la teoría de Mittal sobre el rastro de sangre, y de su hipótesis al respecto, tan diferente. Cuando llegó al momento en que descubrieron el cuerpo en el maletero, Sara había conseguido que se sentase en la mesa del comedor.

—¿Crees que mataron a Boyd Spivey porque había hablado con Amanda?

—Es posible, pero poco probable. Piensa en la hora. Amanda llamó al alcaide dos horas antes de que llegásemos a la prisión. El médico dijo que habían utilizado un cuchillo con sierra. Eso no es algo que se pueda fabricar de un cepillo de dientes. La cámara dejó de funcionar el día anterior, lo que significa que lo planearon al menos con veinticuatro horas de antelación.

—Entonces es que todo estaba coordinado. Evelyn es secuestrada. A Boyd lo asesinan pocas horas después. ¿Están a salvo los demás hombres del equipo?

—Esa es una buena pregunta. —Sacó el móvil del bolsillo—. ¿Te importa si hago algunas llamadas?

—Claro que no.

Se levantó de la mesa para dejarle algo de intimidad. La sartén aún estaba caliente, así que le echó algo de agua fría. Los huevos estaban pegados al metal. Retiró los restos con la uña del pulgar antes de cerrar el grifo y colocar el plato en la rejilla de arriba del lavaplatos.

Volvió a abrir la carpeta de Boyd Spivey. Will había utilizado una estrella rosa para identificarle, quizás era una especie de broma. Aquel tipo tenía aspecto de policía corrupto. Su rostro redondeado denotaba que utilizaba esteroides. Apenas se podían discernir las pupilas en sus ojos pequeños y brillantes. Tenía la altura y el peso de un defensa de rugby.

Revisó los detalles del arresto mientras escuchaba a Will hablar con alguien de la prisión estatal de Valdosta. Hablaban sobre si debían o no aislar a Ben Humphrey y Adam Hopkins, y acordaron que lo mejor era incrementar la vigilancia.

La siguiente llamada fue más complicada. Sara dedujo que hablaba con alguien de la oficina del GBI sobre localizar a los otros dos hombres a través de sus agentes de la condicional.

Sara abrió la carpeta de Spivey y encontró su expediente personal detrás del informe de la detención. Leyó los detalles de su vida profesional. Spivey había ingresado en la academia nada más terminar la escuela secundaria. Había ido a la escuela nocturna de Georgia para obtener una licenciatura en Criminología. Tenía tres hijos y una esposa que trabajaba de secretaria en el consulado holandés a las afueras de la ciudad.

El ascenso de Spivey al equipo de Evelyn fue un golpe maestro. La Brigada de Estupefacientes era una de las más elitistas del país. Disponían de las mejores armas e instalaciones, y tantos delincuentes importantes que apresar en la zona de Atlanta como para ganar muchas condecoraciones y portadas de prensa, algo que parecía gustar mucho a Spivey. Will había recopilado muchos recortes de prensa en los que se hablaba de las principales incautaciones de la brigada. Spivey era la pieza central en todas ellas, aunque la jefa fuese Evelyn. Había una foto de él en la que aparecía recién afeitado, y con tantos lazos en el pecho como para poder decorar la bicicleta de una niña.

Sin embargo, al parecer eso no le había bastado.

—Disculpa.

Sara levantó la mirada. Will había terminado de hacer sus llamadas.

—Perdona —dijo Will—. Solo quería asegurarme de que estaban a salvo.

—No pasa nada. —Sara no fingió que no había estado escuchando—. Veo que no has llamado a Amanda.

—No, no la he llamado.

—Déjame otros archivos para que los lea.

169

—No tienes por qué hacerlo.

—Quiero hacerlo.

No lo dijo porque pretendiese ser amable, ni porque desease pasar más tiempo con él, sino porque quería saber qué había hecho que Boyd Spivey cayese tan bajo.

Will la miró el suficiente rato como para que ella pensase que le iba a dar un no por respuesta. Luego abrió una de las cajas. Había un viejo *walkman* al lado de un montón de cintas de casete. Ninguna de ellas tenía etiqueta, solo pegatinas de colores en forma de estrella.

—Son grabaciones de las entrevistas que tuve con todos los sospechosos —explicó Will—. Ninguno dijo gran cosa al principio, pero todos terminaron negociando para que se les redujese la sentencia.

—¿Se delataron mutuamente?

—No hizo falta. Tenían información sobre un par de concejales locales y pudieron negociar. Eso les permitió influir en el fiscal.

A Sara no la pilló por sorpresa saber que había algunos políticos con problemas de drogas.

—¿Mucha influencia?

—La suficiente como para hacerles hablar, pero no como para delatar al pez gordo —respondió Will. Abrió otra caja y empezó a sacar más carpetas. Al igual que las demás, estaban clasificadas por colores. Primero le dio la de color verde—. Testimonios de los testigos para la fiscalía. —Sacó la carpeta roja, que contenía menos cantidad—. Testimonios de los testigos para la defensa. —Sacó la carpeta azul—. Incautaciones de sumas elevadas; se quedaban con cualquier cantidad superior a dos mil dólares.

Sara se puso a trabajar de inmediato, leyendo atentamente el siguiente expediente personal. Ben Humphrey había sido el mismo tipo de policía que Boyd Spivey: un hombre corpulento que había empezado haciendo bien su trabajo y al cual le gustaba salir en la prensa, pero que había terminado convirtiéndose en un policía completamente corrupto. Lo mismo les ocurría a Adam Hopkins y a Demarcus Alexander, ambos elogiados por su valentía durante un atraco a un banco; ambos habían pagado al contado las casas vacacionales que tenían en

Florida. Lloyd Crittenden había conseguido su placa después de dar seis vueltas de campana con su coche mientras perseguía a un hombre que se había liado a tiros en un antro con una recortada. También tenía algunas cosas en su contra. Había dos sanciones por insubordinación, pero los informes anuales de Evelyn habían sido muy buenos.

La única excepción era Chuck Finn, que parecía más inteligente que sus compañeros. Cuando le detuvieron, estaba a punto de obtener un doctorado en arte del Renacimiento italiano. Su estilo de vida tampoco era tan ostentoso como el de los demás. Había utilizado el dinero sucio que se había llevado para cultivarse y viajar por el mundo, y debía haber complementado al equipo de forma más sutil. No había duda de que Evelyn Mitchell había escogido a cada hombre por alguna razón. Algunos eran líderes, pero otros, como Chuck Finn, seguidores. Todos encajaban con el perfil general: policías que se habían ganado una buena reputación en el cuerpo por hacer lo que debían. Tres de ellos eran blancos, dos negros, y uno tenía algo de indio cherokee. Todos habían renunciado a su buena fama por dinero contante y sonante.

171

Will le dio la vuelta a la cinta que había en el *walkman*. Estaba sentado con los ojos cerrados y los auriculares puestos. Sara oía el ruido que hacía la cinta al pasar.

La siguiente pila de carpetas detallaba las grandes incautaciones de dinero que había hecho la brigada, y que, al parecer, se habían quedado. Sara pensó que sería difícil poder revisarlas todas, pero luego resultaron ser bastante mundanas. Le extrañaba un poco que la mayoría de los hombres que había arrestado la brigada estuvieran muertos o encarcelados cuando el equipo de Evelyn fue desmantelado. Solo quedaban algunos en la calle, pero obviamente seguían en activo. Sara reconoció algunos de los nombres por haberlos oído en el telediario de la noche. Dos de ellos parecían prometedores, y los colocó aparte para enseñárselos a Will.

Miró la hora. Era más de medianoche y ella tenía el turno de mañana, bien temprano. Como si su cuerpo estuviese de acuerdo, la boca se le abrió y dio tal bostezo que la mandíbula le crujió. Miró a Will para asegurarse de que no la había visto. Aún tenía un montón de archivos delante de ella. Solo había revisado la mitad, pero no podía dejarlos aunque quisiera, porque era como juntar todas las piezas de una novela de misterio. Los policías eran tan corruptos como los delincuentes. Estos últimos parecían dejarse extorsionar con tal de seguir con sus negocios. Ambos tenían una buena lista de excusas para cometer sus actos ilegales.

Cogió otro montón de carpetas. Los seis hombres que habían pertenecido a la brigada jamás habían ido a juicio, pero estuvieron a punto cuando empezaron los acuerdos. La lista de testigos potenciales de la fiscalía había sido bien seleccionada, pero no tanto como la que representaba la defensa. A Will le resultarían familiares los nombres, pero, aun así, Sara leyó atentamente cada uno de los archivos. Después de una hora comparando declaraciones, pasó a la última carpeta, que sostuvo en las manos durante un momento, como recompensa por no haberlo dejado.

La foto de la ficha de Evelyn Mitchell mostraba a una mujer estilizada con un gesto indescriptible en la cara. Debía haberse sentido humillada cuando la ficharon, después de haber pasado tanto tiempo al otro lado de la mesa. Sin embargo, su expresión no dejaba traslucir nada de eso. Tenía los labios apretados, los ojos mirando al frente, el pelo rubio, como Faith, aunque con algunas vetas canosas en las sienes. Ojos azules, sesenta y cuatro kilos, un metro setenta y cinco de altura, un poco más alta que su hija.

Su carrera era de esas que merecían recibir los galardones del Club de Mujeres, algo que la capitán Mitchell había conseguido en dos ocasiones. Su ascenso a inspectora estuvo precedido por una negociación con rehenes que acabó con la liberación de dos niños y la muerte de un pederasta en serie. El rango de teniente lo obtuvo casi diez años después de pasar el examen con la mejor calificación que se había obtenido jamás. El de capitán, tras una demanda interpuesta por discriminación de género ante la Comisión para la Igualdad de Oportunidades en el Empleo.

Evelyn había ascendido poco a poco, iniciando su carrera en las calles. Tenía dos licenciaturas, una del Instituto Tecnológico de Georgia, y ambas con una media de sobresaliente. Era madre, abuela y viuda. Sus hijos trabajaban en el servicio público: una para la comunidad; el otro para al país. Su marido se ganó una respetable reputación como agente de seguros. A Sara, en muchos aspectos, le recordaba a su madre. Cathy Linton no era el tipo de mujer que llevaría una pistola, pero sí de las que estarían dispuestas a hacer lo que sea por ella y su familia.

Sin embargo, nunca habría aceptado un soborno. Cathy era sumamente honesta, el tipo de persona que habría conducido cincuenta kilómetros para volver a una atracción turística en Florida porque le habían dado cambio de más. Eso puede que explicase por qué Faith trabajaba con Will. Si alguien le hubiese dicho a Sara que su madre había robado casi un millón de dólares, se habría reído en su cara y le habría parecido un cuento chino. Faith no solo pensaba que él estaba equivocado con respecto a su madre, sino que era un pobre iluso.

Will cambió la cinta.

Sara se acercó a él para quitarle los auriculares.

—No cuadra.

—¿Qué es lo que no cuadra?

—Antes me has dicho que cada miembro del equipo se llevó casi un millón de dólares. Tú has contado los sesenta mil, como mucho, que había en la cuenta a nombre de Bill Mitchell. Evelyn no tiene un Porsche ni sirvienta. Faith y su hermano no fueron a escuelas privadas, y las únicas vacaciones que tuvo las pasó con su nieto en Jekyll Island.

—Han cuadrado hasta hoy —le recordó Will—. Quien haya secuestrado a Evelyn busca ese dinero.

—No lo creo.

La mayoría de los policías defendían sus casos como si fuesen hijos suyos.

—¿Por qué?

—Es un presentimiento. Me lo dice mi instinto. No lo creo.

—Faith no sabe lo de la cuenta bancaria.

—No pienso decírselo.

Will se irguió y juntó las manos.

—He estado escuchando mis primeras entrevistas con Evelyn. En casi todas habla, sobre todo, de su marido.

—Bill, ¿no? Era agente de seguros.

—Murió unos años antes de que se abriese el caso contra ella.

Sara se preparó para que le hiciera una pregunta relacionada con su viudez, sin embargo, él dijo:

—Un año antes de morir, una familia lo denunció por la denegación de un reclamo. Dijeron que Bill rellenó los papeles de forma incorrecta. Un padre con tres hijos tenía una extraña lesión en el corazón. La compañía se negó a darle el tratamiento.

A Sara aquello no le extrañaba.

—¿Dijeron que había una condición preexistente?

—Sí, pero no era cierto, o al menos no se la diagnosticaron. La familia contrató a un abogado, pero fue demasiado tarde. El hombre murió porque alguien no rellenó los papeles como debía. Tres días después de fallecer, la viuda recibió una carta de la compañía de seguros diciendo que Bill Mitchell, el agente original, había cometido un error en los formularios y aprobaban el tratamiento.

—Es terrible.

—Bill no lo superó. Era un hombre muy meticuloso. Su reputación era algo muy importante para él. Le salió una úlcera de tanto preocuparse.

Técnicamente, las úlceras no salían por eso, pero Sara le dijo:

—Sigue.

—Posteriormente, se aclaró el asunto. Encontraron los formularios originales. La compañía de seguros había metido la pata, no Bill. Una de las personas que debía introducir los datos le había dado a la casilla equivocada. No lo hizo con mala intención, fue solo negligencia. —Will hizo un gesto de querer pasar por alto esos detalles—. Bueno, el caso es que Evelyn dijo que Bill nunca lo superó. A ella la desquiciaba que no se lo quitase de la cabeza. Discutían mucho sobre ese asunto. Pensaba que lo único que hacía era compadecerse de sí mismo. Le acusaba de ser un paranoico. Él decía que la gente lo trataba de forma distinta en el trabajo. Y es que muchos pensaban que, aunque la compañía asumió la culpa, en realidad todo fue un error de Bill.

—¿Una compañía de seguros asumiendo su culpa?

—La gente cree cosas descabelladas —respondió Will—. Bueno, el caso es que Bill creía que eso arruinó todo el trabajo que había hecho durante años. Evelyn decía que, cuando le diagnosticaron el cáncer (murió de cáncer de páncreas tres meses después), se negó a luchar porque el sentimiento de culpa no le dejaba vivir. Y ella jamás le perdonó tal actitud. Él se limitó a aceptar y esperar resignadamente la muerte.

Sara pensó que el cáncer de páncreas no se vencía tan fácilmente. Las posibilidades de vivir a largo plazo eran menos del cinco por ciento.

—El estrés causado por una situación como esa puede debilitar el sistema inmunológico —dijo.

—Evelyn estaba preocupada de que le pudiese pasar lo mismo.

—¿Que tuviese un cáncer?

—No. Que la investigación arruinase su vida, aunque saliese absuelta. Que le pesase para siempre. Decía que desde que falleció su marido jamás lo había echado tanto en falta. Quería decirle que le comprendía.

—Eso es lo que diría una persona inocente.

—Sí, así es.

—¿Ya no estás tan seguro de tu conclusión original?

—Es muy amable por tu parte que te refieras a eso tan diplomáticamente. —Will sonrió—. No lo sé. Cerraron el caso antes de que yo pudiese darlo por terminado. Evelyn firmó los papeles y se jubiló. Amanda no se molestó ni en decirme que estaba cerrado. Me enteré una mañana por las noticias: agente condecorada se jubila del cuerpo para estar más tiempo con su familia.

—Crees que se salió con la suya.

—Lo que creo es una cosa: estaba al cargo de un equipo que robó mucho dinero. O bien miró para otro lado, o bien no era tan buena como dicen. —Will cogió el plástico de una de las cintas de casete—. Y también está la cuenta bancaria. Puede que no sea nada comparado con los millones de dólares, pero, aun así, es una suma considerable. Y está a nombre de su marido, no de ella. ¿Por qué no la cambió si su marido había muerto? ¿Por qué la guardaba en secreto?

—Está bien mirado.

Will se quedó callado durante unos instantes. El único ruido que se oía en la habitación era el de sus dedos toqueteando el plástico.

—Faith no me llamó cuando llegó a su casa y vio lo que sucedía. Yo no llevaba el móvil, por lo que habría sido inútil, pero no me llamó. —Se detuvo y luego añadió—: Quizá no confiaba en mí porque su madre estaba involucrada.

—No creo que pensase tal cosa. La gente se queda en blanco cuando sucede algo así. ¿Se lo has preguntado?

—Ahora tiene demasiadas cosas en la cabeza como para preocuparse de darme explicaciones. —Esbozó una sonrisa de desprecio por sí mismo—. Quizá deba anotarlo en mi agenda. —Comenzó a guardar las cintas—. Bueno, voy a dejar que te vayas a la cama. ¿Has encontrado algo que deba saber?

Sara cogió las dos carpetas que había apartado.

—Estos dos hombres deben ser investigados a fondo. Se les pilló con una gran suma de dinero. Uno de ellos también aparece en la lista de testigos de la defensa de Spivey. Lo separé porque tiene un historial de secuestros para influir en las bandas rivales.

Will abrió la carpeta.

Sara le dijo el nombre.

—Ignatio Ortiz.

Will gruñó.

—Está en la prisión de Phillips por intento de asesinato.

—Entonces no será difícil encontrarle.

—Es el jefe de los Texicanos.

Sara los conocía. Había tratado a muchos chicos que estaban en la organización. Gran parte de ellos no salían vivos del hospital.

—Si Ortiz está metido en este asunto, no querrá hablar con nosotros. Y si no lo está, tampoco. Tardaremos tres o cuatro horas en llegar allí, y habremos hecho el viaje en vano.

—Lo iban a llamar como testigo para la defensa de Spivey.

—Boyd tenía muchos testigos dispuestos a declarar que no había cogido dinero. Había una lista de delincuentes dispuestos a defender al equipo de Evelyn.

—¿Te dijo Boyd algo cuando fuiste a verle a prisión?

Will frunció el ceño.

—Amanda fue quien le interrogó. Hablaron utilizando una especie de código. Una de las cosas que entendí es que los asiáticos estaban intentando quitarles el negocio del suministro a los mexicanos.

—Los Texicanos —corrigió Sara.

—Amanda me comentó que su método favorito es cortar el cuello.

Ella se llevó la mano a la garganta para evitar estremecerse.

—¿Crees que Evelyn seguía haciendo negocios con esos traficantes?

Will cerró la carpeta de Ortiz.

—No creo. Sin su placa no tenía poder ninguno. No puedo imaginármela como jefa a menos que sea una sociópata. Abuelita de día y traficante de drogas por la noche.

—Has dicho que Ortiz estaba en prisión por intento de asesinato. ¿A quién intentó matar?

—A su hermano. Lo pilló en la cama con su mujer.

—Puede que este sea su hermano. —Sara abrió la otra carpeta—. Héctor Ortiz. Por su expediente, no parece un delincuente, pero su nombre también figura en la lista de testigos de la defensa. Lo aparté porque tenía el mismo apellido que Ignatio.

Will cogió la foto para mirarla más atentamente.

—¿Aún te sigue diciendo tu instinto que Evelyn es inocente?

Sara miró el reloj. Tenía que irse a trabajar al cabo de cinco horas.

—Mi instinto ya no me dice nada a estas horas. ¿Qué ocurre?

Will levantó la fotografía de Héctor Ortiz. Sara vio que era un hombre calvo con una perilla canosa. Tenía la camisa arrugada, y el brazo levantado para mostrarle el tatuaje a la cámara: una estrella tejana roja y verde, con una serpiente de cascabel alrededor de ella.

—Te presento al amigo de Evelyn —dijo Will.

177

DOMINGO

Capítulo siete

*L*as bofetadas se habían transformado en puñetazos horas antes. ¿O eran días? Evelyn no estaba segura. Tenía los ojos vendados y estaba sumida en una completa oscuridad. Algo goteaba, pero no sabía si era un grifo, unas cañerías o su sangre. Su cuerpo estaba tan dolorido que, incluso cuando cerraba los ojos para mitigar el dolor, sentía que no había ni un ápice de él que estuviese sano.

Soltó una carcajada. Su boca salpicaba sangre. Le faltaba un dedo. Al menos así tenía un hueso sano, una parte de su cuerpo que no estuviese llena de moratones.

Habían empezado por los pies, golpeándole las plantas con una barra de metal galvanizada. Era una forma de tortura que, al parecer, habían visto en una película, algo que sabía porque uno de ellos se la había enseñado a los demás: «El tío levantaba más la barra, así». Lo que sentía Evelyn no podía calificarse de dolor, sino más bien una especie de quemazón que su sangre hacía que se le extendiese por todo el cuerpo.

Como suele ocurrir a casi todas las mujeres, lo que más la había asustado era que la violasen, pero ahora sabía que había cosas mucho peores que eso. En una violación había al menos algo de instinto animal. Sin embargo, esos hombres no estaban disfrutando de su dolor, sino de los gritos de ánimo de sus compañeros. Competían por ver quién era capaz de hacerla gritar más alto. Y Evelyn gritaba. Gritaba tan alto que estaba segura de que sus cuerdas vocales terminarían por romperse. Gritaba de dolor, de miedo, de rabia, de furia, por sentirse desamparada. Pero sobre todo gritaba porque esas emociones le corrían como lava ardiente por la garganta.

En cierto momento empezaron a discutir sobre dónde se encontraba el nervio vago. Tres de ellos comenzaron a turnarse, golpeándole la zona de los riñones como los niños pegan a una piñata, hasta que un golpe la hizo estremecerse por encima de los demás. Se rieron desaforadamente mientras ella se retorcía como si la electrocutasen. Sintió un terror inmenso. Jamás en su vida había estado tan cerca de la muerte. Se orinó encima, y gritó hasta que ya no pudo emitir ningún sonido.

Luego le rompieron una pierna. No fue una rotura limpia, sino el resultado de golpeársela repetidas veces con la barra de metal hasta que oyeron el crujido del hueso partirse por la mitad.

Uno de ellos le presionó donde se le había roto el hueso, echándole su pútrido aliento en la oreja.

—Esto es por lo que esa puta perra le hizo a Ricardo.

La puta perra era su hija. No sabían lo mucho que la estimularon esas palabras. La dejaron inconsciente y la arrastraron fuera de la escena poco después de que Faith aparcase el coche en la entrada. Luego la metieron en la parte trasera de una furgoneta. El ruido del motor le zumbaba en los oídos, pero, aun así, oyó dos disparos; primero uno, y luego, cuarenta segundos después, otro.

Ahora tenía la respuesta a la única pregunta que hacía que no se rindiese. Faith estaba viva. Había salido bien librada. Después de eso, cualquier horror le parecía poco importante. Vio a Emma en brazos de su hija, y a Jeremy al lado de su madre. Zeke también estaría allí. Aunque estaba resentido, siempre había protegido a su hermana. La policía de Atlanta los envolvería como en una mortaja. Will Trent daría la vida por proteger a Faith, y Amanda removería cielo y tierra por hacer justicia.

—Almeja… —dijo Evelyn con voz rasposa.

Lo único que pedía es que sus hijos estuviesen a salvo. Nadie le podía quitar ese placer, ya que ella no tenía la más mínima esperanza de salvarse. Amanda no podía librarla de ese dolor, y Bill Mitchell no vendría en su caballo blanco a rescatarla.

Había sido tan estúpida. Había cometido un error hacía muchos años, uno terrible y estúpido.

Escupió un diente roto. El último molar derecho. Notó el pinchazo del nervio al entrar en contacto con el aire frío. Trató de tapar el agujero con la lengua mientras respiraba por la boca. Tenía que mantener las vías respiratorias abiertas. Tenía la nariz rota. Si dejaba de respirar, o se coagulaba la sangre en la garganta, se ahogaría y moriría. Y, aunque eso fuese un alivio, la idea de la muerte la seguía aterrorizando. Evelyn siempre había sido una luchadora, la clase de persona que cuanto más se la acorrala más se defiende. No obstante, sabía que empezaba a derrumbarse, no por dolor, sino por cansancio. Notaba que la abandonaban las fuerzas. Si les decía lo que sabía, conseguirían lo que querían. Podía mover la boca, podía hablar, pero su mente le seguía diciendo que guardase silencio.

¿Y después qué?

La matarían. Ella sabía quiénes eran, aunque llevasen máscaras y le hubiesen vendado los ojos. Reconoció sus voces, sabía sus nombres, distinguió sus olores. Sabía lo que planeaban, lo que habían hecho.

Héctor.

Lo había encontrado en el maletero del coche. Aunque usaron un silenciador, no había nada tan distintivo como una recortada. Evelyn había escuchado ese sonido dos veces en su vida, y reconoció al instante el tijereteo del gas al pasar por el cañón.

Al menos había conseguido proteger a Emma. Al menos se había asegurado de que al bebé de su hija no le ocurriese nada.

Faith.

Se suponía que las madres no deberían tener favoritos, pero no había duda de que ella había sentido una predilección especial por Zeke. Era un chico apasionado, inteligente, capaz y leal. Fue su primer hijo, un chico tímido que siempre se aferraba a su falda cuando algún extraño venía a visitarlos a casa. De pequeño le gustaba sentarse con ella mientras preparaba la cena, y le encantaba acompañarla al supermercado para ayudarla a llevar las bolsas. Su pequeño pecho henchido,

183

sus brazos cargados, sus dientes mostrando una orgullosa y feliz sonrisa.

Sin embargo, era con Faith con quien se sentía más unida, a pesar de que hubiese cometido tantos errores. Era a ella a la que podía perdonar cualquier cosa, ya que cada vez que la miraba veía su propia imagen.

Recordó los meses que pasaron juntas, encerradas en casa. Esos meses de forzado confinamiento, de forzado exilio y de forzada tristeza.

Bill jamás lo había comprendido, pero era porque él no sabía aceptar los errores. Había sido el primero en notar la hinchazón de su estómago. El primero en plantarle cara y preguntarle. Durante nueve meses se mostró estoico e implacable, lo que hizo descubrir de quién había heredado Zeke esas cualidades. En esos momentos tan difíciles, optó por desaparecer de sus vidas. Incluso después de que todo hubiese acabado y Jeremy les hubiese alegrado la vida haciéndoles ver que después de la tormenta siempre llega la calma, Bill ya nunca fue el mismo.

184

Y ella tampoco. Ni ninguno de ellos. Faith se vio atrapada al tener que cuidar de un niño. Zeke, que desde siempre había querido acaparar la atención de Evelyn, se alejó de ella todo lo que pudo. Perdió a su hijo, y eso le rompió el corazón.

No pudo soportar seguir pensando en todo eso.

Trató de enderezar la espalda y liberar la presión que sentía en el diafragma. Ya no podía más. Se estaba derrumbando. Esos jovencitos con sus videojuegos y sus fantasías cinematográficas tenían un repertorio ilimitado de ideas para torturarla. Solo Dios sabía lo que le iban a hacer después. No tenían el más mínimo reparo en recurrir a las drogas. Los barbitúricos, el etanol, la escopolamina, el pentotal sódico, cualquiera de ellos podían funcionar como suero de la verdad, cualquiera podría hacer que soltase la información que buscaban.

Solo era cuestión de tiempo que hablase. La incesante agonía, la infinita oleada de acusaciones. Eran tan despiadados y hostiles.

Tan bárbaros.

Iba a morir. Desde que se despertó en la furgoneta, sabía que la muerte era la única forma de acabar con todo aquello.

Al principio pensó que era ella quien los mataría a ellos, pero luego se dio cuenta de que sería al revés. Lo único que podía hacer para controlar todo aquello era hablar. Aun así, en ningún momento les rogó que parasen, no les pidió que tuviesen piedad ni les concedió el placer de saber que ya se habían metido tan dentro de su cabeza que cada uno de sus pensamientos tenía una sombra acechándolos.

Pero ¿qué pasaría si les dijese la verdad?

Había pasado tantos años guardando aquel secreto que solo pensar en revelarlo le proporcionó un poco de paz. Aunque esos hombres eran sus torturadores, y no sus confesores, no estaba en disposición de andarse con sutilezas. Puede que la muerte la absolviese de sus pecados. Si se quitaba aquel peso de encima, quizá sintiese unos instantes de alivio por primera vez en mucho tiempo.

No. Jamás la creerían. Tenía que contarles una mentira. La verdad era demasiado decepcionante, demasiado vulgar.

Además, tenía que ser una verdad tan creíble y convincente que optasen por matarla antes de verificarla. Eran hombres duros, pero no delincuentes experimentados. No contaban con la suficiente paciencia como para retener a una anciana que les había desafiado durante tanto tiempo. Matarla sería la prueba definitiva de su hombría.

185

Lo único que lamentaba era no estar presente cuando se diesen cuenta de que los había engañado. Por eso esperaba que pudiesen oír sus carcajadas desde el Infierno durante el resto de sus miserables y patéticas vidas.

Se rio, solo para escuchar el ruido de su risa, el ruido de su desesperación.

Se abrió la puerta. Una ráfaga de luz entró por debajo del vendaje que llevaba en los ojos. Les oyó murmurar. Hablaban de otro espectáculo televisivo, de otra película, de otra técnica nueva que querían poner en práctica.

Evelyn inspiró profundamente, a pesar de que las costillas que tenía rotas se le clavaban en los pulmones cada vez que respiraba. Deseó que su corazón se detuviese. Rezó para que Dios le hubiese quitado el habla el día que falleció su marido.

El hombre con el pútrido aliento le dijo:

—¿Estás dispuesta a hablar, zorra?

Evelyn se preparó para lo que se le venía encima. No debía parecer que cedía tan fácilmente. Dejaría que la golpeasen un poco más, que pensasen que al final se habían salido con la suya. No era la primera vez que dejaba que un hombre pensase que ejercía un control completo sobre ella, pero sí estaba segura de que sería la última.

El hombre le presionó la pierna con la mano.

—¿Estás dispuesta a seguir soportando el dolor?

Funcionó. Tenía que hacerlo. Evelyn pondría de su parte, la muerte pondría fin a todo aquello, la libraría de sus pecados. Faith nunca lo sabría, ni Zeke tampoco. Sus hijos y sus nietos estarían a salvo.

Excepto por una cosa.

Evelyn cerró los ojos y le envió un mensaje silencioso a Roz Levy, con la esperanza de que aquella anciana mantuviese la boca cerrada.

Capítulo ocho

$\mathcal{F}$aith tenía los ojos cerrados, pero no podía dormir. Ni podía ni quería. La noche transcurrió lentamente, arrastrándose por el suelo como las cadenas de un fantasma. Había pasado horas enteras pendiente de cualquier crujido o ruido en la casa, algo que le indicase que Zeke se había levantado.

Había escondido el dedo de su madre en una caja medio vacía de vendas, en el botiquín. Estaba envuelto en una bolsa de Ziploc que había encontrado en una maleta vieja. Durante un rato estuvo pensando si debía ponerlo en hielo o no, pero la idea de guardar el dedo de su madre le había revuelto el estómago. Además, la noche anterior no quiso ir a la planta de abajo y enfrentarse con Zeke ni con los detectives que estaban en la mesa de la cocina, ni con Jeremy, que seguro que se habría unido a ellos si oía que su madre estaba levantada. Faith sabía que, si los veía, se echaría a llorar, y si eso ocurría, descubrirían de inmediato que algo pasaba.

«Mantén la boca cerrada y los ojos abiertos.»

Eso es justo lo que estaba haciendo, aunque la policía que llevaba dentro le decía que cumplir con las órdenes de los secuestradores era cometer un grave error, pues nunca se les debía conceder ventaja alguna. Jamás se debía ceder a una petición sin recibir algo a cambio. Faith les había enseñado esas estrategias a muchas familias, pero ahora se daba cuenta de que las cosas eran muy distintas cuando la persona secuestrada era un ser querido. Si los secuestradores de Evelyn le hubiesen pedido que se quemase a lo bonzo, lo habría hecho. Su lógica se desvaneció al ver que cabía la posibilidad de que no volviera a ver a su madre.

Aun así, la policía que había en ella quería más detalles. Había algunas pruebas que podían determinar si Evelyn estaba viva o no cuando le cortaron el dedo. Y también se podían hacer pruebas para demostrar si pertenecía a su madre. Parecía el dedo de una mujer, pero nunca se había fijado demasiado en las manos de su madre. No llevaba ningún anillo de boda; se lo había quitado años antes. Era una de esas cosas que no había notado al principio. Puede que su madre supiese mentir muy bien, pero el caso es que se rio cuando ella le preguntó a ese respecto, y le dijo: «Me lo quité hace mucho tiempo».

¿Era su madre una mentirosa? Esa era la cuestión principal. Faith le mentía a Jeremy constantemente, pero lo solía hacer sobre ese tipo de cosas acerca de las cuales las madres deben mentirles a sus hijos: su vida amorosa, lo que sucedía en el trabajo, su salud. Evelyn la había engañado cuando no le dijo que Zeke se había trasladado a Estados Unidos, pero seguro que lo había hecho para mantener la paz y evitar que su hermano estropease la fiesta de cumpleaños de Emma.

188

Ese tipo de mentiras no contaban. Eran mentiras piadosas, no mentiras maliciosas que se te clavaban en la piel como una espina. ¿Le había mentido de esa forma? No había duda de que le había ocultado algo importante. Las circunstancias y el estado en que había quedado su casa lo dejaban claro. Evelyn tenía algo que interesaba a aquellos delincuentes, y debía estar conectado con el tráfico de drogas porque había al menos una banda involucrada en el asunto. Su madre había trabajado en la Brigada de Estupefacientes. ¿Se había quedado con algún dinero? ¿Escondía algún tesoro? ¿Descubrirían Zeke y ella cuando leyesen su testamento que su madre era rica?

No, no podía ser. Evelyn sabía que sus hijos no se quedarían con ningún dinero ilícito, por mucho que les hiciera la vida más fácil. Las hipotecas, las letras del coche, los préstamos para estudiar, todo seguiría igual, pues ni Zeke ni ella se quedarían con dinero sucio. Evelyn los había educado para que no hiciesen nunca algo así.

Y a ella le había enseñado a ser una buena policía, no de esas que se pasan la noche con los brazos cruzados esperando a que salga el sol.

Si ella estuviera allí, ¿qué querría que hiciese? La respuesta más obvia era llamar a Amanda, pues ambas habían sido amigas íntimas. «Amigas inseparables», había dicho su padre, y no precisamente con adulación. Incluso después de que el tío de Faith, Kenny, empezase a comportarse como un estúpido persiguiendo a jovencitas en las playas del sur de Florida, Evelyn había dejado claro que prefería invitar a Amanda en Navidad que a Kenny Mitchell. Ambas compartían ese tipo de lazos que unen a los soldados cuando regresan de la guerra.

Sin embargo, llamar a Amanda en ese momento no era lo más acertado, pues probablemente se comportaría como un elefante en una cacharrería. Pondría la casa patas arriba. Traería a una brigada SWAT. Los secuestradores verían el espectáculo que había montado y decidirían que era mejor pegarle un tiro en la cabeza a su víctima que negociar con una mujer sedienta de venganza, pues así es como, probablemente, se comportaría Amanda. Ella nunca se tomaba las cosas con mesura. Era todo o nada.

Will era la persona más apropiada. Sabía actuar con cautela, y había perfeccionado esa técnica. Además, era su compañero. Podía llamarle, o al menos hablar con él. Pero ¿qué le diría? «Necesito tu ayuda, pero no se lo digas a Amanda. Puede que incumplamos la ley, pero, por favor, no hagas preguntas.» Eso era imposible. El día anterior ya se había salido de las normas por ella, pero no podía pedirle que las incumpliese. No había nadie en quien pudiese confiar tanto para protegerle, pero es que Will a veces tenía un sentido muy estricto del bien y del mal. Había una parte de ella que temía que le dijese que no. Y otra parte aún mayor que temía meterle en un problema tan grave del que no podría salir nunca. Ella podía tirar por la borda su carrera, pero no le podía pedir a Will que hiciese lo mismo.

Se llevó las manos a la cabeza. Por mucho que desease llamarle, debía tener en cuenta que habían intervenido los teléfonos por si los secuestradores pedían un rescate. Su correo electrónico era una cuenta del GBI, y probablemente también la estarían supervisando. Y supuso que también estarían grabando sus llamadas con el móvil.

Y eso con respecto a sus compañeros. ¿Quién sabía lo que

189

habían hecho los secuestradores? Sabían el apodo de Jeremy, su fecha de nacimiento, la escuela donde había estudiado. Le habían hecho algunas advertencias a través de su cuenta de Facebook. Puede que hubiesen puesto micrófonos en la casa. En Internet se podían comprar todo tipo de artículos de espionaje. Hasta que no registrase cada rincón de la casa y desmontase los teléfonos no podría saber si alguien la estaba escuchando. Y si empezaba a comportarse como una paranoica, su familia sabría que algo iba mal, por no hablar de los detectives de Atlanta, que estaban pendientes de todos sus movimientos.

Finalmente, oyó que tiraban de la cisterna del aseo que había en la planta de abajo. Segundos después oyó como se abría y se cerraba la puerta principal. Supuso que Zeke habría salido a correr, o puede que los agentes hubiesen decidido salir a tomar un poco de aire al jardín delantero en lugar de al trasero.

Los tendones le dolieron cuando puso los pies en el suelo. Había estado acurrucada tanto tiempo que tenía el cuerpo entumecido. Aparte de ir a ver a Emma, no se atrevió a levantarse en medio de la noche por miedo a que Zeke subiese y le preguntase qué demonios pasaba. La casa era vieja, el suelo crujía y su hermano tenía un sueño muy ligero.

Empezó con la cómoda, abriendo cuidadosamente los cajones y revisando su ropa interior, sus camisetas y sus camisones para ver si alguien los había removido. Todo parecía estar en su lugar. Luego se dirigió al armario. Su vestuario consistía, sobre todo, en chaquetas negras y pantalones elásticos, así no tenía que preocuparse de abrochárselos por la mañana. Tenía su ropa premamá en una caja en el estante inferior. Faith acercó una silla y comprobó que la cinta aún estaba pegada. El montón de pantalones vaqueros que había a su lado estaba sin remover, pero, aun así, revisó los bolsillos, e hizo lo mismo con las chaquetas.

Nada.

Volvió a subirse en la silla y se puso de puntillas para poder alcanzar el estante de arriba, donde guardaba la caja con los recuerdos de infancia de Jeremy. Casi se le cae encima de la cabeza. La cogió en el último momento, conteniendo la respiración por miedo a hacer mucho ruido. Se sentó en el suelo, con la caja entre las piernas. La tapa estaba abierta. Le había quitado la cinta meses antes, ya que mientras estaba embarazada de Emma se había obsesionado con los recuerdos infantiles de Jeremy. Valía la pena vivir sola, ya que de no ser así habrían cuestionado su estabilidad emocional. Ver los zapatos color bronce y sus botitas de lana hacía que se echase a llorar. Sus calificaciones, sus cuadernos de escuela, la tarjeta que había pintado con ceras para el Día de la Madre, los dibujos que había recortado con sus pequeñas tijeras sin punta el día de San Valentín.

Los ojos le escocieron cuando abrió la caja.

Había un mechón de pelo de Jeremy encima de la cartilla de notas de su decimosegundo curso. La cinta azul parecía distinta. La levantó para verla al trasluz. El tiempo había descolorido la seda color pastel, dándole a los pliegues un aspecto deprimente. El pelo se había oscurecido, adquiriendo un tono castaño y dorado. Había algo extraño. No sabía si había deshecho el lazo, o si se había soltado dentro de la caja. Tampoco recordaba si había ordenado sus calificaciones empezando por el primer curso o a la inversa. Resultaba un tanto raro que el último curso estuviese al principio, especialmente porque el mechón de pelo estaba encima. También era posible que estuviese un tanto paranoica y que, en realidad, no pasara nada.

Faith levantó el montón de cartillas con sus calificaciones y miró debajo. Sus cuadernos aún estaban allí. Vio los zapatos color bronce, sus botitas, las tarjetas de felicitación que había hecho en la escuela.

Todo parecía en orden, pero tenía el presentimiento de que alguien había estado hurgando en la caja. ¿Habían registrado las cosas de Jeremy? ¿Habían visto los corazones dibujados en la foto de *Billingham*, su primer perro? ¿Habían abierto sus calificaciones y se habían reído porque la señorita Thompson, su profesora de cuarto curso, le había llamado pequeño ángel?

Faith cerró la caja. La levantó sobre su cabeza y la colocó en el estante. Cuando volvió a poner la silla en su sitio, estaba temblando de rabia al pensar que alguien había tocado con sus sucias manos las cosas de su hijo.

Después fue a la habitación de Emma. La pequeña no solía dormir toda la noche del tirón, pero el día anterior había sido inusualmente largo y ajetreado. Aún dormía cuando se acercó a la cuna. Su garganta emitía un chasquido al respirar. Faith le puso la mano en el pecho. Su corazón palpitaba como un pájaro atrapado en su mano. En silencio, miró en el armario, en la caja de juguetes, en sus pañales.

Nada.

Aunque Jeremy aún estaba dormido, entró en su habitación. Cogió la ropa tirada en el suelo para tener una excusa. Por un lado, quería quedarse allí, mirándole. Había adoptado esa postura que ella calificaba como «su pose al estilo John Travolta», acostado sobre su estómago, con el pie derecho colgándole fuera de la cama y el brazo izquierdo doblado por encima de la cabeza. Sus delgados omóplatos le sobresalían como las alas de un pollo. El pelo le tapaba la mayor parte de la cara. Había un poco de saliva sobre la almohada, ya que aún dormía con la boca abierta.

Su habitación había estado inmaculada el día antes, pero su mera presencia lo había alterado todo. Había papeles sobre el escritorio, la mochila estaba tirada en el suelo, los cables de su equipo informático estaban sobre la moqueta, y el ordenador portátil (había estado ahorrando seis meses para poder comprárselo) estaba abierto a su lado como un libro desechado. Faith usó el pie para ponerlo derecho antes de salir de la habitación. Luego volvió a entrar, pero solo para arroparle la espalda y evitar que cogiese frío.

Faith tiró la ropa de Jeremy encima de la lavadora y bajó las escaleras. El detective Connor estaba sentado en su silla de costumbre, al lado de la mesa de la cocina. Se había cambiado de camisa y no tenía la pistolera tan apretada alrededor del pecho. Estaba despeinado, probablemente por haber dormido encima de la mesa. Había empezado a llamarlo para sí el «Pelirrojo», y temía abrir la boca por miedo a que se le escapase ese mote.

—Buenos días, agente Mitchell —dijo.

—¿Ha salido mi hermano a correr?

Asintió.

—El detective Taylor ha ido a comprar el desayuno. Espero que le guste McDonald's.

Pensar en la comida la hizo sentirse enferma, pero respondió:

—Gracias.

La mitad del contenido que había en la nevera había desaparecido, pero probablemente se debía a Zeke y Jeremy: ambos comían como jóvenes de dieciocho años. Sacó el cartón del zumo de naranja, pero estaba vacío, lo que resultaba un tanto extraño porque ni a su hermano ni a Jeremy les gustaba.

—¿Os habéis tomado vosotros el zumo? —le preguntó al Pelirrojo.

—No, señora.

Faith agitó el cartón. Estaba completamente vacío, y no creía que el Pelirrojo le mintiese a ese respecto. Les había dicho a los detectives que cogiesen lo que quisieran de la cocina y, a juzgar por la escasa cantidad de latas de Diet Rite que quedaban, se lo habían tomado al pie de la letra.

Sonó el teléfono. Faith miró el reloj que había encima de la cocina. Eran las siete en punto de la mañana.

—Probablemente será mi jefa —le dijo al Pelirrojo, pero él esperó a que respondiese la llamada.

—No hay noticias —dijo Amanda.

Faith le hizo un gesto al detective.

—¿Dónde estás?

Amanda no respondió a esa pregunta.

—¿Cómo se lo ha tomado Jeremy?

—Todo lo bien que se puede esperar.

Faith no añadió nada más. Miró para asegurarse de que el Pelirrojo estaba en el salón y luego abrió el cajón de la cubertería. Las cucharas estaban colocadas del revés, con el mango plano hacia la derecha en lugar de a la izquierda. Los tenedores estaban boca abajo. Las puntas señalaban la parte delantera del cajón, no la trasera. Faith parpadeó, perpleja ante lo que estaba viendo.

—¿Te has enterado de lo que le ha pasado a Boyd? —preguntó Amanda.

—Will me lo dijo anoche. Lo lamento. Sé que hizo algunas cosas mal, pero era…

Amanda no le dejó terminar la frase:

—Sí, lo era.

Faith abrió el cajón de los trastos. Todos los bolígrafos habían desaparecido. Los guardaba cogidos con una goma roja y

193

los colocaba en la esquina inferior derecha. Siempre estaban en ese cajón. Buscó entre los cupones, las tijeras y las llaves sin identificar. No estaban.

—¿Sabías que habían trasladado a Zeke?

—Tu madre trataba de protegerte.

Faith abrió el otro cajón de los trastos.

—Por lo que veo, trataba de protegerme de muchas cosas.

Miró en el fondo y encontró los bolígrafos. La gomilla que los sujetaba era amarilla. ¿La había cambiado ella? Faith recordó vagamente que la gomilla se había roto no hace mucho, pero habría jurado sobre la Biblia que luego los hacía sujetado con la gomilla roja del brócoli que había comprado en el supermercado aquel mismo día.

—¿Faith? —preguntó Amanda con tono tenso—. ¿Qué te pasa? ¿Ocurre algo?

—Estoy bien. Solo que… —Trató de pensar en una excusa. No podía creerlo. Estaba dispuesta a ocultarle a Amanda que los secuestradores se habían puesto en contacto, que le habían dejado algo de Evelyn debajo de la almohada, que sabían muchas cosas de Jeremy, que habían toqueteado su cubertería—. Es temprano y no he dormido nada bien.

—Tienes que cuidarte. Come bien. Duerme todo lo que puedas. Y bebe mucha agua. Sé que es duro, pero ahora tienes que ser fuerte.

Ella notó que estaba a punto de estallar. No sabía si estaba hablando con su jefa o con la tía Mandy, pero fuese quien fuese se podía ir a tomar por culo.

—Sé cuidar de mí misma —dijo.

—Me alegra que creas eso, pero no parece que sea así, al menos por lo que veo.

—¿Estaba involucrada en algo, Mandy? ¿Estaba metida en problemas porque…?

—¿Quieres que vaya a verte?

—¿No estás en Valdosta?

Amanda se quedó callada. Faith había traspasado la raya. O puede que su jefa fuese lo bastante lista como para recordar que le estaban grabando la conversación. En ese momento, no le importaba. Miró la gomilla de color amarillo, preguntándose si se le estaba yendo la olla. Probablemente, su nivel de azúcar estaba bajo: veía un poco borroso y tenía la boca seca. Abrió la nevera de nuevo y cogió el cartón de zumo de naranja. Seguía vacío.

—Piensa en tu madre —dijo Amanda—. Querría que fueras fuerte.

Si supiera que estaba a punto de perder la cabeza por una gomilla de color amarillo...

—Estoy bien —respondió.

—Conseguiremos encontrar a tu madre, y nos aseguraremos de que quien lo ha hecho lo pague. Puedes estar segura.

Faith abrió la boca para decirle que le importaba un comino lo que pudiera pasarle al culpable, pero Amanda ya había colgado.

Tiró el cartón de zumo de naranja a la basura. Había una bolsa de caramelos de emergencia en el armario. Tiró de ella y los caramelos se cayeron al suelo. Habían rajado la parte inferior de la bolsa.

El Pelirrojo regresó y se agachó para ayudarla a cogerlos.

—¿Va todo bien?

—Sí.

195

Faith tiró un puñado de caramelos sobre la encimera y salió de la cocina. Le dio al interruptor del salón, pero las luces no se encendieron. Volvió a darle, pero seguían sin ir. Miró la bombilla de la lámpara, la giró y se encendió. Hizo lo mismo con la otra lámpara, notando como el calor irradiaba sus dedos.

Se dejó caer en el sillón. Su humor bajaba y subía como las escalas de un piano. Sabía que tenía que comer algo, medirse el nivel de azúcar y hacer los ajustes debidos. Su cerebro no podía funcionar bien hasta que lo nivelase. Sin embargo, ahora que estaba sentada, no tenía fuerzas para moverse.

El sofá estaba enfrente de ella. Zeke había doblado las mantas formando un cuadrado perfecto y las había colocado encima de la almohada. Vio la mancha roja en el cojín gris donde Jeremy había derramado algo de zumo hacía más de quince años. Sabía que, si le daba la vuelta, encontraría la mancha azul de un polo que se le había caído dos años después. Si le daba la vuelta al cojín sobre el que estaba sentada, vería un rasgón que había hecho con los tacos de las botas de fútbol. La alfombra del suelo estaba desgastada de tanto entrar en la cocina y salir de ella. Las paredes eran de color amarillento, como la cáscara de huevo, y las habían pintado durante una de sus vacaciones el año anterior.

Faith pensó seriamente que estaba perdiendo la cabeza. Jeremy era demasiado mayor para ese tipo de juegos, y a Zeke nunca le habían gustado las guerras psicológicas. Él la mataría a golpes antes de aflojar un par de bombillas. Además, ninguno de ellos estaba de humor para ese tipo de travesuras. Lo que estaba pasando no podía deberse exclusivamente a su nivel de azúcar. Los bolígrafos, la cubertería, las lámparas, solo ella podía darse cuenta de esos detalles. Si se lo contaba a alguien, pensaría que se estaba volviendo loca.

Miró al techo y luego a los estantes que había en la pared, encima del sofá. Bill Mitchell había coleccionado todo tipo de baratijas. Tenía un salero que era una chica hawaiana, unas gafas de sol con la forma del monte Rushmore, una corona de espuma de la estatua de la Libertad y una cuchara de plata esmaltada donde aparecían los paisajes más destacados del Gran Cañón. Sin embargo, lo que más apreciaba era la colección de bolas de nieve. Cada vez que viajaba por carretera o cogía un avión, buscaba una bola de nieve como recordatorio de esa ocasión.

Cuando su padre falleció, todos sabían que esa colección pasaría a Faith. De niña, le encantaba sacudir las bolas y ver cómo caía la nieve. El orden dentro del caos. Eso era algo que tenía en común con su padre. Llevada por un arrebato de ostentación, había pedido que le hicieran unos estantes especiales para las bolas, y había advertido tantas veces a Jeremy de que no rompiese ninguna que durante un mes se apartó todo lo posible cada vez que iba a la cocina.

Aquella mañana, cuando se sentó en el salón, miró los estantes y vio que alguien había colocado las treinta y seis bolas de nieve mirando hacia la pared.

196

Capítulo nueve

Sara se preguntó si era una peculiaridad sureña que los niños pequeños se pusiesen malos durante esa media hora que hay entre las clases de catequesis y los servicios religiosos. La mayoría de sus primeros pacientes habían enfermado durante ese periodo tan especial. Dolores de barriga, de oídos, malestar general…, nada que pudiese detectarse con una prueba de sangre o una radiografía, pero que se curaba fácilmente comprándoles unos cuadernos de dibujo o viendo los dibujos animados en televisión.

Sobre las diez de la mañana, los problemas adquirieron un tono más serio. Los casos se presentaron en rápida sucesión, y eran de los que ella detestaba, porque se podían haber evitado fácilmente. Un niño había ingerido veneno para ratas que había encontrado debajo del armario de la cocina; otro tenía quemaduras de tercer grado por haber tocado una sartén que estaba sobre el fuego; una adolescente a la que se vio obligada a encerrar en la sala de confinamiento porque su primer porro de marihuana le había provocado un brote psicótico. Más tarde, una chica de diecisiete años se presentó con fractura de cráneo; al parecer seguía borracha cuando regresó a casa aquella mañana, y terminó empotrando el coche contra un autobús aparcado. Aún estaba en el quirófano, pero Sara pensaba que, aunque controlasen el hematoma cerebral, ya no volvería a ser la misma.

A eso de las once, quería volver a la cama y dar el día por finalizado.

Trabajar en un hospital era mantener una constante negociación. Si se lo permitías, aquel trabajo podía absorber gran parte de tu vida. Sara aceptó trabajar en el hospital Grady a sabiendas y de buen grado, pues no quería tener una vida propia después de que su marido falleció. Durante el último año, sin embargo, había estado reduciendo su horario en el servicio de urgencias. Mantener un horario regular era realmente difícil, pero, aun así, estaba dispuesta a enfrentarse a esa batalla todos los días.

Era una forma de supervivencia. Todos los médicos llevaban un cementerio en su interior. Los pacientes a los que había ayudado —la pequeña a la que le había lavado el estómago, o el niño al que le había curado las quemaduras de los dedos— solo eran pequeños destellos de alegría. Sara se acordaba sobre todo de aquellos a los que había perdido: el chico que falleció lenta y dolorosamente de leucemia, el niño de nueve años que tardó dieciséis horas en morir por haber ingerido anticongelante, o el crío de once que se rompió el cuello al tirarse de cabeza a una piscina poco profunda. A todos los llevaba en su interior, recordándole constantemente que, por mucho que se intentase, a veces —demasiadas veces— no resultaba bastante.

Sara se sentó en el sofá que había en la sala de médicos. Tenía algunos asuntos pendientes que debía poner al día, pero necesitaba un minuto de reposo. La noche anterior había dormido menos de cuatro horas. Will no fue el motivo por el cual no pudo desconectarse. Había estado pensando en Evelyn Mitchell y en su banda de policías corruptos. La culpabilidad de esa mujer le rondaba por la cabeza, y escuchaba constantemente en sus oídos las palabras de Will: o bien Evelyn Mitchell había sido una jefa muy mala, o bien era una policía corrupta. No había término medio.

Es probable que esa fuera la razón por la que no había llamado a Faith para preguntarle cómo se encontraba. Faith, técnicamente, era paciente de la doctora Delia Wallace, pero ella sentía una extraña responsabilidad por la compañera de Will. Ocupaba sus pensamientos como Will durante esos últimos días. De forma tediosa y nada placentera.

Nan, una de las estudiantes de enfermería, se apoltronó en el sofá, al lado de Sara. Jugueteaba con su BlackBerry mientras le dijo:

—Cuéntame lo que pasó en tu cita.

Sara forzó una sonrisa. Esa mañana, cuando llegó al hospital, se había encontrado un enorme ramo de flores esperándola en la sala de médicos. Al parecer, Dale Dugan había comprado todos los claveles y velos de novia de la ciudad. Casi todos los miembros del servicio de urgencias hicieron algún tipo de comentario antes incluso de que se pusiese la bata. A todos parecía interesarles el romance de la viuda enamorada.

—Es un hombre muy amable —le dijo Sara a la chica.

—Él dice lo mismo de ti —respondió Nan, dibujando una sonrisa un tanto pícara mientras escribía un mensaje por correo electrónico—. Me lo encontré en el laboratorio. Es un tío guay.

Sara observaba cómo la chica movía los pulgares, sintiéndose más vieja que Matusalén. Ni tan siquiera recordaba haber sido tan joven. Tampoco imaginaba a Dale Dugan sentado y chismorreando con esa chica joven y alocada.

Nan levantó la vista.

—Dijo que eras fascinante, que os lo pasasteis muy bien y que os disteis un beso.

—¿Le estás escribiendo?

—No —respondió poniendo los ojos en blanco—. Me lo dijo en el laboratorio.

—Fantástico.

Sara no sabía cómo solucionar el asunto de Dale, ya que, o bien estaba confundido, o bien era un mentiroso patológico. En cualquier caso, debía de hablar con él. Las flores ya eran de por sí un mal presagio. Tenía que quitarle la venda de los ojos. Se preguntó por qué el hombre que le gustaba no estaba disponible, y por qué el que estaba disponible no le gustaba. Si seguía haciéndose ese tipo de preguntas, su vida se convertiría en un culebrón.

Nan empezó a escribir otro mensaje.

—¿Quieres que le diga algo de lo que has dicho?

—No he dicho nada.

—No, pero podrías.

—Bueno… —Sara se levantó del sofá. Era más fácil cuando podías dejar una nota en la taquilla de la otra persona—. Voy a aprovechar que la cosa está tranquila para irme a comer.

En lugar de ir a la cafetería, dobló a la izquierda, hacia los ascensores. Casi la derribaron con una camilla que pasó a toda prisa por el pasillo. Apuñalamiento. El cuchillo aún estaba clavado en el pecho del paciente. El personal de emergencias gritaba que le había afectado los órganos vitales, y los médicos daban órdenes. Sara pulsó el botón del ascensor y esperó hasta que las puertas se abrieron.

El hospital se había fundado durante la última década del siglo XIX, y estuvo ubicado en cuatro localizaciones diferentes hasta que, finalmente, se situó en Jesse Hill Jr. Drive. La constante mala gestión, la corrupción y la clara incompetencia hacían que la gente creyese que en cualquier momento podía cerrarse. El edificio en forma de U se había ampliado, remodelado, derribado y renovado tantas veces que estaba segura de que ya nadie llevaba la cuenta. Los terrenos que había alrededor se inclinaban en dirección a la Universidad Estatal de Georgia, la cual compartía su zona de aparcamiento con el hospital. Las entradas de las ambulancias para el servicio de emergencia se unían con la interestatal en lo que se llamaba la Grady Curve, y estaban en una planta superior a la entrada principal. Durante la época de Jim Crow, el hospital recibió el nombre de Grady porque el ala de los blancos estaba a un lado, mirando a la ciudad, y la de los afroamericanos en el lado opuesto, mirando a la nada.

Margaret Mitchell fue ingresada allí urgentemente, y falleció a los cinco días, después de que un conductor ebrio la atropellara en Peachtree Street. A las víctimas de las bombas del Centennial Olympic Park también las trataron en ese hospital. El Grady seguía siendo el único centro de traumatología de nivel 1 de la zona. A las víctimas con lesiones graves las ingresaban allí para que recibiesen tratamiento, lo que implicaba que la Oficina Forense de Fulton County dispusiese de una oficina satélite para procesar a las personas que entraban en el depósito de cadáveres. Siempre había dos o tres cuerpos esperando que los transportasen. Cuando Sara empezó a trabajar como médica forense de Grant County, se había formado en el departamento que estaba en el centro de la ciudad, en Pryor Street. Siempre andaban escasos de personal, y tuvo que pasar mucho tiempo del que le correspondía para comer reenviando los cuerpos a Grady.

Cuando las puertas del ascensor se abrieron, George, uno de los guardias de seguridad, salió. Su corpulencia ocupó toda la entrada. Había sido jugador de rugby hasta que un tobillo dislocado le convenció de que debía buscar otra alternativa profesional.

—Doctora Linton —saludó mientras le sostenía las puertas para que pasase.

—George.

Le guiñó un ojo y ella le respondió con una sonrisa.

Había una pareja joven en el interior. Se abrazaron mientras el ascensor bajaba una planta. Ese era otro de los inconvenientes que tenía trabajar en el hospital. Miraras donde miraras, siempre veías a alguien pasando uno de los peores días de su vida. Puede que ese fuese el cambio que necesitaba darle a su vida, no vender el apartamento y trasladarse a una casa coqueta, sino volver de nuevo a ejercer la medicina de forma privada, donde la única emergencia que se presentaba era decidir qué representante farmacéutico te iba a pagar la comida.

La temperatura era mucho más baja dos plantas más abajo, en el subsótano. Sara se abrochó la bata al pasar por el departamento de expedientes médicos. A diferencia de los viejos tiempos, cuando trabajó como interna en Grady, no había necesidad de hacer cola para conseguir un historial. Ahora todo estaba automatizado. La información de los pacientes se encontraba en pantallas que funcionaban con la red interna del hospital. Las radiografías se encontraban en los monitores más grandes de las habitaciones, y todos los medicamentos estaban codificados en las pulseras de los pacientes. Al ser el único hospital de Atlanta financiado con fondos públicos, el Grady siempre estaba a punto de la bancarrota, pero al menos intentaba modernizarse.

Sara se detuvo delante de la puerta doble y gruesa que separaba el depósito de cadáveres del resto del hospital. Pasó la tarjeta por delante del lector. Cuando se abrieron las puertas aisladas de acero, hubo un repentino cambio de presión atmosférica.

201

El ayudante se sorprendió al ver a Sara en ese recinto. Tenía todo el aspecto gótico que se podía tener llevando un uniforme azul de hospital. Había algo en él que le daba el aspecto de ser demasiado guay para ese trabajo. Llevaba el pelo teñido de negro recogido en una coleta, unas gafas que parecían haber pertenecido a John Lennon y los ojos pintados como Cleopatra. A Sara, sin embargo, le recordaba a Spike, el hermano de Snoopy, por su prominente estómago y su aspecto de Fu Manchú.

—¿Se ha perdido?

—Junior —dijo Sara leyendo su nombre en la etiqueta. Era joven, probablemente de la edad de Nan—. Quería saber si hay alguien de la oficina forense de Fulton.

—Larry. Está cargando en la parte de atrás. ¿Desea algo?

—No, solo quedarme con su cerebro.

—Bueno, pues que tenga suerte si lo encuentra.

Un hombre hispano y delgado salió de la habitación de detrás. La bata le colgaba como un albornoz de baño. Era de la misma edad que Junior, lo que significaba que le habían quitado los pañales unas semanas antes.

—Muy gracioso, jefe —dijo dándole un golpe en el brazo a Junior—. ¿Qué puedo hacer por usted, doctora?

Las cosas no estaban saliendo como las había planeado.

—Nada. Siento haberos molestado, muchachos —respondió Sara. Se dio la vuelta para marcharse, pero Junior la detuvo.

—Usted es la nueva novia de Dale, ¿no es verdad? Dijo que era alta y pelirroja.

Sara se mordió el labio. ¿Qué les había dicho Dale a esos niñatos?

Junior dibujó una sonrisa.

—La doctora Linton, si no me equivoco.

Podía haberle mentido, pero llevaba la etiqueta colgando de la chaqueta, así como su nombre grabado en el bolsillo del pecho. Además, era la única doctora pelirroja del hospital.

—Estaré encantado de ayudar a la nueva novieta de Dale —dijo Larry.

—Por supuesto —añadió Junior.

Sara sonrió.

—¿De qué conocéis a Dale vosotros dos?

—Del béisbol —dijo Larry fingiendo que lanzaba un disparo—. ¿A qué se debe su emergencia?

—No es una emergencia —dijo antes de darse cuenta de que se estaba haciendo el gracioso—. Quería hacer una pregunta sobre el tiroteo de ayer.

—¿Cuál?

Ya no estaba bromeando. Preguntar por un tiroteo en Atlanta era como preguntar por un borracho en un partido de rugby.

—El de Sherwood Forest. Hubo una agente involucrada.

Larry asintió.

—Fue una pasada. El tío tenía el estómago lleno de H.

—¿De heroína?

—Sí, metida en bolas. El disparo las hizo estallar como... —Se detuvo y le preguntó a Junior—: Tío, ¿cómo se llaman esas cosas que tienen azúcar dentro?

—¿Dip Stick?

—No.

—¿Es chocolate?

—No, tío, como esas pajas de papel.

Sara intervino.

—¿Pixie Stix?

—Eso. El tío murió de un subidón.

Sara esperó a que los dos intercambiasen unos cuantos saludos con los puños.

—¿Te refieres al asiático?

—No, al puertorriqueño. Ricardo —respondió poniendo un énfasis exótico en las erres.

—Creía que era mexicano.

—¿Acaso no nos parecemos?

Sara no supo cómo responderle.

Larry se rio.

—Perdona, estaba bromeando. Es puertorriqueño, como mi madre.

—¿Sabes su apellido?

—No. Pero llevaba un tatuaje de los Ñetas en la mano. —Señaló la zona que hay entre el pulgar y el dedo índice—. Es un corazón con una Ñ en medio.

203

—¿Los Ñetas? —Sara jamás había oído ese nombre.

—Son una banda de Puerto Rico. Unos chiflados que quieren independizarse de Estados Unidos. Mi madre estaba metida en esa mierda cuando nos marchamos. Lo único que queríamos era librarnos del Gobierno de los opresores colonialistas. Luego llegamos aquí y ella se pasaba el día diciendo: «Me voy a comprar una tele de plasma como la de la tía Frieda». Palabrería.

Otro saludo con los puños.

—¿Estás seguro de que eso de la Ñ dentro de un corazón es el símbolo de una banda?

—Uno de ellos. Todo el que se mete en la banda tiene que traer a alguien consigo.

—Como los Wiccanos —añadió Junior.

—Eso. Muchos se salen o se pasan a otra. Ricardo no llevaría mucho tiempo. No lleva los dedos. —Larry levantó de nuevo la mano y cruzó el dedo índice por delante del dedo medio—. Normalmente, de esta forma, con la bandera puertorriqueña alrededor de la muñeca. Luchan por la independencia. O al menos eso dicen.

Sara recordó lo que le había dicho Will.

—¿Pensaba que Ricardo llevaba el tatuaje de los Texicanos en el pecho?

—Sí. Como le he dicho, muchos se salen o se cambian de banda. Debió cambiarse. Aquí los Ñetas no tienen tanta fuerza como los Texicanos. —Soltó aire entre los dientes y añadió—: Dan miedo, tío. Los Texicanos esos no se andan con chiquitas.

—¿Saben todo eso los del Departamento Forense?

—Les enviaron fotos a la unidad de bandas. Los Ñetas son la principal organización en Puerto Rico. Seguro que los tienen en su Biblia.

La Biblia era el libro que los agentes empleaban para hacer un seguimiento de los símbolos y movimientos de las bandas.

—¿Encontraron algo en los asiáticos?

—Uno era estudiante. Una especie de genio de las matemáticas. Había ganado varios premios.

Sara recordó la foto que había salido en los periódicos de Hironobu Kwon.

—¿No estaba en la Universidad Estatal de Georgia?

Esa universidad no era mala, pero un genio terminaría en el Instituto Tecnológico de Georgia.

—Es lo que sé. Ahora están examinando al otro. El apartamento incendiado nos ha dado mucho trabajo. Nos han llegado seis cuerpos. —Sacudió la cabeza—. Dos perros. Tío, odio que mueran los perros.

—Yo también, colega.

—Gracias —dijo Sara—. A los dos.

Junior se golpeó el pecho con el puño.

—Sea buena con mi colega Dale.

Ella se marchó antes de que empezasen a intercambiar más saludos con el puño. Se metió la mano en el bolsillo, tratando de encontrar el móvil mientras bajaba hacia la entrada. La mayor parte de la plantilla portaba tantos artefactos electrónicos que probablemente morirían por las radiaciones. Ella tenía una BlackBerry para recibir los informes del laboratorio y las llamadas del hospital, y un iPhone para su uso personal. Su móvil del hospital era un modelo abatible que había pertenecido a alguien con las manos muy pegajosas. Además de eso, llevaba dos buscas abrochados al bolsillo de la chaqueta, uno para el servicio de urgencias y otro para la sala de pediatría. Su teléfono personal era muy fino, y normalmente era el último que encontraba, como esta vez.

Fue pasando la lista de teléfonos hasta que se detuvo en el de Amanda Wagner, pero luego retrocedió hasta el de Will Trent. Sonó dos veces antes de que respondiese.

—Trent.

Sara se quedó inexplicablemente muda al oír el sonido de su voz. Podía oír el viento soplar y el sonido de niños jugando.

—¿Dígame?

—Hola, Will. Lamento interrumpirte. —Se aclaró la garganta—. Te llamo porque he hablado con alguien de la oficina forense, como me pediste. —Notó que se sonrojaba—. Bueno, como me pidió Amanda.

Will murmuró algo, probablemente a Amanda.

—¿Qué has averiguado?

—La víctima de los Texicanos, Ricardo. Aún no saben su apellido, pero probablemente era puertorriqueño. —Esperó a que Will le pasase esa información a Amanda, quien hizo la misma pregunta que había hecho ella. Sara respondió—: Tenía un tatuaje de una banda en la mano, los Ñetas, que son de Puerto Rico. El hombre con el que he hablado me ha dicho que probablemente se cambió a los Texicanos cuando llegó a Atlanta. —Volvió a esperar que se lo transmitiese a Amanda—. También me dijo que tenía el estómago lleno de heroína.

—¿Heroína? —Su voz se elevó por la sorpresa—. ¿Cuánta?

—No lo sé. El hombre con el que hablé me dijo que la llevaba en bolas. Cuando Faith le disparó, le explotaron. Eso habría bastado para matarle.

Will le pasó la información a Amanda y luego respondió:

—Amanda te da las gracias por lo que has hecho.

—Siento no haber conseguido nada más.

—Es más que suficiente. —Se detuvo para clarificar—. Gracias, doctora Linton. Su información nos resultará de mucha utilidad.

Sabía que no podía hablar delante de Amanda, pero ella no quería dejar de hablar con él.

—¿Cómo va la investigación?

—Lo de la prisión ha sido una pérdida de tiempo. Ahora estamos fuera de la casa de Hironobu Kwon. Vivía con su madre en Grant Park. —Estaba a menos de quince minutos del hospital—. La vecina dice que su madre estará a punto de regresar. Creo que está haciendo algunos arreglos. Vive enfrente del zoológico. Hemos tenido que aparcar muy lejos. Bueno, yo, porque Amanda me hizo dejarla en la puerta. —Se detuvo para respirar—. ¿Cómo estás?

Sara sonrió. Will parecía tan interesado en seguir hablando como ella...

—¿Has dormido algo?

—No mucho. ¿Y tú?

Sara intentó decir algo coqueto, pero se contuvo.

La voz de Amanda sonó demasiado amortiguada para poderla entender, pero captó el tono.

—Te llamaré más tarde —dijo Will—. Gracias de nuevo, doctora Linton.

Sara se sintió estúpida cuando colgó. Quizá debería volver a la sala y chismorrear con Nan.

O quizá debería ir a hablar con Dale Dugan y aclarar las cosas antes de que ambos se sintiesen más avergonzados. Cogió su BlackBerry, buscó la dirección de correo electrónico de Dale y la metió en su iPhone. Le pediría que se encontrasen en la cafetería para poder hablar del asunto, aunque quizá fuese más conveniente en el aparcamiento, pues no quería suscitar más chismorreos.

La campana del ascensor sonó al llegar a la planta de arriba, donde vio a Dale. Se estaba riendo con una de las enfermeras. Junior seguro que le había dicho que ella había bajado. Sara se acobardó y abrió la primera puerta que se encontró, que resultó ser del Departamento de Informes. Dos mujeres mayores con la permanente recién hecha estaban sentadas a sus escritorios, tras un montón de historiales clínicos. Mecanografiaban a tanta velocidad en los teclados de sus ordenadores que apenas vieron a Sara.

—¿Qué desea? —preguntó una de ellas dándole la vuelta a la página que tenía delante.

Sara se quedó inmóvil, sin saber qué decir. Se dio cuenta de que había estado pensando en el Departamento de Informes desde que entró en el ascensor. Se guardó el iPhone en el bolsillo de la chaqueta.

—¿Qué desea? —volvió a preguntarle la mujer.

Ambas la estaban mirando en ese momento.

Sacó su carné del hospital.

—Necesito un informe antiguo, de mil novecientos... —Calculó mentalmente—. ¿Del 76, probablemente?

La mujer le dio un lápiz y un papel.

—Dígame el nombre. Será más fácil.

Cuando escribió el nombre de Will sabía que lo que estaba haciendo no estaba bien, y no solo porque estuviese quebrantando las leyes de privacidad federal y arriesgándose a que la expulsaran de inmediato. Will había estado en el orfanato de Atlanta desde pequeño. No podía haber tenido un médico de cabecera, así que cualquier problema habría sido tratado en el Grady. Todo su historial infantil estaría allí, y Sara estaba utilizando su carné para poder acceder a él.

—¿No sabe su segundo nombre? —preguntó la mujer.

Negó con la cabeza. No le salían las palabras.

—Deme un minuto. Eso aún no está en el ordenador; de ser así podría verlo en su tableta. Acabamos de empezar a informatizar el año 1970.

Se levantó de la silla y cruzó una puerta en la que ponía SALA DE ARCHIVOS antes de que ella pudiera decirle que lo dejase.

La otra mujer continuó mecanografiando; con aquellas uñas larguísimas, hacía el ruido que haría un gato corriendo por un suelo de loza. Sara miró sus zapatos y vio que estaban manchados de Dios sabía qué. Mentalmente, buscó a los posibles culpables, pero, por mucho que lo intentase, no podía quitarse de la cabeza que lo que estaba haciendo era, sin duda, lo menos ético que había hecho en su vida. Además, era una completa traición a la confianza de Will.

Y no podía ni quería hacerlo. Eso no era propio de ella. Por lo general, era una persona honesta y sincera. Si quería saber algo sobre su intento de suicidio, o acerca de cualquier otro aspecto de su infancia, debía preguntarle, no hacer las cosas a sus espaldas y mirar su historial médico.

La mujer regresó.

—No he encontrado a ningún William, pero sí a uno llamado Wilbur. —Llevaba un archivo debajo del brazo—. Es del año 1975.

Sara había usado historiales médicos en papel durante gran parte de su carrera. La mayoría de los niños sanos tenían un historial de unas veinte páginas cuando llegaban a los dieciocho. Los no muy sanos de unas cincuenta. El historial de Will era sorprendentemente grueso. Una gomilla sujetaba las hojas amarillentas y blancas.

—No tiene nombre del padre —dijo la mujer—. Estoy segura de que tuvo alguno en su momento, pero muchos niños de esos lo pierden por el camino.

—Ellis Island y Tuskegee se unieron en uno solo.

Sara cogió el archivo, pero luego se detuvo. Se quedó con la mano flotando en el aire.

—¿Se encuentra bien, señorita? —La mujer miró a su compañera y luego a Sara—. ¿Quiere sentarse?

Ella dejó caer la mano.

—Creo que, después de todo, no lo necesito. Perdone que le haya hecho perder el tiempo.

—¿Está segura?

Sara asintió. Hacía tiempo que no se había sentido tan mal. Incluso su encuentro con Angie Trent no la había hecho sentir tan culpable.

—Disculpe las molestias.

—No tiene importancia. Me ha sentado bien levantarme.

Hizo además de ponerse el informe debajo del brazo, pero la gomilla se rompió y todos los papeles cayeron al suelo.

Sara se agachó automáticamente para ayudarla. Juntó todos los papeles, esforzándose por no leerlos. Había informes de laboratorio impresos en matrices, montones de anotaciones y lo que parecía un antiguo informe de la policía de Atlanta. Arrugó los ojos, tratando de no leer ni una sola palabra.

—Mire eso.

Sara levantó la vista. Fue un gesto natural. La mujer sostenía una Polaroid en la mano. Se veía un primer plano de la boca del chico. Tenía una regla plateada y pequeña al lado de la laceración que le cruzaba el ancho del surco nasolabial, ese espacio que hay entre el labio superior y la nariz. La herida no se la había hecho por haberse caído o chocado. El impacto había sido lo bastante significativo como para partirle la carne por la mitad, llegándole hasta los dientes. Tenía la piel colgando e irritada. Sara estaba más acostumbrada a ver esos tipos de puntos en un depósito de cadáveres que en la cara de un niño.

—Apuesto a que formó parte del estudio poliglicólico —dijo la mujer enseñándole la foto a su compañera.

—El ácido poliglicólico —le explicó a Sara—. El Grady realizó un estudio sobre los diferentes tipos de suturas absorbibles que estaban desarrollando en la universidad. Seguro que fue uno de esos niños que padeció una reacción alérgica. Pobre muchacho. —Continuó mecanografiando—. Parece que le hubiesen puesto un puñado de sanguijuelas.

209

—¿Se encuentra bien, señorita? —preguntó la otra mujer.

Sara sintió que se iba a marear. Se levantó y salió de la habitación. No paró de andar hasta que no recorrió dos tramos de escaleras y salió para tomar un poco de aire.

Estuvo andando delante de la puerta cerrada. Sus emociones pasaban de la rabia a la vergüenza. Era solo un niño. Lo habían admitido para el tratamiento y habían experimentado con él como si fuese un animal. Probablemente no sabía ni lo que habían hecho con él. Sara habría preferido no saberlo tampoco, pero lo tenía bien merecido por meter las narices donde no la llamaban. No debía haber pedido su historial, pero lo había hecho y ahora no había forma de quitarse esa imagen de la cabeza. Le habían cosido su bonita boca con una sutura que no había cumplido los requisitos más básicos para ser aprobada por el Gobierno.

Esa fotografía permanecería en su recuerdo hasta el día de su muerte. Tenía lo que se merecía.

—Hola.

Se dio la vuelta. Vio a una mujer joven detrás de ella. Estaba sumamente delgada. El pelo rubio y grasiento le llegaba hasta la cintura. Se rascaba los pinchazos recientes que tenía en los brazos.

—¿Es usted médica?

Sara se puso en guardia. Los yonquis merodeaban por el hospital, y algunos podían ser agresivos.

—Si necesitas tratamiento, debes ir dentro.

—Yo no. Es para el chico ese que está allí. —Señaló el contenedor que había en una esquina, detrás del hospital. Incluso a plena luz del día, el lugar estaba bastante sombrío por la oscura fachada del edificio—. Lleva allí toda la noche. Creo que está muerto.

Sara moderó su tono.

—Vamos dentro y hablaremos.

Los ojos de la chica irradiaban rabia.

—Escuche. Estoy intentando hacer lo que debo. No tiene por qué hablarme con ese aire de superioridad.

—Yo no he…

—Espero que te pegue el sida, so puta.

Se marchó, lanzando más insultos.

—Dios santo.

Sara respiró, preguntándose si el día podía ir peor. Echaba de menos los modales de la buena gente del campo, cuando hasta los yonquis la llamaban «señora». Empezó a caminar para entrar de nuevo en el hospital, pero se detuvo. La chica podía estar diciendo la verdad.

Fue hacia el contenedor, sin acercarse demasiado por si acaso el cómplice de la chica estaba escondido en el interior. La basura no se recogía durante los fines de semana, por eso había cajas y bolsas de plástico esparcidas por el suelo. Sara se acercó. Había alguien tendido debajo de una bolsa azul de plástico. Vio una mano. Tenía un profundo corte en la palma. Sara dio otro paso hacia delante y se detuvo. Trabajar en el Grady había hecho que se volviese extremadamente cautelosa. Podía ser una trampa. En lugar de acercarse al cuerpo, se dio la vuelta y corrió hacia la entrada de ambulancias para buscar ayuda.

Había tres sanitarios charlando. Los condujo hasta la parte trasera y ellos la siguieron con una camilla. Sara apartó la basura. El hombre respiraba, pero estaba inconsciente. Tenía los ojos cerrados. Su piel oscura tenía un tono amarillento. La camiseta estaba empapada de sangre, obviamente por una profunda herida en el abdomen. Sara le puso la mano en la carótida, y vio que en el cuello tenía un tatuaje que le resultó familiar: una estrella tejana con una serpiente de cascabel alrededor.

Era el hombre desaparecido con sangre del tipo B negativo del que le había hablado Will.

—Llevémoslo dentro —dijo uno de los sanitarios.

Sara corrió al lado de la camilla mientras ellos llevaban el hombre al hospital. Escuchó a los sanitarios decir que le había tocado los órganos vitales mientras ella le ponía una gasa en el vientre. La entrada de la herida era muy fina, hecha probablemente con un cuchillo de cocina. El borde estaba áspero por la sierra. Había poca sangre fresca, lo que indicaba una hemorragia interna. El abdomen estaba inflamado, y el olor tan característico a sangre podrida le dijo que había poco que hacer por él.

Un hombre alto y vestido con traje oscuro corría a su lado.

211

—¿Cree que saldrá de esta?

Sara miró a su alrededor, buscando a George, pero no veía por ningún lado al guardia de seguridad.

—Quítese de en medio.

—Doctora... —Levantó su cartera, y Sara vio el destello de su placa de oro—. Soy policía. ¿Cree que saldrá de esta?

—No lo sé —respondió ella presionando la gasa sobre la herida. Luego, pensando que el paciente podía oírla, añadió—: Es posible.

El policía se detuvo. Sara volvió la mirada, pero había desaparecido. El equipo de traumatología empezó a trabajar de inmediato. Le cortaron la ropa, le extrajeron sangre, le conectaron a diversas máquinas, sacaron una bandeja con equipo quirúrgico y acercaron el carro de emergencia.

Sara pidió dos goteos para introducir los fluidos. Comprobó las vías respiratorias, su ritmo respiratorio y la circulación. La velocidad con la que se movían los sanitarios y las enfermeras descendió considerablemente cuando se dieron cuenta de lo que tenían delante. El equipo fue menguando hasta quedar reducido a una sola enfermera.

—No tiene cartera —dijo la mujer—. Tiene los bolsillos vacíos.

—¿Señor? —Sara intentó abrir los ojos del hombre.

Tenía las pupilas fijas y dilatadas. Lo examinó para ver si tenía alguna herida en la cabeza, presionando suavemente su cráneo en el sentido de las agujas del reloj. Al tocar el occipital, notó una fractura. Luego miró su mano enguantada y vio que no tenía sangre de la herida.

La enfermera corrió la cortina para que el hombre tuviera cierta intimidad.

—¿Traigo los rayos X? ¿Le hago una tomografía computarizada del abdomen?

Sara estaba realizando los típicos trabajos de asistencia.

—¿Puede llamar a Krakauer?

La enfermera se marchó y Sara hizo un examen más profundo del paciente, aunque estaba segura de que Krakauer comprobaría las constantes vitales del hombre y estaría de acuerdo con ella. No había ninguna emergencia. El paciente no podría soportar una anestesia general, y era muy improbable que sobreviviese dadas las lesiones. Lo único que podía hacer era administrarle antibióticos y esperar que se cumpliera su destino.

Alguien descorrió la cortina. Un hombre joven miró en el interior. Iba recién afeitado, llevaba una sudadera negra y una gorra de béisbol hundida en la cabeza.

—No se puede estar aquí —le dijo Sara—. Si está buscando...

El hombre le propinó un puñetazo tan fuerte en el pecho que ella cayó al suelo. Chocó con la espalda contra una de las bandejas y todo el instrumental saltó por los aires: escalpelos, hemostáticos, tijeras. El joven sacó una pistola, apuntó al paciente en la cabeza y le disparó dos veces a quemarropa.

Sara oyó algunos gritos. Era ella, salían de su boca. El hombre le apuntó con el arma a la cabeza y ella se quedó quieta. Él se acercó hasta donde estaba. Sara buscó algo con lo que defenderse y cogió uno de los escalpelos.

El hombre se acercó aún más, lo tenía prácticamente encima. ¿Le iba a disparar o se marcharía? Sara no le dio tiempo a decidirse. Le asestó una cuchillada y le hizo un corte en la parte interna del muslo. El hombre emitió un gruñido y soltó la pistola. Le había hecho una herida muy profunda, y la sangre brotaba de la arteria femoral. El tipo cayó de rodillas. Ambos miraron la pistola al mismo tiempo, pero Sara fue más rápida y le dio una patada para alejarla. El hombre se acercó hasta ella, agarrándole la mano con la que sostenía el escalpelo. Intentó quitárselo de encima, pero la tenía cogida por las muñecas. El pánico la invadió al darse cuenta de lo que pretendía. Le estaba acercando la cuchilla a la garganta. Ella se defendió con ambas manos, tratando de empujarle mientras él acercaba la cuchilla cada vez más.

—Por favor..., no...

Lo tenía encima, empujándola contra el suelo con su peso. Ella le miró los ojos verdes. Los tenía enrojecidos por la rabia y apretaba la boca. Su cuerpo se sacudía tan fuerte que ella lo sentía en su espina dorsal.

—¡Suéltala! —gritó George, el guardia de seguridad, apuntándole con la pistola—. ¡Suéltala, cabrón!

Sara notó que el hombre la aferraba con más fuerza. Las

213

manos de ambos temblaban al empujar en direcciones opuestas.

—¡Suéltala ahora mismo!

—Por favor —rogó Sara. Sus músculos no podían resistir mucho más, le estaban flaqueando las fuerzas.

Sin previo aviso, la presión se detuvo. El hombre le dio la vuelta al escalpelo y lo hundió en su propia carne. Y siguió agarrándola por las manos mientras se clavaba el escalpelo una y otra vez en su propia garganta.

Capítulo diez

Will llevaba tanto tiempo en el coche con Amanda que pensaba que acabaría con el síndrome de Estocolmo. Empezaba a sentir que se estaba ablandando, especialmente después de que Miriam Kwon, la madre de Hironobu Kwon, le escupiese a Amanda en la cara.

Hablando en defensa de la señora Kwon, no podía decir que Amanda hubiese sido muy amable con ella, ya que prácticamente se le habían echado encima en el jardín delantero de su casa, cuando se veía con claridad que venía de hacer los arreglos necesarios para el funeral de su hijo. Al acercarse, vieron que llevaba en la mano folletos con cruces. La calle estaba llena de coches alineados, uno detrás de otro, y ella tuvo que aparcar a bastante distancia. Tenía el rostro mustio y cansado; el aspecto típico de una madre que acababa de elegir un ataúd para su hijo.

Después de transmitirle las obligatorias condolencias de parte del GBI, Amanda se lanzó directamente a su yugular. Por la reacción de la mujer, Will dedujo que no esperaba que deshonrasen el nombre de su hijo de esa forma, por más indignas que fuesen las circunstancias que rodearon su muerte. Los canales de televisión de Atlanta, hasta que se demostrase lo contrario, tenían la costumbre de considerar la muerte de cualquier joven menor de veinticinco años como el lamentable fallecimiento de un buen estudiante. Según sus antecedentes penales, ese estudiante tan honorable había sido muy dado a la ingesta de oxicodona, y lo habían arrestado dos veces por vender esa droga. El hecho de ser un estudiante prometedor le había salvado de ir a la cárcel. El juez le había ordenado que ingresase en un programa de rehabilitación de tres meses, pero, al parecer, no había servido de nada.

Will miró la hora en el móvil. El reciente cambio de hora había hecho que el teléfono marcara las horas al estilo militar, y no tenía ni la más remota idea de cómo volverlo a poner normal. Por fortuna, eran las doce y media, lo que significaba que no tenía que utilizar los dedos para contar, como si fuera un mono.

Tampoco es que tuviese tiempo de sobra para realizar ecuaciones matemáticas. A pesar de que habían viajado casi ochocientos kilómetros esa mañana, no habían conseguido nada. Evelyn Mitchell seguía desaparecida, y ya estaban a punto de cumplirse las primeras veinticuatro horas después de su secuestro. Los cadáveres se amontonaban, y la única pista que habían conseguido procedía de un interno al que habían asesinado antes de que el Estado pudiese ejecutarle.

Su viaje hasta la prisión estatal de Valdosta tampoco sirvió de nada. Los exdetectives de la Brigada de Estupefacientes Adam Hopkins y Ben Humphrey se quedaron mirando a Amanda como si observaran a través de un trozo de cristal. Will ya se lo esperaba, pues cuando, años antes, él mismo había querido interrogarlos, ya se habían negado. Lloyd Crittenden estaba muerto, y resultaría muy difícil localizar a Demarcus Alexander y a Chuck Finn, ya que se habían marchado de Atlanta nada más salir de prisión. Will había hablado con sus agentes de la condicional la noche anterior. Alexander estaba en la Costa Oeste, intentando restablecer su vida; Finn, en Tennessee, sumido en su adicción a la droga.

—Heroína —dijo Will.

Amanda le miró, como si se hubiese olvidado de que estaba en el coche. Se dirigían al norte por la Interestatal 85, en busca de otro delincuente que probablemente se negaría a hablar con ellos.

—Boyd Spivey dijo que Chuck Finn estaba enganchado a la heroína —apuntó Will—. Y, según Sara, Ricardo tenía el estómago lleno de heroína.

—Es una conexión muy tenue.

—Hay otra: la oxicodona casi siempre lleva a la heroína.

—Pistas demasiado endebles. Hoy en día basta tirar una

piedra para que salga un adicto a la heroína. —Amanda suspiró—. Ojalá tuviésemos más piedras.

Will tamborileó los dedos en su pierna. Esa mañana se había guardado algo, esperando coger a Amanda con la guardia baja y sacarle la verdad. Pensó que había llegado el momento oportuno y dijo:

—Héctor Ortiz era el amigo de Evelyn.

Amanda hizo una mueca.

—¿Y qué?

—Es el hermano de Ignatio Ortiz, aunque por la cara que pones veo que ya lo sabías.

—El primo de Ortiz —corrigió Amanda—. ¿Esas observaciones te las ha hecho la doctora Linton?

Will notó que le rechinaban los dientes.

—Tú ya sabías quién era.

—¿Quieres pasar los próximos diez minutos hablando de tus sentimientos o prefieres hacer tu trabajo?

Prefería pasar los próximos diez minutos estrangulándola, pero decidió no decírselo.

—¿Qué hacía Evelyn juntándose con el primo del hombre que controla toda la coca en el sudeste de Estados Unidos?

—Héctor era vendedor de coches. —Amanda le miró. Había algo de humor en sus ojos—. Vendía Cadillacs.

Eso explicaba por qué no había aparecido su nombre cuando Will buscó en la base de propietarios de coches. Conducía el coche de un concesionario.

—Héctor tenía un tatuaje de los Texicanos en el brazo.

—Todos cometemos errores cuando somos jóvenes.

—¿Y qué pasa con la letra «A» que dibujó Evelyn debajo de la silla?

—¿Pensaba que creías que era la punta de una flecha?

—Almeja empieza con la misma letra que Amanda.

—¿De verdad?

—Y en argot significa «puta».

Ella se rio.

—Dios mío, Will, ¿me estás llamando puta?

Si supiera la de veces que había deseado hacerlo.

—Supongo que debo recompensarte por tu buen trabajo policial. —Amanda sacó una hoja de papel doblada del visor y

217

se la dio a Will—. Las llamadas telefónicas que hizo Evelyn en las últimas cuatro semanas.

Will revisó las dos páginas.

—Llamó muchas veces a Chattanooga.

Amanda le lanzó una mirada extraña, y él se la devolvió. Podía leer, no muy rápido, y menos si le estaban mirando. La oficina de campo de la Agencia de Investigación de Tennessee estaba en Chattanooga. Lo sabía porque los había llamado muchas veces para coordinar casos de metanfetaminas cuando trabajaba en el norte de Georgia. El prefijo 423 aparecía al menos una docena de veces en los registros telefónicos de Evelyn.

—¿Hay algo que quieras contarme? —preguntó Will.

Por una vez, Amanda se quedó callada.

Él sacó el móvil para marcar el número.

—No seas estúpido. Es el número de Healing Winds, un centro de rehabilitación.

—¿Para qué llamaba allí?

—Eso mismo me pregunto yo. —Puso el intermitente y cambió de carril—. No pueden revelar información sobre los pacientes.

Will comprobó las fechas. Evelyn había empezado a llamar al centro en los últimos diez días, justo el mismo periodo en que la señora Levy le había dicho que las visitas de Héctor Ortiz se habían incrementado.

—Chuck Finn vive en Tennessee —dijo Will.

—Vive en Memphis. Está a cuatro horas de coche desde el centro de Chattanooga.

—Tiene una adicción muy grave. —Will esperó a que respondiese, pero, al ver que no lo hacía, añadió—: Cuando la gente se rehabilita, a veces quiere librarse de sus pecados. Puede que Evelyn temiese que empezase a hablar.

—Una teoría muy interesante.

—O puede que Chuck pensase que Evelyn se estaba llevando aún un pellizco. Es difícil encontrar trabajo con esos antecedentes penales. Lo echaron del cuerpo, pasó un buen tiempo en prisión, tenía que superar su adicción. Aun estando limpio, nadie se mostraría dispuesto a contratarle, y mucho menos teniendo en cuenta cómo está la economía hoy en día.

Amanda le dio un poco más de información.

—Había ocho huellas diferentes en la casa de Evelyn, sin contar las suyas y las de Héctor. Han identificado tres. Unas pertenecían a Hironobu Kwon, otras a Ricardo, la mula, y otras al de la camisa hawaiana. Se llamaba Benny Choo. Tenía cuarenta y dos años y pertenecía a los Yellow Rebels.

—¿Los Yellow Rebels?

—Es una banda asiática. No me preguntes de dónde sacaron el nombre. Imagino que se sienten orgullosos de ser unos palurdos. La mayoría de ellos lo son.

—Ling-Ling —dedujo Will. Iban a verlo a él—. Spivey te dijo que deberías hablar con Ling-Ling.

—Julia Ling.

Will se quedó sorprendido.

—¿Una mujer?

—Sí, una mujer. ¿De qué te extrañas, Will? El mundo ha cambiado mucho. —Amanda miró por el espejo retrovisor y volvió a cambiar de carril—. El apodo viene de la percepción, hoy rechazada, de que no es muy inteligente. A su hermano le gustaba hacer rimas, y Ding-a-Ling pasó a ser Ling-a-Ling, que abreviadamente quedó en Ling-Ling.

Will no entendía de lo que estaba hablando.

—Tiene sentido —dijo.

—La señora Ling es la jefa de los Yellow Rebels. Su hermano Roger es el que mueve los hilos desde la cárcel, pero ella es la que dirige la organización. Si los asiáticos quieren desbancar a los Texicanos, lo hará Roger a través de Ling-Ling.

—¿Por qué está en prisión?

—Cumple perpetua por la violación y asesinato de dos adolescentes de catorce y dieciséis años. Trapicheaban para él, pero pensó que no ponían mucho de su parte y decidió estrangularlas con la correa de un perro. Pero antes las violó y les arrancó los pechos a mordiscos.

Will notó que un escalofrío le corría por la espalda.

—¿Por qué no está en el corredor de la muerte?

—Hizo un trato. El estado temía que alegase incapacidad mental, lo cual no es de extrañar, porque, y eso que quede entre nosotros, el tío está como una chota. No fue la primera vez que le cogieron con carne humana entre los dientes.

El escalofrío le hizo mover los hombros.

—¿Quiénes eran las víctimas?

—Dos chicas que se habían escapado de su casa y que acabaron metidas en drogas y prostitución. Sus familias preferían una retribución divina que el ojo por ojo.

Will estaba familiarizado con esa forma de actuar.

—Probablemente tenían motivos para escapar.

—Las chicas jóvenes suelen tenerlos.

—¿La hermana de Roger aún le respalda?

Amanda le lanzó una mirada significativa.

—No te dejes engañar, Will. Julia representa muy bien su papel, pero puede cortarte el cuello sin parpadear. Más vale no meterse con esa gente. Hay que seguir un protocolo, y debes mostrarle el máximo respeto.

Will repitió las palabras dichas por Boyd.

—No te puedes presentar ante los Yellow sin una invitación.

—Qué memoria tienes.

Will comprobó el número de la siguiente salida. Estaban yendo a Buford Highway, Chambodia.

—Puede que Boyd tuviera algo de razón. La heroína es mucho más adictiva que la coca. Si los Yellow Rebels inundan el mercado con heroína barata, los Texicanos perderán muchos clientes. Eso indica una lucha de poder, pero no explica qué hacían dos asiáticos y un texicano en casa de Evelyn buscando algo. —Will se detuvo. Amanda lo había desviado del tema principal una vez más—. Hironobu Kwon y Benny Choo. ¿Cuál es el apellido de Ricardo?

—Muy bien —respondió ella con una sonrisa. Le dio aquella información como si le estuviese dando otra recompensa—: Ricardo Ortiz. Es el hijo menor de Ignatio Ortiz.

Will había interrogado a asesinos que habían matado a sus víctimas con un hacha que soltaban más prenda que Amanda.

—¿Y trabajaba de mula transportando heroína?

—Sí.

—¿Me vas a decir si esos tipos están conectados o lo tengo que averiguar por mi cuenta?

—Ricardo Ortiz estuvo en el correccional de menores dos veces, pero no conoció a Hironobu Kwon. Ninguno de los dos parece tener conexiones con Benny Choo y, como te he dicho, Héctor Ortiz era solamente vendedor de coches. —Amanda se colocó delante de un camión de reparto, bloqueando un Hyundai—. Créeme, si hubiera una conexión entre esos hombres, la investigaríamos.

—Salvo Choo, todos son muy jóvenes, de veintitantos años.

Will trataba de imaginar dónde se habrían conocido: en las reuniones de Alcohólicos Anónimos, en la discoteca, en los campos de béisbol o en la iglesia. Miriam Kwon llevaba una cruz de oro en el cuello, y Ricardo Ortiz una cruz tatuada en el brazo. Había visto cosas más raras.

—Mira el número que marcó Evelyn un día antes de que la secuestraran. A las 3:02 p.m.

Will pasó el dedo por la primera columna hasta que encontró la hora. Luego lo desplazó a un lado para ver el número. Era un prefijo de Atlanta.

—¿Se supone que debo saber quién es?

—Me sorprendería si lo hicieses. Es el número de precinto de Hartsfield. —Se refería a Hartsfield-Jackson, el aeropuerto de Atlanta—. Vanessa Livingston es la comandante. Hace mucho que la conozco. Trabajó con Evelyn cuando dejé la policía de Atlanta.

Will se quedó esperando y luego preguntó:

—¿Y?

—Evelyn le pidió que comprobase un nombre en los manifiestos de vuelo.

—Ricardo Ortiz —dedujo Will.

—Veo que estás en racha. Supongo que anoche dormirías bien.

Will había estado hasta las tres de la madrugada escuchando las grabaciones, aparentemente solo para descubrir lo que Amanda ya sabía.

—¿De dónde venía Ricardo?

—De Suecia.

Will frunció el ceño; eso no se lo esperaba.

Amanda tomó el carril de salida para coger la I-285.

—El noventa por ciento de la heroína del mundo procede de Afganistán. Así es como invierten el dinero de los contribu-

221

yentes. —Redujo la velocidad para tomar la curva cuando entraron en la red de carreteras—. Casi toda la heroína que entra en Europa pasa por Irán, entra en Turquía y la envían al norte.

—A sitios como Suecia.

—Sí, sitios como Suecia. —Volvió a acelerar al internarse en el tráfico—. Ricardo estuvo allí tres días. Cogió un vuelo desde Gotemburgo hasta Ámsterdam, y luego uno directo hasta Atlanta.

—Cargado con heroína.

—Sí.

Will se frotó la mejilla, pensando en lo que le había sucedido a aquel chico.

—Alguien le dio una buena tunda. Estaba lleno de bellotas. Puede que no pudiera echarlas.

—Eso habría que preguntárselo al forense.

Will había asumido que el forense le habría proporcionado toda la información médica.

—¿No se lo has preguntado?

—Me han prometido muy amablemente que me darán un informe completo esta tarde. ¿Por qué crees que te dije que se lo pidieses a Sara? Por cierto, ¿cómo va lo vuestro? Por lo mucho que dormiste anoche, deduzco que no has progresado gran cosa.

Estaban llegando a la salida de Buford Highway. La ruta 23 iba desde Jacksonville hasta Michigan, pasando por Florida y Mackinaw City. El tramo de Georgia tenía unos seiscientos kilómetros, y la parte que pasaba por Chamblee, Norcross y Doraville era una de las zonas con más diversidad racial de toda esa área, por no decir del país. No era un vecindario exactamente, sino más bien una serie de centros comerciales desolados, bloques endebles de apartamentos y gasolineras que ofrecían llantas caras y préstamos de título para los coches. Lo que faltaba en la comunidad se compensaba con materias primas.

Will estaba casi seguro de que Chambodia era un término peyorativo, pero el nombre había perdurado a pesar de que el condado de DeKalb trataba de llamarlo el Corredor Internacional. Había todo tipo de grupos étnicos, desde portugueses hasta hmongs. A diferencia de la mayoría de las zonas urbanas, la segregación no estaba claramente definida, por lo que era fácil ver un restaurante mexicano al lado de uno de sushi, y el mercado agrícola estaba formado por esa mezcla que la gente esperaba encontrar cuando imaginaban Estados Unidos.

La franja estaba más cerca de la tierra de las oportunidades que las zonas ambarinas del centro. Las personas podían ir allí y, con solo tener un poco de ética laboral, conseguir la vida de una familia de clase media. Por lo que recordaba Will, la densidad demográfica cambiaba constantemente. Los blancos se quejaban cuando venían los negros, los negros cuando venían los hispanos, y estos cuando lo hacían los asiáticos. Algún día todos ellos se quejarían de los blancos. La rueda del sueño americano.

Amanda se colocó en el carril del centro que conducía a ambos lados de la autopista. Will vio un montón de señales apiladas unas encima de otras, como un juego de tembleque. Algunas letras eran tan irreconocibles que parecían más obras de arte que letras en sí.

—He enviado un coche para que vigile la tienda de Ling-Ling toda la mañana. No la ha visitado nadie. —Apretó el acelerador y estuvo a punto de darle a una furgoneta cuando giraba. Se oyeron algunas bocinas, pero ella siguió hablando—. Anoche hice algunas llamadas. A Roger lo trasladaron a la prisión de Coastal hace tres meses. Lo tuvieron en Augusta durante los seis meses anteriores, pero niveló el tratamiento y tuvieron que llevarlo de nuevo a su celda. —El hospital de Augusta proporcionaba, de forma transitoria, servicios de salud mental de nivel 4 a los internos—. El primer día que le llevaron a Coastal, terminó con un incidente bastante desagradable con una pastilla de jabón metida en un calcetín. Al parecer, no está muy satisfecho con su nuevo alojamiento.

—¿Vas a pedir que lo trasladen?

—Si las cosas llegan a más, sí.

—¿Piensas utilizar el nombre de Boyd?

—No creo que sea muy buena idea.

—¿Qué crees que nos dirá Roger? —Will se dio un golpe con la palma de la mano en la cabeza—. Ya veo. Crees que está involucrado en el secuestro de Evelyn.

—Puede que clínicamente esté loco, pero no es tan estúpido como para hacer algo así. —Le lanzó una mirada signifi-

223

cativa a Will y prosiguió—: Roger es sumamente inteligente; piensa antes de actuar. No gana nada secuestrando a Evelyn. Además, toda su organización se vendría abajo.

—¿Entonces crees que sabe quién está involucrado?

—Si quieres saber cosas acerca de un delito, pregúntale a un delincuente.

El teléfono de Amanda empezó a sonar. Miró el número. Will notó que reducía la velocidad. Se echó a un lado de la carretera, escuchó y luego le dio al botón para que se abriese la puerta.

—Necesito hablar un momento a solas, por favor.

Will salió del SUV. El día anterior había hecho un tiempo maravilloso, pero ahora estaba nublado y hacía algo de calor. Fue al centro comercial. Había un restaurante destartalado cerca de la entrada de la calle. Por la mecedora que había pintada en el letrero dedujo que era un restaurante de comida campera. Aunque resultase extraño, no oyó que su estómago protestase al pensar en la comida. Su última comida había consistido en un bol de avena que se había obligado a comer esa mañana. Se le había pasado el apetito, algo que solo había experimentado una vez en su vida: la última vez que había estado con Sara Linton.

Will se sentó en el bordillo. Los coches zumbaban a sus espaldas. Oía los retazos de música que salían de sus radios. Miró a Amanda y se dio cuenta de que aún tardaría un rato. Estaba haciendo gestos con las manos, lo cual no era una buena señal.

Sacó el teléfono y buscó la lista de números. Debería llamar a Faith, pero no le podía decir nada nuevo; además, su conversación de la noche anterior no terminó del todo bien. Pasase lo que pasase con Evelyn, las cosas no iban a cambiar. Por muchas artimañas verbales que emplease Amanda, aún quedaban algunos hechos de los que no parecía estar dispuesta a hablar. Si los asiáticos estaban intentando quedarse con el mercado de los Texicanos, entonces Evelyn Mitchell estaba en el meollo de todo eso. Puede que Amanda tuviese razón, que Héctor solo fuese un vendedor de coches, pero aún seguía llevando un tatuaje que lo vinculaba con la banda. Además, tenía un primo dirigiendo la banda desde la cárcel. Su sobrino había sido asesinado en casa de Evelyn, y el mismo Héctor había aparecido muerto en el maletero de su coche. No había razones para que una policía, especialmente si estaba jubilada, se mezclase con una banda tan peligrosa, a menos que hubiese algo turbio entre ellos.

Will miró el teléfono. Las 13:00. Tenía que meterse en el menú y buscar la forma de ponerlo de nuevo a la hora normal, pero, en ese momento, no tenía la paciencia necesaria. En lugar de eso buscó el teléfono de Sara, que llevaba tres ochos. Lo había mirado tantas veces en los últimos meses que casi era un milagro que las retinas no le hubieran echado chispas.

A menos que contase aquel desagradable malentendido con la lesbiana que vivía al otro lado de la calle, Will jamás había tenido una verdadera cita. Había estado con Angie desde que tenía ocho años. Durante un tiempo hubo cierta pasión entre ellos, y por un periodo muy breve algo parecido al amor, pero no podía recordar ni un instante en que se sintiese feliz a su lado. Vivía asustado de verla aparecer por la puerta, y sentía un enorme alivio cuando se marchaba. Los únicos instantes de sosiego eran aquellos intervalos, esos momentos inusuales de paz en que percibía por un instante lo que podía ser una vida tranquila. Entonces comían juntos, iban al supermercado o trabajaban en el jardín (él trabajaba mientras ella miraba) y luego, por la noche, se iban a la cama, donde se veía a sí mismo con una sonrisa en la cara pensando que así sería la vida que disfrutaban los demás.

Luego se despertaba una mañana y veía que Angie se había marchado.

Estaban demasiado unidos, ese era el problema. Habían pasado por muchas cosas, habían presenciado muchos actos horribles, habían compartido muchos miedos, muchos odios y mucha pena, por eso solo se veían entre sí como víctimas. El cuerpo de Will era como un monumento a toda esa miseria: las quemaduras, las cicatrices, los desagradables ataques que había padecido. Durante años estuvo esperando algo más de Angie, pero hacía poco se había dado cuenta de que no podía darle nada más.

Ella no iba a cambiar. Lo supo incluso cuando se casaron, algo que habían hecho solo porque él había apostado que no

225

sería capaz de resistirlo. Dejando el juego al margen, ella solo le veía como un refugio seguro, y un sacrificio. Por eso jamás le tocaba, a menos que buscase algo de él, y por eso él jamás intentaba llamarla cuando desaparecía.

Metió el pulgar dentro de la manga y notó el principio de la larga cicatriz que le recorría todo el brazo. Era más grande de lo que recordaba, y la carne aún estaba blanda al tacto.

Retiró la mano. Angie se estremeció la última vez que tocó por accidente su brazo desnudo. Sus reacciones siempre eran intensas, nunca comedidas. A ella le gustaba comprobar hasta dónde podía exprimirle. Era su deporte favorito: ¿hasta qué punto tenía que ser mala con él para que la abandonase como habían hecho todas las personas de su vida?

Ambos habían bordeado esa línea en muchas ocasiones, pero ella siempre conseguía retenerle en el último momento. Incluso ahora notaba esa sensación. No había visto a Angie desde que su madre había muerto. Deidre Polaski había sido una yonqui y una prostituta que un día se tomó una sobredosis que le hizo entrar en un coma vegetativo. Eso sucedió cuando Angie apenas tenía once años. Su cuerpo resistió durante veintisiete años antes de darse finalmente por vencido. Habían transcurrido cuatro meses desde su funeral, lo cual no era gran cosa, ya que, en cierta ocasión, Angie desapareció durante todo un año. Sin embargo, Will tenía esa sensación que le recorría la espina dorsal advirtiéndole de que algo iba mal. Seguro que se había metido en problemas, alguien le había hecho daño o estaba deprimida. Su cuerpo conocía esa sensación tan bien como sabía que necesitaba respirar.

Siempre habían estado conectados de esa forma, incluso de niños. Especialmente entonces. Si había algo que Will sabía sobre su esposa, era que siempre recurría a él cuando las cosas iban mal. Nunca sabía cuándo vendría, si sería mañana o la semana próxima, pero sabía que llegaría un día en que se la encontraría sentada en su sofá, comiéndose sus pudines y haciendo comentarios peyorativos sobre su perra.

Por esa razón había ido a casa de Sara la noche anterior. Estaba ocultándose de ella, huyendo de lo inevitable. Además, si era sincero, debía reconocer que había estado deseando ver a Sara una vez más. Que ella aceptase como excusa que su casa estaba muy desordenada le hizo pensar que también deseaba verle. De pequeño, Will se había acostumbrado a no desear las cosas que no podía tener, como los últimos juguetes, zapatos que le quedasen bien o una comida casera que no saliese de una lata. Su voluntad de negarse a sí mismo desaparecía cuando se trataba de Sara. No podía dejar de pensar cómo le había puesto la mano sobre el hombro cuando estaban en la calle el día anterior. Le había acariciado la mejilla con el pulgar. Se había puesto de puntillas para estar a su misma altura y, durante un segundo, pensó que le iba a besar.

—Dios santo —exclamó Will.

Enseguida visualizó la carnicería que había visto en casa de Evelyn Mitchell, la sangre, los sesos desperdigados sobre la cocina y el cuarto de la colada. Trató de dejar la mente en blanco, porque estaba convencido de que pensar en el sexo y luego imaginar escenas violentas era propio de los asesinos en serie.

El SUV dio marcha atrás. Amanda bajó la ventanilla y Will se levantó.

—Era alguien de la policía de Atlanta. Al parecer han encontrado al hombre con sangre del tipo B negativo en un contenedor del Grady. Estaba inconsciente y apenas respiraba. Hallaron su cartera en una de las bolsas de basura. Se llamaba Marcellus Benedict Estévez. Desempleado. Vivía con su abuela.

Will se preguntó por qué Sara no le había llamado para decírselo. Puede que se hubiese marchado del trabajo, o puede que su trabajo no consistiese en mantenerle informado.

—¿Dijo algo?

—Murió hace media hora. Iremos al hospital cuando resolvamos este asunto.

Will pensó que sería un viaje inútil teniendo en cuenta que el individuo en cuestión estaba muerto.

—¿Llevaba algo encima?

—No. Vamos, entra.

—¿Por qué vamos…?

—No tengo todo el día, Will. Mueve el culo y vámonos.

Will se subió al SUV.

—¿Han confirmado que era del tipo B negativo?

Amanda aceleró.

—Sí. Y sus huellas eran unas de las ocho que encontraron en casa de Evelyn.

Se dio cuenta de que estaba omitiendo algo.

—Has hablado mucho rato para conseguir tan solo esa información.

Por una vez, Amanda se mostró más comunicativa.

—Hemos recibido una llamada de Chuck Finn. ¿Por qué no me has dicho que anoche hablaste con su agente de la condicional?

—Supongo que porque prefería reservármelo.

—Ya me parecía. El agente de la condicional fue a ver a Chuck esta mañana. Lleva dos días desaparecido.

—Vaya —dijo girándose hacia ella—. A mí me dijo que estaba al día, que jamás faltaba a una citación.

—Imagino que el agente de la condicional de Tennessee estará hasta las cejas de trabajo y le faltará personal, como a nosotros. Al menos ha tenido las pelotas de decírnoslo esta mañana. —Le miró—. Chuck Finn finalizó su tratamiento hace dos días.

228

—¿Qué tratamiento?

—Estaba en Healing Winds. Lleva tres meses sin tomar nada.

Will percibió una ligera justificación.

—A Hironobu Kwon también lo trataron en Healing Winds. Por lo que se ve, estuvieron en la misma época.

Will se quedó callado durante unos instantes.

—¿Cuándo has averiguado todo eso?

—Ahora mismo. No pongas esa cara. Tengo una vieja amiga que trabaja en los registros del tribunal de narcóticos. —Al parecer, tenía viejas amigas por todos lados—. A Kwon lo enviaron a Hope Hall por su primer delito. —Se refería a las instalaciones para el tratamiento hospitalario del tribunal de narcóticos—. El juez no estaba dispuesto a darle una segunda oportunidad a costa del estado, por eso su madre intervino y dijo que lo internaría en Healing Winds.

—Donde conoció a Chuck Finn.

—Son unas instalaciones muy grandes, pero creo que tienes razón. Sería una estupidez no darse cuenta de que esos dos estuvieron allí en la misma época.

Will se quedó sorprendido de que admitiera sus argumentos, pero continuó.

—Si Chuck le comentó a Hironobu Kwon que Evelyn tenía algún dinero escondido... —Sonrió, al ver que las cosas empezaban a cobrar sentido—. ¿Y qué pasa con el otro tío? ¿El que apareció en el Grady y tenía sangre del tipo B negativo? ¿Tiene alguna conexión con Chuck o Hironobu?

—A Marcellus Estévez nunca le habían arrestado. Nació y se crio en Miami, Florida. Hace dos años se trasladó a Carrollton para asistir a la Universidad de West Georgia. Lo dejó en el último trimestre, y desde entonces no ha estado en contacto con la familia.

Otro chico de veintitantos años que se había mezclado con mala gente.

—Veo que sabes muchas cosas de Estévez.

—La policía ha hablado con sus padres. Presentaron una denuncia en el Departamento de Personas Desaparecidas cuando la universidad los informó de que su hijo no asistía a las clases.

—¿Desde cuándo la policía de Atlanta comparte su información con nosotros?

—Digamos que he hablado con algunos viejos amigos.

Will empezaba a pensar que había toda una red de tipos duros que, o bien le debían un favor a Amanda, o bien habían trabajado con Evelyn en algún momento de su carrera.

—Lo importante es que no sabemos cómo relacionar a Marcellus Estévez, el de la sangre del tipo B, con todo esto. Salvo por Hironobu Kwon y Chuck Finn, no tenemos ninguna pista que conecte a los demás individuos que estaban en la casa. Todos fueron a escuelas distintas. No todos fueron a la universidad, y los que fueron no lo hicieron juntos. No se conocieron en prisión, ni estaban en la misma banda ni en el mismo club social. Todos tenían diferentes antecedentes y pertenecían a etnias distintas.

Will pensó que por fin estaba siendo honesta a ese respecto. En cualquier investigación en la que había muchas personas involucradas, lo más importante era descubrir cómo se habían conocido. Los seres humanos eran muy predecibles. Si descubrías dónde se habían conocido, cómo y quién los había

229

puesto en contacto, entonces terminabas encontrando a alguien de fuera, alguien de la periferia dispuesto a hablar.

Will le dijo lo que pensaba desde que había visto el destrozo que habían hecho en casa de Evelyn.

—A mí esto me parece una *vendetta* personal.

—La mayoría lo son.

—Me refiero a que hay algo más que el dinero.

—Esa será una de las preguntas que les haremos a esos estúpidos cuando los arrestemos. —Amanda dio un volantazo tan brusco para tomar una curva que él se inclinó hacia un lado—. Lo siento.

Will no recordaba ni una sola vez que Amanda se hubiese disculpado por algo. Observó su perfil. Tenía la mandíbula más prominente de lo normal, la piel cetrina, y parecía totalmente abatida. Además, en los últimos diez minutos le había proporcionado más información que en las últimas veinticuatro horas.

—¿Ocurre algo? —preguntó Will.

—No.

230

Se detuvo delante de un almacén comercial muy grande con seis plataformas de carga. No se veía ningún camión, pero había algunos vehículos aparcados delante de unas enormes compuertas. Todos los vehículos costaban más que la pensión de Will; había un BMW, un Mercedes e incluso un Bentley.

Amanda dio una vuelta alrededor del aparcamiento para asegurarse de que no se encontraría con ninguna sorpresa. El espacio era lo bastante grande para que diese la vuelta un camión de dieciocho ruedas y se dirigiese hacia las plataformas de carga y descarga. Giró lentamente en forma de U y tomó el camino por donde habían venido. Los neumáticos chirriaron cuando enderezó bruscamente y se metió en un espacio que estaba lo más lejos posible del edificio sin tener que aparcar en el césped. Apagó el motor. El SUV estaba colocado justo delante de lo que parecía ser la oficina principal. Había unos cincuenta metros de espacio abierto hasta llegar al edificio. Unas escaleras de hormigón conducían a una puerta de cristal. La reja se había oxidado tanto que estaba caída hacia un lado. En el letrero que había sobre la entrada se veían una serie de armarios de cocina colocados de frente. Una bandera confederada ondeaba con la brisa. Will leyó la primera palabra que había en el letrero y dedujo las demás.

—¿Armarios sureños? Es un letrero muy extraño para una organización fachada de una banda de drogas.

Amanda le miró con los ojos entrecerrados.

—Tanto como ver andar un perro sobre las patas traseras.

Will salió del coche y se unió a Amanda detrás del SUV. Ella utilizó el control remoto para abrir el maletero. Esa mañana, cuando estuvieron en Valdosta, habían guardado sus armas antes de entrar en la prisión. El SUV negro era un coche oficial del GBI, lo que significaba que el maletero estaba ocupado casi por completo por un gran armario de acero con seis cajones. Amanda puso la combinación en el cierre y abrió el cajón del centro. Su Glock estaba guardado en una funda de terciopelo color púrpura oscuro que tenía el logotipo de la Corona Real cosido en el dobladillo. Lo guardó en su bolso mientras Will se abrochaba la cartuchera en el cinturón.

—Espera —dijo Amanda.

Metió la mano hasta el fondo del cajón y sacó un revólver de cinco balas. A ese tipo particular de Smith&Wesson se lo llamaba el «veterano», porque la mayoría de los policías veteranos lo llevaban. Era una pistola muy ligera, con un percutor interno que facilitaba el poder ocultarlo. Aunque llevaba encima del gatillo el logotipo de «Lady Smith», el retroceso te podía causar un desagradable cardenal en la mano. El S&W de Evelyn Mitchell era un modelo similar, solo que la empuñadura era color cereza, en lugar de nogal como el de Amanda. Will se preguntó si los habrían comprado juntas.

—Camina derecho y procura que no se te note —dijo Amanda—. La cámara nos está observando.

Will trató de cumplir sus órdenes mientras ella le ponía las manos en la espalda y colocaba el revólver dentro de sus pantalones. Él miraba fijamente en dirección al almacén. Estaba hecho de metal, y era más ancho que largo, con una extensión aproximada de la mitad de un campo de rugby. El edificio se apoyaba sobre unos cimientos de hormigón que medían algo más de un metro, la altura estándar de una plataforma de carga. Salvo por la escalinata que conducía a la entrada principal no había otra forma de entrar o salir, salvo que te subieses

231

a la plataforma de carga y abrieses una de las enormes puertas de metal.

—¿Dónde está el coche que decías que estaba vigilando? —preguntó Will.

—Doraville necesitaba asistencia, así que estamos solos.

Él observó que la cámara que había encima de la puerta giraba en ambos sentidos.

—Esto no me parece muy buena idea.

—Camina derecho —dijo Amanda dándole una palmada en la espalda y asegurándose de que llevaba la pistola ajustada—. Y, por lo que más quieras, no metas el estómago o se te caerá al suelo. —Tuvo que ponerse de puntillas para cerrar el maletero—. No sé por qué llevas el cinturón tan flojo. No tiene sentido ponerse una correa si no la vas a utilizar.

Will caminó detrás de ella mientras iba hacia la entrada. Caminaron a paso ligero los cincuenta metros de espacio abierto. La cámara había dejado de moverse y ahora los enfocaba directamente. Era como tener una diana pintada en el pecho. Will observaba la cabeza de Amanda; su pelo se rizaba en la coronilla.

Cuando llegaron a la escalinata de hormigón que conducía hasta la entrada, la puerta de cristal se abrió. Amanda se protegió los ojos del sol mientras miraba a un hombre asiático con el rostro huraño. Era un hombre corpulento y grande, con un cuerpo que parecía estar hecho a partes iguales de grasa y músculo. El tipo permaneció callado mientras sostenía la puerta abierta y observaba cómo subían los peldaños. Will siguió a Amanda hasta el interior. Sus ojos tardaron en acostumbrarse a la oscuridad que reinaba en la pequeña oficina. La humedad había abombado el falso panel que había en la pared, la moqueta tenía un color marrón que habría repugnado a cualquier ser humano exigente y el lugar olía a serrín y gasolina. Will oyó el ruido que hacía la maquinaria del almacén: clavadoras, compresores y tornos. En la radio sonaban los Gun N' Roses.

—La señora Ling me espera —dijo Amanda sonriendo a la cámara que estaba colocada sobre la puerta.

El hombre no se movió. Ella metió la mano en el bolso como si estuviese buscando su lápiz de labios. Will no sabía si iba a sacar la pistola o la barra de labios. Obtuvo la respuesta cuando una mujer alta y ágil abrió la puerta con una sonrisa en la boca.

—Mandy Wagner, cuánto tiempo sin vernos.

La mujer parecía casi alegre. Era asiática, más o menos de la misma edad que Amanda, con el pelo canoso. Estaba tan delgada como una adolescente, pero su camisa sin mangas dejaba entrever que tenía unos brazos fuertes. Hablaba con un deje sureño muy peculiar. Su forma tan lánguida de moverse tenía algo de felino, aunque el olor a marihuana que emanaba de su cuerpo puede que tuviese algo que ver con eso. Llevaba mocasines con abalorios en la parte de arriba, de esos que se encuentran en las tiendas de suvenires que hay a las afueras de las reservas indias.

—Julia —dijo Amanda esbozando una sonrisa convincente—. Me alegro de verte.

Se abrazaron, y Will observó la mano de la mujer pasar por la cintura de Amanda.

—Te presento a Will Trent, mi compañero. —Puso la mano sobre Julia mientras se daba la vuelta para mirarlo—. Espero que no te moleste que me acompañe. Está de prácticas.

—Tiene suerte de aprender de la mejor —respondió Julia—. Pero dile que deje la pistola en el mostrador. Y tú también, Mandy. ¿Aún sigues utilizando esa con la Corona Real en la funda?

—Claro, hay que quitarle la pelusilla del percutor.

La pistola hizo un ruido sordo cuando Amanda puso la funda en el mostrador. El hombre adusto revisó el contenido y luego hizo un gesto de asentimiento a su jefa. Will no fue tan complaciente; eso de darle la pistola a un desconocido no le convencía en absoluto.

—Will —dijo Amanda—. No me pongas en evidencia delante de mis amigos.

Se desabrochó la cartuchera del cinturón y puso su Glock encima del mostrador.

Julia Ling se rio mientras les hacía pasar. El almacén era más grande de lo que parecía desde fuera, pero la maquinaria era pequeña y habría cabido en un garaje de dos plazas. Había unos doce hombres ensamblando muebles. Will no pudo dis-

233

tinguir si eran asiáticos, hispanos o de dónde exactamente, ya que llevaban los sombreros muy hundidos y tenían la cara vuelta. Lo que sí resultaba obvio es que estaban trabajando. Olía muchísimo a cola y había serrín esparcido por el suelo. Una enorme bandera confederada servía como división entre la zona de trabajo y la parte trasera del edificio. Las estrellas de la bandera eran amarillas en lugar de blancas.

Julia los condujo a través de otra puerta y entraron en una oficina pequeña pero bien amueblada. La moqueta era de felpa. Había dos sofás con los cojines excesivamente rellenos. Un chihuahua regordete estaba sentado en un sillón reclinable, al lado de la ventana, con los ojos cerrados para que no le diese el poco sol que entraba por los paneles. Unos barrotes de metal grueso enmarcaban la vista al callejón de servicio que había detrás del edificio.

—Will tiene un chihuahua —dijo Amanda, ya que, al parecer, aún no le había humillado suficiente ese día—. ¿Cómo se llamaba?

Will notó un pinchazo en la garganta.

—*Betty*.

—¿De verdad? —Julia cogió el perro y se sentó en el sofá con él. Le dio unas palmadas al cojín que tenía a su lado y Amanda se sentó—. Este se llama *Arnoldo*. Es todo un glotón. ¿El tuyo es de pelo corto o largo?

Will no sabía qué hacer. Buscó en el bolsillo de atrás para sacar la cartera, olvidándose de que llevaba el revólver de Amanda. Este se balanceó peligrosamente, por lo que se sentó en el sofá que estaba enfrente de las mujeres, abriendo la cartera para enseñarle una foto de *Betty*.

Julia Ling hizo un ruido con la lengua.

—Es un encanto.

—Gracias —respondió Will volviendo a coger la fotografía y metiéndose la cartera en el bolsillo de la chaqueta—. El suyo también es muy bonito.

Julia ya había dejado de prestarle atención. Pasó la mano por la pierna de Amanda y preguntó:

—¿Qué te trae por aquí, blanquita?

Amanda también actuó como si Will no estuviera allí.

—¿Imagino que sabrás lo que le ha pasado a Evelyn?

—Sí —respondió Julia alargando la palabra—. Pobre Almeja. Espero que no se porten mal con ella.

Will tuvo que esforzarse para no quedarse boquiabierto. Había llamado Almeja a Evelyn Mitchell.

Amanda puso la mano sobre la de Julia, sin apartar la rodilla.

—¿Supongo que no sabrás dónde está?

—Ni idea. Ya sabes que te llamaría de inmediato si lo supiera.

—Como puedes imaginar, estamos haciendo todo lo posible para que regrese sana y salva. He tirado de algunos hilos para que todo salga bien.

—Sí —repitió Julia—. Ahora es abuela, ¿verdad? Por segunda vez, quiero decir. Qué familia tan fértil. —Se rio, como si eso fuese una broma entre ellas—. ¿Cómo lo lleva ese chico tan tierno?

—Son unos momentos difíciles para toda la familia.

—Sí —respondió Julia, como si esa fuese su palabra favorita.

—Estoy segura que sabrás lo de Héctor.

—Una pena. Estaba pensando cambiar mi coche por un Cadillac.

—Pensaba que te iban bien los negocios

—Sí, pero no es la mejor época para conducir algo tan ostentoso. —Bajó la voz y añadió—: Hay muchos robos de coches.

—Muchísimos —respondió Amanda moviendo la cabeza.

—La gente joven es un problema —añadió Julia chasqueando la lengua. Will pensó que por fin empezaba a entender parte de la conversación. Julia Ling se refería a los jóvenes que habían asaltado la casa de Evelyn—. Ven esas películas de gánsteres en la televisión y se creen que todo es muy fácil. Scarface, el Padrino, Tony Soprano. Empiezan a fantasear. Se les mete la idea en la cabeza y actúan sin medir las consecuencias. —Volvió a chasquear la lengua—. He perdido a uno de mis trabajadores por meterse en esos asuntos tan imprudentes.

Se refería a Benny Choo, el hombre con la camisa hawaiana. Will había estado en lo cierto. Julia Ling había enviado a su guardaespaldas para solucionar todo el alboroto que habían causado Ricardo y sus amigos. Y Faith le había matado.

Amanda también debió de darse cuenta, pero actuó con cautela.

—Tus negocios tienen sus riesgos. El señor Choo lo sabía mejor que nadie.

Julia Ling dudó durante el tiempo suficiente como para que Will se preocupase por Faith, pero luego dijo en voz baja:

—Sí. Todo tiene un precio. Pero dejemos que Benny descanse en paz.

Amanda parecía tan aliviada como Will.

—Me he enterado de que tu hermano lo está sobrellevando en su nuevo entorno.

—Sí, esa es la palabra más adecuada para definirlo. A Roger nunca le ha gustado el calor, y Savannah es prácticamente tropical.

—Hay una plaza en la D&C. ¿Quieres que haga algo para que lo trasladen? Quizá le venga bien cambiar de sitio.

Julia simuló pensar en ello.

—Sigue siendo muy calurosa —respondió sonriendo—. ¿Podría ser en Phillips?

—Bueno, es un lugar agradable. —También era la prisión donde Ignatio Ortiz estaba cumpliendo su sentencia por asesinato. Amanda negó con la cabeza, como si quisiese dar a entender que lo lamentaba, pero que esas vacaciones en particular ya las había reservado para otra familia—. No me parece el lugar más adecuado.

—Baldwin me pilla más cerca.

—Sí, pero no es el lugar más apropiado para el carácter de Roger. —Además, era una prisión que solo admitía internos de seguridad mínima o media—. ¿Qué te parece Augusta? Está cerca, aunque no demasiado.

Julia arrugó la nariz.

—¿En el sitio de liberación de los delincuentes sexuales?

—Buena observación. —Amanda parecía pensar en ello, aunque ya debería haber llegado a un acuerdo con la fiscalía del Estado—. Arrendale ha empezado a acoger a prisioneros de máxima seguridad. Solo con buena conducta, pero estoy segura de que Roger podría entrar.

Julia se rio.

—Ya conoces a Roger, Mandy. Siempre se está metiendo en problemas.

La oferta de Amanda era firme.

—Aun así, creo que Arrendale es el lugar idóneo. Podemos garantizarle que su transición será agradable. Evelyn tiene muchos amigos y estamos deseando que regrese a casa sana y salva. Roger también podría obtener algún beneficio de ello.

Julia acarició el perro.

—Ya veremos qué me dice la próxima vez que le visite.

—Podrías llamarle por teléfono —sugirió Amanda—. Estoy segura de que preferirá enterarse de lo de Benny por ti que por otra persona.

—Qué Dios se apiade de su alma —dijo apretando la pierna de Amanda—. Es horrible perder a los seres queridos.

—Sí.

—Sé que Evelyn y tú estabais muy unidas.

—Y aún lo estamos.

—¿Por qué no te libras del tonto este y nos consolamos mutuamente?

La carcajada de Amanda sonó sincera. Le dio unos golpecitos a la rodilla de Julia y se levantó del sofá.

—Me ha alegrado verte, Jules. Ojalá nos viésemos más a menudo.

Will empezó a levantarse, pero se acordó del revólver. Se metió las manos en los bolsillos para sujetarse los pantalones y poder mantenerlo en su sitio. Lo peor que podía suceder es que estropease el juego de Amanda, cosa que sucedería si la pistola se le caía por la pernera de los pantalones.

—Ya me dirás lo que piensas de Arrendale. Es un sitio encantador. Las ventanas son diez centímetros más anchas en el ala de mayor seguridad. Mucha luz y aire fresco. Estoy segura de que a Roger le encantará.

—Ya te diré lo que decide. Creo que todos sabemos que la incertidumbre no es buena para los negocios.

—Dile a Roger que estoy a su disposición.

Will le abrió la puerta a Amanda. Pasaron por la tienda juntos. Los trabajadores estaban tomándose un descanso. La

237

maquinaria se había parado y las estaciones estaban vacías. La radio emitía un débil murmullo.

—Ha sido interesante —dijo Will.

—Ya veremos si ella cumple con su parte. —Amanda parecía tener esperanzas. Se le notaba que había recuperado la energía en su forma de andar—. Apostaría a que Roger sabe lo que sucedió ayer en casa de Evelyn. Julia probablemente se lo dijo. No nos habría dejado entrar si no estuviese dispuesta a hacer un trato. Sabremos algo dentro de menos de una hora. Puedes estar seguro.

—La señora Ling parece dispuesta a complacerte.

Amanda se detuvo y le miró.

—¿Tú crees? No sabría decir si ha sido cariñosa o si... —Amanda se encogió de hombros en lugar de terminar la frase.

Will pensó que estaba bromeando, pero luego se dio cuenta de que no.

—Creo. Me refiero a que... —Notó que empezaba a sudar—. Tú nunca...

—A ver si creces, Will. Yo fui a la universidad.

Aún podía oír cómo se reía mientras se dirigían hacia la oficina principal. Estaba destinado a que esa mujer jugase con él el resto de su vida. Era casi tan perversa como Angie.

Estaba a punto de coger el pomo de la puerta cuando oyó el primer estruendo, que sonó como si descorchasen una botella de champán. Luego notó un pinchazo en la oreja y vio saltar las astillas de la puerta. Fue entonces cuando se dio cuenta de que era una bala. Y después otra. Y otra más.

Amanda fue más rápida que él. Cogió la pistola que llevaba en la parte de atrás de los pantalones, se dio la vuelta y disparó dos veces seguidas antes de que él cayese al suelo.

Oyó el sonido de una ametralladora. Las balas pasaban a escasos centímetros de su cabeza. No sabía de dónde procedían los disparos. La parte trasera del almacén estaba a oscuras. Podía ser Ling-Ling, los hombres que habían estado trabajando en los armarios... o todos ellos.

—¡Vamos! —gritó Amanda.

Will empujó con el hombro la puerta de la oficina principal. Obviamente, sus pistolas habían desaparecido del mostrador. El asiático con la cara huraña yacía muerto en el suelo. Will notó que algo duro le golpeaba en la cabeza. Se quedó atontado unos segundos antes de darse cuenta de que Amanda le había tirado el bolso.

Will se colocó el bolso debajo del brazo y abrió la puerta principal. La repentina e intensa luz del sol le dejó tan ciego que tropezó en las escaleras de hormigón. La vieja barandilla se inclinó con su peso, suavizando lo que podía haber sido una caída catastrófica. Rápidamente se puso en pie y corrió por el aparcamiento hasta el SUV. Los objetos que tenía Amanda en el bolso quedaron esparcidos a sus espaldas mientras buscaba el control remoto. Pulsó el botón y el maletero se abrió antes de que llegase a la parte de atrás del vehículo. Puso la combinación y abrió el cajón.

Según su experiencia, o eras una persona de escopetas, o una de rifles. Faith prefería las escopetas, lo que era antinatural dada su escasa estatura y el hecho de que el retroceso podía dañarte el manguito rotatorio de la muñeca. A Will le gustaban los rifles. Eran limpios, precisos y sumamente exactos, incluso a treinta metros de distancia, lo que estaba muy bien teniendo en cuenta que esa era la distancia aproximada que había entre el SUV y la entrada del edificio. El GBI les proporcionaba a los agentes un Colt AR-15A2, el cual se puso en el hombro justo en el momento en que se abría la puerta.

Will miró por la mira telescópica. Amanda no tuvo tantos problemas como él con la luz del sol y, sin dar un traspié, bajó los escalones de cemento mientras disparaba hacia atrás, aunque no dio al hombre musculoso que la perseguía. Llevaba gafas oscuras y tenía una ametralladora en la mano. En lugar de dispararle a Amanda mientras retrocedía, sostuvo el arma mientras saltaba el tramo de escaleras. Fue un movimiento propio de un vaquero, algo que le concedió a Will la oportunidad de disparar. Presionó el gatillo, el hombre se retorció en pleno salto y cayó al suelo.

Will bajó el rifle y buscó a Amanda. Caminaba en dirección al hombre que había en el suelo. Sostenía la pistola a un lado. Probablemente se había quedado sin munición. Will apuntó de nuevo para cubrir a Amanda en caso de que alguien

239

saliese del edificio. Ella le dio una patada a la ametralladora, y Will vio que gesticulaba con la boca.

Sin avisar, Amanda se ocultó detrás de los escalones de hormigón. Will apartó la vista de la mira telescópica para poder localizar la nueva amenaza. Era el hombre del suelo. Aunque parecía imposible, aún estaba vivo. Tenía la Glock de Will en la mano y apuntaba en dirección al SUV. Disparó tres veces seguidas. Will sabía que el armario de acero le protegería, pero se agachó cuando oyó los impactos contra el metal.

Los disparos cesaron. A Will le latía el corazón con tanta fuerza que podía notar el pulso en el estómago. El tirador debería de haberse ocultado detrás del Mercedes, probablemente al otro lado del depósito de gasolina. Will apuntó su rifle, esperando que el hombre cometiese la estupidez de asomar la cabeza. En su lugar levantó la Glock. Will disparó y la pistola desapareció de la vista.

—¡Policía! —gritó Will siguiendo el protocolo—. ¡Levante las manos!

El hombre disparó sin mirar hacia el SUV, fallando por varios metros.

Will murmuró algunas palabras. Miró a Amanda, como si le estuviese preguntando cuál era el plan. Ella movía la cabeza, exasperada, no porque estuviera negando. Si Will le hubiese dado a la primera, no estarían en esa situación.

No sabía cómo indicarle que le había dado, al menos sin que le disparasen, por eso señaló el cargador de su rifle para preguntárselo. ¿Se había quedado si balas? Su revólver era de cinco disparos. A menos que hubiese sacado el cargador del bolso, no había nada que pudiese hacer.

Incluso desde aquella distancia vio la expresión de enfado que tenía. Por supuesto que había sacado el cargador del bolso. Puede que incluso hubiese tenido tiempo para pintarse los labios y hacer algunas llamadas. Will miró al Mercedes una vez más, tratando de deducir dónde se habría ocultado el hombre. Cuando volvió a mirar a Amanda, ella ya había abierto el S&W, había tirado los casquillos al suelo y lo había vuelto a cargar. Le hizo un gesto con la mano para que continuase.

—¡Señor! Se lo advierto una vez más. Ríndase.

240

—¡Jódete! —le gritó el tipo, que disparó de nuevo e impactó en la puerta lateral del SUV.

Amanda avanzó agachada hasta el borde de las escaleras de cemento, y luego asomó la cabeza para ver dónde se ocultaba el hombre. Se sentó. No miró a Will ni apuntó, sencillamente apoyó la mano en el tercer escalón empezando por abajo y apretó el gatillo.

La televisión no les había hecho un favor a los delincuentes. En las películas, las balas no atravesaban las paredes de yeso, ni las puertas metálicas de los coches. Tampoco explicaban que el rebote de una bala no tenía nada que ver con el de una pelota. Las balas salían a mucha velocidad y siempre hacia delante. Disparar al suelo no significaba que rebotase hacia arriba. Disparar al suelo por debajo de un coche significaba que la bala se deslizaría por el cemento, haría añicos el neumático y, si estabas sentado en el lugar oportuno, acabaría en tu ingle. Y eso fue lo que sucedió.

—¡Joder! —gritó el hombre.

—¡Levanta las manos! —ordenó Will.

Y vio dos manos levantadas.

—¡Me rindo! ¡Me rindo!

En esa ocasión, Amanda continuó apuntándole con el arma mientras se acercaba hasta el coche. Le dio una patada a la Glock para alejarla y puso la rodilla sobre la espalda del hombre mientras vigilaba la puerta de la oficina.

Estaba mirando la puerta equivocada. Una de los accesos de carga se abrió de golpe y una furgoneta negra salió a toda velocidad, volando por el aire. Al chocar con el asfalto, saltaron chispas. Los neumáticos dejaron un olor a goma quemada. Las ruedas patinaron. Will vio a dos jóvenes en la cabina. Llevaban sudaderas negras y gorras de béisbol del mismo color. Por un momento, no pudo ver a Amanda. Will levantó el rifle, pero no podía disparar sin arriesgarse a que una bala atravesase la furgoneta y le diese a su jefa. Sonaron dos disparos seguidos y la furgoneta desapareció.

Will corrió hacia el aparcamiento para poder apuntar, pero se detuvo porque Amanda estaba en el suelo.

—¿Amanda? —El pecho se le encogió y apenas podía hablar—. ¿Amanda? ¿Te encuentras…?

—¡Maldita sea! —gritó, rodando para poder erguirse. Tenía el pecho y la cara cubiertos de sangre—. Maldita sea.

Will se apoyó sobre una de las rodillas y le puso una mano en el hombro.

—¿Te han dado?

—Estoy bien, gilipollas —respondió apartándole la mano—. El que está muerto es él. Le han pegado dos tiros en la cabeza desde la furgoneta.

Will miró al hombre y vio que le habían volado la cara.

—Eso sí que ha sido un buen disparo, y desde un coche en movimiento. —Amanda le miró mientras la ayudaba a levantarse—. Mucho mejor que el tuyo. ¿Cuándo fue la última vez que estuviste en el campo de tiro? Es inaceptable, completamente inaceptable.

Will prefirió no discutir con ella, aunque podría haberle mencionado que dejar las pistolas en el mostrador había sido una mala idea, por no hablar de lo estúpido que había sido entrar en un lugar como ese sin refuerzos.

242

—Te lo juro por Dios, Will, cuando esto se acabe... —No terminó la frase. Se alejó pisando la funda de plástico de su bolso—. ¡Maldita sea!

Will se arrodilló al lado del muerto. Comprobó rutinariamente el pulso. Tenía un agujero en la sudadera, a cinco centímetros del corazón. Era lo suficientemente grande como para que cupiese un dedo. Le bajó la cremallera. Debajo llevaba un chaleco militar de asalto. El casquillo de la bala se había expandido con el impacto, colándose en la placa de choque, aplastándose como un perro que intenta meterse bajo un sofá.

El K-5 le había dado justo en el centro del pecho.

Amanda regresó. Observaba al hombre sin decir palabra. Probablemente le estaba mirando de frente cuando le dispararon, porque tenía trozos de cerebro pegados en la cara, así como un trozo de hueso en el cuello de la blusa.

Will se levantó. Lo único que podía hacer era ofrecerle su pañuelo.

—Gracias. —Se limpió la cara sin que le temblase la mano. La sangre se corrió como el maquillaje de un payaso—. Gracias a Dios, tengo una muda de ropa en el coche. —Miró a Will y añadió—: Se te ha roto la chaqueta.

Se miró la manga. Se había hecho una raja en la chaqueta al tirarse al asfalto.

—Siempre hay que llevar una muda en el coche. Nunca se sabe lo que puede pasar.

—Sí, señora.

Will puso la mano sobre la culata del rifle.

—Ling-Ling ha desaparecido —dijo Amanda limpiándose la frente—. Salió de la oficina con ese estúpido perro debajo del brazo mientras sonaban los disparos. No porque quisiera salvarme, sino porque también la intentaban matar a ella.

Will intentó procesar esa nueva información.

—Pensaba que los que nos disparaban trabajaban para ella.

—Si Julia hubiese querido matarnos, lo habría hecho al salir de la oficina. ¿Acaso no viste la recortada debajo del cojín del sofá?

Will asintió, aunque no la había visto; le corrió un sudor frío de solo pensarlo.

—Los tiradores trabajaban en su tienda. Los he reconocido. Estaban ensamblando los armarios. ¿Por qué querrían matar a Julia? ¿O a nosotros?

—¿No te parece obvio? —replicó Amanda, aunque luego se dio cuenta de que no resultaba tan claro—. No querían que hablase conmigo. Ni tampoco que hablase con Roger. Debía de saber algo.

Will intentaba juntar todas las piezas.

—Julia dijo que los jóvenes estaban actuando por su cuenta, que se estaban haciendo los gánsteres. No me imagino a un puñado de veinteañeros saturados de testosterona dejándose mandar por una mujer de mediana edad.

—Vaya, yo pensaba que a los hombres eso les encantaba. —Amanda miró al hombre que estaba muerto—. Suda como un cerdo. Seguro que se ha tomado algo.

Algo que había hecho que resistiese el impacto de una bala del calibre 55 en el chaleco antibalas y pocos segundos después saltase como una tostada.

Amanda lo empujó con la punta del zapato para darle la vuelta y mirar su cartera.

—Está claro que esos jóvenes no quieren dejar testigos. —Sacó el carné de conducir—. Juan Armand Castillo. Veinti-

243

cuatro años. Vivía en Leather Stocking Lane, en Stone Mountain.

Le enseñó el carné a Will. Castillo tenía aspecto de maestro de escuela, no de un tipo que perseguiría a un agente del GBI en un aparcamiento con una ametralladora.

Amanda le bajó la cremallera de la sudadera. El hombre tenía su Glock metida en sus pantalones. Lo sacó y dijo:

—Bueno, al menos no ha intentado matarme con mi pistola.

Will la ayudó a desabrochar los cierres laterales del chaleco.

—Apesta —dijo Amanda. Le levantó la camisa para mirarle el pecho—. No tiene tatuajes. —Le miró los brazos—. Aquí tampoco.

—Mírale las manos.

Castillo tenía los puños cerrados. Amanda le abrió los dedos con las manos, lo cual iba en contra del protocolo, pero Will ya lo había roto, así que poco importaba.

—Nada.

Él miró hacia el aparcamiento. Solo había dos coches, el Bentley y el Mercedes.

—¿Crees que queda alguien más dentro?

—El Bentley es de Ling-Ling, aunque imagino que tendrá otro coche aparcado cerca ahora que trata de pasar lo más desapercibida posible. El Mercedes es de Perry. El hombre de la oficina principal.

—Veo que los conoces a todos, Mandy.

—No estoy de humor para tus comentarios, Will.

—Julia Ling es una de las primeras en la jerarquía. Prácticamente es la jefa.

—¿Y eso es motivo para que hables como el gallo Claudio?

—Solo estoy diciendo que hace falta tenerlos muy bien puestos, o ser muy estúpido, para intentar quitar de en medio a alguien como Julia. Su hermano no se va a quedar con los brazos cruzados. Tú misma me dijiste que estaba prácticamente loco. Dispararle a su hermana es una declaración de guerra.

—Vaya, por fin has dicho algo sensato. —Le devolvió el pañuelo—. ¿Te has fijado en los hombres de la furgoneta?

Will negó con la cabeza.

—Jóvenes. Con gafas de sol, gorras y sudaderas. No podría jurar haber visto nada más...

—No te estoy pidiendo que jures. Lo que te estoy pidiendo... —El ruido de las sirenas la interrumpió—. Han tardado en venir.

Will calculó que el primer tiro habría sido disparado hacía cinco minutos; así que no era una mala respuesta.

—¿Y tú? ¿Has podido verlos?

Ella negó con la cabeza.

—Creo que debemos buscar a alguien con experiencia en disparar desde un coche.

Tenía razón. Darle a una persona en la cabeza dos veces seguidas desde un vehículo en movimiento, aunque fuese a poca distancia, no era una cuestión de suerte. Para eso se necesitaba práctica, y el asesino de Castillo no había errado.

—¿Por qué no te han disparado a ti? —preguntó Will.

—¿Te estás quejando o haciéndome una maldita pregunta? —Amanda se quitó algo del brazo. Miró a Castillo—. Nos hemos quedado solo con dos. Al menos nuestras probabilidades han mejorado.

Se refería a las huellas que habían encontrado en casa de Evelyn.

—Son tres.

Amanda negó con la cabeza, mirando el cadáver.

Will contó con los dedos.

—Evelyn mató a Hironobu Kwon. Faith a Ricardo Ortiz y a Benny Choo. Marcellus Estévez murió en el Grady. Con Juan Castillo suman cinco.

Amanda no dijo nada. Will estaba ocupado con sus cálculos matemáticos.

—Ocho menos cinco son tres.

Ella miró los coches patrulla que bajaban por la carretera.

—Dos —respondió—. El otro intentó matar a Sara Linton hace una hora.

Capítulo once

$\mathcal{D}$ale Dugan entró a toda prisa en la sala de médicos.

—He venido en cuanto he podido.

Sara entornó los ojos mientras cerraba la taquilla. Había estado casi dos horas prestando declaración en la policía de Atlanta. Al regresar, todo el personal administrativo del hospital se había arremolinado a su alrededor durante una hora, al parecer con la intención de ayudarla, aunque no tardó en darse cuenta de que estaban más preocupados porque no los demandase. En cuanto firmó un papel que los eximía de toda responsabilidad, se marcharon tan rápidamente como habían venido.

—¿Puedo traerte algo? —preguntó Dale.

—No, gracias. Estoy bien.

—¿Quieres que te lleve a casa?

—Dale, yo...

La puerta se abrió de golpe. Will estaba de pie, con una expresión de pánico en el rostro.

Durante unos segundos, eso fue lo único que le importó. Sara dejó de ver todo lo que había en la habitación. Su visión periférica se redujo y se centró exclusivamente en Will. No vio a Dale marcharse, ni oyó las constantes sirenas de las ambulancias, ni el timbre de los teléfonos, ni los gritos de los pacientes. Lo único que veía era a Will.

Él dejó que se cerrase la puerta, pero no se acercó. Le sudaba la frente y respiraba entrecortadamente. Sara no sabía qué decirle ni qué hacer. Se quedó allí, mirándole, como si fuese un día normal.

—¿Te han dado un nuevo uniforme? —preguntó Will.

Sara se echó a reír. Se había puesto una bata de hospital, pues su ropa se la había quedado el Departamento de Pruebas.

Will forzó una sonrisa.

—Resalta el verde de tus ojos.

Sara se mordió los labios para evitar llorar. Había deseado llamarle en cuanto sucedió. Había tenido el móvil en la mano, su número en la pantalla, pero terminó por guardarlo en el bolso porque sabía que, si le veía antes de recobrar la serenidad, se derrumbaría por completo.

Amanda Wagner llamó a la puerta antes de entrar.

—Lamento interrumpir, doctora Linton, pero ¿podría hablar con usted?

Will sintió que la rabia lo invadía.

—Aún no…

—No pasa nada —interrumpió Sara—. No puedo decirle gran cosa.

Amanda sonrió, como si fuese una reunión social.

—Cualquier cosa sería de mucha ayuda.

Sara había relatado tantas veces los incidentes durante las últimas horas que los repitió casi de carrerilla. Les dio una versión abreviada de su declaración, omitiendo la descripción de la mujer yonqui, la cual, sobre el papel, resultó muy similar a la de cualquier otra drogadicta. Tampoco describió la basura que había alrededor del contenedor, ni lo que hizo el personal sanitario, ni el protocolo que había seguido. Se centró en lo importante: en el joven que la había mirado detenidamente desde detrás de la cortina, el que le había propinado un puñetazo en el pecho, y el mismo que le había pegado dos tiros al paciente en la cabeza. Era delgado, de raza blanca, de unos veintitantos años. Llevaba una sudadera negra y una gorra de béisbol. Durante el escaso tiempo que pasó desde que le vio hasta que murió, no había pronunciado ni una palabra. Lo único que había oído era un gruñido, y luego salirle el aire de la garganta cuando dejó de respirar.

—Me tenía cogida la mano. No pude evitarlo. Está muerto. Los dos están muertos.

A Will le costó hablar.

247

—Te hirió.

Sara solo pudo asentir, pero mentalmente vio la imagen que había visto reflejada en el espejo del cuarto de baño: el cardenal alargado y feo que tenía sobre el pecho derecho, justo donde la había golpeado.

Will se aclaró la voz.

—De acuerdo. Gracias por su cooperación, doctora Linton. Imagino que probablemente querrá irse a su casa.

Se dio la vuelta para marcharse, pero Amanda no hizo ademán de seguirle.

—Doctora Linton, he visto que hay una máquina de bebidas en la sala de espera. ¿Le apetece algo?

La había pillado a contrapié.

—Estoy...

—Will, ¿puedes traerme un Diet Sprite y...? Lo siento, doctora Linton, ¿qué le apetece?

Will apretó la mandíbula. No era estúpido. Sabía que Amanda quería quedarse a solas con ella. Y Sara también sabía que Amanda no se daría por vencida hasta obtener lo que andaba buscando. Intentó facilitárselo a Will y dijo:

—Una Coca-Cola, por favor.

Will no estaba dispuesto a rendirse tan fácilmente.

—¿Seguro?

—Sí, seguro.

No estaba muy convencido, pero salió de la habitación.

Amanda miró hacia el pasillo para asegurarse de que Will se había ido. Se dio la vuelta para mirar a Sara.

—Estoy haciendo campaña a su favor.

Sara no tenía ni la más remota idea de a qué se refería.

—Me refiero a Will —dijo explicándose—. Le han puteado mucho en la vida y yo no puedo ayudarle.

Sara no estaba de humor para bromas.

—¿Qué quiere, Amanda?

Fue derecha al grano.

—Los cuerpos aún están en el depósito. Necesito que los examine y me dé su opinión profesional. La opinión de una forense —recalcó.

Sara sintió un escalofrío al pensar en ver de nuevo al hombre que la había intentado matar. Cada vez que parpadeaba, podía ver su imperturbable rostro encima de ella. No podía tocarse la mano sin sentir sus dedos aferrándose a la suya.

—Yo no puedo abrirlos.

—No, pero puede darme algunas respuestas.

—¿Como cuáles?

—Consumo de drogas, pertenencia a una banda, si alguno de ellos tenía el estómago lleno de heroína.

—Como Ricardo.

—Sí, como Ricardo.

Sara no lo pensó dos veces.

—De acuerdo, lo haré.

—¿Hacer el qué?

Will ya estaba de vuelta. Debía de haber hecho el camino corriendo, pues estaba resollando. Sostenía las dos bebidas en una mano.

—Ya estás aquí —dijo Amanda como si se sorprendiera de verle—. Estábamos a punto de bajar al depósito.

Will miró a Sara.

—No.

—Quiero hacerlo —insistió ella, aunque no estaba segura de por qué.

Durante las tres últimas horas, en lo único que había pensado era en regresar a casa. Ahora que Will estaba allí, pensar en regresar a su apartamento vacío le resultaba inimaginable.

—No necesitamos esto —dijo Amanda. Cogió las latas y las tiró a la basura—. ¿Doctora Linton?

Sara los condujo por el pasillo hasta los ascensores; le pareció que había pasado una eternidad desde que hizo ese mismo camino esa mañana. Una camilla con un paciente pasó a su lado, mientras los sanitarios gritaban las constantes y los médicos daban órdenes. Sara levantó el brazo para indicarle a Will que se echase junto a la pared para que pudieran pasar. Su mano permaneció durante unos instantes levantada delante de su corbata. Notó el tacto de la seda en la yema de los dedos. Llevaba puesto un traje, su indumentaria normal en el trabajo, pero sin chaleco. Su chaqueta era de color azul oscuro, y su camisa, de un tono más claro, pero del mismo color.

El policía. Sara se había olvidado de él.

—No he...

—Un momento —dijo Amanda, como si temiese que las paredes tuviesen oídos.

Sara estaba que echaba humo mientras esperaban el ascensor. ¿Cómo se podía haber olvidado del policía? ¿Qué le pasaba?

La puerta se abrió. El ascensor estaba lleno. Las viejas poleas tardaron lo suyo en ponerse en marcha. Bajaron una planta; la mayoría de las personas salieron. Dos enfermeros jóvenes bajaron con ellos hasta el subsótano. Salieron y fueron hacia las escaleras, probablemente para una cita ilícita.

Amanda esperó hasta que se alejaron.

—¿Qué pasa?

—Había un hombre cuando vinimos del contenedor. Casi le tiro al suelo. Le dije que se apartase y me enseñó una placa. O al menos eso parecía. Se comportó como un policía.

—¿A qué se refiere?

—Se comportó como si tuviese todo el derecho a preguntarme, y se molestó cuando no le respondí de inmediato —dijo Sara poniéndole una mirada significativa.

—Sí, parece un policía —admitió Amanda irónicamente—. ¿Qué quería?

—Me preguntó si el paciente saldría adelante. Le dije que era posible, aunque era obvio que... —Sara dejó la frase sin terminar, tratando de recordar—. Llevaba un traje negro, color carbón, y una camisa blanca. Era muy delgado, casi esquelético. Apestaba a tabaco. Podía olerlo incluso después de marcharse.

—¿Vio por dónde se marchaba?

Sara negó con la cabeza.

—¿Blanco o negro?

—Blanco. Con el pelo gris. Parecía un hombre mayor. —Se llevó la mano a la cara—. Tenía las mejillas hundidas y los párpados muy gruesos. —Recordó algo más—. Llevaba una gorra. Una gorra de béisbol.

—¿Negra? —preguntó Will.

—No, azul. De los Atlanta Braves.

—Probablemente, su rostro aparezca en las cámaras de

seguridad —apuntó Amanda—. Tendremos que decírselo a la policía de Atlanta. Puede que le pidan que los ayude a hacer un retrato robot.

Sara haría lo que le pidiesen.

—Siento no haberme acordado antes. No sé qué me...

—Estabas en *shock*. —Will parecía querer decir algo más. Miró a Amanda y, señalando la puerta doble al final del pasillo, añadió—: Creo que es por aquí.

Esta vez en el depósito no se encontraron ni a Junior ni a Larry. Había dos camillas, cada una con un cuerpo; ambos cubiertos por una sábana. Sara dedujo que uno sería del hombre que había encontrado al lado del contenedor; el otro del que le había disparado a este e intentó matarla a ella.

Había una mujer mayor apoyada sobre la puerta del refrigerador. Levantó la mirada de su BlackBerry al verlos entrar. Llevaba su identificación médica pegada en el bolsillo de los pantalones. No llevaba bata de laboratorio, tan solo un traje negro de buena confección. Se veía que trabajaba en la administración del hospital. Era una mujer mayor, con el pelo más canoso que moreno. Se apartó del refrigerador mortuorio y se acercó hasta donde estaban. Adoptó una postura firme, sacando el pecho como si fuese la proa de un barco.

No perdió el tiempo con presentaciones. Sacó un cuaderno pequeño de espiral del bolsillo de la chaqueta y leyó:

—El nombre del tirador es Franklin Warren Heeney. La policía encontró la cartera en su bolsillo. Un muchacho de por aquí. Vivía en Tucker con sus padres. Dejó la universidad en el segundo curso. No hay informes de empleo ni antecedentes penales, aunque, cuando tenía trece años, pasó seis meses en el correccional por romper ventanas. Tiene una hija de seis años que vive con una tía en Snellville. La madre de la niña está en la prisión del condado por hurtos en tiendas y una bolsa de metanfetaminas que le encontraron en el bolso. Es todo lo que sé. —Señaló el otro cuerpo—. Marcellus Benedict Estévez. Como le dije por teléfono, encontraron su cartera al lado del contenedor. ¿Imagino que ya habrá investigado sobre él?

Amanda asintió, y la mujer cerró el cuaderno.

—Es todo lo que tengo de momento.

—Gracias —dijo Amanda asintiendo de nuevo.

—Les dejo una hora antes de que vengan los chicos. Doctora Linton, las radiografías que pidió para Estévez se encuentran en el paquete de transporte. Le he traído algún instrumental que puede servirle. Lamento no haber conseguido nada más.

Había de sobra. Sara miró las bandejas que había al lado de los cuerpos. Fuese quien fuese aquella mujer, no cabía duda de que tenía conocimientos médicos y desempeñaba un cargo lo bastante alto en la jerarquía del Grady como para obtener ese material sin que nadie le pidiese explicaciones.

—Gracias.

La mujer hizo un gesto de despedida y salió de la habitación.

Will empleó un tono sarcástico cuando le preguntó a Amanda:

—No me lo digas. ¿Otra de tus viejas amigas?

Ella no le hizo ni caso.

—Doctora Linton, ¿podríamos empezar?

Sara se obligó a moverse, ya que de no ser así se habría quedado pegada al suelo hasta que el edificio se le cayese encima. Había un paquete de guantes esterilizados colgando de un gancho en la pared. Sacó un par y se los colocó en sus sudadas manos. Los polvos formaron pequeñas pelotillas que se le pegaron a la palma como si fuesen una masa.

Sin preámbulos retiró la sábana que cubría el primer cuerpo y vio a Marcellus Estévez, el hombre que había encontrado al lado del contenedor. Tenía dos agujeros de bala en la frente, y la piel manchada de pólvora quemada. Olía a cordita, lo cual resultaba imposible, ya que le habían disparado hacía pocas horas.

—Dos disparos en la frente, igual que los que hicieron desde el coche en el almacén.

Will habló en voz baja.

—No tienes por qué hacerlo —dijo dirigiéndose a Sara.

—Estoy bien. —Ella se obligó a continuar, empezando por lo más sencillo—. Tendrá unos veinticinco años. Medirá un metro setenta y dos o un poco más. Unos ochenta kilos.

—Le abrió los ojos, siguiendo el proceso rutinario—. Piel oscura. Ictérico. La herida estaba infectada. La necropsia seguro que muestra que le afectó a otros órganos mayores. Cuando le encontramos sufría un *shock* sistémico. —Bajó la sábana para poder mirarle el vientre, pero esta vez para evaluarlo desde el punto de vista forense, no para aplicarle tratamiento alguno.

El hombre estaba desnudo, ya que le habían cortado la ropa cuando lo llevaron a la sala de urgencias. Sara vio la penetrante herida de cuchillo que tenía en el cuadrante bajo del abdomen. Presionó a ambos lados del corte para ver el trayecto de la cuchilla.

—Tiene el intestino delgado desgarrado. Parece como si el cuchillo hubiese entrado en ángulo ascendente. Una puñalada con la mano derecha desde posición supina.

—¿Estaba encima de ella? —preguntó Amanda.

—Creo que sí. Imagino que nos referimos a Evelyn. —Will aún se mostraba receloso, pero Amanda asintió—. La hoja le entró en ángulo oblicuo a las líneas abdominales de Langer, es decir, en la dirección natural de la piel. Si reoriento los bordes de esta forma —dobló la piel para ponerla en la posición en que estaba el hombre cuando lo apuñalaron—, se puede ver por el punto de penetración que Evelyn estaba echada de espaldas, probablemente en el suelo, con el atacante encima de ella. Él estaba un poco inclinado por la cintura. El cuchillo penetró de esta forma. —Sara alargó la mano para coger un escalpelo de la bandeja, pero cambió de opinión y cogió unas tijeras. Ilustró el movimiento poniéndose la mano a la altura de la cadera con las tijeras mirando hacia arriba—. Fue una puñalada defensiva más que deliberada. Puede que forcejeasen, cayesen al mismo tiempo y se le clavase el cuchillo. El hombre se dio la vuelta con la hoja clavada, se ve que la herida es más profunda en el borde lateral, lo que indica movimiento.

—¿Era un cuchillo de cocina?

—Estadísticamente, es el arma más usada y, puesto que el forcejeo tuvo lugar en la cocina, es lo más probable. Tendrán que hacer una comparación en la oficina del forense para estar seguros. ¿Encontraron el arma en la escena del crimen?

253

—Sí —respondió Amanda—. ¿Está segura de que Evelyn estaba de espaldas?

Sara se dio cuenta de que no estaba muy satisfecha con la evaluación. Quería que su amiga fuese una luchadora, no alguien con suerte.

—La mayoría de las heridas mortales hechas con un cuchillo se producen en la región izquierda del pecho. Si quieres matar a alguien, apuntas al corazón, con la mano levantada, directamente al pecho. Esta herida es defensiva. —Señaló el borde de la palma de la mano del hombre—. Pero Evelyn no se rindió tan fácil. En algún momento del forcejeo, le atacó directamente, porque él agarró la hoja del cuchillo.

Amanda se sintió más tranquila con esa explicación.

—¿Tiene algo en el estómago?

Sara buscó debajo de la camilla y sacó el paquete de transporte destinado al forense de Fulton County. Krakauer había rellenado la mayor parte de la información mientras la policía interrogaba a Sara. Era un formulario estándar. El forense que realizaba la autopsia necesitaba saber si llevaba drogas, los procedimientos que se habían empleado, las señales que procedían del hospital y las realizadas por otras causas más crueles. Sara encontró una réplica térmica de los rayos X en la última página.

—El estómago parece que no contiene objetos extraños. Lo sabrán con seguridad cuando le abran, pero imagino que la cantidad de heroína de la que hablamos, y por la que merecería morir, se vería fácilmente.

Will se aclaró la garganta. Parecía reacio a preguntar.

—¿Tendría Evelyn mucha sangre encima tras haber apuñalado a ese hombre?

—No creo. La mayor parte de la hemorragia se produjo internamente, incluso después de sacar el cuchillo. Tiene una herida defensiva en la mano, pero las arterias cubital y radial están intactas, y ninguna de las arterias digitales se vio afectada. Si el corte en la mano fuese más profundo, o si le hubiesen cortado un dedo, habría una cantidad significativa de sangre. Ese no es el caso de Estévez, por eso creo que Evelyn tendría una mancha insignificante de sangre en la ropa.

—Había mucha sangre en el suelo. Había huellas de zapatos por todo el suelo.

—¿Era muy grande el espacio?

—Del tamaño de una cocina. Más grande que la tuya, pero no mucho, y cerrada. La casa es antigua, estilo chalé. Sara pensó en ello.

—Tendría que ver las fotos de la escena del crimen, pero estoy casi segura de que si había mucha sangre en el suelo, no procedía ni del abdomen ni de la mano de Estévez. Al menos no toda.

—¿Podría haberse levantado y haber huido por sí solo con esas heridas?

—No sin ayuda. Cualquier lesión en la pared abdominal dificulta la respiración, y es casi imposible moverse. —Sara se puso la mano en el estómago—. Piensa en la cantidad de músculos que tienen que trabajar tan solo para que alguien se levante.

—¿Adónde quieres llegar? —le preguntó Amanda a Will.

—Solo me pregunto quién forcejeó con Evelyn si este hombre no pudo levantarse después de que lo apuñalaran. Y no había mucha sangre suya.

Sara leyó sus pensamientos.

—Crees que Evelyn resultó herida.

—Es posible. Analizaron la sangre de la escena, pero no toda, y los análisis de ADN no estarán hasta dentro de unos días. —Se encogió de hombros—. Si Evelyn resultó herida y Estévez no sangraba mucho, eso podría explicar la cantidad de sangre.

—Estoy segura de que, si resultó herida, no es nada serio —dijo Amanda haciendo un gesto de rechazo por su teoría, un gesto parecido al que se hace cuando se espanta una mosca.

Cualquier persona razonable ya habría aceptado que las probabilidades de que Evelyn Mitchell estuviese viva eran muy escasas, teniendo en cuenta el tiempo que había transcurrido. Pero Amanda parecía aferrarse a la teoría opuesta.

Sara no pensaba ser la que le llevase la contraria.

Había una lente de aumento en una de las bandejas. Bajó la lámpara y continuó examinando al hombre de arriba abajo, buscando pruebas, marcas de agujas, cualquier cosa que les pudiese proporcionar una pista. Cuando llegó la hora de darle la vuelta, Will se puso unos guantes esterilizados y la ayudó a mover el cuerpo.

—Esto es interesante —apuntó Sara modestamente.

Estévez tenía un enorme tatuaje de un ángel en la espalda. La imagen le llegaba hasta el sacro. Era tan intrincada que parecía más bien una escultura.

—El arcángel Gabriel —dijo Sara.

—¿Cómo lo sabes? —preguntó Will.

Ella señaló la trompeta que tenía en la boca.

—La Biblia no dice nada al respecto, pero algunas religiones creen que el día del Juicio Final vendrá cuando el arcángel Gabriel sople su trompeta. —Sabía que Will jamás iba a la iglesia—. Son cosas que les enseñan a los niños en la catequesis. Y, además, casa bien con su nombre: Marcellus Benedict. Son nombres de dos papas.

—¿Cuándo cree que le hicieron ese tatuaje? —preguntó Amanda.

La piel en la parte de debajo de la espalda aún estaba irritada por la aguja.

—Una semana, quizá cinco días. —Se inclinó para examinar el dibujo más atentamente—. Lo hicieron por partes. Y quien lo hizo tardó mucho tiempo. Probablemente meses. No es el tipo de cosas que se olvidan, y resultaría bastante caro.

Will sostuvo la mano del hombre.

—¿Has visto esto que tiene debajo de las uñas?

—He visto que las tiene sucias, algo muy típico en un hombre de su edad. No puedo hacerle un raspado. Al médico forense le daría un ataque. Además, cualquier cosa que encontrase no sería admisible, pues no hemos seguido la cadena de custodia.

Will se acercó los dedos del hombre a la nariz.

—Huele a gasoil.

Sara también los olió.

—No puedo saberlo. La policía me dijo que vieron las cámaras de seguridad. No son estáticas. Giran de un lado a otro del aparcamiento trasero, algo que, obviamente, los delincuentes sabían. No se les ve dejar el cuerpo. Se sabe que Estévez llevaba, por lo menos, doce horas al lado del contenedor. El olor puede ser de cualquier cosa. —Le dio la vuelta a la mano—. Esto es aún más interesante. Obviamente, trabajaba con las manos. Tiene algunos callos en el pulgar y en un lado del dedo índice. Se ve que sostenía algún tipo de herramienta mucho rato. Debía ser algo pesado, que se moviese un poco.

—¿Dijiste que estaba en el paro? —preguntó Will a Amanda.

—En el registro se ve que ha estado cobrando el paro durante casi un año.

Sara pensó en otra cosa.

—¿Puedes darme eso? —dijo señalando las lentes de aumento. Will las cogió y esperó a que Sara le abriese la boca a aquel tipo. Tenía la mandíbula rígida y se oyó un chasquido de tendones cuando le abrió los labios—. Sujeta un momento —le dijo a Will indicándole que debía fijarse en los dientes superiores—. ¿Ves esas pequeñas hendiduras en los bordes inferiores de su mandíbula superior? —Will se inclinó y luego dejó que Amanda lo viese—. Son impresiones repetitivas, y salen de sostener constantemente algo entre los dientes. Suelen verse en las costureras o en los carpinteros que se me meten los clavos entre los dientes.

—¿Cómo los que hacen armarios? —preguntó Will.

—Es posible. —Sara miró de nuevo la mano de Estévez—. Esos callos puede producirlos una clavadora. Tendría que ver la herramienta y compararla, pero, si me dices que trabajaba de carpintero, estoy de acuerdo en que trabajaba en ese sector. —Cogió la mano izquierda del hombre—. ¿Ves esas cicatrices en el dedo índice? Son heridas muy corrientes entre los carpinteros. Cuando se les escurre el martillo, el clavo daña la piel. La rosca de los destornilladores levanta la capa superior de la dermis. —Will asintió—. Les atraviesa también la cutícula. Los carpinteros usan cuchillas de moqueta para cortar los bordes o para hacer muescas en la madera. A veces, la hoja les corta la yema del dedo o les arranca la piel lateral. Suelen usar la mano no dominante para alisar la masilla o el esmalte, lo que hace que se desgaste la yema. Sus huellas cambian cada semana, a veces cada día.

257

—Así pues, ¿llevaba trabajando un buen tiempo? —preguntó Amanda.

—Yo diría que, fuese el trabajo que fuese, llevaba en él dos o tres años.

—¿Qué me dice de Heeney, el pistolero?

Sara buscó debajo de la sábana para examinar la mano del otro hombre. No quería volver a ver su cara.

—Era zurdo, pero podría asegurar que trabajaba en el mismo sector que Estévez.

—Al menos hay una conexión entre ellos —apuntó Will—. Ambos trabajaban para Ling-Ling.

—¿Quién es Ling-Ling? —preguntó Sara.

—Una persona de interés que ha desaparecido —respondió Amanda mirando el reloj—. Debemos darnos prisa. Doctora Linton, ¿podría examinar a nuestro otro amigo?

Sara no se lo pensó dos veces. Retiró la sábana con un movimiento rápido. Era la primera vez que veía la cara de Franklin Warren Heeney después de que la hubiese intentado matar. Tenía los ojos abiertos. Sus labios envolvían el tubo que le habían insertado en la garganta para ayudarle a respirar. Una capa seca de sangre le rodeaba el cuello donde tenía la carne abierta. Aún estaba vestido de cintura para abajo, pero los sanitarios le habían cortado la chaqueta y la camisa para intentar salvarle la vida. Había sido un trabajo inútil, pues se había cortado la yugular. Había perdido casi la mitad del volumen de sangre antes de que consiguieran levantarlo del suelo y ponerlo en la mesa. Sara lo sabía porque había sido la médica que se había ocupado del asunto.

Levantó la cara. Tanto Amanda como Will la estaban mirando fijamente.

—Lo siento —dijo disculpándose. Tuvo que aclararse la garganta antes de poder hablar de nuevo—. Tiene más o menos la misma edad que Estévez. Unos veintitantos. Delgado para su constitución. —Indicó las señales de aguja en el brazo. Aún tenía pegado a la piel el puerto intravenoso que le había insertado en la piel—. Consumidor reciente, al menos de forma intravenosa. —Cogió un otoscopio y le examinó la nariz—. Tiene una cicatriz considerable en las fosas nasales, probablemente de esnifar. —Examinó el alcance con más detenimiento—. Se operó para reparar el tabique, por lo que deduzco que consumía coca, metanfetaminas..., puede que Oxy. Corroen el cartílago.

—¿O heroína? —preguntó Will.

—Sí, también. —Sara se disculpó de nuevo—. La mayoría de los consumidores que conozco, o bien la fuman, o bien se la inyectan. Los que la esnifan van directamente al depósito de cadáveres.

—¿Tiene algo en el estómago? —preguntó Amanda cruzando los brazos.

Sara no tuvo que mirar el archivo. No se le habían hecho radiografías. El hombre había muerto antes de poderle hacer alguna prueba. En lugar de continuar con el examen, le miró el rostro de nuevo. Franklin Heeney no tenía precisamente aspecto de monaguillo, y las cicatrices de acné y las mejillas hundidas indicaban que ya había vivido lo suyo. Seguramente tenía una madre, un padre, una hija y quizás un hermano o una hermana a los que en ese momento les estarían diciendo que su ser querido había fallecido.

Sin embargo, ese ser querido había matado a un hombre a sangre fría y le había propinado un puñetazo tan fuerte a Sara que le había cortado la respiración. Notó que el cardenal que tenía en el pecho empezaba a dolerle. Ella también tenía una madre, un padre y una hermana que se sentirían horrorizados si supiesen lo que le había sucedido aquel mismo día.

—¿Doctora Linton? —dijo Amanda.

—Lo siento. —En el rato que tardó en dirigirse a la caja de guantes y ponerse otro par nuevo, recuperó la compostura. Ignoró la mirada de preocupación por parte de Will y presionó los dedos en el abdomen del hombre—. No observo nada extraño. Los órganos están en su sitio y son de un tamaño normal. Ni el intestino ni el estómago están inflamados. —Se quitó los guantes y los tiró a la basura. El agua del fregadero estaba fría, pero, aun así, se lavó las manos—. No puedo enviarle a rayos X porque necesita la identificación de paciente y, sinceramente, no voy a hacer esperar a otro para satisfacer su curiosidad. La oficina forense le dará una respuesta definitiva. —Se echó un poco de gel antibacterias en

259

las palmas de las manos y, tratando de hablar con voz firme, añadió—: ¿Eso es todo?

—Sí —respondió Amanda—. Gracias, doctora Linton.

Sara no respondió. Hizo caso omiso de Will y de los dos cuerpos, y mantuvo la mirada en la puerta hasta cruzarla. Una vez en el pasillo, se concentró en el ascensor, en el botón que pulsaría, y luego en los números que se iluminaban sobre la puerta. Solo quería pensar en los pasos que debía dar, no en los que había dejado atrás. Necesitaba salir de aquel lugar, marcharse a casa, taparse con una manta, acariciar a sus perros y olvidarse de aquel día tan horrible.

Oyó pasos a su espalda. Will se acercaba corriendo y ella se dio la vuelta. Él se detuvo a pocos metros.

—Amanda está poniendo una nota de aviso sobre el tatuaje.

¿Qué hacía allí de pie? ¿Por qué venía corriendo hasta ella para luego no hacer nada?

—Puede que descubramos...

—No me importa.

Will la miró fijamente. Tenía las manos en los bolsillos. Llevaba las mangas de la chaqueta remangadas. La tela tenía un pequeño roto.

Sara apoyó la espalda en la pared. No se había dado cuenta antes, pero Will tenía un corte reciente en el lóbulo de la oreja. Quiso preguntarle al respecto, pero probablemente le respondería que se había cortado afeitándose. Puede que tampoco quisiera saberlo. La fotografía que había visto de su boca aún estaba viva en su memoria. ¿Qué más le habían hecho? ¿Qué más se había hecho él mismo?

—¿Por qué ninguna de las mujeres que hay en mi vida me llama cuando necesita ayuda? —preguntó Will.

—¿Acaso no te llama Angie?

Will bajó la mirada, observando el espacio que había entre ellos.

—Lo siento —dijo Sara—. Eso no ha estado bien. Ha sido un día muy largo.

Will no levantó la mirada. Le cogió la mano y sus dedos se entrelazaron. Tenía la piel cálida, casi caliente. Le pasó el pulgar por la palma, por las membranas de sus dedos. Sara cerró los ojos y él acarició lentamente cada centímetro de la mano, tocándole las líneas y los pliegues, presionando el pulgar suavemente sobre el latido de su pulso en la muñeca. Su tacto era paliativo. Sara notó que empezaba a tranquilizarse; su respiración adquirió una cadencia sosegada que compaginaba con la suya.

Las puertas del depósito se abrieron. Sara apartó su mano al mismo tiempo que Will. No se miraron. Eran como dos niños sorprendidos en la parte de detrás de un coche.

Amanda sostenía su móvil en el aire, con aire triunfal.

—Roger Ling quiere hablar.

261

Capítulo doce

*F*aith estaba más cerca de una crisis nerviosa de lo que había estado nunca antes. Los dientes le seguían rechinando, a pesar del sudor que le corría por todo el cuerpo. Había vomitado el desayuno y se tuvo que obligar a almorzar. La cabeza le martilleaba tanto que el dolor le llegaba hasta los ojos. Su nivel de azúcar estaba muy por debajo y tuvo que llamar a la oficina de su médico para saber qué hacer. La amenazaron con internarla en el hospital si no lograba controlarlo. Faith les había prometido que volvería a llamar, luego fue al cuarto de baño, puso el agua caliente lo más caliente que pudo y estuvo llorando durante media hora.

Una y otra vez, le pasaban los mismos pensamientos por la cabeza, como si fuesen neumáticos abriendo un surco en una carretera de grava. Habían estado en su casa, habían tocado sus cosas y las de Jeremy. Sabían su fecha de nacimiento, las escuelas a las que había asistido, lo que le gustaba y lo que no. Lo habían planeado todo hasta el más mínimo detalle.

La amenaza era como una sentencia de muerte. Cierra la boca y abre los ojos. Faith no podía abrir más los ojos ni cerrar más sus labios. Había registrado la casa dos veces. Constantemente miraba su teléfono, sus mensajes de correo electrónico, la página de Facebook de Jeremy. Eran las tres de la tarde. Llevaba casi diez horas en la casa, encerrada como un animal enjaulado.

Y seguía sin saber nada.

—Hola, mamá.

Jeremy entró en la cocina. Faith estaba sentada a la mesa, mirando al jardín trasero, donde el detective Taylor y el Pelirrojo hablaban seriamente entre ellos. Por sus gestos de aburrimiento, dedujo que esperaban que su jefe les dijese que podían volver a su trabajo. Por lo que respecta al caso, creían que había llegado a un punto muerto. Habían transcurrido demasiadas horas, y nadie se había puesto en contacto. Por su mirada dedujo lo que pensaban: creían que Evelyn Mitchell estaba muerta.

—¿Mamá?

Faith acarició el brazo de Jeremy.

—¿Qué sucede? ¿Se ha despertado Emma?

La niña había dormido demasiado la noche anterior, y estaba un poco caprichosa e irritable. Había llorado casi una hora entera antes de la siesta.

—Está bien —respondió Jeremy—. Voy a salir a dar un paseo. A tomar un poco el aire.

—No —respondió Faith—. No quiero que salgas de casa.

Por la expresión en el rostro de Jeremy se dio cuenta de lo tajante que había sido.

Le apretó el brazo.

—Quiero que te quedes aquí, ¿de acuerdo?

—Estoy harto de estar encerrado.

—Y yo también, pero prométeme que no saldrás de casa. —Jugó con sus emociones—. Ya tengo bastante con preocuparme de la abuela. No quiero tener que preocuparme de ti también.

—De acuerdo —respondió de mala gana el chico.

—Haz algo con tu tío Zeke. Juega a las cartas.

—Pone mala cara siempre que pierde.

—Igual que tú.

Faith le hizo señas para que se marchase de la cocina, pero siguió sus pasos a través de la casa, escuchando los crujidos de las tablas de madera de las escaleras que subían hasta su habitación. Debería poner a Zeke a trabajar en su lista de chapuzas. Eso, por supuesto, implicaba tener que hablar con él, y Faith estaba haciendo todo lo posible por evitarle. Afortunadamente, él parecía hacer lo mismo, y llevaba tres horas en el garaje, trabajando con su portátil.

263

Se levantó de la mesa y empezó a ir de un lado para otro con la esperanza de agotar su energía. No tardó mucho. Se inclinó sobre la mesa y le dio al teclado de su portátil para que se encendiese. Volvió a meterse en la página de Facebook de Jeremy.

La rueda de colores empezó a girar. Jeremy estaba probablemente jugando a algún juego en la planta de arriba, cosa que hacía que la conexión fuera más lenta.

Sonó el teléfono y se sobresaltó. Lo hacía siempre que oía algún ruido inesperado. Estaba tan nerviosa como un gato en alerta. La puerta trasera se abrió. El Pelirrojo esperó mientras respondía a la llamada. Por su expresión cansada, dedujo que pensaba que eso no solo era inútil, sino algo muy por debajo de su talento.

Se puso el auricular en el oído.

—¿Dígame?

—Faith.

Era Víctor Martínez. Le hizo una señal al Pelirrojo para que se marchase.

—Hola.

—Hola.

Una vez acabados los saludos, ninguno de los dos se sentía capaz de hablar. No había hablado con Víctor desde hacía trece meses, desde que le escribió un mensaje diciéndole que sacase sus cosas de la casa o se las dejaría en la calle.

Víctor rompió el silencio.

—¿Se sabe algo de tu madre?

—No, nada.

—Han pasado veinticuatro horas, ¿no?

No le salían las palabras. Víctor tenía la costumbre de recalcar lo obvio, y su afición por las películas de crímenes implicaba que sabía tan bien como Faith que el tiempo estaba en su contra.

—¿Se encuentra bien Jeremy?

—Sí. Gracias por traerle a casa ayer. Y por quedarte con él. Por cierto, ¿no viste nada raro cuando estuviste aquí? ¿Nadie merodeando por la casa?

—Por supuesto que no. Se lo habría dicho a la policía.

—¿Cuánto tiempo llevabas aquí antes de que llegasen?

—No mucho. Tu hermano llegó una hora después y me marché.

Estaba tan cansada que tuvo que hacer grandes esfuerzos para calcular el tiempo. Los secuestradores de Evelyn no habían dudado. Habían ido a su casa justo después de estar en la de Evelyn. Conocían el sitio lo bastante bien como para subir las escaleras y poner el dedo debajo de la almohada de Faith. Posiblemente, estaban vigilando la casa incluso antes de eso. Puede que hubiesen escuchado las llamadas de Faith, o que mirasen su agenda en el ordenador y supiesen que estaría fuera. No había nada en la casa que estuviese protegido con contraseñas, pues siempre se había sentido segura.

Faith no entendió algo que había dicho Víctor.

—¿Qué dices?

—Que tu hermano es un capullo.

—No es un momento fácil para él, Víctor —respondió Faith—. Nuestra madre ha desaparecido. Nadie sabe si está viva o muerta. Zeke lo dejó todo para estar con Jeremy. Lamento que fuese un poco grosero, pero es difícil ser simpático en estos momentos.

—Perdona. No debería haber dicho eso.

Su respiración volvió a agitarse. Trató de recuperar el control. Quería gritarle a alguien, pero no tenía por qué ser a Víctor.

—¿Me oyes?

Faith no pudo contenerse más.

—Sé que Jeremy te enseñó una foto de Emma.

Él se aclaró la garganta.

—Lo que estás pensando... —dijo ella poniendo los dedos sobre sus párpados cerrados— es cierto.

Víctor se quedó callado durante lo que pareció una eternidad.

—Es muy guapa —dijo finalmente.

Faith dejó caer la mano y miró al techo. Sus hormonas estaban tan fuera de control que cualquier nimiedad la hacía saltar. Se apoyó el teléfono en el hombro e intentó cargar de nuevo la página de Facebook de Jeremy.

—Me gustaría conocerla en cuanto todo esto acabe.

Faith observó la rueda dar vueltas en la pantalla mientras

265

funcionaba el procesador. No podía imaginar a Víctor con Emma, sosteniéndola en sus brazos, acariciándole el pelo, diciendo que tenía sus mismos ojos color marrón claro. Ella solo podía pensar en el presente, en cómo con cada segundo que pasaba había menos probabilidades de que Evelyn Mitchell viese a su nieta cumplir su primer año.

—Tu madre es una luchadora —dijo Víctor. Luego, casi compungido, añadió—: Como tú.

La página de Facebook terminó por cargarse. GoodKnight92 había enviado un comentario ocho minutos antes.

—Tengo que dejarte.

Faith colgó el teléfono. Puso la mano sobre el portátil. Miró las palabras que había en la pantalla. Le resultaban familiares.

> Debes estar un poco agobiado.
> ¿Por qué no sales y tomas un poco el aire?

Habían contactado con Jeremy una vez más, y su hijo, su pequeño, había estado dispuesto a salir por la puerta y poner su vida en riesgo con tal de que regresase su abuela.

Faith levantó la voz:

—¿Jeremy?

Esperó. No oyó sus pasos en la planta de arriba ni el crujido de las tablas de madera.

—¿Jeremy? —volvió a llamar mientras entraba en el salón. Pasó una eternidad. Se agarró a la parte de atrás del sofá para no caerse. Su voz tembló, aterrorizada—. ¡Jeremy!

Su corazón se detuvo al sentir retumbar unos pasos en la planta de arriba, pero era Zeke, que, desde el descansillo, respondió:

—Dios santo, Faith, ¿qué pasa?

Ella apenas podía hablar.

—¿Dónde está Jeremy?

—Le dije que podía salir a dar un paseo.

El Pelirrojo entró desde la cocina, con una expresión de desconcierto en el rostro. Antes de que pudiera decir nada, Faith cogió la pistola de su funda y salió de la habitación. No recordó abrir la puerta o recorrer la entrada. Hasta que estuvo en medio de la calle no se detuvo. Vio una figura delante, a punto de torcer la esquina de la siguiente calle. Era una figura alta, desgarbada, con los pantalones vaqueros holgados y una camiseta amarilla de la Universidad de Georgia.

—¡Jeremy! —gritó. Un coche se detuvo en la intersección, a escasos metros de su hijo—. ¡Jeremy! —Él no la oyó. Se dirigió hacia el coche.

Faith corrió todo el trayecto, con los brazos balanceándose y los pies descalzos resonando sobre la acera. Llevaba el arma tan bien sujeta en la mano que parecía una prolongación de su cuerpo.

—¡Jeremy! —gritó. Él se dio la vuelta. El coche estaba delante del chico. Era de color oscuro, de cuatro puertas, un nuevo modelo de Ford Focus con un borde cromado. Alguien bajó la ventanilla. Jeremy se acercó al coche y se inclinó para mirar en el interior—. ¡Aléjate del coche! —gritó Faith—. ¡Aléjate del coche!

El conductor estaba inclinado hacia Jeremy. Faith vio a una adolescente detrás del volante, boquiabierta y obviamente aterrorizada por la mujer enloquecida y armada que corría por la calle. El coche emprendió la marcha cuando Faith llegó a la altura de su hijo. Chocó con él y estuvo a punto de derribarle.

—¿Qué haces? —preguntó Faith apretándole tanto el brazo que sus dedos le hicieron daño.

Jeremy se apartó, frotándose el brazo.

—¿Qué pasa, mamá? La chica estaba perdida y me estaba preguntando por una dirección.

Faith estaba mareada por el miedo y la adrenalina. Se inclinó y puso las manos sobre las rodillas. Tenía la pistola a un lado, al igual que el Pelirrojo, que le quitó el arma.

—Agente Mitchell, eso no ha estado bien.

Sus palabras la hicieron estallar de rabia.

—¿No ha estado bien? —Le propinó un golpe en el pecho con la palma de la mano abierta—. ¿Qué no ha estado bien?

—Agente. —Su tono de voz indicaba que se estaba comportando como una histérica, lo cual solo sirvió para incrementar aún más su cólera.

267

—¿Por qué ha dejado que mi hijo salga solo a la calle cuando se supone que deben cuidar de él? ¿Ha estado eso bien? —Lo empujó de nuevo—. ¿Qué hacéis tú y tu compañero tocándoos las pelotas mientras mi hijo se marcha? ¿Está eso bien?

El Pelirrojo levantó las manos, dándose por vencido.

—Faith —dijo Zeke. No se había dado cuenta de que su hermano se había acercado, quizá porque, por una vez en su vida, no estaba metiendo cizaña—. Vamos a casa.

Ella alargó la mano en dirección a Jeremy, con la palma abierta.

—Dame el iPhone.

Jeremy la miró consternado.

—¿Por qué?

—Dámelo.

—Tengo todos mis juegos ahí.

—Me da igual.

—¿Qué voy a hacer?

—Leer un libro —gritó—. Quiero que estés desconectado. ¿Me entiendes? No hay Internet que valga.

—Dios santo. —Jeremy miró a su alrededor, buscando apoyo, pero a Faith no le importaba si el mismísimo Dios bajaba y le decía que dejase a su hijo en paz.

—Te ataré con una cuerda a mi cintura si hace falta —le amenazó.

Jeremy se dio cuenta de que no bromeaba, pues ya lo había hecho anteriormente.

—No es justo —respondió poniendo el móvil en la mano de Faith.

Ella lo habría estrellado contra el suelo y lo habría aplastado de no ser por lo mucho que costaba.

—No hay Internet —repitió Faith—. Ni llamadas. No hay comunicación de ninguna clase. Te quedas en casa, ¿lo entiendes?

El chico empezó a caminar de regreso a casa, dándole la espalda, pero Faith no estaba dispuesta a darse por vencida tan fácilmente.

—¿Me has entendido?

—¡Sí, te he entendido! ¡Dios santo!

El Pelirrojo guardó la pistola en su funda, ajustando los cierres como si fuese un líder altanero. Empezó a caminar detrás de Jeremy. Faith cojeaba detrás de ellos, ya que tenía los pies maltrechos por el asfalto. Zeke estaba a su lado. Su hombro le rozaba. Faith se preparó para que le metiese una bronca, pero afortunadamente guardó silencio mientras subían por la calle y entraban en casa.

Faith tiró el iPhone de Jeremy encima de la mesa de la cocina. No le extrañaba que quisiese salir; esa casa empezaba a parecerse a una prisión. Se dejó caer pesadamente en la silla. ¿En qué estaba pensando? ¿Cómo podían estar seguros en ese lugar? Los secuestradores de Evelyn conocían la distribución de la casa. Obviamente, se habían fijado en Jeremy. Cualquiera podría haber estado en ese coche, haber bajado la ventanilla, haberle apuntado a la cabeza y haberle disparado. Podría haber muerto en medio de la calle y ella no se habría enterado de nada hasta que esa maldita página de Facebook no le hubiese dicho que algo había sucedido.

—Faith. —Su tono le indicaba que no era la primera vez que Zeke la llamaba—. ¿Qué te sucede?

Ella cruzó los brazos a la altura del estómago.

—¿Dónde te alojas? No estabas durmiendo en casa de mamá. Habría visto tus cosas.

—En Dobbins.

Debería haberlo imaginado. A Zeke siempre le había gustado el anonimato del alojamiento que le proporcionaba la base, aunque la Reserva Aérea de Dobbins estuviese a una hora en coche del hospital donde estaba prestando servicio.

—Necesito que me hagas un favor.

Zeke se mostró escéptico.

—¿Cuál?

—Quiero que te lleves a Jeremy y a Emma a la base. Hoy. Ahora mismo. —La policía de Atlanta no podía proteger a su familia, pero las Fuerzas Aéreas de los Estados Unidos sí podían hacerlo—. No sé por cuánto tiempo, pero necesito que se queden en la base y que no les dejes salir hasta que yo te lo diga.

—¿Por qué?

—Porque necesito saber que están a salvo.

269

—¿A salvo de qué? ¿Qué estás planeando?

Faith miró al jardín trasero para asegurarse de que no la escuchaban. El Pelirrojo la miró, con la mandíbula tensa. Ella le dio la espalda.

—Necesito que confíes en mí.

Zeke soltó una carcajada.

—¿Por qué iba a hacer tal cosa?

—Porque sé lo que hago. Soy agente de policía y me entrenaron para hacer este tipo de cosas.

—¿Qué cosas? ¿Salir corriendo a la calle, descalza, como si te hubieses escapado de un manicomio?

—Voy a conseguir que mamá vuelva. No me importa si me matan. Voy a hacer que vuelva.

—¿Tú y quién más? —respondió Zeke mofándose—. ¿Vas a llamar a la tía Mandy para que les manche con su lápiz de labios?

Faith le propinó un puñetazo en la cara. Zeke parecía más sorprendido que dolorido. Ella pensó que se había roto los nudillos, pero, aun así, sintió cierta satisfacción cuando vio que un hilillo de sangre le corría por el labio superior.

—¿A qué viene eso?

—Necesitarás mi coche. No puedes poner la sillita de Emma en el Corvette. Te daré dinero para la gasolina y la comida, y...

—Espera.

Su voz sonó amortiguada por su mano, ya que se estaba tocando el puente de la nariz para ver si se lo había roto. Miró a Faith, la miró por primera vez desde que ella había entrado en casa. Le había pegado antes, le había quemado con una cerilla, le había golpeado incluso con una percha, pero era la primera vez que la violencia parecía funcionar entre ellos.

—De acuerdo —dijo Zeke. Utilizó el tostador para mirarse. No tenía la nariz rota, pero le estaba saliendo un profundo moratón debajo del ojo—. Pero no me llevaré tu Mini. Ya voy a hacer bastante el ridículo con esto.

Capítulo trece

Will nunca había sido alguien que se enfadara fácilmente, pero, cuando lo hacía, tardaba mucho en que se le pasase el enfado. No tenía la costumbre de tirar las cosas, ni de dar puñetazos a nada, ni tampoco solía levantar la voz. De hecho, normalmente le sucedía lo contrario. Se quedaba callado y guardaba silencio. Era como si sus cuerdas vocales se paralizasen. Se lo guardaba todo dentro, ya que por experiencia había aprendido que si decía lo que pensaba, especialmente a las personas de mal carácter, alguien solía acabar malherido.

Esa forma de expresar sus enfados también le había acarreado sus consecuencias. Su obstinado silencio hizo que le expulsasen de la escuela en más de una ocasión. Hacía unos años, Amanda lo había trasladado a las regiones más recónditas de las montañas del norte de Georgia por negarse a responder a sus preguntas. En otra ocasión, no le dirigió la palabra a Angie durante tres días por miedo a decirle algunas cosas que luego no podría borrar. Habían vivido, dormido, cenado y hecho de todo sin dirigirse la palabra durante setenta y dos horas. Si hubiese una prueba en los Juegos Olímpicos que consistiera en no abrir la boca, no habría tenido ningún problema en llevarse la medalla de oro.

El problema, sin embargo, no estribaba en no haberle hablado a Amanda durante las cinco horas que estuvieron viajando en coche hasta la prisión de Coastal. Lo preocupante es que la intensidad de su rabia no se disipaba. Nunca había odiado tanto a un ser humano como cuando Amanda le dijo que, dicho sea de paso, habían estado a punto de asesinar a Sara. Y ese odio no se le iría tan fácilmente. Seguía esperando ese clic que le indicaba que la rabia había desaparecido, que la olla había dejado de hervir, pero no llegaba. Incluso en aquel momento en que Amanda recorría de un lado para otro la vacía sala de espera como un pato en una galería de tiro, notaba esa rabia ardiendo en su interior.

Lo peor es que deseaba hablar. Se moría por hacerlo. Quería decirle las cosas claras y ver su cara desmoronarse cuando se diese cuenta de que realmente la detestaba por lo que le había hecho. Nunca había sido una persona rencorosa, pero ahora deseaba hacerle todo el daño posible.

Amanda dejó de andar y se puso las manos en las caderas.

—No sé lo que te habrán dicho, pero enfurruñarse no es una cualidad muy atractiva en un hombre.

Will miró al suelo. Había surcos en el linóleo hechos por las mujeres y los niños que habían desperdiciado sus fines de semana esperando para visitar a los hombres que estaban en las celdas.

—Por norma —dijo Amanda—, solo permito que alguien me llame así una vez. Y te advierto que ya has agotado esa posibilidad.

Era obvio que no se había quedado completamente callado. Cuando Amanda le contó lo que le había pasado a Sara, le llamó esa palabra que empezaba por la misma letra que Amanda, pero no en español.

—¿Qué quieres, Will? ¿Una disculpa? —Soltó una carcajada—. De acuerdo, lo siento. Te pido disculpas por no dejar que te distrajeses de tu trabajo. Te pido disculpas por no dejar que te volasen la cabeza. Te pido disculpas por…

La boca se le movió sola.

—¿Te importaría callarte?

—¿Cómo dices?

Will no repitió sus palabras. No le importaba si le había oído o no, si su trabajo peligraba o si le iba a castigar de nuevo por rebelarse contra ella. Jamás había vivido una agonía como la de aquella tarde. Habían estado sentados fuera del maldito almacén durante una hora antes de que la policía de Doraville les dejase marchar. Will comprendía que los detectives quisiesen hablar con ellos. Había dos cadáveres, y agujeros de balas por todos lados. Habían encontrado un montón de ametralladoras ilegales en un estante de la trastienda. Había una enorme caja fuerte en la oficina de Julia Ling con la puerta abierta y muchos billetes de cien dólares tirados por el suelo. No era fácil ver una escena como esa y dejar marchar a los dos testigos. Había que rellenar formularios y responder a muchas preguntas. Will tuvo que declarar, y luego esperar a que Amanda hiciera lo mismo. Parecía como si ella se hubiese tomado su tiempo. Mientras tanto, él había estado sentado en el coche, observando cómo hablaba con los detectives y sintiendo que el corazón se le salía del pecho.

Había tenido el teléfono muchas veces en la mano. ¿Debía llamar a Sara? ¿Debía dejarla sola? ¿Le necesitaba? ¿Acaso no le llamaría si fuese así? Necesitaba verla. Si la veía, sabría cómo reaccionar, y haría lo que le pidiese. La rodearía con sus brazos, le besaría las mejillas, el cuello, la boca. Haría que se sintiese mejor.

O se quedaría allí, de pie, en el pasillo, como un gilipollas toqueteándole la mano.

273

Amanda chasqueó los dedos para llamar su atención. Will no levantó la mirada, pero, aun así, ella le habló:

—Tu contacto de emergencia es Angela Polaski, o quizá debería decir Angie Trent, puesto que es tu esposa. —Se detuvo un instante para comprobar el efecto que eso le producía—. ¿Sigue siendo tu esposa?

Will movió la cabeza. Jamás había deseado tanto pegarle a una mujer.

—¿Qué esperabas de mí, Will?

Él continuó moviendo la cabeza.

—Que te dijese que la doctora Linton (la cual no sé lo que es para ti, si tu amante, tu novia o tu amiga) tenía problemas. ¿Y luego qué? ¿Lo dejamos todo para que podáis echaros miraditas tiernas?

Will se levantó. No estaba dispuesto a seguir soportando aquello. Si hacía falta, regresaría haciendo autostop a Atlanta.

Amanda suspiró como si todo el mundo estuviese en su contra.

—El alcaide llegará en un momento. Necesito que te pongas las pilas para poder prepararte para tu conversación con Roger Ling.

Will la miró por primera vez desde que salieron del hospital.

—¿Quién? ¿Yo?

—Él pidió hablar específicamente contigo.

Era algún tipo de truco, pero no sabía qué pretendía.

—¿Y cómo sabe mi nombre?

—Imagino que se lo dijo su hermana.

Por lo que Will sabía, Julia Ling seguía desaparecida.

—¿Llamó a la prisión?

Amanda cruzó los brazos.

—Roger Ling está en una celda de aislamiento por esconderse una navaja de afeitar en el recto. No puede recibir ni llamadas ni visitas.

En la cárcel, el aislamiento nunca había impedido que el servicio de mensajería funcionase. Se encontraron muchos teléfonos móviles dentro de las paredes durante una huelga de presos que hubo el año anterior, y *The New York Times* recibió infinidad de llamadas de los internos con sus peticiones.

—¿Y ha preguntado por mí específicamente?

—Sí, Will. La petición vino a través de su abogado. Pidió verte a ti específicamente. —Luego añadió—: Por supuesto, me llamaron primero. Nadie sabe quién coño eres, salvo Roger.

Él se sentó en la silla. Notaba que la mandíbula se le ponía tensa. Volvía a querer guardar silencio. Podía percibirlo como una sombra acechándole por detrás.

—¿Quién crees que es el policía que se cruzó con la doctora Linton en el hospital?

Will negó con la cabeza. No quería seguir pensando en Sara. Se ponía enfermo al recordar la experiencia por la que había tenido que pasar. Sola.

—¿Quién crees que es? —repitió ella.

Volvió a chasquear los dedos para atraer su atención, y él levantó la cabeza. Deseaba romperle la mano.

—No lo hagas por mí. Se trata de Faith y de conseguir

que su madre regrese. Y ahora dime: ¿quién crees que es ese policía?

Will se aclaró la voz.

—¿De qué conoces a toda esa gente?

—¿A qué gente?

—Héctor Ortiz. Roger Ling. Julia Ling. Perry, el guardaespaldas que conduce un Mercedes. ¿De qué conoces tan bien a toda esa gente?

Amanda se quedó callada, preguntándose si debía responder. Finalmente cedió.

—Ya sabes que trabajé con Evelyn. Fuimos cadetes juntas. Éramos compañeras antes de que se cansasen de que resolviésemos todos los casos. —Movió la cabeza al recordarlo—. Esos eran los que estaban en el otro bando. Drogas, violaciones, asesinatos, negociaciones con rehenes, casos de la mafia y de organizaciones corruptas, blanqueo de dinero. A eso se dedicaban durante todo el tiempo que estuvimos juntas. Y fue mucho tiempo.

—¿Has presentado algún caso contra ellos?

Había cincuenta sillas en la habitación, pero Amanda se sentó en la que estaba justo a su lado.

—Ignatio Ortiz y Roger Ling no solo subieron a lo más alto, sino que pasaron por encima de muchos. Dejaron a su paso muchos cadáveres. Y lo más triste es que en su momento eran personas normales y agradables que iban a la iglesia los domingos y trabajaban el resto de la semana. —Amanda volvió a mover la cabeza, y Will dedujo por sus palabras que eso le traía unos recuerdos que prefería olvidar. Aun así, prosiguió—: Ya sabes que la palabra «clase baja» se refiere a la parte de la sociedad que menos se ve, pero también a la más vulnerable, la parte más débil. Es de la que se aprovechan monstruos como Roger Ling e Ignatio Ortiz. La adicción, la pobreza, la codicia y la desesperación. Cuando aprenden la forma de explotar a esa gente, ya no retroceden. Se curtieron a base de hacerles encargos a los traficantes cuando tenían doce años. Cometieron asesinatos antes de que tuvieran la edad suficiente para tomarse una copa en un bar. Cortaron muchos cuellos, apalearon a mujeres ancianas e hicieron de todo con tal de ascender y quedarse con el poder. ¿Por

275

qué tengo amistad con ellos? Pues porque les conozco. Sé quiénes son, cómo piensan y cómo sienten. Pero te garantizo que ellos a mí no. No tienen ni la más puñetera idea de quién soy, y he pasado toda mi vida procurando que así sea.

Will optó por andarse con pies de plomo.

—Pero conocen a Evelyn.

—Sí —admitió Amanda—. Creo que sí.

Él se apoyó sobre el respaldo de la silla. Que lo admitiera le resultó sorprendente. No sabía qué decir. Por desgracia, o puede que afortunadamente, ella no le dio la oportunidad.

Juntó las manos. El tiempo de las confidencias se había acabado.

—Y ahora hablemos del policía con el que se encontró Sara en el hospital.

Will trataba de comprender lo que acababa de decirle. Durante unos instantes se había olvidado por completo de Sara.

—Chuck Finn —dijo Amanda.

Will apoyó la cabeza sobre la pared. Notó el frío del cemento en el cuero cabelludo.

—Fue policía —dijo—, y eso no se olvida por mucha heroína que te metas. Es alto, y probablemente habrá adelgazado mucho por su adicción. Sara no le habría recordado por la foto de su ficha. Y seguro que fuma; la mayoría de los yonquis lo hacen.

—¿Crees que Chuck Finn dedujo por lo que le dijo Sara que Marcellus Estévez podría vivir y por eso envió a Franklin Heeney para matarle?

—¿No piensas lo mismo?

Amanda no respondió de inmediato. Will se dio cuenta de que seguía pensando en lo que le había dicho sobre Evelyn Mitchell.

—Ya no sé lo que creer, Will. Esa es la pura verdad.

Parecía cansada. Tenía la espalda encorvada. Poco a poco, comenzaba a recuperar la objetividad. Rebobinó la conversación que habían mantenido, preguntándose qué había hecho que admitiese que Evelyn Mitchell no estaba del todo limpia. Jamás había visto a Amanda dar su brazo a torcer. Había una parte de él que sentía lástima por ella; otra parte le decía que jamás se le presentaría una oportunidad como esa. Aprovechó ese momento de debilidad.

—¿Por qué no te dispararon al salir del almacén?

—Soy la directora adjunta del GBI. Eso es muy grave.

—Ya han secuestrado a una agente de policía con muchas condecoraciones. Te dispararon dentro del almacén. Mataron a Castillo. ¿Por qué no te mataron a ti?

—No lo sé, Will. —Se frotó los ojos—. Creo que nos vimos en medio de una especie de guerra.

Will miraba fijamente el póster que había en la pared sobre el proyecto Metanfetaminas. Una mujer sin dientes y con la piel llena de costras le devolvía la mirada. Se preguntó si ese era el aspecto que tenía la mujer que le dijo a Sara que había un tipo tirado al lado del contenedor. ¿Cuánto tiempo había transcurrido antes de que muriese Marcellus Estévez y Franklin Heeney forcejease con Sara en el suelo amenazándola con cortarle la cara con un escalpelo?

Minutos. Diez como mucho.

Will no podía resistirlo. Apoyó los codos sobre las rodillas y se puso las manos en la cabeza.

—Deberías habérmelo dicho. —Oyó una voz a lo lejos gritándole que se callase, pero no podía hacerlo—. No tenías ningún derecho a hacerme eso.

Amanda suspiró profundamente.

—Puede, pero también puede que hiciese bien callándome. Es la primera vez, así que lo siento. Si fuese la segunda, entonces, si quieres, te cabreas conmigo. Necesito que hablemos de todo esto. Tengo que averiguar qué está sucediendo. Y si no quieres hacerlo por mí, hazlo por Faith.

Su voz sonaba tan desesperada como él. Al parecer, lo que había pasado ese día había acabado con ella por completo. Will se sentía muy molesto, pero, por mucho que la odiase, no podía ser cruel.

Además, en algún momento había sonado ese clic. No lo había notado, pero durante los últimos diez minutos su rabia había empezado a disiparse. Por eso, ahora, cuando pensaba en lo que le había hecho respecto a Sara, sentía una profunda rabia en lugar de un odio atroz.

277

Respiró profundamente y echó el aire mientras se apoyaba sobre el respaldo.

—De acuerdo. Tenemos que asumir que todos los muertos trabajaban en la tienda de Julia Ling, algunos legalmente, otros no, pero todos haciendo toda clase de negocios.

—¿Crees que Ling-Ling envió a Ricardo Ortiz a Suecia para recoger la heroína?

—No, creo que Ricardo fue por su cuenta. Me parece que convenció a los más jóvenes y les hizo pensar que podían quitarle el negocio a Ling-Ling. Decidió ir a Suecia. —Will miró su reloj. Eran casi las siete en punto—. Le torturaron. Probablemente, Benny Choo.

—¿Entonces por qué no le sacaron la droga y se fueron con ella?

—Porque les dijo dónde podían obtener más dinero.

—Evelyn.

—Es lo que dije al principio. —Se giró hacia Amanda—. Chuck Finn mencionó en una de las sesiones de grupo en Healing Winds con Hironobu Kwon que su antigua jefa guardaba un montón de dinero. Retrocedamos hasta ayer por la mañana. Ricardo tiene el estómago lleno de heroína, y Benny Choo le está dando la del pulpo. Su amigo Hironobu Kwon dice que sabe de dónde pueden sacar algo de dinero para salir de su situación. —Will se encogió de hombros—. Van a casa de Evelyn. Benny Choo va con ellos para evitar que se escapen. El problema es que no encuentran el dinero, y Evelyn no les dice dónde está.

—Quizá no esperaban encontrarse con Héctor Ortiz. Ricardo reconocería al primo de su padre.

Will quería preguntarle qué hacía Héctor Ortiz con Evelyn, pero no deseaba que Amanda le mintiese en ese momento.

—Ricardo Ortiz sabía que matar a Héctor causaría muchos problemas. Ya le había dado la espalda a su propio padre traficando con heroína. Ling-Ling le anda buscando porque ha descubierto que Ricardo la ha traicionado a ella también. La banda de Ricardo no encuentra el dinero en casa de Evelyn, y ella no habla. Ricardo se da cuenta en ese momento de que su vida no vale gran cosa. Tiene el estómago lleno de bolas que no puede vender. Le han dado una paliza que lo ha dejado medio muerto, y Benny Choo le apunta con una pistola en la cabeza. —Will pasó por alto la declaración que había hecho Faith sobre su enfrentamiento con Choo y Ortiz—. Lo último que dijo Ricardo fue «Almeja». Así es como llamó Julia Ling a Evelyn, ¿no es verdad? ¿Cómo sabía Ricardo eso?

—Supongo que, si tu teoría se basa en que todo vino por Chuck Finn, entonces puede que se lo dijese él.

—¿Por qué lo último que dijo Ricardo fue el nombre de Evelyn?

—Es su apodo. Me sorprendería que supiese su verdadero nombre —explicó Amanda—. No solo los delincuentes se ponen apodos. Si trabajas en Estupefacientes durante un tiempo, seguro que te ponen uno. A veces tus mismos compañeros terminan por llamarte así. «Hip» y «Hop» eran abreviaturas de sus apellidos. A Boyd Spivey le llamaban el Martillo, y a Chuck Finn, el Pez. —Amanda se rio, como si fuese un chiste privado—. Roger Ling se hizo famoso por inventarse eso de «Almeja», lo que resultaba curioso hasta que nos dimos cuenta de que no hablaba ni una palabra de su lengua materna. El mandarín, por si quieres saberlo.

—¿Y a ti cómo te llamaban?

—Yo no trabajo en Estupefacientes.

—Pero te conocen.

—Me llaman Wag. Abreviatura de Wagner.

Will no la creyó.

—¿Por qué Roger Ling quiere hablar conmigo?

Amanda soltó una carcajada.

—No creerás que eres el único de esta prisión que me odia.

Se oyó un fuerte zumbido y el ruido de muchas puertas abriéndose y cerrándose. Dos guardias entraron en la sala de espera, seguidos de un joven con las gafas de Harry Potter y el pelo caído haciendo juego. Obviamente, no era uno de los viejos amigos de Amanda. Llevaba coderas de terciopelo en la chaqueta de pana y una corbata de algodón. Tenía una mancha encima del bolsillo de la camisa y olía a tortitas.

—Jimmy Kagan —dijo estrechándoles la mano—. Directora adjunta, no sé qué hilos habrá movido, pero es la primera vez en seis años que llevo de alcaide que me hacen volver a mi puesto de trabajo a estas horas de la noche.

Amanda había recuperado la serenidad y se comportaba como de costumbre. Era como una actriz metiéndose en su personaje.

—Le agradezco su cooperación, alcaide Kagan. Todos tenemos que poner de nuestra parte.

—Yo no he tenido elección —admitió él, indicando a los guardias que abriesen la puerta para entrar en la prisión. Los condujo por un largo pasillo andando con cierta premura—. No voy a interrumpir todo el sistema por mucho que hable con quien quiera por teléfono. Agente Trent, usted tendrá que regresar a las celdas. Ling ha estado aislado durante la última semana. Puede hablar con él a través de la abertura que hay en la puerta. Imagino que sabe con el tipo de persona que está tratando, pero le diré una cosa: yo no estaría en la misma habitación con Roger Ling ni aunque me pusiesen una pistola en la cabeza. De hecho, me aterra pensar que eso me pueda suceder algún día.

Amanda enarcó una ceja.

—Habla usted como si los primates fueran los dueños de la prisión.

Kagan la miró como si fuese una ilusa o estuviese loca. Dirigiéndose a Will, dijo:

—En el sistema penitenciario de Estados Unidos, al menos la mitad de los internos han sido diagnosticados de alguna enfermedad mental.

Will asintió. Conocía las estadísticas. Todas las prisiones juntas del país compraban más Prozac que cualquier otra institución.

—Algunos son peores que otros —añadió Kagan—. Ling es el peor de los peores. Deberían encerrarlo en una clínica mental y tirar la llave.

Otra puerta se abrió y se cerró.

Kagan le dijo lo que debía hacer.

—No se acerque a la puerta. No crea que está a salvo porque esté a un brazo de distancia. Se las sabe todas y es muy habilidoso con las manos. La cuchilla que le encontramos en el culo estaba envuelta en una funda que se había fabricado con cuerdas que había hecho con las sábanas. Tardó dos meses. Y le trenzó una estrella de los Yellow Rebels, como una broma, un juego. La debió pintar con orina.

Kagan se detuvo delante de otra puerta y esperó a que se abriese.

—No sé de dónde sacó la cuchilla de afeitar. Se pasa en su celda veintitrés horas al día, y sale al patio solo. No tiene visitas, y los guardias le tienen un miedo atroz. —La puerta se abrió y continuó caminando—. Si dependiese de mí, dejaría que se pudriese en el agujero. Estará aislado otra semana, a menos que haga otra barbaridad, lo cual no me extrañaría.

El alcaide se detuvo delante de una serie de puertas metálicas. Cuando la primera de ellas se abrió, entraron.

—La última vez que lo metimos en el agujero, el guardia que lo envió allí fue atacado al día siguiente. Nunca encontramos al responsable, pero el guardia perdió un ojo. Se lo arrancaron con la mano.

La puerta que había a sus espaldas se cerró. La que tenía delante se abrió.

—Tendremos cámaras vigilándole, señor Trent, pero le advierto de que nuestro tiempo de respuesta es de sesenta y un segundos, algo más de un minuto. No podemos hacerlo más rápido. Tengo un equipo de asalto preparado por si sucede algo. —Le dio una palmada en la espalda y añadió—: Buena suerte.

Había un guardia esperándole. El hombre tenía la misma expresión de miedo que los que estaban en el corredor de la muerte. Era como mirarse en un espejo.

Will se giró en dirección a Amanda. Había roto el silencio en la sala de espera para que le pudiese explicar lo que debía hablar con Roger Ling, pero ahora se daba cuenta de que no le había dado ningún consejo.

—¿Quieres ayudarme desde aquí?

—*Quid pro quo*, Clarice. No regreses sin alguna información que nos sea útil.

Will recordó una vez más que la odiaba.

El guardia le hizo una señal para que entrase. La puerta se cerró detrás de ellos.

—Quédese cerca de las paredes —dijo el hombre—. Si ve que le arroja algo, tápese los ojos y cierre la boca. Probablemente sea mierda.

Will trató de caminar como si no tuviese los testículos por corbata. Las luces estaban apagadas en las celdas, pero el pasillo estaba bien iluminado. El guardia se pegó a la pared, lejos de los prisioneros. Will hizo lo mismo. Podía sentir las miradas siguiéndole a medida que pasaban por las celdas. Se oía un ruido extraño a sus espaldas, producido por los pequeños trozos de papel atados con cuerdas que los presos se pasaban entre sí. Mentalmente enumeró todas las formas de contrabando en las celdas: punzones hechos con los cepillos de dientes y los peines, cuchillos fabricados con trozos de metal robados en la cocina, heces y orina mezclados en una taza para fabricar bombas de gas, trozos de una sábana enrollada para hacer un látigo con una cuchilla en los extremos.

Llegaron a otra serie de puertas dobles. Cuando se abrieron las primeras, entraron. Al cerrarse estas, se abrieron las segundas.

Se acercaron hasta una puerta sólida con un cristal a nivel de los ojos. El guardia sacó una anilla pesada de llaves y encontró la adecuada. La metió dentro del cerrojo que había en la pared. Se oyó un estruendo cuando el pestillo se abrió. Se dio la vuelta y miró a la cámara que había encima de su cabeza. Esperaron hasta que oyeron un clic procedente del guardia que los miraba desde la sala de vigilancia remota. La puerta se abrió.

La sala de aislamiento. El agujero.

El pasillo tenía unos diez metros de largo y tres de ancho. Había ocho puertas metálicas en uno de los lados. En el otro había una pared de hormigón. Las celdas daban al interior de la prisión, no al exterior. No tenían ventanas. No entraba el aire ni la luz del sol. Ni tampoco la esperanza.

Como había dicho Kagan, esos hombres no tenían nada, salvo tiempo.

A diferencia del resto de la prisión, todas las luces del techo estaban encendidas. Aquel resplandor de los tubos fluorescentes le produjo un inmediato dolor de cabeza. En el pasillo hacía calor, y el aire estaba enrarecido. Había como una especie de presión, un sentimiento denso y pesado. Era como si estuviese en medio del campo esperando a que llegase un tornado.

—Está en la última —dijo el guardia.

Seguía pegado a la pared, con el hombro rozando el cemento. Will vio que la pintura estaba desconchada de los años que llevaban los guardias rozándose con ella. Las puertas que había enfrente estaban cerradas con pestillos muy sólidos. Cada una de ellas tenía una ventana en la parte de arriba, a la altura de los ojos; una ventana estrecha, como la de los establecimientos de bebidas clandestinas. Había una abertura en la parte de abajo para pasar la comida y ponerles las esposas. Todas las puertas y los paneles estaban asegurados con cerrojos y remaches.

El guardia se detuvo en la última puerta. Le puso la mano en el pecho a Will y se aseguró de que tenía la espalda pegada a la pared.

—No necesito decirte que te quedes ahí, ¿verdad, muchachote?

Will negó con la cabeza.

El hombre pareció armarse de valor antes de acercarse a la puerta de la celda. Puso la mano en el cerrojo corredizo que abría el panel de visión.

—Señor Ling, si abro, ¿no me dará problemas?

Se oyó el sonido amortiguado de una carcajada al otro lado de la puerta. Roger Ling tenía el mismo acento sureño que su hermana.

—De momento estás a salvo, Enrique.

El guardia estaba sudando. Abrió el pestillo y retrocedió, quitándose de en medio tan rápido que los zapatos chirriaron.

Will notó que una gota de sudor le corría por el cuello. Roger Ling estaba con la espalda pegada contra la puerta. Will vio el lateral de su nuca, la parte baja de su oreja y un trozo del uniforme naranja que le tapaba el hombro. Las luces del interior de la celda estaban encendidas, y daban más luz aún que las del pasillo. Will vio el fondo de la celda, el borde del colchón que había sobre el suelo. El espacio era más pequeño que una celda normal, y medía menos de dos metros de largo y algo más de uno de ancho. Había una taza de váter,

283

pero nada más. Ni sillas, ni mesas, ni nada que te hiciese sentir como un ser humano. Los olores típicos de una prisión, es decir, a sudor, a orina y a heces, eran más intensos. Will se percató de que no se oía ni un grito. Normalmente, una prisión era tan ruidosa como una escuela de primaria, sobre todo por la noche. Todo el mundo se había enterado y guardaba silencio porque Roger Ling había recibido una visita.

Will esperó. Podía oír el latido de su corazón, así como el aire saliendo y entrando de sus pulmones.

—¿Cómo está *Arnoldo*? —preguntó Ling refiriéndose al chihuahua de Julia Ling.

Will se aclaró la garganta.

—Bien.

—¿Se está poniendo muy gordo? Le dije que no le diese mucho de comer.

—Bueno… —Will buscaba una respuesta—. Digamos que no deja que pase hambre.

—*Naldo* es un perro guay —dijo Ling—. Siempre he dicho que un chihuahua es tan nervioso como su dueño. ¿No te parece?

Will no había pensado mucho en eso, pero respondió:

—Puede. El mío es muy tranquilo.

—¿Cómo se llama?

La pregunta tenía sentido. Ling quería asegurarse de que estaba hablando con la persona adecuada.

—*Betty*.

Había pasado la prueba.

—Me alegra conocerle en persona, señor Trent.

Ling se movió y Will vio la mayor parte de su nuca. Tenía tatuado un dragón que le subía hasta las vértebras. Tenía las alas abiertas en su cabeza afeitada. Los ojos eran de un color amarillo chillón.

—Mi hermana está desquiciada.

—Puedo imaginarlo.

—Esos cabrones han intentado matarla. —Hablaba con un tono tosco, el que se espera de un hombre que ha mutilado y asesinado a dos mujeres—. No se atreverían a hacer eso si yo no estuviese aquí encerrado. Ya les daré lo suyo. ¿Me entiende?

Will miró al guardia. Estaba tan tenso como un bulldog preparado para pelear. O para huir, la que parecía la opción más inteligente. Will pensó en la unidad de asalto que estaba al acecho, y se preguntó qué sería capaz de hacer Roger Ling en sesenta y un segundos. Probablemente mucho.

—¿Sabe por qué he pedido hablar con usted?

—No tengo ni idea —respondió sinceramente Will.

—Porque no confío en lo que pueda decir esa zorra de mierda.

Estaba claro que se refería a Amanda.

—Hace bien.

Ling se rio. Will escuchó el sonido retumbando en la celda. No había alegría en su risa; era escalofriante, propia de un maniaco. Will se preguntó si sus víctimas habían escuchado esa risa mientras las estrangulaba con la correa de *Arnoldo*.

—Tenemos que poner fin a esto. No es bueno para los negocios que corra la sangre —dijo.

—Dígame cómo hacerlo.

—He sabido de Ignatio. Él sabe que los Yellow no están detrás de esto. Quiere la paz.

Will no era un experto en bandas, pero dudaba que el jefe de los Texicanos pusiese la otra mejilla después de que hubiesen vapuleado y matado a su hijo. Se lo dijo a Ling.

—Yo creo que el señor Ortiz quiere venganza.

—De eso nada, tío. No quiere venganza. Ricardo cavó su propia tumba. Ignatio lo sabe. Asegúrese de que Faith también lo sepa. Ella hizo lo que tenía que hacer. Después de todo, la familia es la familia, ¿no es así?

A Will no le gustó que supiese el nombre de Faith, y no creía en sus promesas. No obstante, respondió:

—Se lo diré.

Ling repitió la idea de su hermana.

—Esos jovencitos están locos, tío. No valoran la vida. Te rompes el culo para que vivan mejor, les compras coches nuevos, los llevas a buenas escuelas, pero, en cuanto se quedan solos, se rebelan.

Will pensó que se quedaba corto, pero se guardó su opinión.

285

—Ricardo estuvo en Westminster, ¿lo sabía?

Will había oído hablar de esa escuela privada, que costaba más de veinticinco mil dólares al año. También sabía por el expediente de Hironobu Kwon que había estado en Westminster con una beca, lo cual suponía otra conexión.

—Ignatio pensaba que podía ofrecerle otra vida a su hijo, pero los niños ricos hicieron que se enganchase al Oxy.

—¿Estaba Ricardo rehabilitándose?

—Joder, el pequeño cabrón vivía en rehabilitación. —Ling volvió a moverse. Will oyó el material de su uniforme color naranja rozarse con la puerta de metal—. ¿Usted tiene hijos?

—No.

—No, que usted sepa. —Se rio como si eso fuese gracioso—. Yo tengo tres. Y dos exmujeres que siempre están pidiendo dinero. Cuidan de mis hijos, y no dejan que mi hija se vista como una puta. Procuran que no se metan en líos. —Se encogió de hombros—. Pero ¿qué se le va a hacer? A veces se lleva en la sangre. No importa las veces que les digas cuál es el camino correcto; cuando llegan a una edad, se les mete en la cabeza. Creen que no vale la pena esforzarse. Ven lo que otras personas tienen y creen que pueden conseguirlo de la forma más fácil.

Ling parecía saber mucho sobre las desgracias paternales de Ignatio Ortiz, lo cual resultaba extraño teniendo en cuenta que ambos estaban encerrados en prisiones distintas y muy separadas la una de la otra. Boyd Spivey se había equivocado. Los Yellow no querían desbancar a los Texicanos; trabajaban para ellos.

—Veo que tiene relaciones comerciales con el señor Ortiz —dijo Will.

—Se podría decir que sí.

—Ignatio le pidió a Julia que le diese a su hijo un trabajo en la empresa.

—Es bueno que un joven trabaje. Y Ricardo cumplía. Tenía un don especial para ese trabajo. La mayoría solo sabe ensamblar maderas y montar las puertas. Ricky era distinto. Era listo, y sabía cómo encontrar a la gente adecuada para el trabajo. Algún día, podría haber llevado su propio negocio.

Will empezaba a entender.

—Ricardo formó su propio grupo. Hironobu Kwon y los demás trabajaban en la empresa de su hermana. Puede que viesen el dinero que entraba por la parte menos legítima y pensaron que merecían llevarse una parte más grande. Ortiz jamás habría permitido que una banda de novatos se llevase un trozo del pastel de los Texicanos, aunque fuese su propio hijo.

—Empezar un negocio es más duro de lo que parece, especialmente como franquicia. Hay que pagar los honorarios.

—¿Sabía lo del viaje de Ricardo a Suecia?

—Joder, eso lo sabía todo el mundo. —Se rio como si fuese gracioso—. Uno de los problemas de ser tan joven es que no sabes tener la boca cerrada. Son jóvenes, bobos, y se creen muy fuertes.

—Su gente estuvo hablando del viaje con Ricardo. —Will no mencionó que probablemente torturaron al muchacho durante la discusión—. Ricardo dijo que podía haber una forma de solucionar el problema en el que se había metido. —Will imaginó que Ricardo estaría dispuesto a vender a su madre cuando terminasen de torturarle—. Le dijo que podía conseguir algún dinero. Mucho dinero. Casi un millón de dólares al contado.

—A un negocio como ese nadie puede decirle que no.

Todo empezaba a encajar. Ricardo había llevado a su banda a casa de Evelyn, donde se encontraron con mucha más resistencia de la que esperaban. Habían matado a Héctor. Aunque Amanda tuviese razón y solo fuese un vendedor de coches, no había duda de que era el primo de Ignatio Ortiz.

—Ricardo los llevó a casa de Evelyn para hacerse con el dinero, pero no contaban con que ella se defendiese. Hubo muchas víctimas y tuvieron que reagruparse, pero entonces apareció Faith.

—¿De dónde ha sacado esa historia? —preguntó Ling.

Will continuó hablando:

—Se llevaron a Evelyn a algún sitio para interrogarla.

—Eso parece un plan, tío.

—Pero ella no les ha dado el dinero. Si lo hubiera hecho, yo no estaría aquí.

Ling se rio.

—No sé de lo que habla. Me parece que se le olvida algo.

—¿A qué se refiere?

—Piénselo.

Will seguía perdido.

—La única forma de matar a una serpiente es cortándole la cabeza.

—Si usted lo dice —respondió Will sin seguirle.

—Por lo que sé, esa vieja serpiente aún sigue retorciéndose.

—¿Se refiere a Evelyn?

—Joder, ¿cree que esa puta asquerosa podría hacer que un puñado de chiquillos la siguiesen? La muy puta no sabía ni controlar a los suyos. —Chasqueó la lengua de la misma forma que había hecho su hermana—. No, tío. Esto es trabajo de hombres. ¿Cómo cree que se la han pegado a mi hermana? Las tías no tienen cojones para ese tipo de trabajo.

Will no quería discutir sobre eso. Las bandas eran como los clubes de chicos, y más patriarcales que la Iglesia católica. Julia Ling había estado al mando porque su hermano le había dejado, pues los generales no van al campo de batalla, sino que envían a sus peones. Hironobu Kwon recibió un tiro a los cinco minutos de entrar en la casa. A Ricardo Ortiz lo habían dejado tirado. Benny Choo le había puesto una pistola en la cabeza y lo habían torturado. Lo abandonaron porque no le necesitaban.

Alguien más les había hablado de Evelyn. Alguien más lideraba la banda.

—Chuck Finn —dijo Will.

Ling se echó a reír, como si ese nombre le sorprendiera.

—Chuckleberry Finn. Pensaba que ya estaba muerto. El Pescaíto durmiendo con los peces.

—¿Está detrás de esto?

Roger no respondió.

—Y al viejo Martillo también se lo han cargado. Por lo que he sabido, le hicieron un favor. Murió como un hombre, en vez de esperar que lo matasen como a un perro. Ya no digo nada más.

—¿Quién está detrás de...?

—Le he dicho que ya se ha acabado. —Roger Ling golpeó la puerta de la celda—. Enrique, cierra.

El guardia empezó a cerrar el panel, pero Will le detuvo. Como una serpiente, Ling sacó la mano y le cogió por la muñeca. Empujó tan fuerte que el hombro de Will se estrelló contra la puerta. Tenía uno de los lados de la cara presionado contra la superficie fría de metal. Notó el aliento caliente en la cara.

—¿Sabe por qué está aquí, tío?

Will empujó todo lo fuerte que pudo, con la pierna, tratando de apoyarse con el pie en la parte baja de la puerta.

Ling lo tenía aferrado, pero su voz denotaba que no estaba haciendo mucho esfuerzo.

—Dígale a Mandy que Evelyn está muerta. —Bajó el tono de voz—. Pum, pum. Dos tiros en la cabeza. La Almeja está muerta.

Ling le soltó. Will salió despedido y se golpeó con la espalda en la pared. El corazón se le salía por la boca. Miró hacia la puerta de la celda. Oyó el sonido del metal rozando con el metal. El panel se cerró, pero no antes de que Will viese los ojos de Ling. Eran negros y fríos, pero tenían algo más: un destello de triunfo mezclado con una sed insaciable de sangre.

—¿Cuándo? —gritó Will—. ¿Cuándo la mataron?

La voz de Ling se oyó amortiguada tras la puerta:

—Dígale a Mandy que se ponga algo bonito para el funeral. Siempre me gustó de negro.

Will se sacudió. Mientras recorría el pasillo, se preguntó qué era peor, si sentir el aliento caliente de Roger Ling en su nuca, o si decirle a Amanda y a Faith que Evelyn Mitchell estaba muerta.

289

Capítulo catorce

*F*aith cogió un carrito de la hilera que había fuera del supermercado. Encontró una lista antigua en el bolso y se la puso en la mano al entrar en el edificio, simulando que era un día normal de mercado. La policía de Atlanta le había cogido su Glock para procesarla en balística, pero no sabían que Zeke tenía una Walther P99 cargada en la guantera de su coche. El peso de la pistola hizo que la correa del bolso se pusiera tirante cuando se la colgó del hombro. Un arma así, fabricada en Alemania, le pegaba a su hermano, que nunca había estado en un enfrentamiento. Era pesada y cara, el tipo de pistola que se lleva para alardear. Sin embargo, era capaz de derribar a un hombre a cien metros de distancia, y eso es lo que ella necesitaba en ese momento.

Empezó por la sección de verduras, tomándose más tiempo de lo normal para comprobar si las naranjas apiladas estaban frescas. Puso unas cuantas en una bolsa de plástico y se dirigió a la panadería.

Debería haber salido de la casa varias horas antes, pero estuvo esperando a que Zeke la llamase para decirle que Jeremy y Emma ya estaban instalados y a salvo en las dependencias para las visitas de los oficiales en la Base Aérea de Dobbins. Meterlos a todos en el Impala de Jeremy le había llevado mucho rato. Zeke protestaba por la sillita de Emma, y Jeremy porque Faith le había confiscado el iPhone. Emma no había derramado ni una lágrima, ya que estaba su hermano mayor allí para calmarla, pero Faith se había echado a llorar como una niña en cuanto vio desaparecer el coche al final de la calle.

Tenía asumido que los hombres que habían secuestrado a su madre sabían lo que hacían y que actuaban sin miedo alguno. Tácticamente, siempre habían llevado la ventaja, cuando secuestraron a Evelyn y cuando entraron en casa de Faith. Sin embargo, con dos policías sentados en la cocina y ese hermano de casi dos metros dando vueltas como un toro deseoso de embestir, no había forma de que intentasen entrar de nuevo en la casa.

Habían ido a por Jeremy, su vínculo más débil después de Emma. Faith sintió una oleada de angustia al pensar en sus hijos. Había estado tan preocupada por su madre que había dejado de lado al resto de la familia, algo que no permitiría nunca más. Iba a conseguir que todos estuviesen a salvo o moriría en el intento.

Faith notaba una presencia a sus espaldas. Alguien la estaba observando. Lo había percibido desde el momento en que salió de su casa. Casualmente, se dio la vuelta y vio a un chico con el uniforme de Frito-Lay colocando las bolsas en los estantes. El chico le sonrió. Ella le devolvió la sonrisa y empujó el carrito a través del pasillo.

291

Cuando era una niña, el hombre de la empresa Charles Chip venía todos los lunes a llenar sus recipientes de metal color marrón con patatas fritas. Los martes y los jueves, el camión del lechero se detenía delante de la casa mientras Petro, el conductor, dejaba la leche en la rejilla de metal que había al lado de la puerta del garaje. Dos litros costaban noventa y dos centavos. El zumo de naranja, cincuenta y dos. El suero de leche, el favorito de su padre, cuarenta y siete. Si Faith se portaba bien, su madre dejaba que se quedase con el cambio después de pagar a Petro. Algunas veces, Evelyn compraba leche chocolatada, que costaba cincuenta y seis centavos, para las ocasiones especiales, como los cumpleaños, cuando sacaban buenas notas, habían ganado en algún juego o en los recitales de danza.

Cosméticos, vitaminas, champú, postales, libros, jabón. Faith continuaba echando cosas en el carrito, esperando que quien la estuviese siguiendo se pusiese en contacto. Redujo el paso. El carrito estaba casi lleno. Miró el iPhone de Jeremy, pero no tenía ningún mensaje en su página de Facebook; ningún contacto de GoodKnight92. Volvió a retroceder por donde había pasado y se acercó a donde estaban las vitaminas y el champú, y echó un ojo a las revistas una vez más. Miró la hora. Llevaba allí casi sesenta minutos, y de momento nadie se le había acercado. El Pelirrojo probablemente se estaría preguntando por qué tardaba tanto. El joven detective no puso ningún impedimento cuando le dijo que iba al supermercado, pues aún se sentía molesto porque le hubiese quitado la pistola. No estaba segura de si podría seguir acosándole sin que le devolviese el golpe.

Giró el carrito para esquivar a un anciano que se había detenido en el pasillo de los cereales. Faith sabía que procurarían encontrarse con ella en el aparcamiento, donde estuviese sola. Debería ir y acabar de una vez por todas. Puso la mano en el bolso, disponiéndose a sacarlo del carrito, pero lo pensó más detenidamente. No podían secuestrarla mientras estuviese en el supermercado. Puede que lo intentasen, pero Faith no se dejaría, y se verían obligados a negociar con ella o a dispararle. Ella no estaba dispuesta a salir del supermercado sin hacer un trato que le asegurase la vuelta de su madre.

Se detuvo fuera de los aseos y dejó el carrito al lado de la puerta. Era la tercera vez que entraba en ellos desde que había llegado al supermercado, pero su intención no era hacerlos esperar. Una de las ventajas de la diabetes es que siempre tenía la vejiga llena. Abrió la puerta de los aseos de mujeres y contuvo la respiración al notar el fétido olor. La suciedad impregnaba las paredes de acero inoxidable y el suelo de terrazo. El aire estaba enrarecido. Si hubiese podido, habría esperado hasta llegar a casa, pero no se podía permitir ese lujo.

Miró los cuatro compartimentos y entró en el reservado para los discapacitados, porque era el menos sucio. Le dolieron los muslos cuando se inclinó encima del asiento. Tuvo que hacer equilibrio. Sostuvo el bolso pegado al estómago, pues no había ningún lugar donde colgarlo, y temía que la piel falsa de la que estaba hecho se quedase pegada en el suelo.

Se abrió la puerta. Faith miró por debajo del compartimento. Vio un par de zapatos de mujer con el tacón bajo, y unos tobillos gruesos enfundados en unas medias de descanso color marrón. Oyó que alguien abría un grifo, y cómo se encendía el dispensador de toallas de mano. Luego se cerró el grifo, y volvió a oír cómo la puerta se abría y se cerraba lentamente.

Faith cerró los ojos y emitió una expresión de alivio. Terminó de hacer sus necesidades, tiró de la cisterna y volvió a colocarse el bolso sobre el hombro. La puerta del compartimento no se había cerrado del todo, pues no tenía pestillo. Metió el dedo meñique en la abertura cuadrada y giró el eje de metal para abrir la puerta.

—Hola.

Faith examinó instantáneamente al hombre que tenía delante. De constitución media, algo más alto que ella y de unos ochenta kilos. Piel oscura, moreno y con los ojos azules. Tenía una tirita en el dedo índice de la mano izquierda, y el tatuaje de una serpiente en el lado derecho de la nuca. Vestía unos vaqueros gastados con agujeros en las rodillas, así como una sudadera oscura con un bulto en la parte delantera que no podía ser otra cosa que una pistola. Tenía la visera de la gorra de béisbol bajada, aunque podía ver su cara, su escaso vello facial y su lunar en la mejilla. Tendría la edad de Jeremy, pero con un aspecto que no se parecía en nada a su dócil hijo. Emanaba odio. Faith conocía a ese tipo de personas, pues había tratado con ellas en muchas ocasiones: eran jóvenes de gatillo rápido y con un deseo insaciable de hacer daño. Demasiado jóvenes para ser listos, y demasiado estúpidos para llegar a viejos.

Faith metió la mano en el bolso, pero el joven presionó el bulto que tenía debajo de la sudadera.

—Yo, en tu lugar, no lo haría.

Faith notaba el acero frío de la Walther. El cañón estaba apuntando en dirección al joven, y tenía el dedo al lado del gatillo. Podría dispararle antes de que le diese tiempo a pensar siquiera en levantarse la sudadera.

—¿Dónde está mi madre?

—¿Mi madre? Hablas como si fuese solo tuya.

—No metas a mi familia en esto.

—Tú no eres la que mandas.

—Necesito saber que está viva.

El joven levantó el mentón y emitió un chasquido al chocar la lengua contra los dientes. Era un gesto que le resultaba familiar, ya que era la misma respuesta que habían empleado casi todos los chorizos que había arrestado.

—Está a salvo.

—¿Cómo puedo saberlo?

El joven se rio.

—No puedes, zorra. Tú no sabes nada.

—¿Qué quieres?

Hizo un gesto con los dedos y dijo:

—Dinero.

Faith no sabía si podría tirarse otro farol.

—Dime dónde está mi madre y acabemos con esto. Nadie tiene por qué salir herido.

El joven volvió a reírse.

—¿Crees que soy estúpido?

—¿Cuánto quieres?

—Todo.

Un montón de insultos le pasaron por la cabeza.

—Ella nunca cogió ningún dinero.

—Sí, ya, ella también me ha soltado esa historia, zorra de mierda. Dame el puto dinero y te devolveremos lo que queda de ella.

—¿Está viva?

—No por mucho tiempo si no haces lo que te digo.

Faith notó que una gota de sudor le corría por la espalda.

—Puedo tener el dinero mañana al mediodía.

—¿Por qué? ¿Tienes que esperar a que abran los bancos?

—Está en una caja de seguridad. —Se lo estaba inventando en ese momento—. En tres cajas repartidas por la ciudad. Necesito tiempo.

El joven sonrió. Uno de sus dientes tenía una funda de color plata. Era de platino y probablemente le habría costado más dinero de lo que ella tenía en su cuenta corriente.

—Sabía que llegaríamos a un acuerdo. Le dije a tu mami que su pequeña no la dejaría colgada.

—Antes tengo que saber que está viva. No te voy a dar nada hasta que no sepa con certeza que se encuentra bien.

—Yo no diría que está bien, pero la muy puta aún respiraba la última vez que la vi.

Sacó un iPhone del bolsillo, un modelo aún más moderno del que ella le había comprado a Jeremy. Puso la lengua entre los dientes mientras pasaba la pantalla. Encontró lo que buscaba y se lo mostró a Faith. Vio la imagen de su madre sosteniendo un periódico.

Faith miró la foto. Evelyn tenía el rostro tan hinchado que apenas se la podía reconocer. Tenía la mano envuelta en un trapo ensangrentado. Faith apretó los labios y notó que la bilis le llegaba hasta la garganta. Luchó para que las lágrimas no le brotasen de los ojos.

—¿Qué es lo que tiene en las manos?

El joven amplió la imagen.

—Un periódico.

—Sé que es un periódico —replicó—, pero eso no demuestra que esté viva en este momento. Solo demuestra que la habéis obligado a sujetarlo después del reparto de esta mañana.

El joven miró la pantalla. Faith se dio cuenta de que estaba preocupado. Se mordió el labio de abajo igual que Jeremy cuando le sorprendían haciendo algo malo.

—Esto prueba que está viva. Tienes que hacer un trato conmigo si quieres que siga así.

Faith observó que había mejorado sus modales. También había elevado la voz una octava. Ese tono le resultaba familiar, pero ¿de qué? Necesitaba que siguiera hablando.

—¿Crees que soy gilipollas? —dijo Faith—. Eso no prueba nada. Mi madre puede estar muerta. No te voy a dar un montón de dinero porque me hayas enseñado una foto de mierda. Puede que la hayas trucado. Ni tan siquiera sé si es ella.

El joven se adelantó, sacando pecho. Tenía los ojos almendrados, de un color azul intenso con manchitas verdes. Una vez más tuvo la sensación de conocerle.

—Yo te he arrestado antes.

—Vete al carajo. Tú no me conoces de nada, perra. No tienes ni puñetera idea de quién soy.

—Necesito pruebas de que mi madre está viva.

—No lo estará por mucho tiempo si sigues con esa mierda.

Faith notó ese chasquido familiar en su interior. Toda la rabia y la frustración de los últimos días brotaron repentinamente.

—¿Has hecho algo así antes? Pareces un aficionado. Eso no sirve de prueba. Llevo dieciséis años siendo una puñetera policía y crees que me la vas a pegar con ese truco de mierda. —Le propinó un empujón lo bastante fuerte como para hacerle entender a qué se refería—. Déjame salir, capullo.

El joven le estampó la cara contra la puerta. Faith se quedó sorprendida por el golpe. Le dio la vuelta y la cogió por la garganta con la mano izquierda. Con la derecha le apretó la cara, presionándole el cráneo con los dedos. Echaba espuma por la boca.

—¿Quieres que te deje otro regalito debajo de la almohada? ¿Puede que sus ojos? —Apretó el globo ocular con el pulgar—. ¿O prefieres las tetas?

La puerta le presionaba la espalda. Alguien intentaba entrar en los aseos.

—¿Disculpe? —dijo una mujer—. ¿Está abierto?

El hombre miraba fijamente a Faith. Era como una hiena acechando a su presa. Le temblaba la mano de tanto apretarle la cara. Los dientes le habían cortado el interior de la mejilla, la nariz le sangraba y, si quería, podía romperle el cráneo.

—Mañana por la mañana te daré instrucciones —dijo. Se acercó tanto que sus rasgos se tornaron borrosos—. No hables con nadie de esto. No se lo digas a tu jefa. Ni a ese gilipollas con el que trabajas. No hables con tu hermano ni con nadie de tu preciosa familia. Con nadie. ¿Me entiendes?

—Sí —susurró Faith.

Aunque parecía imposible, apretó aún más.

—No te mataré a la primera —le advirtió—. Te cortaré los párpados. ¿Me oyes? —Faith asintió—. Haré que presencies cómo despellejo a tu hijo. Poquito a poquito le arrancaré la piel hasta que solo veas sus músculos y sus huesos, y le oigas chillar como el niño mimado que es. Y luego seguiré con tu hija. Su piel será más fácil de arrancar. ¿Me entiendes? —Faith volvió a asentir—. No me jodas. No tengo nada que perder.

La soltó con tanta rapidez como la había apresado. Faith se cayó al suelo. Tosió, notando el sabor de la sangre en la garganta. De una patada, el joven la apartó para poder abrir la puerta. Ella buscó el bolso. Sus dedos notaron la pistola. Debía levantarse. Tenía que hacerlo.

—¿Señora? —dijo una mujer. Miraba desde detrás de la puerta—. ¿Quiere que llame a un médico?

—No —susurró Faith. Tragó la sangre que tenía en la boca. Tenía abierta la parte interna de la mandíbula. La nariz también le sangraba.

—¿Está segura? Podría llamar a...

—No —repitió Faith. No había nadie a quien llamar.

Capítulo quince

Will avanzó por el camino de entrada de su casa y esperó hasta que la puerta del garaje se abriese. Todas las luces de la casa estaban apagadas. *Betty* tendría probablemente la vejiga tan llena como un globo en el desfile del día de Acción de Gracias. Al menos eso esperaba, pues no estaba de humor como para ponerse a limpiar.

Se sentía como si hubiese matado a Amanda. No literalmente, y no con sus propias manos como había soñado muchas veces, pero repetirle lo que le había dicho Roger Ling sobre Evelyn Mitchell fue como pegarle un tiro en el pecho. Amanda se había derrumbado delante de él. Toda su fortaleza había desaparecido. Toda su arrogancia, su abyección y su mezquindad se habían desvanecido. Se vino completamente abajo.

Will pensó que debía esperar a que saliesen de la prisión para informarla. Amanda no había llorado, pero, para su horror, cayó de rodillas. Fue entonces cuando la rodeó con el brazo. Era sorprendentemente huesuda. Notó sus delgadas caderas y lo frágiles que eran sus hombros. Cuando se abrochó el cinturón de seguridad y cerró la puerta del coche, parecía diez o veinte años más vieja.

El viaje de regreso fue espantoso. El silencio de Will en el trayecto de ida no se podía comparar. Se ofreció a parar, pero ella le dijo que no se detuviese. Al llegar a las afueras de Atlanta vio que su mano se aferraba a la puerta. Will jamás había estado en su casa. Vivía en una comunidad de propietarios en el centro de Buckhead. Era una urbanización cerrada. Las casas eran majestuosas, con grandes ventanales. Ella le condujo hasta una casa que había en la parte de atrás.

Will detuvo el coche, pero ella no salió. Estaba pensando si debía ayudarla cuando le dijo:

—No se lo digas a Faith.

Will se había quedado mirando la puerta principal. Había una bandera ondeando delante del edificio. Flores primaverales. Un motivo estacional. Jamás habría pensado que a Amanda le gustasen las banderas, y le costaba imaginarla de pie, en el porche, con su traje y sus tacones poniéndose de puntillas para colocar en el poste la bandera más apropiada.

—Tenemos que verificarlo —dijo, aunque lo que le había dicho Roger Ling no era más que una constatación de lo que se temía.

Amanda también debía haberlo presentido. Esa era la única explicación para su capitulación en la sala de espera. Había admitido que Evelyn estaba manchada, pues reconoció que no había razones para seguir protegiéndola. El plazo de las veinticuatro horas había vencido, y los secuestradores no se habían puesto en contacto. Habían encontrado sangre en el suelo de la cocina, mucha sangre, y probablemente la mayor parte era de ella. Los jóvenes con los que estaban tratando habían demostrado ser unos asesinos despiadados, incluso con los miembros de su propia banda.

Las probabilidades de que Evelyn Mitchell hubiese sobrevivido a esa noche eran prácticamente nulas.

—Faith debería saberlo —dijo Will.

—Yo se lo diré cuando esté segura. —Su voz sonó apagada, sin vida—. Nos reuniremos a las siete de la mañana. Todo el equipo. Si llegas un minuto tarde, no te molestes en venir.

—Allí estaré.

—Vamos a encontrarla. Tengo que verla con mis propios ojos.

—De acuerdo.

—Y si lo que dice Roger es cierto, entonces vamos a ir a por ellos. A por cada uno de ellos. Los perseguiremos hasta la muerte.

—Sí, señora.

Amanda hablaba con una voz tan baja y cansada que apenas podía oírla.

—No descansaré hasta que los vea a todos condenados a muerte. Quiero ver cómo les clavan la aguja, cómo se retuercen sus pies, cómo se les ponen los ojos en blanco y cómo dejan de respirar. Y si el estado no acaba con ellos, lo haré yo misma.

Amanda había empujado la puerta y había salido del coche. Will notó el esfuerzo que le suponía mantener la espalda erguida mientras subía las escaleras. Si de ella dependiera, si hubiese una forma de hacer que su amiga recuperase la vida, no había duda de que la llevaría a cabo.

Pero eso era imposible.

La puerta del garaje se abrió. Will entró y presionó el botón para cerrarla. El garaje no formaba parte de la casa original. Él había añadido la estructura conservando el estilo tradicional del vecindario, cuando los yonquis llamaban a su puerta para preguntar si seguía siendo un punto de venta de crack. La entrada era un tanto incómoda, y llevaba a la habitación de invitados. *Betty* levantó la cabeza de la almohada cuando le vio. Había un charco en una esquina del cual ninguno de los dos deseaba hablar.

Will encendió las luces mientras recorría la casa. Hacía un poco de fresco. Abrió la puerta de la cocina para que la perra pudiese salir, pero ella dudó.

—No pasa nada —dijo Will, utilizando el tono más delicado posible.

A *Betty* se le estaban curando las heridas, pero la perrita aún recordaba cómo, hacía solo una semana, un halcón se coló en su patio y trató de apresarla. Y Will aún recordaba la incontrolable carcajada del veterinario cuando le dijo que el halcón probablemente la habría confundido con una rata.

Betty finalmente decidió salir, pero no sin lanzarle una mirada precavida. Will puso las llaves del coche en el gancho y dejó la cartera y la pistola sobre la mesa de la cocina. La pizza del día anterior aún estaba en la nevera. Sacó la caja, pero lo único que pudo hacer es quedarse mirando las gelatinosas raciones.

Quería llamar a Sara, pero, en esa ocasión, sus motivos eran meramente egoístas. Quería contarle lo que había pasado ese día, preguntarle si hacía bien en esperar para decirle a Faith que su madre estaba muerta. Quería describirle cómo se había sentido al ver a Amanda derrumbarse, y lo mucho que se había asustado al verla caer de su pedestal.

Volvió a meter la pizza en la nevera, se aseguró de que la puerta trasera seguía abierta y fue a darse una ducha. Era casi medianoche. Llevaba despierto desde las cinco de la mañana, y solo había dormido unas pocas horas la noche anterior. Will se quedó bajo el chorro de agua caliente, tratando de olvidarse de ese día: de la suciedad de la prisión de Valdosta; del almacén donde habían intentado matarle; del Grady, donde se había sentido aturdido por el miedo; de la prisión de Coastal, donde había sudado tanto que aún tenía manchas en las axilas.

Will pensó en *Betty* mientras se secaba el pelo. Había estado encerrada todo el día. El charco era culpa de los dos. Por muy tarde que fuese, no tenía ningunas ganas de dormir. Le apetecía salir a dar un paseo. A ambos les sentaría bien estirar las piernas.

Cogió unos pantalones vaqueros y una camisa demasiado gastada como para ponérsela en el trabajo. Tenía el cuello descosido, y uno de los botones colgaba de un hilo.

Entró en la cocina para coger la correa de Betty.

Angie estaba sentada en la mesa.

—Bienvenido a casa, muchacho. ¿Cómo te ha ido el día?

Will hubiese preferido regresar a Coastal y enfrentarse de nuevo a Roger Ling que hablar con su esposa en ese momento.

Ella se levantó y le rodeó con sus brazos. Acercó la boca a la suya.

—¿No piensas saludarme?

El tacto de sus manos en su cuello no se parecía en absoluto al de Sara.

—Déjame.

Angie se apartó e hizo un mohín con la cara.

—¿Te parece bonito recibir así a tu esposa?

—¿Dónde has estado?

—¿Y desde cuándo te importa?

Will se quedó pensando. Aquella pregunta era lógica.

—La verdad es que no me importa, pero… —Le salieron las palabras con tanta facilidad como las había pensado—. No quiero que te quedes.

—Hmmm. —Angie bajó el mentón y cruzó los brazos—. Supongo que era inevitable. Después de todo, no puedo dejarte solo.

Angie había cerrado la puerta trasera, y Will la abrió. *Betty* entró corriendo y emitió un gruñido al ver a Angie.

—Al parecer ninguna de las mujeres de tu vida se alegra de verme.

Will notó que se le erizaba el pelo de la nuca.

—¿A qué te refieres?

—¿No te lo ha dicho Sara? —Angie se detuvo, pero él no pudo responderle—. Se llama así, ¿verdad? —Soltó una carcajada entrecortada—. Creo que es un poco sosa para ti, Will. No está mal, pero tiene un culo que no vale nada, y es casi tan alta como tú. Pensaba que te gustaban las mujeres más femeninas.

Seguía sin poder hablar. Parecía haberse quedado mudo.

—Cuando vine, ayer, ella estaba aquí. Merodeando por la habitación. ¿No te lo ha dicho?

Sara no se lo había dicho. ¿Por qué no?

—Se tiñe el pelo. Imagino que lo sabrás. Esas mechas no son naturales.

—¿Qué le…?

—Solo te estoy diciendo que no es tan buenecita como parece.

Will consiguió pronunciar algunas palabras.

—¿Qué le dijiste?

—Nada. Solo le pregunté por qué se estaba tirando a mi marido.

El corazón se le encogió. Por esa razón la había visto llorar el día anterior por la tarde. Eso explicaba su frialdad al principio, cuando se presentó en su casa por la noche. El corazón se le cerró como una mirilla.

—¿Quién te ha dado permiso para hablar con ella?

—¿Estás intentado protegerla? —Se rio—. Por Dios,

Will, eso resulta divertidísimo teniendo en cuenta que soy yo quien trato de protegerte a ti.

—No tienes nada de que...

—Le van los polis. Imagino que lo sabes. —Hizo un gesto para indicarle lo estúpido que era—. He investigado a su marido. Era bastante apuesto. Y se follaba a todo lo que se movía.

—Como tú.

—Déjalo, Will. A mí no me ofendes con eso.

—Ni lo pretendo. —Finalmente dijo lo que llevaba pensando durante todo el último año—. Quiero acabar con esto. No quiero seguir contigo.

Angie se rio en su cara.

—¿Y qué vas a hacer sin mí?

Will la miró fijamente. Estaba sonriendo y sus ojos le brillaban. ¿Por qué solo parecía feliz cuando trataba de herirle?

—No te aguanto más.

—Se llamaba Jeffrey. ¿Lo sabías? —Will no respondió. Por supuesto que sabía el nombre del marido de Sara—. Era inteligente. Fue a la universidad. Me refiero a una de verdad, no a una escuela por correspondencia donde te regalan el diploma. Era el jefe de la policía. Estaban tan jodidamente enamorados que ella tiene los ojos bizcos en las fotografías. —Angie cogió el bolso de la silla—. ¿Quieres verlos? Salían todas las semanas en los periódicos de esa ciudad de mierda. Le hicieron un *collage* muy bonito cuando murió.

—Por favor, vete.

Angie soltó el bolso.

—¿Sabe que eres retrasado?

Will se mordió la lengua.

—Por supuesto que lo sabe. —Lo dijo como si se sintiese casi aliviada—. Eso lo explica todo. Siente lástima por ti. Pobrecito Willy, no sabe leer.

Él movió la cabeza.

—Deja que te diga una cosa, Wilbur. Tú no eres nadie. No eres guapo, ni inteligente, ni siquiera normal. Y no vales un duro en la cama.

Se lo había dicho tantas veces que ya no le importaba.

—¿A qué viene esto?

303

—Estoy intentando que no te hagan daño. Por eso lo hago.

Will miró al suelo.

—Déjalo ya, Angie. Aunque solo sea por una vez, déjalo.

—¿Dejar el qué? ¿De decirte la verdad? Eres tan bobo que no te das cuenta de nada. —Angie acercó la cara a escasos centímetros de la suya—. ¿No te das cuenta de que cada vez que te besa, te toca, te folla o te abraza está pensando en él? —Se detuvo como si esperase una respuesta—. Eres un sustituto, Will, alguien con quien pasar el rato hasta que encuentre otro mejor. Un médico, un abogado. En fin, alguien que pueda leer un periódico sin que se le canse la boca.

Will notó una presión en la garganta.

—¿Y tú qué sabes? —dijo.

—Conozco a la gente. Conozco a las mujeres. Las conozco mucho mejor que tú.

—De eso estoy seguro.

—Puedes estarlo. Y te conozco a ti mejor que a nadie. —Se detuvo para ver el daño que le había hecho, pero al parecer no era suficiente—. Te olvidas de que estuve allí. Cada día de visita, cada adopción, mientras estabas delante de aquel espejo peinándote, mirándote la ropa, poniéndote guapo para ver si alguna mamá y algún papá te llevaban a casa con ellos. —Dejó de mover la cabeza—. Pero nadie lo hizo, ¿verdad? Nadie te acogió. ¿Y sabes por qué?

Will no podía respirar. Le dolían los pulmones.

—Porque tienes algo que apesta, algo que hace que a uno se le ponga la piel de gallina, algo que hace que la gente te quiera lo más lejos posible de su vida.

—Vale. ¿Ya te has quedado descansada? Ahora déjalo ya.

—¿Que deje el qué? ¿Lo que es obvio? ¿Crees que te vas a casar, tener hijos y llevar una vida normal? —Se rio como si fuese lo más ridículo que hubiese oído en su vida—. ¿Acaso no has pensado nunca que te gusta lo que hay entre nosotros?

Will notó el sabor de la sangre en la punta de la lengua. Imaginó una muralla entre ellos. Una gruesa muralla de cemento.

—¿Por qué, si no, me esperas? ¿Por qué no tienes otras

citas, ni vas a los bares o pagas por un chochito como hacen los demás hombres?

La muralla se hizo más alta y sólida.

—Porque te gusta lo que tenemos. Sabes que no puedes estar con nadie más. No puedes abrirte con nadie porque sabes que, más tarde o más temprano, te dejará. Y eso es lo que va a hacer tu preciosa Sara. Es una mujer adulta. Ha estado casada. Ha tenido una vida de verdad con otra persona. Alguien que merecía su amor y que sabía hacerla feliz. No tardará en darse cuenta de que tú no eres capaz de darle eso. Te dejará colgado y se marchará.

El sabor de la sangre se hizo más intenso.

—Estás tan desesperado porque alguien te preste atención. Siempre has sido así: un tío pegajoso, patético y necesitado.

Will no podía soportar que se le acercase tanto. Fue al fregadero y llenó un vaso de agua.

—No sabes nada de mí —dijo.

—¿Le has dicho lo que te pasó? Ella es médica. Tiene que saber qué aspecto tienen las quemaduras de cigarro. Sabrá lo que sucede cuando te ponen dos cables pelados en la piel. —Will se bebió el agua de un sorbo—. Mírame. —Él no levantó la cara, pero la mujer siguió hablando—. Eres un pasatiempo para ella. Siente lástima por ti. Pobrecito huérfano. Tú eres Helen Keller, y ella era la puta esa que le enseñó a leer. —Le cogió el mentón y le obligó a observarla. Will seguía con la mirada apartada—. Lo único que quiere es curarte. Sin embargo, cuando se dé cuenta de que no hay ninguna pastilla mágica que te quite la estupidez, te tirará a la basura.

Algo se rompió en su interior. Su resolución, su fuerza, sus endebles murallas.

—Bueno, ¿y qué? —gritó—. ¿Crees que voy a volver arrastrándome a ti?

—Siempre lo haces.

—Prefiero estar solo. Prefiero pudrirme en un agujero que seguir contigo.

Ella le dio la espalda. Will puso el vaso en el fregadero y utilizó el dorso de la mano para limpiarse la boca. Angie no

305

solía llorar, al menos de verdad. Todos los chicos con los que Will se había criado tenían una táctica diferente de supervivencia. Ellos utilizaban los puños. Ellas se volvían bulímicas. Otras, como Angie, utilizaban el sexo. Y cuando eso no funcionaba, recurrían a las lágrimas; y si eso tampoco funcionaba, entonces buscaban algo con lo que romperte el corazón.

Cuando Angie se dio la vuelta, tenía la pistola de Will metida en la boca.

—No...

Apretó el gatillo. Will cerró los ojos y levantó las manos para taparse la cara y que no le diesen los trozos de cerebro y cráneo. Sin embargo, no sucedió nada.

Lentamente, bajó los brazos y abrió los ojos.

Angie seguía con la pistola metida en la boca. Volvió a disparar. El sonido del martillo al chasquear era como una aguja perforándole el tímpano. Vio el cargador sobre la mesa. La bala que guardaba en la recámara estaba a su lado.

—No vuelvas a... —dijo Will con voz temblorosa.

—¿Sabe lo de tu padre, Will? ¿Le has contado lo que sucedió?

Le temblaba el cuerpo entero.

—No se te ocurra volver a hacerlo.

Angie dejó la pistola en la mesa. Se puso las manos en la boca y, ahuecándolas, dijo:

—Tú me quieres, Will. Lo sabes. Si no fuera así, no habrías reaccionado de esa forma cuando apreté el gatillo. Sabes que no puedes vivir sin mí.

A él se le llenaron los ojos de lágrimas.

—No somos nada si no estamos juntos —dijo Angie acariciándole las mejillas, las cejas—. ¿Acaso no lo sabes? ¿No te acuerdas de lo que hiciste por mí? Estabas dispuesto a quitarte la vida por mí. Nunca harías eso por ella. Nunca te cortarías las venas por nadie, salvo por mí.

Se apartó de ella. La pistola aún estaba sobre la mesa. Notó el frío del cargador en la mano. Lo metió en su sitio. Echó hacia atrás la corredera para poner una bala en la recámara. Le dio la pistola, apuntando a su pecho.

—Vamos, dispárame. —Angie no se movió, y Will intentó cogerle la mano—. Dispara.

—Basta —dijo Angie levantando las manos—. Basta ya.

—Dispárame. Dispárame o déjame.

Ella cogió el arma y la desmontó, tirando las piezas sobre la encimera. Cuando le soltó las manos, empezó a abofetearle en la cara, una y otra vez. Luego con los puños. Will le cogió los brazos, la giró y la puso de espaldas. Angie odiaba que la agarrasen. Él presionó su cuerpo contra el suyo, empujándola contra el fregadero. Ella se defendía con furia, gritando y arañándole con las uñas.

—¡Suéltame! —dijo. Le propinó una patada y le clavó los tacones en el pie—. ¡Basta!

Will apretó aún más. Ella se apoyó en él. Toda la rabia y la frustración de los dos últimos días se concentró en un solo lugar. Él notó que su cuerpo empezaba a responder, anhelando liberarse. Angie consiguió darse la vuelta, le puso la mano detrás del cuello, lo acercó y puso sus labios sobre los de él, con la boca abierta.

Will retrocedió. Ella se acercó para rodearle de nuevo con sus brazos, pero él volvió a retroceder. Will jadeaba demasiado para poder hablar. Esa era su forma de amarse: rabia, miedo, violencia, pero nunca ternura ni compasión.

Cogió la correa de *Betty* del gancho. La perrita dio un brinco para ponerse de pie. A Will le temblaban tanto las manos que apenas pudo ponerle la correa en el collar. Cogió las llaves del gancho y se metió la cartera en el bolsillo de atrás.

—No quiero verte cuando vuelva.

—No puedes dejarme.

Will volvió a montar su arma y abrochó la funda en sus pantalones.

—Te necesito.

Él se dio la vuelta para mirarla de frente. Tenía el pelo revuelto. Parecía desesperada, dispuesta a hacer algo. Will estaba harto de eso, harto de todo.

—¿No lo entiendes? No quiero que me necesiten. Quiero que me quieran.

Ella no tenía una respuesta para eso, por eso intentó probar con una amenaza.

—Te juro que me mataré si sales por esa puerta.

Will salió de la habitación.

307

Ella le siguió por el pasillo.

—Me tomaré pastillas. Me cortaré las venas. Eso es lo que quieres, ¿verdad? Me cortaré las venas y, cuando regreses, encontrarás mi cadáver. ¿Cómo te sentirás entonces, Wilbur? ¿Cómo te sentirás cuando regreses a casa después de follarte a tu preciosa doctora y me encuentres muerta en el baño?

Will cogió a *Betty* del suelo.

—Annie Sullivan.

—¿Cómo dices?

—Esa fue la mujer que le enseñó a leer a Helen Keller.

Will entró en el garaje y cerró la puerta detrás de él. Lo último que vio fue a Angie de pie, en el pasillo, con los puños apretados. Se subió al coche y esperó a que la puerta del garaje se abriese. Salió y esperó a que se cerrase.

Betty se acomodó en el asiento del pasajero mientras él iniciaba la marcha. Abrió la ventanilla para que pudiese disfrutar de un poco de aire fresco. No sabía adónde iba hasta que entró en el aparcamiento que había delante del edificio de Sara. Cogió a la perra y la llevó hasta la entrada principal. Sara vivía en la planta de arriba. Tocó el telefonillo. No tuvo que decir nada. Se oyó un zumbido y la puerta se abrió.

Betty se agitó al entrar en el ascensor. Will la dejó en el suelo. Cuando llegaron a la planta de arriba, salió corriendo al pasillo. La puerta de Sara estaba abierta, y ella estaba de pie, en medio de la habitación. Tenía el pelo suelto y le caía hasta los hombros. Llevaba puestos unos pantalones vaqueros y una camiseta blanca muy fina que no ocultaba nada de lo que tenía debajo.

Will cerró la puerta. Tenía muchas cosas que decirle, pero, cuando quiso hablar, no le salió ninguna de ellas.

—¿Por qué no me dijiste que habías visto a Angie?

Ella no respondió. Se limitó a quedarse allí, observándole. Will no pudo evitar mirarla. Llevaba una camiseta ceñida, y vio la forma de sus pechos y sus pezones contra ese tejido tan fino.

—Disculpa —dijo Will con la voz rota. Nunca se perdonaría por meter a Angie en la vida de Sara. Era lo más horrible que le había hecho a nadie—. Lo que te dijo. Yo nunca quise…

Sara se acercó hasta él.

—Lo siento mucho —dijo Will.

Ella le cogió la mano, le dio la vuelta para poner la palma boca arriba, y sus dedos se movieron con agilidad desabrochándole los botones de la manga.

Will deseaba apartarse, necesitaba hacerlo, pero no podía moverse: los músculos no le respondían. No podía detener sus manos, ni sus dedos, ni su boca.

Ella posó los labios en la muñeca de Will y le dio el beso más dulce que había recibido nunca. Le pasó la lengua ligeramente por la piel, siguiendo la cicatriz de su brazo. Will sintió como si un calambre le recorriese todo el cuerpo. Cuando le besó en la boca, estaba ardiendo. Sara acercó su cuerpo al suyo. Le besó aún más fuerte. Ella le puso la mano por detrás de la cabeza y le pasó las uñas entre el pelo. Will se sintió mareado. Estaba desbocado. No podía dejar de tocarla, de tocar sus delgadas caderas, la parte baja de su espalda, sus perfectos pechos.

Se quedó sin aliento cuando ella le metió las manos dentro de la camisa y le acarició con los dedos el pecho y la parte baja de su barriga. Sara no se estremeció ni se tambaleó. Acercó su frente a la suya y, mirándole a los ojos, le dijo:

—Respira.

Will suspiró. Fue un suspiro tan profundo que, por un momento, sintió que lo llevaba reteniendo toda la vida.

LUNES

Capítulo dieciséis

Sara se despertó al oír el agua de la ducha correr. Se dio la vuelta en la cama y recorrió con la mano el hueco que Will había dejado en la almohada. Estaba envuelta en las sábanas y tenía el pelo despeinado. Aún podía notar su olor en la habitación, el sabor de su boca, el tacto de sus brazos sobre el cuerpo.

No sabía cuándo fue la última vez que había deseado quedarse en la cama por una buena razón. Obviamente, eso le había sucedido cuando Jeffrey estaba vivo, pero por primera vez en cuatro años y medio, Jeffrey era la última persona en la que pensaba. No estaba haciendo comparaciones ni sopesando las diferencias. Su mayor temor siempre había sido que el fantasma de su marido se metiese en su dormitorio. Sin embargo, eso no había sucedido. En lo único que había pensado era en Will, y en el placer absoluto que sintió al estar con él.

Sara recordó vagamente que había dejado la ropa en algún lugar entre la cocina y el comedor. Sacó una bata negra de seda del armario y fue al pasillo. Los perros la miraron perezosamente desde el sofá cuando entró en el comedor. *Betty* estaba durmiendo sobre una almohada. *Billy* y *Bob* estaban acurrucados a su alrededor. Si Will no tuviese que trabajar dentro de una hora, se metería en la ducha con él. El día anterior le había dicho a la plantilla del hospital que no necesitaba tomarse unos días libres después de aquella experiencia tan terrible, pero ahora se alegraba de que hubiesen insistido, pues necesitaba asimilar lo sucedido. Además, quería estar en casa cuando Will saliese del trabajo.

Su ropa estaba doblada ordenadamente sobre la mesa. Sara se rio, pensando que por fin le había encontrado un buen uso a la mesa del comedor. Encendió la cafetera. Había una nota en la pared, por encima de los recipientes de los perros. Will había dibujado un rostro sonriente en el centro. Vio otra nota con el mismo dibujo encima de las correas. Un hombre que daba de comer y sacaba a los perros a pasear mientras ella dormía tenía sus ventajas. Miró la tinta azul, el arco de la sonrisa y los dos puntos que había dibujado como ojos.

Sara jamás había dado el primer paso con un hombre, siempre se había quedado a la espera, pero la noche anterior se dio cuenta de que, si no lo hacía, no sucedería nada. Y no quería eso, pues había deseado a Will más que a nadie en mucho tiempo.

Al principio, él se mostró un poco reticente. Estaba claro que se sentía un poco acomplejado con su cuerpo, lo cual era una ridiculez, teniendo en cuenta lo hermoso que era. Tenía unas piernas fuertes y delgadas, unos hombros musculosos y unos abdominales que bien podían aparecer en un anuncio de ropa interior en Times Square. Sin embargo, no era solo eso. Sus manos sabían dónde tocarla, su boca tenía un sabor maravilloso, su lengua… Todo en él era maravilloso. Estar con él había sido como meter una llave en su cerradura. Sara jamás había soñado con mostrarse tan abierta con otro hombre.

Si tenía que hacer comparaciones, era la que era ahora y la que había sido antes. Algo había cambiado en su interior, y no solo su estricta moral. Se sentía diferente con Will. No necesitaba saberlo todo del hombre que había compartido la cama con ella. No necesitaba que le diese una respuesta inmediata a los abusos que habían cometido con él. Por primera vez en su vida, se sentía paciente. La chica que había sido expulsada de las catequesis por discutir con el profesor, la que había vuelto locos a sus padres, a su hermana y a su marido por su insaciable deseo de conocer hasta el más mínimo detalle había aprendido, por fin, a relajarse.

Puede que la fotografía de la boca suturada de Will le hubiese enseñado algo sobre la indiscreción. O puede que fuese obra de la naturaleza, que es la que hace que aprendas de los errores pasados. En cualquier caso, Sara estaba contenta de estar simplemente con él. El resto vendría con el tiempo. O no. Pero, en cualquier caso, se sentía feliz.

Oyó que alguien aporreaba la puerta de forma incesante. Probablemente, Abel Conford, que vivía al otro lado del pasillo, el abogado que se había nombrado a sí mismo como el dueño del aparcamiento. Todas las reuniones de vecinos a las que Sara había asistido empezaban con él quejándose de que los visitantes aparcaban en lugares que no les correspondían.

Sara se ajustó la bata y abrió la puerta. En lugar de ver a su vecino, vio a Faith Mitchell.

—Siento presentarme sin llamar —dijo entrando en el apartamento.

Llevaba una abultada sudadera azul marino, con la capucha puesta sobre la cabeza. Unas gafas oscuras le ocultaban la mitad de la cara. Los pantalones vaqueros y las playeras completaban su disfraz. Parecía una ladrona de poca monta.

—¿Cómo has entrado? —preguntó Sara.

—Le dije a tu vecino que era policía y me dejó pasar.

—Pues vaya —murmuró Sara, preguntándose cuánto tiempo tardaría en que todos sus vecinos pensasen que la estaban arrestando—. ¿Qué pasa?

Faith se quitó las gafas. Tenía cinco pequeños cardenales alrededor de la cara.

—Necesito que llames a Will por mí. —Se dirigió a la ventana y miró en dirección al aparcamiento—. Lo he estado pensando toda la noche. No puedo hacerlo sola. No soy capaz. —Se protegió los ojos con las manos, aunque el sol aún no había salido—. No saben que estoy aquí. El Pelirrojo se durmió, y Taylor se marchó anoche. Yo salí a hurtadillas por el patio trasero. Cogí el coche de Roz Levy. Han intervenido mis teléfonos y me están vigilando. Nadie debe saber que estoy haciendo esto. No pueden saber que he hablado con nadie.

Era como el niño de un póster de hipoglucemia.

—¿Por qué no te sientas? —sugirió Sara.

Faith seguía vigilando el aparcamiento.

—He sacado a mis hijos de mi casa. Se han marchado con mi hermano. Él nunca ha cambiado los pañales de un niño, y es una gran responsabilidad para Jeremy.

—De acuerdo. Cuéntamelo todo. Ven y siéntate conmigo.

315

—Tengo que conseguir que vuelva, Sara. No me importa lo que tenga que hacer. Tengo que conseguirlo.

Se refería a su madre. Will le había hablado de su viaje a la prisión de Coastal y de su conversación con Roger Ling.

—Faith, siéntate.

—Si me siento, no podré levantarme. Necesito ver a Will. Por favor, llámale.

—Le llamaré, te lo prometo, pero ahora siéntate. —Sara la condujo hasta el taburete que había al lado de la encimera de la cocina—. ¿Has desayunado?

—Tengo el estómago revuelto —dijo negando con la cabeza.

—¿Cómo tienes el nivel de azúcar?

Dejó de mover la cabeza. La expresión de culpabilidad fue respuesta más que suficiente.

Sara habló con firmeza.

—Faith, no voy a hacer nada hasta que no normalices tu nivel de azúcar. ¿De acuerdo?

No discutió, quizá porque sabía que necesitaba ayuda. Buscó en los bolsillos de la sudadera y extrajo un puñado de caramelos que dejó en la encimera. Luego sacó una enorme pistola, su cartera, un manojo de llaves con una L en cursiva ribeteada en oro en la cadena y, finalmente, su kit de prueba de sangre.

Sara miró la memoria del dispositivo para ver las estadísticas. Faith había recurrido a los caramelos durante los dos últimos días. Era un truco muy habitual entre los diabéticos: utilizar los caramelos para equilibrar los niveles de azúcar. Era una buena forma de superar un periodo de dificultades, pero también una manera muy fácil de terminar en coma.

—Debería llevarte al hospital ahora mismo. —Sara sostenía el monitor en la mano—. ¿Tienes la insulina?

Faith se metió de nuevo las manos en los bolsillos y puso cuatro plumas desechables de insulina sobre la encimera. Empezó a balbucear.

—Las compré en la farmacia esta mañana. No sabía cuánto debía tomar. Me lo enseñaron, pero nunca las he utilizado, y son tan caras que no quería estropearlas. Mis cetonas están bien. Utilicé una tira anoche y otra esta mañana. Probablemente debería conseguir una bomba de insulina.

—No sería mala idea —dijo Sara metiendo una tira de prueba en el monitor—. ¿Cenaste anoche?

—Bueno...

—Tomaré eso como un no —dijo Sara—. ¿Ningún aperitivo? ¿Nada?

Faith se llevó la mano a la cabeza.

—No puedo pensar con claridad sin Jeremy ni Emma. Zeke me llamó esta mañana. Me dijo que estaban bien, pero sé que está molesto. A él nunca se le han dado bien los niños.

Sara cogió el dedo de Faith y alineó la lanceta.

—Cuando todo esto termine, tendremos una charla seria sobre lo poco en serio que pareces tomarte tu enfermedad. Puede que sea poco oportuno decirte esto, pero la diabetes no es algo que puedas descuidar así como así. Tu vista, tu circulación, tu capacidad motriz... —Sara no terminó la frase. Había regañado a muchos diabéticos sobre ese tema. Parecía que le estaba leyendo un guion—. Tienes que cuidarte o terminarás ciega, en una silla de ruedas, o peor.

—Pareces distinta.

Sara se acarició el pelo, que se le estaba apelmazando en la nuca.

—Pareces reluciente. ¿Estás embarazada?

Sara se rio, sorprendida por la pregunta. Un embarazo ectópico cuando tenía veintitantos años le había provocado una histerectomía parcial. Will no podía hacer milagros.

—¿Cuántos años tienes? ¿Unos treinta?

—Treinta y cinco.

Sara marcó la dosis exacta en la pluma.

—Te vas a inyectar esto. Mientras tanto, yo voy a prepararte el desayuno. No vas a hacer nada hasta que no te lo hayas comido todo.

—Esa cocina vale más que toda mi casa —dijo Faith apoyándose en la encimera para verla mejor. Sara la hizo sentarse de nuevo—. ¿Cuánto dinero ganas?

Cogió la mano de Faith y envolvió los dedos alrededor de la pluma de insulina.

—Tú ponte eso y yo iré a buscar a Will.

—Puedes llamarlo desde aquí. Imagino lo que le vas a decir.

Sara no se paró a darle explicaciones. Ya había notado que

317

Faith tenía ciertas dificultades para procesar la información. Cogió su ropa de la encimera y fue al dormitorio. Will estaba delante del tocador, poniéndose la camisa. Sara vio su amplio pecho reflejado en el espejo, así como la mancha oscura que le habían dejado las quemaduras eléctricas y que bajaba desde la barriga hasta el interior de sus pantalones. Sara había besado cada centímetro de su cuerpo la noche anterior. Sin embargo, al verlo a plena luz del día, se sintió un poco incómoda.

Will la miró a través del espejo. Sara se ajustó la bata. Él había hecho la cama. Las almohadas estaban colocadas ordenadamente contra el cabecero. No era la forma en que ella había imaginado esa mañana.

—¿Qué sucede? —preguntó Will.

Sara puso su ropa doblada sobre la cama.

—Faith está aquí.

—¿Aquí? —respondió él dándose la vuelta. Parecía aterrorizado—. ¿Cómo ha sabido que yo estaba aquí?

—No lo sabe. Me ha pedido que te llamase. Piensa que su teléfono está intervenido.

—¿Sabe lo de su madre?

—No creo. —Sara se llevó la mano al pecho, ajustándose la bata de nuevo y sintiendo su desnudez debajo de ella—. Dice que la están vigilando. Está un poco paranoica. Tiene el nivel de azúcar muy bajo. Ahora se está poniendo la insulina. Debería descansar en cuanto le demos algo de comer.

—¿Debo ir a buscar algo para desayunar?

—Yo puedo prepararle algo.

—Lo haré yo... —Se detuvo. Estaba claro que se sentía de lo más incómodo—. Yo le prepararé algo a Faith. Luego tú puedes prepararme algo.

Demasiado para una luna de miel. Pero, al menos, había averiguado por qué *Bob* olía a huevos revueltos la otra noche.

—Me quedaré aquí, así podréis hablar tranquilamente.

—Preferiría... —Dudó un instante—. Creo que sería mejor que estuvieses presente. Voy a decirle lo que le ha sucedido a su madre.

—Creía que Amanda te había dicho que esperases.

—Amanda dice muchas cosas con las que no estoy de acuerdo.

Will le hizo una señal para que pasase delante. Sara recorrió el pasillo, notando su presencia. A pesar de lo de la noche anterior, incluso en ese mismo pasillo, Will le parecía un extraño. Sara se ajustó la bata, deseando haberse cambiado de ropa.

Faith seguía sentada en la barra de la cocina. Parecía algo más tranquila. Vio a Will y dijo:

—Oh.

Él parecía un poco avergonzado, igual que Sara. Eso explicaba su actitud distante. Ambos se sentían incómodos, teniendo en cuenta lo que le había sucedido a Evelyn Mitchell.

—No pasa nada —dijo Faith—. Me alegro por vosotros.

Will prefirió pasar por alto ese comentario.

—La doctora Linton dice que debes comer algo.

—Antes tengo que hablar contigo.

Will miró a Sara, y ella negó con la cabeza.

—Primero debes desayunar.

Él abrió el lavaplatos y sacó la sartén. Encontró los huevos y el pan en su sitio. Faith le observaba preparar el desayuno, sin hablar. Sara no sabía si estaba bloqueada o es que no sabía qué decir. Probablemente ambas cosas. Ella, por su parte, jamás se había sentido tan incómoda en su propia casa. Observó cómo Will rompió los huevos y untó la mantequilla en las tostadas. Tenía la mandíbula rígida y no la miraba. Casi parecía haberse quedado dormido.

Will cogió tres platos del armario y sirvió la comida. Sara y Faith se sentaron a la barra. Aunque había una tercera silla, él se quedó de pie, apoyado en la encimera. Sara empezó a comer. Faith se tomó la mitad de sus huevos y una tostada. Él limpió su plato, y luego se comió la tostada de Faith y la de Sara, antes de echar los restos en la basura y apilar los platos en el fregadero. Enjuagó el cuenco que había utilizado para batir los huevos, echó un poco de agua en la sartén y se lavó las manos. Finalmente, dijo:

—Faith, tengo que contarte algo.

Ella movió la cabeza, como si supiera lo que le iba a decir.

Will permaneció con la espalda contra el mostrador. No se inclinó para cogerle las manos, ni se acercó para sentarse a su lado, sino que fue directamente al grano.

319

—Anoche estuve en la prisión de Coastal, hablando con uno de los traficantes de drogas más importantes, Roger Ling. —Continúo mirándola fijamente—. No puedo decírtelo de otra manera: me aseguró que tu madre estaba muerta. De un disparo en la cabeza.

Al principio, Faith no respondió. Estaba sentada con los codos sobre la encimera, las manos colgando y la boca abierta.

—No, no está muerta —dijo al cabo de un momento.

—Faith...

—¿Has encontrado su cuerpo?

—No, pero...

—¿Cuándo te dijo eso?

—Tarde, sobre las nueve de la noche.

—No es cierto.

—Sí, Faith. Ese hombre sabe de lo que habla. Amanda dice que...

—No me importa lo que diga Amanda. —Rebuscó en sus bolsillos una vez más—. Mandy no sabe lo que dice. Ese tío con el que hablaste miente.

Will miró a Sara.

—Mira —dijo Faith sosteniendo un iPhone en las manos—. ¿Lo ves? Es la página de Facebook de Jeremy. Le han estado enviando mensajes.

Will se apartó de la encimera.

—¿Cómo?

—Yo estuve con uno de ellos anoche. En el supermercado. Él fue quien me hizo esto. —Se señaló los moratones que tenía en la cara—. Me envió un mensaje a través de la cuenta de Facebook de Jeremy esta mañana.

—¿Cómo? —repitió Will. Se había quedado pálido—. ¿Te reuniste con él tú sola? ¿Por qué no me llamaste? Te podía haber...

—Mira —dijo enseñándole el teléfono.

Sara no podía ver la imagen, pero oía el sonido.

Una voz de mujer decía: «Es lunes por la mañana. Son las cinco y treinta y ocho». Se detuvo. Se oía un ruido de fondo. «Escucha, Faith. No hagas nada de lo que te dicen. No confíes en ellos. Mantente al margen de esto. Tú, tu hermano y los niños sois mi familia, mi única familia...». De pronto, la voz se hizo más fuerte. «Faith, es importante. Recuerda la época que pasamos juntas antes de Jeremy…».

—Aquí se para —dijo Faith.

—¿A qué se refiere con eso de la época antes de Jeremy? —preguntó Will.

—Cuando me quedé embarazada. —Se sonrojó, a pesar de que habían pasado casi veinte años—. Mamá estuvo a mi lado. Fue… —Movió la cabeza—. No podría haberlo soportado de no ser por ella. No dejó de decirme que fuese fuerte, que todo saldría bien.

Sara puso la mano sobre el hombro de Faith. Podía imaginar lo que estaba sufriendo.

Will miró el iPhone.

—¿Qué se ve en el televisor que hay detrás de ella?

—*Good Day Atlanta*. Lo he comprobado con la cadena. Es el parte meteorológico que pusieron hace media hora. Puedes ver la hora encima del logo de la cadena. Recibí el archivo dos minutos después.

Faith le dio el teléfono a Sara, pero no la miró a los ojos.

La curiosidad siempre había sido su punto débil. Tenía las gafas de leer en la encimera. Se las puso para poder ver todos los detalles. La pantalla mostraba a Evelyn Mitchell sentada al lado de un televisor de plasma grande. El sonido estaba bajado, pero Sara vio a la mujer del tiempo señalando las predicciones para los cinco días siguientes. Evelyn miraba a la cámara, probablemente al hombre que la estaba filmando. Tenía la cara amoratada. Se movía con rigidez, como si sintiera un terrible dolor. Arrastraba las palabras al decir «es lunes por la mañana».

Sara apagó el teléfono.

Faith la observaba atentamente.

—¿Qué aspecto tiene?

Sara se quitó las gafas. No podía dar una opinión médica basándose en un vídeo algo borroso, pero resultaba evidente que la habían golpeado seriamente. No obstante, dijo:

—Parece capaz de resistir.

—Yo también lo creo. —Faith se giró para mirar a Will—. Les dije que nos reuniríamos a las doce, pero el mensaje dice a las doce y media. En casa de mamá.

—¿En casa de tu madre? —repitió Will—. Aún es la escena de un crimen.

—Puede que ya no. La policía no me dice nada. Deja que busque el mensaje. —Faith movió de nuevo los pulgares por la pantalla y le pasó el teléfono a Will—. Perdona, se me ha olvidado....

—Ya lo tengo. —Will cogió las gafas que había dejado Sara encima de la encimera y se las puso. Miró el teléfono durante unos segundos. Sara no sabía si había leído el mensaje o si sencillamente estaba especulando cuando dijo—: Quieren el dinero.

Faith le cogió el teléfono.

—No hay dinero.

Will la miró fijamente.

—No es cierto —dijo Faith—. Nunca lo fue. Tú no pudiste probar nada. Ella no se dejó corromper. Boyd y los demás estaban implicados, pero mi madre nunca cogió nada.

—Faith —dijo Will—. Tu madre tenía una cuenta bancaria.

—¿Y qué? Todo el mundo tiene una cuenta bancaria.

—Una cuenta pantalla. A nombre de tu padre. Todavía la tiene. Ha estado sacando y metiendo sesenta de los grandes. Puede que tenga otras cuentas. Con otros nombres. No lo sé.

—Estás mintiendo —dijo Faith moviendo la cabeza.

—¿Por qué iba a mentir?

—Porque no quieres admitir que estabas equivocado. Que no se había dejado corromper. —Los ojos se le llenaron de lágrimas. Su aspecto era el de una persona que sabía la verdad, pero no quería aceptarla—. Ella no se dejó corromper.

Alguien llamó a la puerta. Sara pensó que finalmente Abel Conford había notado que había muchos coches de sobra en el aparcamiento, pero se volvió a equivocar.

—Buenos días, doctora Linton —dijo Amanda Wagner. No parecía muy satisfecha de estar en el pasillo. Tenía los ojos enrojecidos, y el maquillaje se le había borrado de la nariz. Tenía la piel más oscura en los lugares donde la base y los coloretes le cubrían las mejillas.

Sara terminó de abrir la puerta. Volvió a ajustarse la bata, preguntándose a qué se debía ese tic nervioso. Quizá fuera porque estaba completamente desnuda y su bata negra de seda era tan fina como el papel de fumar. Además, no había imaginado recibir tantas visitas esa mañana.

A Faith no pareció gustarle nada ver a Amanda allí.

—¿Qué haces aquí?

—Roz Levy me ha llamado. Me ha dicho que le has robado el coche.

—Le dejé una nota.

—No es una forma muy adecuada de pedirle permiso. Por suerte, la convencí para que no llamase a la policía. —Sonrió a Will y añadió—: Buenos días, doctor Trent.

Will parecía fascinado mirando el suelo de la cocina de Sara.

—¿Cómo has sabido que estaba aquí? —preguntó Faith.

—El coche tiene un dispositivo de localización. He hecho algunas llamadas y he tenido que pedir algunos favores.

—¿Un sistema de localización? Es un Corvair más viejo que Matusalén. Si no vale ni un pimiento.

Amanda se quitó el abrigo y se lo dio a Sara.

—Lamento la intrusión, doctora Linton. Me encanta lo que se ha hecho en el pelo.

Sara dibujó una sonrisa mientras colgaba el abrigo en el armario.

—¿Quiere un café?

—Sí, por favor. —Se dio la vuelta para mirar a Will y a Faith—. ¿Debería sentirme molesta de que no me hayáis invitado a la fiesta?

Nadie parecía dispuesto a responderle. Sara cogió tres tazas del armario y sirvió un poco de café en cada una de ellas. Oyó la voz de Evelyn Mitchell en el iPhone cuando Faith puso el vídeo para la nueva invitada.

Amanda le pidió que lo pusiera dos veces más antes de preguntarle:

—¿Cuándo lo has recibido?

—Hace algo más de media hora.

—Léeme el mensaje que llegó con él.

Faith se lo leyó:

—A las doce y treinta en el 399 de Little John. Trae el dinero en una bolsa de lona negra. No hables con nadie, te es-

323

tamos vigilando. Si no sigues las instrucciones, la mataremos, al igual que a ti y a tu familia. Recuerda lo que te dije.

—Roger Ling —dijo Amanda con una voz que denotaba una rabia contenida—. Sabía que ese cabrón estaba mintiendo. No se puede creer nada de lo que dicen. —Pareció darse cuenta de lo que implicaban sus palabras. Sorprendida, añadió—: Está viva. —Se rio—. Sabía que no se rendiría sin luchar. —Se llevó la mano al pecho—. ¿Cómo he podido pensar ni por un instante que...? —Movió la cabeza. Tenía una sonrisa tan amplia que terminó por taparse la boca.

—¿Por qué quieren reunirse en casa de tu madre? —preguntó Will—. No es seguro. Allí no cuentan con ninguna ventaja. No tiene sentido.

—La conocen. Les resultará más fácil vigilarla —respondió Faith.

—Pero aún sigue siendo la escena de un crimen. Se tarda dos días en procesarlo todo —dijo Will.

—Los secuestradores deben saber algo que nosotros ignoramos —apuntó Amanda.

—Puede ser una prueba —sugirió Will—. Si decimos al equipo forense que se marche, entonces pensarán que Faith ha llamado a la policía. O a nosotros. —Dirigiéndose a Faith, añadió—: Cuando llegues a la casa, estarás sin protección. Si entras, caerás en sus manos. ¿Quién va a impedir que te disparen y se lleven el dinero? Especialmente si no podemos disponer de un equipo táctico para asegurar la zona.

—Podemos hacerlo —insistió Amanda—. Solo hay tres formas de entrar y salir del vecindario. Tendrán que salir en alguna dirección y tendremos tiradores preparados.

Will ignoró su bravuconería. Abrió el cajón que había al lado de la nevera y sacó un bolígrafo y un cuaderno. Sostuvo el bolígrafo con torpeza con la mano izquierda, entre su dedo medio e índice. Sara le observó mientras dibujaba en la hoja una T grande y luego dos cuadrados de forma irregular, uno en el palo de la T y el otro en la base. Su recuerdo espacial era mejor de lo que ella había imaginado, pero probablemente se debía a que había estado varias veces allí.

—La casa de Faith se encuentra en esta esquina —explicó—. La de Evelyn se encuentra en Little John. —Dibujó una línea en forma de ele entre las dos casas—. Disponemos de todo este espacio abierto. Pueden bloquear la intersección en este lugar y cogerla. Pueden aparcar una furgoneta en el mismo sitio y disparar desde esa distancia. Si sube la entrada, aparece la furgoneta negra y le pegan dos tiros en la cabeza, como hicieron con Castillo en el almacén. O pueden apresarla y llegar a la interestatal o a Peachtree Road en cuestión de cinco minutos. O, incluso más fácil todavía, colocándose aquí... —Dibujó un cuadrado alargado al lado de la casa de Evelyn—. En el garaje de Roz Levy. Tiene un muro bajo en este lugar, donde se podría apostar alguien con un rifle. La ventana del cuarto de baño de la casa de Evelyn da a la de Levy. Está algo inclinada, y puedes ver hasta la puerta de la cocina desde la casa de la señora Levy sin que nadie perciba tu presencia. Si Faith entra por esa puerta con la bolsa del dinero, pueden dispararle.

Amanda cogió el bolígrafo y transformó la base de la T en un círculo.

—Little John hace una curva aquí. Todo el vecindario está concentrado en esta zona. —Dibujó más arcos—. Esta es Nottingham, Friar Tuck, Robin Hood, Beverly, Lionel. —Dibujó varias equis en los extremos—. Beverly desemboca en Peachtree, por donde pasan todos los coches; el otro extremo te lleva a la curva de Ansley Park. Y lo mismo la calle Lionel. Ambas son un cuello de botella. La mayoría de las casas a lo largo de esa ruta tienen aparcamientos en la calle. Podríamos tener diez coches allí y nadie lo notaría.

—No me preocupan las vías de escape. Me preocupa que Faith vaya sola a esa casa. Si realmente están vigilando el lugar, sabrán al instante si hay alguien de más por allí. Han tenido tres días para estudiar el vecindario, posiblemente más. Incluso si se marchan los hombres del CSU, estarán contando las personas que entran y salen.

Amanda le dio la vuelta al papel y dibujó un diagrama de la casa, señalando las habitaciones.

—Faith entra por la cocina. El vestíbulo está aquí, dando al comedor. Aquí está la estantería que cubre toda la pared, a la izquierda. El sofá está pegado a esta pared, y a la derecha el sillón. Hay otro par de sillas aquí, la consola del estéreo y las puertas correderas enfrente del vestíbulo. —Dio un golpecito con el bolígrafo en lo que debía ser el dormitorio principal—. Tendrán a Evelyn aquí hasta que llegue Faith con el dinero, y luego la conducirán hasta el salón. Es la zona más obvia para el intercambio.

—No creo que haya nada obvio en este asunto. —Will cogió el bolígrafo—. No podemos cubrir las ventanas delanteras porque no sabemos quién está vigilando la casa. No podemos cubrir la parte trasera porque el jardín está abierto al de los vecinos y los verían observar en cualquier ventana. No sabemos cuántos miembros de la banda quedan. Puede ser uno o cien. —Soltó el bolígrafo y, con voz firme, añadió—: No me gusta, Faith. No puedes entrar de esa manera. Tendremos que buscar otra forma de hacerlo. Buscaremos otra ubicación que garantice tu seguridad.

El tono de Amanda denotó que estaba irritada.

—No seas tan fatalista, Will. Tenemos seis horas. Todos conocemos la distribución de la casa, y esa es nuestra ventaja, tanto como la suya. Conozco a todas las vecinas de la zona. Es una zona residencial. Hay personas que salen a correr, repartidores, camiones, lectores de parquímetros, carteros y paseantes vespertinos a los que podemos recurrir. Puedo formar cuatro equipos en las próximas horas y nadie se dará cuenta. No somos una banda de ineptos. Podremos encontrar la forma de hacerlo.

—Yo lo haré —se ofreció Will.

Sara notó que su corazón le daba un brinco y se le subía a la garganta.

—Tú no te puedes hacer pasar por Faith.

—Le enviaremos un mensaje para decírselo. Yo haré el intercambio. Roger Ling me conoce. Aunque no esté involucrado en esto, sé que está disfrutando. Él sabe quiénes son esos tipos. Puede decirles que confíen en mí.

Sara sintió una oleada de alivio al ver a Amanda negando con la cabeza antes de que él acabase de hablar.

Will insistió.

—Es la forma más segura. Para Faith.

Como de costumbre, Amanda no se echó atrás.

—Es la cosa más estúpida que te he oído decir. Piensa en lo que hemos pasado en los dos últimos días. Esto es obra de unos aficionados. Julia Ling ya nos lo advirtió. Estamos tratando con un puñado de jovencitos estúpidos que creen que saben jugar a policías y ladrones. Acabaremos con ellos antes de que se enteren de quién ha sido.

Will no parecía muy convencido.

—Puede que sean jóvenes, pero no le temen a nada. Han matado a muchas personas, y han asumido muchos riesgos estúpidos.

—Ninguno tan grande como enviarte a ti en lugar de a Faith. Así es como muere la gente. Lo haremos como yo digo —decidió Amanda—. Buscaremos la forma más estratégica de situar a nuestra gente. Estaremos pendientes de Faith en todo momento. Esperaremos hasta que los secuestradores aparezcan con Evelyn. Faith hará el intercambio, y luego los apresaremos cuando intenten escapar.

Will seguía sin ceder y se mostró categórico.

—Ella no puede hacerlo. No puede ir allí sola. O me dejas que lo haga yo, o buscamos otra forma.

—Si no voy sola, matarán a mi madre —dijo Faith.

Will miró al suelo. Resultaba obvio que seguía pensando que cabía la posibilidad de que Evelyn Mitchell estuviese ya muerta. Sara, para sus adentros, estaba de acuerdo con él. No le parecía un buen plan para recuperar a Evelyn. Amanda estaba tan empecinada en salvar a su amiga que no podía darse cuenta de los posibles daños colaterales.

Sara se había olvidado del café. Cogió una taza para ella y pasó las otras dos a Amanda y Will.

—Gracias —dijo Will tímidamente. Parecía evitar que sus manos se tocasen.

—Él no toma café. Me lo tomaré yo —dijo Faith.

Sara notó que se sonrojaba.

—No deberías tomar cafeína en este momento.

Will se aclaró la garganta.

—No importa. A veces lo tomo.

Le dio un sorbo a la taza y dibujó una mueca al tragárselo.

Sara no podía seguir soportando esa situación. La única forma de sentirse más fuera de lugar sería sacando un acordeón y poniéndose a cantar polcas.

—Os dejaré solos.

327

Amanda la detuvo.

—Si no le importa, doctora Linton, me gustaría que me diese su opinión sobre esto.

Todos se quedaron mirándola, y ella se sintió más desnuda que nunca. Miró a Will pidiéndole ayuda, pero la expresión que le devolvió era probablemente la misma que le habría puesto a la empleada del banco o al chico que recogía sus productos reciclables.

No pudo hacer otra cosa, salvo sentarse al lado de Faith.

Amanda ocupó el otro asiento.

—De acuerdo, empecemos de nuevo, ahora que todos estamos de acuerdo. Will, repasa los hechos que tenemos hasta ahora.

Él dejó la taza de café en la encimera y empezó a hablar. Le contó a Faith todo lo sucedido desde que secuestraron a Evelyn, describiendo la escena del crimen, su visita a Boyd Spivey en la prisión y el silencio que habían mantenido sus colegas en la prisión de Valdosta. Faith se sorprendió cuando le dijo lo de las fotografías que le había dado Roz Levy, en las que aparecía el amigo de Evelyn. No obstante, guardó silencio mientras le contaba la terrible experiencia de Sara en el hospital y el tiroteo en el almacén de Julia Ling. Sara volvió a sentir esa angustia en el pecho. El corte en su oreja lo había causado una bala que le había pasado a pocos centímetros de la cabeza.

—Ricardo Ortiz y Hironobu Kwon se conocían de la universidad —dijo—. Ambos estuvieron en Westminster. Es muy probable que trabajasen en la tienda de muebles de Ling-Ling. Empezaron a pensar que podían hacer negocios por su cuenta y formaron su propia banda con los demás muchachos que trabajaban allí. Ricardo fue a Suecia y cogió un poco de heroína para que ellos la vendiesen. Según Roger Ling, todos los muchachos alardeaban de eso. Benny Choo, el matón de los Yellow Rebels, cogió a Ricardo y casi lo mata a golpes. Estaba a punto de acabar con él, pero Ricardo, o puede que Hironobu, le dijo de dónde podían sacar un buen dinero.

Faith había estado callada, procesando toda esa información, pero al llegar a eso dijo:

—Mi madre.

—Sí —confirmó Will—. Chuck Finn e Hironobu Kwon estuvieron en el mismo centro de rehabilitación durante al menos un mes. Chuck debió de hablarle del dinero. Ricardo estaba a punto de morir, por eso Hironobu le dijo que sabía dónde podía conseguir casi un millón al contado. Benny Choo aceptó la oferta.

Amanda prosiguió:

—Por eso fueron a casa de Evelyn. Pensaban que tenía el dinero allí. Como no se lo dio, la secuestraron.

Sara pensó que, por alguna razón, Amanda omitía el hecho de que Héctor Ortiz, el primo de uno de los narcotraficantes más poderosos de Atlanta, apareció muerto en el maletero de Evelyn. Debería haberse callado, pero esa era su casa, ellos se habían presentado sin avisar y estaba harta de ser educada.

—Eso no explica por qué Héctor Ortiz estaba allí —dijo.

Amanda enarcó una ceja.

—No, no lo explica.

Sara no trabajaba para esa mujer, y no pensaba andarse con pies de plomo.

—¿No piensa responder a esa pregunta?

Amanda le puso una sonrisa falsa.

—Lo más importante es que hicieron todo eso porque querían el dinero. Se puede negociar con personas que quieren eso.

—No se trata de dinero —dijo Will.

—No tenemos tiempo para tus intuiciones femeninas —respondió tajante Amanda.

Will respondió con voz cansada, pero no se amedrentó.

—Están tratando de atrapar a Faith por alguna razón. Si entramos sin saber esa razón, esto no acabará bien. Para ninguno de nosotros. —Lo que dijo parecía sensato, pero Sara vio que Amanda no estaba dispuesta a ceder. Will prosiguió—: Si se tratase de dinero, habrían pedido un rescate el primer día. No estarían con este tira y afloja en Facebook, ni se habrían arriesgado a encontrarse con Faith cara a cara en el supermercado. Sería una simple transacción. Hubieran hecho una llamada, habrían recogido el dinero, dejarían al rehén en cualquier sitio y estarían en su casa tan tranquilos.

329

De nuevo le había dado unos argumentos razonables, pero una vez más Amanda los ignoró.

—No hay ningún secreto oculto en todo esto —dijo—. Quieren el dinero, y se lo daremos. Se lo meteremos por la boca y lo cagarán de camino a la prisión.

—Will tiene razón —apuntó Faith. Había permanecido callada durante todo ese intercambio de opiniones, pero ahora que su hipoglucemia se había nivelado empezaba a razonar como una detective—. ¿Qué me dices de esa cuenta bancaria?

Amanda se levantó para servirse más café.

—Esa cuenta no tiene importancia.

Will pareció dispuesto a mostrar su desacuerdo, pero, por alguna razón, optó por callarse.

—Tu padre era jugador —dijo Amanda.

—Eso no es cierto —respondió Faith moviendo la cabeza.

—Jugaba al póker todos los fines de semana.

—Con monedas de veinticinco centavos. —Seguía negando con la cabeza—. Mi padre era vendedor de seguros. No le gustaban los riesgos.

—No arriesgaba nada. Era muy cuidadoso. —Amanda le dio la vuelta a la isla de la cocina y se sentó al lado de Faith—. ¿Cuántas veces fueron Kenny y él a las Vegas cuando eras pequeña?

Faith seguía sin estar convencida.

—Eran convenciones de trabajo.

—Bill era muy metódico con eso. Era metódico con todo, lo sabes. Sabía cuándo podía arriesgar y cuándo debía levantarse de la mesa y marcharse. Kenny no era tan listo. Pero eso es otra historia. —Miró a Will y añadió—: Bill no pagaba impuestos por ese dinero. Por eso tenía una cuenta bancaria en secreto.

Sara percibió su propia confusión reflejada en el rostro de Will. A partir de cierta cantidad de dinero, uno no podía marcharse de ningún casino de las Vegas, ni del país, sin pagar impuestos.

Faith se resistía a creer en eso.

—No me imagino a mi padre asumiendo ese riesgo. Odiaba el juego. Era todo lo contrario a Kenny.

—Porque Kenny era un idiota con el dinero —dijo Amanda. El tono amargo de su voz le hizo recordar a Sara que habían salido juntos durante muchos años—. Para Bill era una diversión, un pasatiempo. Algunas veces ganó mucho dinero, y otras perdió un poco, pero siempre supo cuándo debía dejarlo. No era una adicción, era un juego.

—¿Por qué no me lo dijo Evelyn cuando la estaba investigando? —preguntó Will.

Amanda sonrió.

—No es que te dijera muchas cosas cuando la estabas investigando.

—No —coincidió él—. Pero habría dejado de estar bajo sospecha si...

—No era sospechosa de nada —interrumpió Amanda. Luego, dirigiéndose a Faith, añadió—: Tu madre fue la que delató al equipo. Por eso la llamaban Almeja. Ella nos dio el soplo.

—¿Cómo dices? —Faith se sentía más que confusa. Miró a Will, como si él tuviese la respuesta—. ¿Por qué no me lo dijo?

—Porque quería protegerte —respondió Amanda—. Cuanto menos supieses, más segura estarías.

—¿Y por qué se lo dices ahora? —interrumpió Will.

Amanda estaba realmente molesta.

—Porque tú no dejas de hablar de esa cuenta, aunque yo te diga una y mil veces que no tiene importancia.

Will había puesto la taza de café sobre la encimera. Giró lentamente el asa para que estuviese paralela al protector de salpicaduras.

Faith preguntó lo que Sara estaba pensando.

—¿Cómo descubrió que estaban cogiendo dinero?

Amanda se encogió de hombros.

—¿Acaso importa?

—Sí —respondió Will. Obviamente, quería escuchar la historia para encontrar los fallos.

Amanda respiró profundamente antes de comenzar.

—Hubo una redada en el lado sur, uno de los proyectos en East Point. Evelyn lideró el equipo de asalto para entrar en el apartamento de madrugada. Los delincuentes aún estaban dormidos y resacosos, con un montón de dinero encima de la mesita del salón y con suficiente coca como para despertar a un elefante. —Amanda empezó a sonreír, disfrutando claramente de la historia—. Los rodearon y los sacaron a la calle. Estaban ahí con las manos en la espalda, arrodillados, mirando a los coches patrulla, que les recordaban quiénes estaban al mando. En ese momento, llegaron los medios de comunicación, algo a lo que Boyd nunca se pudo resistir. Alineó al equipo para hacerse unas fotos, con los delincuentes en la parte de atrás, al estilo de *Los Ángeles de Charlie*. A tu madre siempre le disgustaba esa parte, y normalmente se marchaba a la oficina para encargarse del papeleo. En aquella ocasión, la calle estaba bloqueada, así que volvió al apartamento y estuvo investigando por su cuenta. —Amanda apretó los labios—. Lo primero que observó es que el montón de dinero tenía un aspecto distinto. Dijo que, al echar la puerta abajo, estaba apilado en forma de pirámide. Ya sabes que siempre era la primera en entrar. —Faith asintió—. Dijo que se fijó en la pirámide porque Zeke solía...

—Hacer pirámides con todo —completó Faith—. Cuando tenía diez u once años, empezó a apilar todas las cosas, los libros, los juguetes, los cochecitos en forma de pirámide.

—Tu madre pensaba que era autista. Puede que tuviese razón —continuó Amanda—. Bueno, el caso es que se fijó en la pirámide. Cuando regresó al apartamento, la pirámide se había transformado en un cuadrado. Y, bueno, a partir de ese momento empezó a vigilar al equipo. Hizo un seguimiento de los casos que abrían y de los que se quedaban sin descubrir porque se perdían las pruebas o los testigos. Cuando estuvo segura de lo que ocurría, acudió a mí.

—Me dijiste que el soplo lo había dado una persona anónima.

—Evelyn tenía que ser investigada, como los demás. No estábamos tratando con niñatos. Boyd y los demás se estaban quedando con montones de dinero al contado. También aceptaban sobornos por mirar hacia otro lado. Uno no fastidia ese tipo de negocios sin arriesgar la vida. Teníamos que proteger a Evelyn. Por eso optamos por decir que había sido un soplo anónimo e interrogarla como a los demás.

—Supongo que sospecharon que el soplo venía de mamá —dijo Faith—. Era la única que no estaba metida en el asunto.

—Hay una gran diferencia entre sospechar y saber —respondió Amanda, tensa—. Y Boyd Spivey la protegió. Dijo que no estaba involucrada. La defendió en todo momento. Imagino que por eso le eliminaron. Podían pisarle los talones al GBI y a la policía de Atlanta, pero alguien con el poder de Boyd los podía pillar a ellos de muchas formas que para nosotros resultaban imposibles.

Faith estaba callada, recordando probablemente a aquel hombre que había protegido a su madre. Sara, por su parte, pensaba en el tiempo y el dinero que hacía falta para quitar de en medio a un tipo que estaba en el corredor de la muerte. Todo el asunto lo habían planeado meticulosamente personas que conocían los puntos débiles de Evelyn Mitchell: Boyd Spivey, su protector; Faith, su hija; Amanda, su mejor amiga. Aquel asunto parecía cada vez más un acto de venganza, y no tanto una cuestión de dinero. Sara se dio cuenta de que Will había llegado a la misma conclusión. Sin embargo, cuando habló, no mencionó lo más obvio. En su lugar, le preguntó a Amanda:

—¿Tú eliminaste la cuenta bancaria de mi informe?

—No somos Hacienda —respondió encogiéndose de hombros—. No hay razón para castigar a nadie por hacer lo correcto.

Sara se dio cuenta de que Will estaba enfadado, pero seguía sin decir nada. Ni siquiera parecía indignado. Se limitó a meterse las manos en los bolsillos y a apoyarse sobre la encimera. Ella nunca había tenido una discusión con él. En ese momento no estaba segura de si alguna vez la tendría, pero de ser así sería una completa inutilidad.

Faith, por su parte, no parecía darse cuenta de los detalles que faltaban en la historia que les había contado Amanda, pero, teniendo en cuenta que sus niveles de azúcar habían estado subiendo y bajando como un ascensor durante los últimos días, resultaba hasta extraño que pudiese estar levantada. Por eso pensó que no la había entendido bien cuando dijo:

—Me dejaron un dedo suyo debajo de la almohada.

333

Amanda ni se inmutó.

—¿Dónde lo tienes?

—En el armario del botiquín. —Faith se llevó la mano a la boca, como si fuese a vomitar. Sara dio un salto para coger el cubo de basura, pero Faith le hizo un gesto indicándole que no hacía falta—. Estoy bien. —Respiró profundamente varias veces mientras Sara cogía un vaso del armario y lo llenaba de agua.

Faith se tomó el agua con ansiedad, emitiendo los ruidos típicos de la garganta al tragar.

Sara volvió a llenar el vaso y se lo puso delante. Se apoyó en la encimera y observó a Faith. Will estaba a un par de metros de ella, con las manos metidas en los bolsillos. Notó la distancia que había entre ellos.

Faith tomó un sorbo de agua antes de proseguir.

—Intentaron coger a Jeremy. Lo envíe con mi hermano, y a Emma también. Luego fui al supermercado y un tipo me arrinconó en el aseo.

—¿Qué aspecto tenía? —preguntó Amanda.

Faith dio una descripción detallada de su altura, su peso, su ropa y su forma de hablar.

—Creo que era hispano, pero tenía los ojos azules. —Miró a Sara y preguntó—: ¿Eso es normal?

—No mucho, pero tampoco es raro —contestó ella—. Los españoles ocuparon México. Algunos se casaron con nativos americanos. No todos los mexicanos tienen la piel oscura y el pelo moreno. Algunos son rubios y con la piel blanca. Y algunos tienen los ojos azules o verdes. Es un gen recesivo, pero aparece de vez en cuando.

—¿Tenía los ojos azules? —preguntó Amanda.

Faith asintió.

—¿Tatuajes?

—Una serpiente en la nuca.

Ahora fue Amanda la que asintió.

—Podemos intentar localizarlo. Podemos hacernos con una lista de muchachos hispanos de entre dieciocho y veinte años que tengan los ojos azules. —Pareció recordar algo—. No hemos tenido suerte en los salones de tatuaje. Quien le tatuó el arcángel San Gabriel a Marcellus Estévez, o bien trabaja fuera del estado, por su cuenta, o bien no quiere hablar.

—Me resultaba familiar —dijo Faith—. Pensé que quizá le había arrestado, pero él me dijo que no.

—Estoy segura de que te dijo la verdad. —Amanda sacó su BlackBerry y empezó a escribir mientras hablaba—. Revisaremos tus casos. Conozco a alguien en la policía que puede echarles un vistazo, a los que te ocuparon antes de que empezaras a trabajar con nosotros.

—No creo que encuentres nada. —Faith se frotó las sienes—. Tendrá la edad de Jeremy. Puede que él le conozca. Quizás hayan ido a la escuela juntos. No sé.

Amanda terminó de enviar el mensaje.

—¿Le has preguntado a Jeremy?

Faith asintió.

—Le di su descripción anoche, pero me dijo que no conocía a nadie con ese aspecto, al menos que recordara.

—¿Te acuerdas de algo más? —preguntó Will.

Había algo más, pero Faith se mostró reticente.

—Es algo estúpido —dijo mirando a Sara—. Mi nivel de azúcar puede que me haya hecho alucinar.

—¿A qué te refieres? —preguntó Sara.

—Me pareció... —Movió la cabeza—. Es una estupidez, pero el cajón de la cubertería estaba mal colocado. No creo que importe.

—Continúa —dijo Sara—. ¿Qué le pasaba al cajón?

—Los tenedores estaban del revés. Y las cucharas. Y los bolígrafos los habían puesto en otro cajón. Yo siempre los pongo en el mismo sitio. Luego fui al salón y las bolas de nieve estaban todas mirando a la pared. Siempre las pongo al revés, y soy muy cuidadosa con ellas, porque eran de mi padre. Les quito el polvo todas las semanas, y no dejo que Jeremy las toque. Y Zeque ni siquiera se acerca a ellas. No sé. Puede que yo las cambiase la noche anterior y no lo recuerde. Puede que solo pensase que estaban al revés, pero recuerdo haberlas puesto bien, por tanto... —Se llevó las manos a la cabeza—. No he podido pensar con claridad desde que empezó todo esto, y ya no sé qué es real y qué no. ¿Podría estar alucinando?

—Tu nivel de azúcar ha sido muy variable —dijo Sara—, pero no señala ningún trastorno metabólico. Aunque has estado sometida a un fuerte estrés, no estás deshidratada. ¿Te sientes como si estuvieses resfriada o tuvieses una infección? —Faith negó con la cabeza—. Puedes estar confusa, incluso paranoica, lo cual es comprensible, pero no creo que hayas alucinado. —Sara sintió la necesidad de decirlo—: Darle la vuelta a las bolas de nieve parece más un gesto de un niño tratando de llamar la atención. ¿Estás segura de que no fue tu hijo quien lo hizo?

—No le he preguntado. Me da vergüenza incluso hablar de eso. Estoy segura de que no tiene importancia.

Amanda movía la cabeza.

—Jeremy no haría tal cosa, especialmente con lo que está pasando. No creo que quisiera causarle más estrés a su madre. Tiene casi veinte años, y es demasiado maduro para ese tipo de cosas.

—Puede que lo haya imaginado —dijo Faith—. ¿Por qué esa gente le iba a dar la vuelta a las bolas de nieve? —Luego, recordando, añadió—: Y aflojaron las bombillas.

Amanda suspiró.

—No importa, Faith. Ahora lo importante es que tenemos que elaborar un plan. —Miró su reloj—. Son casi las siete. Tenemos que ponernos a pensar.

—Will tiene razón —dijo Faith—. Están vigilando la casa de mi madre, y también la mía. Si llamamos a la policía…

—No tengo la más mínima intención de cometer tal estupidez —interrumpió Amanda—. Aún no sabemos si Chuck Finn está implicado o no. —Faith abrió la boca para protestar, pero Amanda le cogió la mano para que se callase—. Sé que crees que a Chuck le incitaron para meterse en todo ese embrollo, mientras que los demás lo hicieron por su cuenta, pero la culpa es de todos. Él cogió dinero, se lo gastó, confesó sus delitos y ahora está libre con una adicción muy grave que cuesta mucho dinero. Recuerda también que tiene amigos en la policía de Atlanta; por otro lado, si no los tiene, podría disponer de dinero para comprarlos. Sé que no te gusta que diga esto, pero estoy segura de que, o bien le habló del dinero a Hironobu Kwon, o bien es él quien tira de los hilos de esa nueva banda de jóvenes.

—A mí no me parece cosa de Chuck —dijo Faith.

—Quedarse con el dinero incautado tampoco parecía muy propio de él, pero así fue. —Dirigiéndose a Will le dijo—: Has mencionado el lugar estratégico en casa de Roz Levy. No creo que se pongan allí. Les pegaría un tiro nada más poner un pie en su propiedad.

—Es cierto —dijo Faith—. La señora Levy vigila la calle como un halcón.

—Salvo cuando a la vecina de al lado le disparan o la secuestran —añadió Will.

Amanda ignoró la observación.

—Lo importante, Will, es que podemos utilizar ese sitio con tanta facilidad como los secuestradores. A menos que te metamos en una enorme caja, debemos buscar la forma de que tú y tu rifle estéis en el garaje de Roz Levy, y sin que te vean. —Miró a Faith—. ¿Estás segura de que no te han seguido hasta aquí?

Ella negó con la cabeza.

—He tenido mucho cuidado. Nadie me ha seguido.

—Buena chica —dijo Amanda. Se encontraba de nuevo en su elemento, disfrutando casi con lo que tenía entre manos—. Debo hacer algunas llamadas para averiguar qué está ocurriendo en casa de Evelyn. Esos tipos no habrían sugerido que se realizase allí el intercambio si creyesen que la Unidad Criminalista de Atlanta estuviese trabajando. Veremos si Charlie puede hacer algunas averiguaciones. Si de esa forma no consigo nada, conozco a algunas personas en la Zona Seis que me deben algunos favores y a las que les encantaría enseñarles a esos niñatos cómo se hacen las cosas. ¿Doctora Linton?

—¿Sí? —dijo Sara, sorprendida.

—Gracias por su tiempo. Confío en que no hablará con nadie de esta reunión.

—Por supuesto que no.

Faith se levantó detrás de Amanda.

—Gracias —dijo—. Una vez más.

Sara le dio un abrazo.

—Ten cuidado.

Will fue el siguiente. Le tendió la mano.

—Doctora Linton.

Sara miró hacia abajo, preguntándose si no estaba teniendo una de las alucinaciones de las que le había hablado Faith. Le estaba estrechando la mano para despedirse.

—Gracias por su ayuda. Lamento la interrupción de esta mañana —dijo.

Faith murmuró algo que Sara no consiguió oír.

Amanda abrió el armario. Sara dedujo que la sonrisa que tenía en el rostro no se debía a que se alegraba de ver su abrigo.

—Conozco a muchos vecinos de Evelyn. La mayoría de ellos están jubilados, y creo que, salvo la vieja mandona que vive al otro lado de la calle, nos permitirán utilizar sus casas. Necesitaré algún dinero al contado. Creo que podemos conseguirlo, pero vamos muy apurados de tiempo. —Se puso el abrigo—. Faith, tendrás que irte a casa y esperar hasta que te avisemos. Imagino que, en algún momento, necesitaremos que vayas a un banco o dos. Will, vete a casa y cámbiate de camisa. El cuello está descosido y te falta un botón. Y, mientras tanto, te recomiendo que pienses en algún caballo de Troya o inventes un plan para camelarte a Roz Levy. Hace una hora estaba dispuesta a denunciar a Faith. Solo Dios sabe qué mosca le ha picado esta mañana.

—Sí, señora.

Sara les abrió la puerta. Amanda fue hacia al ascensor. Will, siempre caballeroso, dejó que Faith pasase delante.

Sara cerró la puerta detrás de Faith.

—Un mo… —empezó Will, pero ella le puso el dedo en los labios.

—Cariño, sé que tienes trabajo, y que es peligroso, pero, pase lo que pase, no se puede comparar con lo que te sucederá si me vuelves a estrechar la mano después de lo que me hiciste anoche. ¿De acuerdo?

Will tragó saliva.

—Llámame después.

Sara le dio un beso de despedida y le abrió la puerta para que saliese.

Capítulo diecisiete

Will estaba suscrito a muchas revistas de coches, principalmente por las fotografías, pero a veces se sentía obligado a leer los artículos. Por eso sabía que el Chevrolet Corvair 700 de 1960 de color verde aguacate de Roz Levy valía mucho más de los cinco dólares que había calculado Faith.

El coche era una belleza, el típico automóvil clásico por el cual destacaban los fabricantes estadounidenses. El motor de seis cilindros de aluminio, horizontalmente opuesto, refrigerado por aire y montado en la parte trasera, había sido diseñado para competir con los modelos europeos que estaban entrando en el mercado. El diseño era conocido por su suspensión trasera independiente, a la cual dedicaron un capítulo completo en la revista de Ralph Nader, *Unsafe at Any Speed*. La rueda de repuesto estaba situada debajo del capó delantero, donde otros coches colocaban el motor, justo al lado de un calefactor de gasolina para la zona del pasajero. Aunque el invierno se había acabado, el tanque aún estaba lleno de gasolina, algo de lo que Will se dio cuenta porque tuvo la cara presionada contra el depósito de metal mientras Faith lo llevaba hasta la casa de la señora Levy. El ruido que hacía la gasolina se parecía al que hacen las olas al chocar contra la orilla, aunque en realidad fuese un acelerante extremadamente volátil que se agitaba a menos de un milímetro de su cara.

El coche se había fabricado mucho antes de que la Administración Nacional de Seguridad Vial obligase en 2001 a todos los coches a instalar una correa de emergencia fosforescente para abrir el capó en caso de que alguien se quedase encerrado. Will no sabía si podría coger el asa en caso de que tuviese alguna. El maletero era muy profundo, pero no muy ancho, más o menos como el pico de un pelícano. Will estaba doblado en un espacio destinado a la rueda de repuesto y puede que a un par de maletas; maletas de los años sesenta, no esas modernas con ruedas que utiliza la gente hoy en día, y donde meten la casa entera para una excursión de fin de semana a las montañas.

En pocas palabras, que cabía la posibilidad de que muriese antes de que Roz Levy se acordase de abrirle el capó.

Entraba un delgado hilo de luz a través del cierre de goma que había alrededor de la bisagra. Will abrió el teléfono móvil para mirar la hora. Llevaba en el maletero casi dos horas, y aún le quedaba, por lo menos, media hora más. Tenía el rifle entre las piernas, en una posición que no resultaba nada agradable. La funda de la pistola se había dado la vuelta, por lo que la Glock se le clavaba en el costado como un dedo punzante. La botella de agua que le había dado Faith ahora era una simple botella de plástico. Hacía unos sesenta grados aproximadamente dentro de esa fosa de metal. Ya no sentía ni las manos ni los pies, y empezaba a pensar que había cometido un grave error.

Las palabras «caballo de Troya» no se le iban de la cabeza ni por un instante. Una llamada a Roz Levy les dejó claro que no pensaba ponerles las cosas muy fáciles, pues seguía muy molesta con Faith por haberle cogido el coche, y se había negado a que entrasen en su casa. Aunque resultase inusual, Will fue la persona a quien se le ocurrió tal idea. Faith pondría el Corvair en el garaje. Él se escondería en el maletero hasta que, pocos minutos antes de la hora acordada, la señora Levy lo abriese disimuladamente cuando saliese a tirar la basura. Will saldría a hurtadillas y cubriría a Faith.

El hecho de que Roz Levy aceptase ese plan alternativo tan fácilmente le hizo sospechar que no lo llevaría a cabo, pero, en aquel momento, ya no podían seguir perdiendo más tiempo y no les quedó otra opción.

Había también otros caballos de Troya, la mayoría más inteligentes que el de Will. Lo bueno de las viejas amigas de Amanda es que eran mujeres mayores, por lo que resultaba fácil que pasasen desapercibidas. Las personas que estuviesen vigilando el vecindario probablemente esperarían jóvenes con mucha testosterona, dedos rápidos y pelo corto. Amanda había enviado a seis de sus amigas a diversas casas alrededor de la manzana. Llevaban bizcochos y pasteles en la mano, y el bolso colgando del brazo. Algunas incluso llevaban sus Biblias. Cualquiera que las viese creería que eran meras visitas.

El perímetro exterior estaba cubierto por un camión de cable, una furgoneta de una peluquería canina y un Toyota Prius amarillo chillón que ningún policía con un poco de dignidad se hubiese atrevido a conducir. Entre los tres vehículos supervisaban el tráfico que entraba y salía de las dos carreteras que llevaban a la sección del vecindario donde estaba la casa de los Mitchell.

Will, sin embargo, no estaba muy satisfecho con el plan. Era la idea menos mala, ya que la peor es que no hubiese ninguna presencia policial. No le gustaba que Faith estuviese en una situación tan vulnerable, a pesar de ir armada y haber demostrado que no dudaría en dispararle a cualquiera. Presentía que Amanda se equivocaba. No se trataba de dinero. Puede que a simple vista lo pareciese, e incluso que algunos de los secuestradores pensasen que solo era cuestión de eso, pero había algo en su conducta que los delataba. Era algo personal. Alguien se la tenía jurada a Evelyn. Chuck Finn parecía el más sospechoso. Sus vasallos querían el dinero, pero él deseaba venganza. Todos saldrían ganando, salvo Faith. Y, por supuesto, el idiota que estaba atrapado en un Corvair de los años sesenta.

Will hizo un gesto de dolor cuando trató de cambiar de posición. Le dolía la espalda, le picaba la nariz, y tenía el trasero como si hubiese estado sentado en una silla de hierro durante un par de horas. Vista en retrospectiva, la idea de meterse en el maletero parecía más propia de Amanda. Una idea dolorosa y humillante, destinada a perjudicar a Will. Puede que lo hubiese hecho por un deseo oculto de morir, o puede que lo único que desease era asarse lentamente, porque era la única forma de tener tiempo para pensar en qué se había metido. Y no se refería al coche.

Will jamás había fumado un cigarrillo, ni había consumido ninguna droga ilegal. Odiaba el sabor del alcohol. Cuando era pequeño, vio cómo las drogas podían arruinar la vida de una persona, y cuando se hizo policía, cómo terminaban. Jamás había sentido tal tentación, y nunca había comprendido que la gente se sintiese tan desesperada por el siguiente chute como para estar dispuesta a perder su vida y todo lo que le importaba. Robaban, se prostituían, abandonaban o vendían a sus hijos, asesinaban. Hacían cualquier cosa con tal de no pasar el mono: ese punto en que el cuerpo reclamaba con tanta urgencia la droga como para hacerles retorcerse de dolor. Les daban calambres en los músculos, les dolían las entrañas y la cabeza, se les resecaba la boca, tenían taquicardias y les sudaban las palmas de las manos.

La incomodidad física de Will no se debía exclusivamente a la estrechez del maletero del Corvair de la señora Levy, sino también al mono que tenía por ver de nuevo a Sara.

En su defensa, sabía que su respuesta era completamente desproporcionada a lo que cualquier ser normal debería de sentir en ese momento. Se comportaba como un estúpido. Más de lo que ya era. No sabía cómo actuar en su presencia. Al menos cuando no estaban practicando sexo. Y habían tenido mucho sexo, por eso Sara había tardado bastante en tener una visión general de su sorprendente estupidez. Y vaya ridículo que había hecho dándole la mano como un agente en una reunión. Le extrañaba que no le hubiese abofeteado, ya que hasta Amanda y Faith se habían quedado perplejas mientras esperaban el ascensor en el pasillo. Su estupidez las había dejado boquiabiertas.

Will empezaba a preguntarse si tenía algún problema físico. Puede que fuese diabético, como Faith. Ella siempre le estaba regañando por su afición a los dulces, su segundo desayuno, su afición por los nachos de queso de la máquina expendedora que había en la planta de abajo. Examinó sus síntomas: sudaba copiosamente, sus pensamientos corrían a una velocidad vertiginosa, estaba confuso, tenía sed y sentía una necesidad imperiosa de orinar.

Sara no parecía molesta con él cuando se despidió. Le llamó «cariño», algo que solo le habían llamado una vez en su vida, y también fue ella. Le había besado. No fue un beso apasionado, sino más bien un piquito de esos que se ven en las películas de los años cincuenta justo antes de que el marido se ponga el sombrero para irse a trabajar. Le había dicho que la llamase después, pero ¿deseaba que la llamase o sencillamente le estaba lanzando una indirecta? Will estaba acostumbrado a que las mujeres le lanzasen indirectas. ¿Y qué significaba después? ¿Se refería a esa noche, a mañana o al fin de semana?

Gruñó. Era un hombre de treinta y cuatro años, con un trabajo y un perro al que cuidar. Tenía que recuperar el control. Bajo ningún pretexto llamaría a Sara. Ni esa noche ni el fin de semana. Él era demasiado simple para ella. Demasiado retraído socialmente. Se sentía demasiado ansioso por estar con ella. Will había aprendido por experiencia que lo mejor que podía hacer cuando deseaba algo era quitárselo de la cabeza, ya que jamás lo conseguiría. Ahora tenía que hacer eso mismo con Sara, y debía hacerlo antes de recibir un disparo o dejar que Faith terminase asesinada porque él se estuviera comportando como un adolescente enamorado.

Lo peor fue que sintió que Angie tenía razón en todo lo que le había dicho. Bueno, en todo no: Sara no se teñía el pelo.

El teléfono vibró. Will trató de no castrarse con el rifle mientras se llevaba el Bluetooth a la oreja. El maletero estaba muy bien aislado, pero, aun así, habló en voz baja.

—¿Sí?

—¿Will? —Justo lo que faltaba. La voz de Amanda en su cabeza—. ¿Qué haces?

—Sudar —respondió susurrando y preguntándose cómo podía hacerle esas preguntas tan tontas. Al principio pensó que saldría del maletero como un superhéroe, pero ahora se conformaba con salir de allí vivo.

—Estamos en casa de Ida Johnson. —La vecina del jardín trasero de Evelyn. Le resultaba incomprensible que Amanda hubiese convencido a esa mujer para que dejase entrar a un grupo de policías en su casa. Puede que le hubiese prometido que Faith no asesinaría a más traficantes de drogas en su jardín—. Acabo de oír una llamada en el escáner. Han disparado

343

desde un coche en East Atlanta. Hay dos muertos. Ahbidi Mittal y su equipo acaban de salir de casa de Evelyn para procesar el coche. Alguien importante. Una mujer y su hijo. De raza blanca, rubia, de clase media, guapa.

Ahora sabía cómo los secuestradores planeaban disponer de la casa de Evelyn. Amanda había hecho algunas llamadas discretas y había descubierto que el equipo del CSU necesitaba al menos otros tres días en la casa. Sabían que los secuestradores de Evelyn tenían alguna experiencia en matar desde un coche en movimiento. Resultaba obvio que esos delincuentes no tenían reparos en matar a personas inocentes, y sabían elegir a la víctima adecuada para asegurarse de que todas las cadenas de televisión de Atlanta cambiasen la programación para cubrir en directo lo que estaba sucediendo justo entonces.

Sin embargo, lo más terrible es que eso demostraba que no les importaba asesinar a una mujer y a su hijo.

—Han cavado en el jardín trasero de Evelyn.

Puede que fuese el calor, pero Will imaginó a un perro buscando su hueso.

—Debe haberles dicho que el dinero estaba en el jardín. Hay agujeros por todos lados.

Eso es lo que Will había pensado al principio, pero ahora se dio cuenta de lo estúpido que había sido. La gente ya no ocultaba el dinero de tal forma. Incluso Evelyn tenía una cuenta bancaria. En la actualidad, todo estaba archivado en un ordenador.

—¿La señora Levy los vio cavar? —preguntó en voz baja.

Amanda estaba inusualmente callada.

—¿Amanda?

—No responde al teléfono en este momento. Imagino que se habrá quedado dormida.

Will no pudo tragar. No resultaba nada gracioso.

—Habrá puesto el despertador.

Will se preguntó cómo iba a oír la anciana el despertador si no oía el teléfono. Luego dejó de preocuparse, porque pensó que iba a morir de un golpe de calor mucho antes de que eso ocurriese.

—Hay dos amigas acompañándome —dijo Amanda—, y

otra vieja compañera en la calle. Ella vigilará a Faith cuando vaya de camino a la casa. Bev trabaja con el Servicio Secreto, y ha solicitado la presencia de un camión de correo.

A Will le habría gustado que aquello le sorprendiera más, pero, en aquel momento, si Amanda le hubiese dicho que había llamado a una vieja amiga en la Casa Blanca para pedirle ciertos códigos nucleares, él se habría limitado a asentir.

—Todo está preparado —dijo ella, que siempre se mostraba muy conversadora cuando un caso estaba a punto de estallar. Aquel día no iba a ser una excepción—. Faith está esperando en su casa. Esta mañana ha ido a tres bancos diferentes para respaldar su historia de las cajas de seguridad. Conseguimos que uno de los directores le diese hasta el último centavo. Todos los billetes están marcados, y hay un dispositivo de seguimiento en la bolsa. —Guardó silencio durante unos instantes—. Creo que estará bien. Sara consiguió nivelarla por el momento, pero me preocupa que no se esté cuidando lo suficiente.

Will también estaba preocupado por eso. Siempre había considerado a Faith una persona indestructible, capaz de superar cualquier crisis. Tal vez fuese porque había sido madre muy joven. Lo que le dijo la señora Levy sobre el escándalo que supuso su embarazo en el vecindario seguía rondándole por la cabeza. No había duda de que Faith aún seguía sintiéndose un tanto avergonzada. Se había sonrojado cuando le explicó a Sara las palabras que había dicho su madre, aunque Evelyn solo pretendía mitigar su culpa con lo que podían ser las últimas palabras que le dijera a su hija. La vida de Faith había quedado hecha añicos por el embarazo, pero, de alguna forma, había conseguido recomponerla. Evelyn había estado a su lado, prestándole su apoyo, pero era ella quien había hecho el esfuerzo más duro obteniendo el GED, ingresando en la academia, volviendo a la universidad y criando a su hijo. Era una de las mujeres más fuertes que había conocido. En algunos aspectos, incluso más que Amanda.

Y merecía saber la verdad.

—¿Por qué le has mentido a Faith diciéndole que su padre era jugador?

345

Amanda no respondió.

—¿Por qué le dijiste...?

—Porque lo era —respondió Amanda—. Pensaba que después de esta mañana ya sabrías que hay otras muchas cosas con las que un hombre puede jugar, aparte del dinero.

Will tragó el último resquicio de saliva que le quedaba en la boca. No estaba de humor para los acertijos de Amanda.

—Evelyn estaba implicada —dijo.

—Ella cometió un error muy grave hace mucho tiempo, y desde entonces está pagando por eso.

Will trató de no perder los estribos.

—Ella cogió el dinero y...

—Te prometo una cosa, Will. Si conseguimos sacar a Evelyn de este embrollo, te dirá toda la verdad. Podrás estar con ella una hora entera, y te responderá a todas las preguntas que le hagas.

Will miró a su alrededor, al rayo de luz que entraba por el cierre de goma.

—¿Y si no la sacamos?

—Entonces no tendrá importancia, ¿no te parece? —Oyó la voz de alguien de fondo—. Tengo que dejarte. Te llamaré cuando tenga noticias.

Will volvió a mover el rifle para poder guardarse el teléfono. Cerró los ojos y trató de aclararse la mente. Una gota de sudor le corrió por la espalda. Sentía una suerte de sensación de pinchazo cerca de la base de la espina dorsal, donde Sara le había arañado.

Movió la cabeza, tratando de borrar esa imagen para que el rifle no presentase una denuncia por acoso sexual. Imaginó aquel arma sentada en el banquillo de los testigos, utilizando el gatillo para quitar una lágrima de la mira telescópica.

Volvió a mover la cabeza. El calor empezaba a afectarle, estaba claro. Comenzó a repasar los hechos para centrar sus pensamientos. Amanda siempre le hacía repasarlos desde el principio, ya que esa era la mejor forma de darse cuenta de lo que habían pasado por alto. Con el acaloramiento del momento, resultaba difícil encajar todas las piezas. Will examinó paso por paso todo lo que había pasado en los últimos días, estudiando todos los ángulos, repasando las mentiras y las verdades a medias que les habían dicho aquella panda de delincuentes, así como las mentiras y las medias verdades que le había dicho Amanda.

Al igual que le había sucedido antes, Chuck Finn volvía a aparecer en escena. Siguiendo un proceso de eliminación, Chuck era el único del equipo de Evelyn que no había dado explicaciones. Había estado en Healing Winds con Hironobu Kwon, y conocía a Roger Ling, quien le llamaba Chuckleberry Finn.

Roger también había hablado de cortarle la cabeza a la serpiente. Por lo tanto, tenía que haber una persona al mando. Chuck bien podía ser esa persona. Reunía todos los requisitos: tenía una cuenta personal pendiente con Evelyn Mitchell por haberle implicado. Su vida en prisión no había sido precisamente un camino de rosas, ya que había pasado de ser un agente de policía a tener que cuidar sus espaldas en las duchas.

Probablemente, en prisión, se había convertido en un adicto, pero luego empezó a disfrutar de ello cuando le dieron la condicional. La heroína y el crack eran hábitos muy caros. Aunque ahora estuviese limpio, probablemente se habría gastado el dinero hace mucho tiempo. De todos los detectives que Will había investigado, era el que menos se había arrepentido de sus delitos. Se había gastado el dinero en viajes de lujo, y había visitado muchos lugares como un multimillonario. Solo el viaje que había hecho a África le había costado cien mil dólares. La única persona a la que había interrogado Will que parecía lamentar los cargos que se presentaban contra Chuck Finn era su agente de viajes.

De todos modos, fuera como fuera, no tardaría mucho en averiguar si realmente estaba implicado o no. Entonces, oyó que se abría la puerta del garaje, y unas zapatillas arrastrándose por el cemento. El capó se abrió. La luz del sol entró como el agua. Vio a la señora Levy pasar con una bolsa de basura blanca en la mano, y oyó el ruido que hacía al tirarla dentro del contenedor.

Will cogió el rifle con una mano y sostuvo el capó con la otra. Sus movimientos no fueron tal como había imaginado: en lugar de hacer su aparición como si fuera Superman, se

347

arrastró como un gusano por el cemento. Roz Levy pasó por su lado, mirando al frente y fría como un témpano. Alargó la mano disimuladamente y, con un pequeño movimiento, cerró el capó. Sin mirar a Will, entró de nuevo en la casa, cerró la puerta y lo dejó pensando que era muy posible que esa anciana fuese capaz no solo de matar fríamente a su marido, sino de mentirle a Amanda en su propia cara durante toda una década.

Will se quedó tendido en el cemento durante unos segundos, disfrutando del frío que sentía en la piel, respirando el aire fresco mezclado con el olor que procedía de una mancha de aceite que había al otro extremo del Corvair. Se apoyó sobre los codos. Sus recuerdos del garaje, aunque exactos, eran casi inútiles. Había un amplio espacio abierto hasta la parte trasera, como el paso subterráneo de un puente, solo que más peligroso. La casa de Roz Levy estaba a un lado de la estructura. En el otro estaba el muro de ladrillo de algo más de un metro de altura, con una columna de metal a cada extremo para soportar el tejadillo. Will miró hacia la calle desde debajo del coche, pero no podía saber si le estaban observando.

Miró a uno de sus lados. El contenedor de basura estaba a una distancia equidistante entre el muro y el coche. Will pensó que cualquiera que estuviese observando le vería moverse, pero no tenía otra opción. Se levantó y se puso en cuclillas. Contuvo la respiración, pensando que no había un instante que perder, por lo que de un salto se ocultó detrás del contenedor.

No oyó ningún disparo, ni gritos…, nada, salvo los latidos de su corazón.

Aún le quedaba un metro por recorrer hasta llegar al pequeño muro. Hizo ademán de moverse, pero luego se detuvo, porque pensó que, probablemente, habría una forma mejor de hacer eso que apoyándose contra el muro con una luz de neón señalando su cabeza. Empujó lentamente el contenedor de basura, ocultándose detrás de él y reduciendo el espacio entre el coche y la muralla. Al menos, si no tenía protección, disponía de cierta cobertura visual de cualquiera que estuviese en la calle. Al otro lado del jardín ya era otra cosa. El muro le protegería de los disparos que pudieran llegar desde la casa de Evelyn, pero sería un objetivo muy fácil para cualquiera que quisiera sorprenderle desde el jardín trasero.

No podía seguir en esa postura durante mucho rato. Se apoyó sobre una rodilla y miró por encima del muro. No vio a nadie. La casa de Evelyn estaba un poco más baja y podía ver con claridad la ventana del cuarto de baño. Estaba a cierta altura de la pared, probablemente dentro de la ducha. Era lo bastante ancha para que un niño pequeño pudiese entrar, pero, por desgracia, no para un hombre adulto, sobre todo para alguien de su envergadura. La persiana estaba levantada y vio claramente el pasillo. A través de la lente del rifle, observó hasta las vetas de madera de la puerta que conducía hasta el garaje de Evelyn. Estaba cerrada. Había polvos negros sobre la parte blanca donde los técnicos del CSU habían estado buscando huellas.

Ya habían hablado de eso. Cuando Faith llegase a la casa, entraría por esa puerta.

Su teléfono vibró. Presionó el botón de su Bluetooth y dijo:

—Estoy en posición.

—Acaban de ver la furgoneta negra en Beverly. Entraron por el lado de Peachtree.

Will agarró con fuerza el teléfono.

—¿Dónde está Faith?

—Acaba de salir de su casa. Va a pie.

No dijo nada, pero ambos sabían que eso no formaba parte del plan. Se suponía que Faith iría en coche, no dando un paseo.

Oyó el ruido de un motor en la calle. La furgoneta negra se detuvo en el bordillo. No es que pretendiesen pasar desapercibidos precisamente, pues había agujeros de balas en los paneles laterales. Will deslizó la palanca a un lado del rifle para disparar. Apuntó a la sección del centro de la furgoneta cuando se abrió la puerta. Miró en su interior, sorprendido.

—Solo hay dos hombres. Tienen a Evelyn —dijo susurrándole a Amanda.

—Tienes autorización para disparar.

No sabía cómo podía hacerlo. Los dos jóvenes que estaban a los lados de Evelyn Mitchell tenían sus armas apuntándole a la cabeza. Resultaba un tànto desconcertante, porque si alguno de ellos apretaba el gatillo no solo mataría a Evelyn, sino que la bala atravesaría su cráneo e iría a parar a la cabeza de su compañero. Amanda habría denominado eso una obra del Señor, de no ser porque su mejor amiga estaba en medio de ese par de Einsteins.

Bajaron a Evelyn de la furgoneta, asegurándose de que su cuerpo los protegiese un poco. Ella gritó de dolor, y el sonido rompió el silencio reinante. No estaba atada, pero no podía correr para ponerse a salvo, ya que tenía entablillada una de las piernas con dos palos de fregona partidos y sujetos con cinta de embalar. Estaba gravemente herida, pero, a sus secuestradores, eso no parecía preocuparles lo más mínimo.

Los dos jóvenes llevaban sudaderas negras y gorras de béisbol del mismo color. Ambos movieron la cabeza, buscando posibles amenazas. Caminaron en fila, con Evelyn en medio de los dos. El que iba en la parte de detrás tenía una Glock apuntándole a las costillas, empujándola como si fuese un caballo. Ella no podía caminar por sí sola. El que llevaba la Glock la tenía cogida por la cintura. La mujer se inclinaba hacia atrás a cada paso, dibujando un gesto de dolor. El que iba delante doblaba las rodillas al caminar. Evelyn tenía su mano apoyada en el hombro para poder equilibrarse. El hombre no titubeaba ni se ocultaba lo más mínimo. Sostenía una Tec de nueve milímetros mientras avanzaba hacia la casa. Tenía el dedo puesto en ese gatillo sumamente sensible. Will no había visto un arma como esa desde que la prohibición federal, ya expirada, de armas de asalto había obligado al fabricante a dejarla de hacer. En la masacre de Columbine, habían utilizado esa arma. Era una semiautomática, pero eso carecía de importancia cuando se disponía de cincuenta balas en el cargador.

Will apartó la mirada de la lente durante un instante y miró hacia la calle. Estaba vacía. No se veía a Chuck Finn ni a ningún otro joven con sudadera negra y gorra de béisbol. Volvió a mirar a través de la mira telescópica. El estómago se le hizo un nudo. Parecía imposible que hubiera solo dos hombres.

—¿Los tienes a tiro? —dijo Amanda con la voz tensa.

Will tenía su rifle apuntando al pecho del que llevaba la Tec-9, pero esos dos jóvenes no eran unos aficionados. El que llevaba la Tec-9 estaba justamente delante de Evelyn, asegurándose de que cualquier bala que le atravesase iría a parar al cuerpo de ella. Lo mismo sucedía con el que sostenía la Glock, que estaba justo a sus espaldas. Un tiro en la cabeza estaba fuera de toda cuestión. Aunque derribase al que sostenía la Tec-9, el otro tendría tiempo de dispararle a Evelyn antes de que él pudiese apuntar de nuevo con su rifle. Will podía matar a uno de los secuestradores, pero también a la prisionera.

—Imposible —dijo susurrándole a Amanda—. Demasiado arriesgado.

Ella no discutió.

—Deja la línea abierta. Te avisaré cuando Faith llegue a la casa.

Will siguió a las tres figuras hasta que desaparecieron dentro del garaje. Se giró, apuntando con el rifle hacia la puerta de la cocina y conteniendo la respiración mientras esperaba. La puerta se abrió de golpe. Will dejó el dedo apoyado sobre el protector del gatillo mientras Evelyn entraba dando tumbos en la cocina. El que sostenía la Glock seguía detrás de ella. La levantó y la empujó, haciendo un gesto por el esfuerzo. El que sostenía la Tec-9 aún seguía delante, caminando con las rodillas encogidas. La parte de arriba de su gorra estaba a la altura del pecho de Evelyn. Will observó su rostro. Tenía un ojo morado y la mejilla abierta.

Estaban en el vestíbulo. Evelyn hizo un gesto de dolor cuando el que sostenía la Glock le soltó la cintura para dejarla en el suelo. Era una mujer delgada, pero ahora era prácticamente un peso muerto. El joven que estaba detrás de ella resollaba. Presionó la cabeza contra su espalda. Al igual que el otro, tenía más de adolescente que de hombre.

La luz del vestíbulo cambió. El espacio se oscureció. Posiblemente corrieron las cortinas para cubrir las ventanas de delante. Eran de vinilo, hechas para filtrar la luz, pero no para bloquearla por completo. Will aún podía ver claramente a las tres figuras. Llevaron a Evelyn medio a pulso y medio a

351

empujones hasta el salón. Will vio la gorra negra y la Tec-9 agitándose en el aire. Luego desaparecieron y ya solo vio la cocina.

—Están en el salón —le dijo a Amanda—. Todos.

No le dijo que su plan había fallado. No habían llevado a Evelyn a la habitación trasera. Querían que estuviese delante cuando Faith entrase en la casa.

—Usaron a Evelyn de escudo mientras corrían las cortinas de atrás —dijo Amanda—. No los tengo a tiro. —Soltó una maldición—. No veo nada.

—¿Dónde está Faith?

—No tardará en llegar.

Will trató de relajar el cuerpo para que no le doliese el hombro. No se veía a Chuck Finn, ni habían escondido a Evelyn. Los dos jóvenes no habían buscado por la casa para ver si había algún policía escondido. No habían asegurado la escena ni habían atrincherado la puerta delantera, y tampoco habían tomado las precauciones necesarias para asegurarse de que su huida fuese tan fácil como su entrada.

Todos los errores que habían cometido a la hora de pensar en cómo actuarían los secuestradores eran como un nudo apretando la garganta de Faith.

Lo único que podía hacer Will era esperar.

Capítulo dieciocho

Antes de salir de la casa, Faith utilizó el iPhone de Jeremy para grabar un vídeo para sus hijos. Les dijo que los quería, que eran lo más importante de su vida, que, pasase lo que pasase, debían saber que los amaba con toda su alma. Le dijo a Jeremy que haberlo tenido había sido la decisión más acertada de su vida. Le dijo a Emma lo mismo, y añadió que Víctor Martínez era un buen hombre, y que se alegraba de que su hija conociese a su padre.

«Dramática», habría dicho Zeke. También grabó un vídeo para él. Las palabras que le dirigió a su hermano la sorprendieron incluso a ella, en parte porque no había dicho ni una sola vez la palabra «gilipollas». Le dijo que le quería y que lamentaba lo que le había hecho pasar.

Luego intentó grabar un vídeo para su madre. Faith había parado y había empezado la grabación al menos una docena de veces. Tenía muchas cosas que decirle: que lo sentía; que esperaba que Evelyn no lamentase las decisiones que ella había tomado; que todo lo bueno que había en su interior se lo debía a sus padres; que su única meta en la vida había sido ser tan buena policía, tan buena mujer y tan buena madre como ella.

Al final lo dejó, ya que las probabilidades de que Evelyn viese el vídeo eran bastante escasas.

Faith no había perdido la esperanza por completo. Sabía que se estaba metiendo en una trampa. Cuando estaban en la cocina de Sara, Amanda no le había prestado atención a Will, pero ella sí lo había hecho. Se dio cuenta de que lo que decía era razonable, que había algo más aparte del dinero. Amanda estaba eufórica por la excitación del caso, por tener la oportunidad de decirles a esos cabrones que habían tenido las pelotas de secuestrar a su amiga pero que no iban a salirse con la suya. Will, como siempre, veía la situación de forma más objetiva. No solo sabía hacer las preguntas adecuadas, sino también escuchar las respuestas.

Era un hombre sensato que no se dejaba llevar por las emociones, al menos eso creía, pues no había forma de saber qué pasaba por su cabeza. Que Dios se apiadase de Sara Linton y del hercúleo trabajo que le esperaba. El apretón de manos que le había dado esa mañana no era lo peor. Aunque Sara consiguiese quitarle de la cabeza a Angie Trent, cosa que dudaba, tendría que enfrentarse a su inmutable testarudez. La última vez que Faith había visto a un hombre encerrarse tanto en sí mismo fue cuando le dijo al padre de Jeremy que estaba embarazada.

Puede que se equivocase con respecto a Will. Ella tenía tanta facilidad para leer sus pensamientos como él para leer un libro. Lo único bueno que podía destacar de Will era su asombrosa capacidad para comprender la conducta emocional de los demás. Suponía que se debía a que se había criado en un orfanato, ya que probablemente allí tuvo que aprender a distinguir rápidamente si la persona que tenía delante era un amigo o un enemigo. Era un maestro a la hora de descifrar los hechos a partir de las pistas sutiles que las personas normales solían ignorar. Sabía que era cuestión de tiempo que averiguase qué le había sucedido a Evelyn todos esos años. Faith solo se había dado cuenta esa mañana, cuando, por lo que podía ser la última vez, estuvo mirando las cosas de Jeremy.

No obstante, no podía dejarlo todo a merced de la telepatía investigadora de Will, por lo que redactó una carta explicándole todo lo que había sucedido y por qué. Se la había enviado por correo a su casa desde el último banco al que fue. La policía de Atlanta vería los vídeos en el iPhone de Jeremy, pero Will no les diría nunca lo que ella le había escrito en la carta. De eso estaba segura, pues él era de los que saben guardar un secreto.

Faith dejó de pensar en la carta cuando salió por la puerta principal. Apartó de su mente a su madre, a Jeremy, a Emma y a Zeke; a todo lo que pudiera distraerla de su propósito. Iba armada hasta los dientes. Llevaba un cuchillo de cocina en la bolsa de lona, oculto debajo del dinero. Y también la Walther de Zeke metida en la parte delantera de los pantalones, así como una funda tobillera con uno de los S&W de Amanda, presionado firmemente contra la piel. El metal le rozaba. Era una pistola voluminosa que la obligaba a concentrarse para no cojear.

Faith pasó al lado del Mini. Se negó a ir en coche hasta la casa de su madre, pues, de haberlo hecho, se habría parecido mucho a un día normal, cuando subía a Emma con todas sus cosas y conducía esa manzana y media que distaba hasta la casa de su madre. Ella había sido terca durante toda su vida, y no pensaba dejar de serlo ahora, por eso decidió hacer algo a su manera.

Giró a la izquierda al llegar al final de la entrada, y luego a la derecha para dirigirse a la casa de su madre. Observó el largo tramo de calle. Los coches estaban aparcados dentro de sus garajes. No había nadie en los porches delanteros, aunque eso no resultaba extraño, ya que las casas contaban con un jardín trasero, y la mayoría de los vecinos no se metían en la vida de los demás. Al menos eso es lo que hacían en ese momento.

Vio un camión de reparto de correo aparcado a su derecha. La mensajera salió cuando Faith pasaba a su lado. Ella no reconoció a la mujer: una anciana con aspecto de *hippie* y una coleta con mechas al estilo de Crystal Gayle. El pelo le balanceaba mientras se dirigía al buzón del señor Cable y metía un puñado de catálogos de lencería.

Faith se cambió la bolsa de mano cuando giró a la izquierda y entró en la calle donde vivía su madre. La bolsa de lona y el dinero pesaban al menos unos siete kilos. Estaba en seis fajos, cada uno de unos diez centímetros de grueso. Entre todos sumaban la cantidad de 580.000 dólares, todos en billetes de cien, principalmente porque esa era la cantidad de dinero que Amanda podía registrar. Parecía una suma creíble si Evelyn había estado involucrada en el caso de corrupción que acabó con su equipo.

355

Sin embargo, ella nunca había participado en eso. Faith jamás había dudado de la inocencia de su madre, por eso la confirmación de Amanda no le había proporcionado mucha tranquilidad. Una parte de ella sabía que había algo más en toda esa historia. Había otras cosas en las que su madre había estado mezclada que eran igualmente censurables, aunque Faith, una niña malcriada, había optado por no verlas durante tanto tiempo que ya prefería no hacerlo.

Evelyn llamaba a esa negativa «ceguera voluntaria». Solía utilizar esa expresión para describir a un tipo particular de idiota, como, por ejemplo, una madre que afirmaba que su hijo merecía otra oportunidad a pesar de haber sido arrestado dos veces por violación; o un hombre que consideraba que la prostitución era un delito sin víctimas; o los policías que creían que tenían derecho a quedarse con parte del dinero sucio; o las hijas que estaban tan inmersas en sus problemas que no se molestaban en mirar a su alrededor y ver que los demás también sufrían.

Faith notó una brisa en el pelo al llegar al camino de entrada de la casa de su madre. Había una furgoneta negra aparcada en la calle, justo delante del buzón. La cabina estaba vacía, al menos por lo que se veía. No tenía ventanas traseras, y uno de los laterales estaba agujereado por las balas. La etiqueta no tenía nada de especial, pero había una pegatina descolorida de Obama/Biden en el parachoques de cromo.

Levantó la cinta amarilla que bloqueaba la entrada y señalaba que aquello era la escena de un crimen. El Impala de Evelyn aún estaba aparcado debajo del garaje. Faith había jugado a la rayuela en esa entrada. Le había enseñado a Jeremy cómo encestar en la canasta que Bill Mitchell había atornillado en los canalones. Allí había dejado a Emma casi todos los días durante los últimos meses, y allí le había dado un beso de despedida a su madre y a su hija antes de irse a trabajar.

Faith sujetó la bolsa de lona con más fuerza al entrar en el garaje. Estaba sudando, y la brisa fría que notó al entrar debajo del tejadillo le produjo un escalofrío. Miró a su alrededor. La puerta del cobertizo estaba abierta. Parecía mentira que solo hubiesen transcurrido dos días desde que vio a Emma encerrada allí dentro.

Se giró en dirección a la casa. Habían abierto la puerta de la cocina de una patada y colgaba de las bisagras. Vio la huella de sangre que había dejado su madre, el lugar donde deberían de haber presionado su dedo anular contra la madera. Contuvo la respiración al entrar, temiendo recibir un disparo en la cara. Cerró incluso los ojos, pero no pasó nada, solo vio la cocina vacía y sangre por todos lados.

Cuando entró en la casa dos días antes, estaba tan absorta en encontrar a su madre que no se percató realmente de lo que veía. Ahora, sin embargo, se daba cuenta de la lucha tan violenta que había tenido lugar. Había visto escenas criminales similares, y sabía el aspecto que tenía el lugar donde había tenido lugar un forcejeo. Aunque se habían llevado el cuerpo del hombre que yacía en la habitación de la colada, aún podía recordar su ubicación, lo que llevaba puesto, la forma en que su mano estaba abierta sobre el suelo.

Will le había dicho el nombre del chico, pero no podía recordarlo. No podía acordarse de ninguno, ni tan siquiera del nombre del tipo al que había disparado en el dormitorio o de cómo se llamaba el tipo al que había matado en el jardín trasero de la señora Johnson.

No importaba; después de lo que habían hecho, no merecían que se acordase de sus nombres.

Faith centró su atención en la cocina. El pasillo estaba vacío y se podía ver hasta el final de este. Era media tarde, pero la casa estaba en penumbra. Las puertas de los dormitorios estaban cerradas, y las cortinas que cubrían los ventanales de cada lado de la puerta principal, corridas. La única luz que entraba procedía de la ventana del cuarto de baño, ya que la persiana estaba levantada. Faith cruzó el comedor y entró en el vestíbulo delantero. Se quedó de pie, con el pasillo a la derecha y la cocina a la izquierda. El salón estaba delante de ella. Pensó que debería sacar el arma, pero no creía que le disparasen, al menos de momento.

La habitación estaba a oscuras. Habían corrido las cortinas, pero eran finas y no opacas. Una suave brisa movía la tela, ya que uno de los cristales estaba roto. La habitación aún seguía patas arriba. Faith no recordaba el aspecto que tenía antes, a pesar de haber vivido allí durante dieciocho años.

357

La estantería que había en la pared de la izquierda, las fotos familiares, la consola con los chirriantes altavoces, el sofá demasiado acolchado, la mecedora donde se sentaba su padre a leer. Evelyn estaba sentada en ella en ese momento. Tenía la mano izquierda envuelta en una toalla empapada de sangre, y la derecha tan inflamada que parecía la de un maniquí. Tenía la pierna entablillada con dos palos de fregona sujetos con cinta aislante que la obligaban a mantenerla derecha. La blusa blanca estaba manchada de sangre, el pelo apelmazado en un lado de la cabeza. Tenía la boca amordazada con cinta. Abrió mucho los ojos al ver a Faith.

—Mamá —susurró ella. Las palabras resonaron en su cerebro, trayéndole todos los recuerdos de sus últimos treinta y cuatro años. Había querido a su madre, se había peleado con ella, le había gritado, le había mentido, había llorado en sus brazos, había huido de su lado, había vuelto con ella… Y ahora estaba allí.

Vio al joven que la había atacado en el supermercado al otro lado de la habitación, apoyado en la estantería. Su posición estratégica era ideal, justo en el vértice de un triángulo. Evelyn estaba en la parte inferior, a su izquierda. Faith estaba a unos cinco metros de su madre, formando el segundo vértice de la base. Estaba oculto entre las sombras, pero se veía claramente la pistola que sostenía en la mano. El cañón de la Tec-9 estaba apuntando en dirección a Evelyn. El cargador de cincuenta balas sobresalía al menos unos veinticinco centímetros de la parte inferior. Tenía más cargadores en el bolsillo de la sudadera.

Faith soltó la bolsa de lona en el suelo. Su mano deseaba buscar la Walther. Quería vaciarle el cargador entero en el pecho. No le apuntaría a la cabeza. Quería ver sus ojos y oír sus gritos mientras le atravesaban las balas.

—Sé lo que estás pensando —dijo el joven con una sonrisa, mostrando su diente de platino—. ¿Me dará tiempo a sacar la pistola antes de que apriete el gatillo?

—No —respondió Faith. Aunque era muy rápida sacando su arma, la Tec-9 estaba apuntando a la cabeza de su madre. El tiempo estaba en su contra.

—Quítale la pistola.

Notó el frío metal de un cañón presionándole la cabeza. Había otro hombre a su espalda. Cogió la Walther de la cintura de sus pantalones y luego la bolsa de lona. Abrió la cremallera. Se rio como un niño el día de Reyes.

—¡Joder, tío, mira toda esta pasta! —dijo acercándose a su compañero dando saltos.

—¡Vaya tela, tío! ¡Somos ricos! —Metió la Walther en la bolsa. Llevaba una Glock pillada en la parte trasera de los pantalones—. ¡Joder, tía! —dijo enseñándole la bolsa a Evelyn—. ¿Lo ves, perra? Lo hemos conseguido.

Faith seguía mirando al chico del supermercado. No estaba tan contento como su compañero, pero era de esperar. Como había dicho Will horas antes, no solo era cuestión de dinero.

—¿Cuánto dinero hay? —le preguntó a Faith.

—Algo más de medio millón.

Silbó débilmente.

—¿Lo has oído, Evelyn? Robaste un montón de dinero.

—Y tanto —añadió su compañero sacando un fajo de billetes—. Podías haberte evitado estos dos días, zorra. Ahora veo por qué te llamaban Almeja.

Faith no miró a su madre.

—Cógelo —le dijo al chico—. Ese era el trato. Coge el dinero y vete.

Su amigo estaba dispuesto a hacerlo. Soltó la bolsa al lado de la silla donde estaba Evelyn y cogió un rollo de cinta que había en el suelo.

—Vámonos directamente a Buckhead. Me voy a comprar un Jaguar y...

Se oyeron dos disparos seguidos. La cinta adhesiva cayó al suelo y rodó debajo de la silla de Evelyn. El cuerpo del muchacho se desplomó a su lado. La parte trasera de la cabeza quedó como si alguien le hubiese golpeado con un martillo. La sangre empezó a correr por el suelo, formando un charco alrededor de las patas de la silla y alrededor de los pies de su madre.

—Hablaba demasiado, ¿no te parece? —dijo el joven.

El corazón de Faith latía con tal fuerza que apenas podía oír su voz. El revólver escondido que llevaba en la tobillera le ardía, parecía quemarle la piel.

—¿Crees que vas a salir vivo de aquí?

El joven seguía apuntando la Tec-9 a la cabeza de su madre.

—¿Qué te hace pensar que quiera salir de aquí?

Faith miró a su madre. El sudor le corría por la frente. El borde de la cinta adhesiva se le estaba despegando de la mejilla. No la habían atado. Tenía la pierna rota, así que no podía ir a ningún lado. Aun así estaba sentada muy derecha en la silla, con los hombros erguidos y las manos en el regazo. Su madre nunca se encogía. Jamás se daba por vencida, salvo ahora. Sus ojos destilaban miedo. Pero no miedo por el hombre que llevaba la pistola, sino por lo que este pudiera decirle a su hija.

—Lo sé —le dijo a su madre—. No pasa nada. Lo sé.

El hombre giró la pistola, bizqueando mientras apuntaba a su madre.

—¿Qué es lo que sabes, perra?

—Sé quién eres —respondió Faith—. Lo sé.

Capítulo diecinueve

Will tenía un ojo puesto en la mira telescópica del rifle cuando vio disparar la Tec-9. Primero vio los destellos, dos luces estroboscópicas brillantes. Una milésima después, oyó el sonido. No pudo evitar estremecerse. Cuando volvió a mirar por la lente, vio a Faith. Seguía de pie, en el vestíbulo de la entrada principal, de frente al salón. Su cuerpo se balanceó. Will esperó, contando los segundos, para asegurarse de que no se caía.

No lo hizo.

—¿Qué coño ha pasado?

Roz Levy estaba al otro lado del Corvair. Will miró debajo del coche y se dio de frente con el cañón niquelado de un Colt Python. No comprendía cómo podía mantener el arma nivelada. El cañón de la pistola medía por lo menos quince centímetros. El impacto de una bala del Magnum 357 podía producir un *shock* hidrostático, lo que significaba que una herida en el pecho era lo bastante fuerte como para causar una hemorragia cerebral.

Trató de hablar sosegadamente.

—¿Le importaría apuntar en otra dirección?

Ella apartó el arma y soltó el martillo.

—Hija de puta —murmuró Roz poniéndose derecha—. Aquí viene Mandy.

Will vio a Amanda corriendo por el jardín trasero. Iba descalza y llevaba un *walkie-talkie* en una mano y su Glock en la otra.

—Faith se encuentra bien —le dijo Will—. Aún está en la casa. No sé quién...

—Vamos —ordenó Amanda, pasando a toda prisa al lado del Corvair y entrando en la casa de Roz Levy.

Will no hizo caso de sus órdenes. Utilizó la mira telescópica para volver a mirar hacia el pasillo de Evelyn. Faith aún seguía de pie. Tenía las manos delante, con las palmas boca abajo, como si intentase razonar con alguien. ¿Habían sido disparos de advertencia o habían matado a alguien? El tirador de la furgoneta había soltado dos disparos, uno detrás de otro. Si alguno de ellos hubiese matado a Evelyn, ella no estaría allí con las manos extendidas. Will sabía que si hubiese sucedido tal cosa, estaría en el suelo o encima del asesino.

—¡Will! —gruñó Amanda.

Mantuvo el rifle pegado al cuerpo mientras pasaba a toda prisa al lado del coche y entraba en la casa. Las dos mujeres estaban de pie en lo que alguna vez debió de ser un porche cerrado que luego habían transformado en el cuarto de la colada. Antes de que pudiese cerrar la puerta, Roz Levy empezó a gritarle a Amanda.

—¡Devuélveme eso! —exigió la anciana.

Amanda tenía el Python.

—Podrías habernos matado a todos. —Abrió la recámara y vació las balas del treinta y ocho para ponerlas encima de la secadora—. Debería arrestarte ahora mismo.

—Inténtalo.

Roz Levy no era la única que estaba cabreada. Will notaba cómo se le hacía un nudo en la garganta tratando de contenerse.

—Dijiste que sería un intercambio muy fácil, que cogerían el dinero y entregarían a Evelyn...

—Cállate, Will —dijo Amanda colocando el cilindro vacío de nuevo en el revólver y tirándolo encima de la lavadora.

Es probable que pensara que Will se había quedado callado porque cumplía sus órdenes, pero la verdad es que estaba tan furioso que no podía ni hablar. Discutir no cambiaría el hecho de que Faith estuviera en la casa sin un plan para escapar. No podían hacer nada, salvo esperar a que viniese una unidad de asalto y simular que era una negociación de rehenes en lugar de una misión suicida.

A no ser que Will entrase solo. Cogió el rifle, decidido a

hacerlo. Debía hacer lo mismo que había hecho Faith dos días antes, es decir, tirar la puerta y empezar a disparar.

Amanda le cogió por la muñeca.

—No se te ocurra salir de esta habitación —advirtió—. Te dispararé si es necesario.

A Will le dolían los dientes de tanto rechinarlos. Se apartó de ella, tropezando contra una silla de jardín metálica que había en el centro de la habitación. No pudo hacer otra cosa, salvo limitarse a observar. Había una cámara de alta velocidad montada sobre un trípode, enfocando hacia la ventana de la puerta. Roz Levy había tapado el cristal con papel negro, dejando un pequeño orificio para la lente. Había una escopeta al lado de la puerta. No le extrañó que no le hubiese dejado entrar en la casa. No quería que le obstruyese la visión.

Will miró por el objetivo de la cámara. Tenía más alcance que su mira telescópica y vio hasta el sudor que le corría a Faith por la cara. Seguía hablando. Trataba de razonar con el secuestrador.

Solo vio a uno. El que estaba de pie.

Habían entrado dos, ambos vestidos con sudaderas y gorras negras, pero a uno se lo habían cargado. Will estaba seguro de eso. Había visto a los dos críos llevando a Evelyn por el jardín y entrar en la casa. El que iba detrás era el que había cargado con ella. Era sustituible, al igual que Ricardo, al igual que Hironobu Kwon, y al igual que cualquiera que quisiera poner las manos sobre el dinero de Evelyn Mitchell.

Sin embargo, ese asunto no era una cuestión de dinero, ni Chuck Finn había sido el que movía los hilos. No había nadie oculto tras las cortinas. Allí estaba la cabeza de la serpiente de Roger Ling: un chico resentido con los ojos azules, con una Tec-9 y un enorme deseo de ajustar cuentas.

Will habló con los dientes apretados.

—Ya solo queda él. Eso es lo que quería desde el primer momento.

—No se gastará ni un centavo de ese dinero.

Will trató de hablar en voz baja.

—No creo que le interese el dinero.

—¿Qué quiere entonces? —Amanda le cogió de los hombros y lo apartó de la cámara—. Vamos, sabiondo, dime qué quiere.

363

—Lo sabes perfectamente —murmuró la señora Levy. Estaba metiendo de nuevo las balas en el revólver.

—Cierra la boca, Roz. Ya he tenido bastante contigo por hoy. —Amanda miró a Will—. Venga, doctor Trent. Dime qué es lo que quiere. Soy toda oídos.

—Quiere matarla. Quiere matarlas a las dos. Y si me hubieses escuchado por una vez en tu vida, esto no habría sucedido.

Amanda irradiaba rabia por los ojos, pero respondió:

—Vamos, suéltalo.

Al final, fue su conformidad lo que le hizo estallar.

—Te dije que debíamos hacerlo con precaución. Te dije que deberíamos averiguar qué querían antes de ponerle una diana en la espalda a Faith. —Se acercó hasta ella, obligándola a apoyarse contra la lavadora—. Estabas tan empecinada en demostrar que tienes los cojones mejor puestos que yo que no te paraste a pensar si estaba en lo cierto. —Will se inclinó tanto que podía sentir el aliento de Amanda en la cara—. Tú tienes la culpa de lo que pueda ocurrir. Tú le has hecho esto a Faith. Tú nos has hecho esto a todos.

Amanda apartó la cabeza. No le respondió, pero él vio la verdad en sus ojos. Sabía que tenía razón.

Su silencio no le servía de consuelo, pero Will retrocedió. Se le había echado encima como un acosador, aferrando el rifle con tanta fuerza que le temblaban las manos. La vergüenza dejó paso a la rabia. Aflojó las manos y relajó la mandíbula.

—Ja —soltó la señora Levy riéndose—. ¿Vas a consentir que te hable así, Chupaculos? —Había vuelto a cargar el Python. Puso el cilindro en su sitio y, dirigiéndose a Will, añadió—: Así es como la llamábamos: Chupaculos, porque siempre se callaba y movía el rabo cada vez que había un hombre cerca.

Aquellas palabras pillaron por sorpresa a Will, especialmente porque no podía imaginar nada más lejos de la verdad.

La mujer sopesaba el Python en sus manos.

—Hablando de presumir... —dijo entonces—, podrías haber parado esto hace veinte años si hubieses tenido los suficientes cojones para obligar a Evelyn a...

Amanda siseó.

—Ahórrate tus sermones de mierda, Roz. Si no fuese porque intervine entre tú y tu receta culinaria, ahora estarías en el corredor de la muerte.

—Te lo advertí cuando sucedió. Las palomas no se cruzan con los azulejos.

—No sabes de qué coño estás hablando. Nunca lo has sabido. —Amanda empezó a dar órdenes por el *walkie-talkie*. La voz le temblaba, cosa que preocupó a Will tanto como todo lo que había ocurrido en los diez últimos minutos—. Eliminad esa furgoneta negra. Quiero que le pinchéis todas las ruedas. Despejad la manzana lo antes posible. Llamad a la policía para que acordone la zona y procurad que los SWAT estén aquí en cuestión de cinco minutos…, o mañana tendréis que buscaros otro trabajo.

Will miró por la cámara. Faith continuaba hablando, o al menos seguía moviendo la boca. Tenía los brazos cruzados a la altura del pecho. Pensaba en las palabras ligeramente racistas que había escogido Roz Levy: palomas y azulejos. Aquella mujer utilizaba dichos muy antiguos, como el que había empleado dos días antes de que una mujer pudiera correr más rápido con la falda levantada que un hombre con los pantalones bajados. Era un comentario muy extraño acerca de una embarazada de catorce años que había tenido un hijo a los quince.

—¿Por qué no usó ese Python el otro día cuando oyó los disparos en casa de Evelyn? —le preguntó.

La mujer miró el revólver. Había cierta petulancia en su tono.

—Porque Evelyn me dijo que no interviniese pasase lo que pasase.

Will no pensó que fuese una mujer muy dispuesta a cumplir órdenes, pero quizás era de esas que ladran más que muerden. El envenenamiento era un método propio de los cobardes, pues era matar a sangre fría pero sin el inconveniente de ensuciarte las manos. Intentó sacarle la verdad.

—Pero oyó los disparos.

—Pensé que Evelyn estaba solucionando viejas rencillas. —Señaló con el pulgar a Amanda—. Ya ves que tampoco la llamó a ella para pedirle ayuda.

Amanda apoyó el mentón en el *walkie-talkie*. Observaba a Will como si esperase que la olla explotase de una vez. Siempre iba por delante de él. Sabía lo que pensaba antes incluso que el propio Will. Dirigiéndose a la señora Levy, dijo:

—Yo sabía que Evelyn se estaba viendo de nuevo con Héctor. Me lo dijo hace meses.

—Por supuesto que sí. Te quedaste tan sorprendida de ver la foto como yo cuando la tomé.

—¿Acaso importa, Roz? Después de tanto tiempo, ¿acaso importa?

La anciana parecía pensar que sí importaba.

—No es culpa mía que estuviese dispuesta a jugarse la vida por diez segundos de placer.

Amanda se rio, incrédula.

—¿Diez segundos? No me extraña que matases a tu marido. ¿Eso es lo único que te daba ese cabrón? ¿Diez segundos? —Hablaba con tono incisivo, compungido, como el que había utilizado en el teléfono media hora antes.

«Hay otras cosas con las que un hombre puede jugar aparte del dinero.»

Estaba hablando de Will y Sara. Hablaba de los peligros inherentes que conlleva el amor.

Will volvió a mirar por la cámara. Faith seguía hablando. ¿Había instalado Roz Levy la cámara hoy o llevaba allí más tiempo? El campo de visión de la casa era muy claro. ¿Qué había visto dos días antes? A Evelyn preparando los sándwiches y a Héctor Ortiz llevando la compra. Se sentían a gusto juntos. Tenían una historia. Una historia que Evelyn trataba de ocultar a su familia.

Palomas y azulejos.

Will levantó la vista.

—Ese tío es el hijo de Evelyn.

Ambas mujeres dejaron de hablar.

—Héctor es el padre, ¿verdad? Ese fue el error que cometió Evelyn hace veinte años. Tuvo un hijo con Héctor Ortiz. ¿Utilizaba la cuenta bancaria para ayudarle con su manutención?

Amanda suspiró.

—Ya te he dicho que la cuenta bancaria no tiene importancia.

Roz emitió un sonido de disgusto.

—No voy a seguir manteniendo el secreto por más tiempo —le dijo a Will, regodeándose—. Ella no podía criar a un chico de piel oscura, ¿no te parece? Yo siempre le dije que lo cambiase por el de Faith. Esa chica era una cualquiera, y a nadie le habría sorprendido saber que estaba liada con un espalda mojada. —Se rio socarronamente al ver la expresión de sorpresa de Will—. Si la hubieras conocido hace veinte años...

—Diecinueve —corrigió Amanda—. Jeremy tiene diecinueve años. —Miró a su alrededor, dándose cuenta finalmente de lo que Roz Levy era capaz de hacer—. Dios santo, deberíamos haberte acusado por haber tenido un asiento en primera fila.

—¿Qué sucedió? —preguntó Will.

Amanda miró por la cámara.

—Evelyn le dio el niño a una chica con la que trabajábamos. Sandra Espisito. Estaba casada con otro policía, pero no podían tener hijos.

—¿Podemos llamarlos? Quizá puedan hablar con él.

Amanda negó con la cabeza.

—Paul murió hace diez años, estando de servicio. Sandra falleció el año pasado, de leucemia. Necesitaba un trasplante de médula espinal y tuvo que explicarle a su hijo por qué él no se la podía donar. —Se dio la vuelta para mirar a Will—. Investigó primero a los familiares de su padre. Supongo que Sandra pensó que sería más sencillo. Héctor le invitó a reunirse. Así conoció a Ricardo, y de esa forma se mezcló con los Texicanos. Empezó a consumir drogas. Primero hierba y luego heroína. Héctor y Evelyn lo sacaban y lo metían en rehabilitación.

Will notó que le ardían las entrañas.

—¿En Healing Winds?

Amanda asintió.

—Al menos la última vez.

—Allí conoció a Chuck Finn.

—No lo sé seguro, pero imagino que sí.

Si Will lo hubiera sabido antes, bajo ningún pretexto habría dejado entrar a Faith en esa casa. La habría atado, habría metido a Amanda en el maletero de la señora Levy y habría llamado a todas las unidades SWAT del país.

—Vamos, dilo —dijo Amanda—. Lo merezco.

Will había perdido mucho tiempo gritándole.

—¿Cómo es la parte trasera de la casa?

Amanda no entendió la pregunta.

—¿Qué dices?

—La parte de atrás de la casa. Faith está de pie en el vestíbulo, mirando al salón. La pared trasera está acristalada y hay una puerta corredera. Dijiste que habían corrido las cortinas. Son de algodón fino. ¿Se puede ver una sombra o algún movimiento?

—No creo. Hay mucha luz fuera y las luces de dentro están apagadas.

—¿Cuándo llegarán los SWAT?

—¿Qué estás pensando?

—Necesitamos un helicóptero.

Por una vez, Amanda no hizo preguntas. Cogió el *walkie-talkie* e hizo los arreglos necesarios con el jefe de los SWAT.

Will miró por la cámara mientras Amanda hacía la petición. Faith seguía en el vestíbulo. Ya no hablaba.

—¿Por qué no me dijiste que Evelyn había tenido un hijo con Héctor Ortiz?

—Porque eso mataría a Faith —respondió Amanda sin darse cuenta de la ironía. Lo que dijo después iba más dirigido a Roz—. Y porque Evelyn no quería que nadie lo supiese.

Will sacó el teléfono.

—¿Qué haces?

—Llamar a Faith.

Capítulo veinte

*E*l móvil de Faith vibró en su bolsillo, pero ella no se movió. Se limitaba a mirar fijamente a su madre. Las lágrimas corrían por el rostro de Evelyn.

—No pasa nada —dijo Faith—. No importa.

—¿No importa? —repitió el hombre—. Muchas gracias, hermanita.

Faith se estremeció al oír aquella palabra. Qué ciega había estado. Qué egoísta. Ahora todo tenía sentido. La baja tan prolongada que su madre se había tomado del trabajo, los repentinos viajes de negocios de su padre y sus mustios silencios, el aumento de su cintura cuando jamás había engordado, y las vacaciones que se había tomado con Amanda un mes antes de que Jeremy naciese. Faith se había puesto furiosa cuando, después de ocho meses compartiendo confinamiento, Evelyn le dijo que se iba a la playa una semana con Amanda. Faith se había sentido traicionada, abandonada. Y ahora se sentía estúpida.

«Recuerda nuestra época antes de que Jeremy...», le había dicho en el vídeo. Le estaba dando una pista, no recordando. «Recuerda aquella época. Intenta recordar lo que sucedió, no contigo, sino conmigo.»

En ese momento, Faith estaba tan inmersa en sí misma que de lo único que se preocupaba era de su propia miseria, de su vida, de las oportunidades perdidas. Mirando atrás, veía signos tan obvios... Evelyn nunca salía durante el día. Se despertaba al amanecer para hacer las compras en el supermercado que estaba al otro lado de la ciudad. El teléfono sonaba muchas veces, pero ella se negaba a responder. Se aisló. Se apartó del mundo exterior. Dormía en el sofá en lugar de en el dormitorio con su padre. Salvo con Amanda, no hablaba con nadie, ni veía a nadie. Y, mientras tanto, le había dado a Faith todo lo que anhela una hija: toda su atención.

Luego todo cambió repentinamente cuando Evelyn regresó de sus vacaciones con Amanda. Ella lo llamaba «mi época de esparcimiento», como si hubiese ido a un balneario para curarse. Era una mujer diferente, más feliz, como si se hubiese quitado un peso de encima. Faith ardía de celos al ver a su madre tan cambiada, tan despreocupada. Antes del viaje, ambas se habían regodeado en su propia miseria, y Faith no podía entender cómo su madre podía olvidarse de todo tan fácilmente.

A Faith le quedaban algunas semanas para tener a Jeremy, pero Evelyn volvió a su vida normal, o al menos tan normal como se podía esperar teniendo a una adolescente gorda, malcriada y preñada en casa. Empezó a ir al supermercado de costumbre. Había perdido algunos kilos durante el tiempo que había estado fuera, y estaba decidida a perder los que le sobraban con una dieta muy estricta y haciendo ejercicio. Obligaba a Faith a dar largos paseos después de comer, y empezó a llamar a las viejas amigas, con un tono de voz que indicaba que había superado lo peor, que como el final estaba cerca, estaba dispuesta a volver a la vida de siempre. Su almohada dejó de estar en el sofá y volvió a compartir la cama con su marido. Hizo que la ciudad se enterase de que había vuelto después de que Jeremy naciera. Se cortó el pelo de diferente forma y empezó a ser la de siempre. O al menos una nueva versión de la misma.

No obstante, detrás de esa feliz fachada, tenía momentos en que se derrumbaba. Y ahora Faith se daba cuenta de eso.

Durante las primeras semanas de vida de Jeremy, Evelyn se echaba a llorar cada vez que lo sostenía en brazos. Faith recordaba verla así en su mecedora, sosteniendo a Jeremy con tal fuerza que pensaba que lo iba a ahogar. Ella, como siempre, sentía celos del vínculo tan estrecho que se creó entre ellos. Había buscado formas de castigar a su madre apartando a Jeremy de su lado, quedándose con él hasta tarde, llevándolo al centro comercial, al cine y a muchos sitios que no eran los más apropiados para un bebé. Y solo lo hizo por malicia, por rencor.

Mientras tanto, Evelyn había estado sintiendo un enorme dolor por su hijo, ese muchacho desalmado y rencoroso que ahora le apuntaba a la cabeza con una pistola.

Faith notó que el teléfono dejaba de sonar, pero inmediatamente empezó de nuevo.

—Lamento mucho no haberte ayudado en esos momentos —le dijo a su madre.

Evelyn movió la cabeza, como diciendo que no tenía importancia, pero sí la tenía.

—Lo siento mucho, mamá.

Evelyn bajó la vista, y luego volvió a mirar a Faith. Estaba sentada en el borde de la silla, con la pierna herida estirada. El hombre que yacía muerto estaba a menos de medio metro de ella. Seguía teniendo la Glock en la parte de atrás de los pantalones. Parecía una distancia infranqueable, pues no podía saltar para cogerla. Sin embargo, podía quitarse la cinta adhesiva que le tapaba la boca. De hecho, el adhesivo se le estaba despegando, y las esquinas de la cinta plateada se estaban plegando. ¿Por qué fingía estar tan callada? ¿Por qué se mostraba tan pasiva?

Faith miró fijamente a su madre. ¿Qué quería que hiciese? ¿Qué podía hacer?

Un golpe sordo atrajo su atención. Ambas miraron al hombre. Uno por uno, empujó los libros que quedaban en la estantería y los tiró al suelo.

—¿Qué tal ha sido vivir en este sitio?

Faith se quedó callada, pues no tenía intención de responderle.

—Mamá y papá sentados alrededor del fuego. —Le dio una patada a la Biblia que había en el suelo. Algunas páginas salieron revoloteando hacia el otro lado de la habitación—. Debió de ser muy agradable regresar a casa para tomarte la leche con galletas. —Llevaba la pistola colgando a un lado mientras se dirigía hacia Evelyn. A mitad de camino, retrocedió, sin querer salirse de la línea. Su acento callejero desapareció de nuevo—. Sandra tenía que trabajar todos los días. Nunca tenía tiempo de saber si yo hacía los deberes.

Tampoco lo había tenido Evelyn. Bill trabajaba en casa. Era su padre quien se aseguraba de que merendasen e hiciesen las tareas.

—Tú guardabas toda esa mierda en el armario. ¿Para qué?

Se refería a Jeremy. Faith seguía sin responder. Evelyn le había dicho que guardase aquellos recuerdos porque sabía que algún día los valoraría mucho, al igual que las cosas de Emma.

Faith miró a su madre.

—Lo siento mucho.

Evelyn volvió a mirar al hombre muerto, a la Glock. Faith no sabía qué quería que hiciese. Él estaba, por lo menos, a cinco metros de distancia.

—Te he hecho una pregunta —dijo él. Se quedó inmóvil en medio de la habitación, frente a Faith. La Tec-9 apuntaba directamente a la cabeza de Evelyn—. Respóndeme.

No pensaba decirle la verdad, por eso le dio la última pista que lo ponía todo en su lugar.

—Tú cambiaste de sitio el mechón de pelo.

Su sonrisa hizo que se le helase la sangre. Faith se había dado cuenta esa mañana de que el mechón de pelo de Jeremy no se había oscurecido con el tiempo. El lazo azul que sujetaba el mechón era distinto del que sostenía el de Jeremy. Los bordes estaban crispados, no deshilachados por haberlos frotado como si fuese un talismán durante los últimos meses de su embarazo de Emma.

La cubertería, los bolígrafos, las bolas de nieve. Sara estaba en lo cierto. Era algo que un niño hacía para reclamar la atención. Cuando Faith vio por primera vez a ese hombre en los aseos del supermercado, estaba tan preocupada por recordar su descripción que no había procesado lo que estaba viendo. Tenía la misma edad que Jeremy, era más o menos de la misma estatura que Faith, se había mordido el labio de la misma forma que hacía Jeremy, tenía el mismo aspecto chulesco de Zeke, y los ojos azules de Evelyn.

La misma forma almendrada, el mismo tono azulado con manchas verdes.

—Tu madre te quería de verdad. Ella guardó un mechón de tu pelo —dijo Faith.

—¿Qué madre? —preguntó el joven.

La pregunta sorprendió a Faith.

¿Había guardado Evelyn un mechón de su pelo todos esos años? Faith imaginó a su madre en el hospital, sosteniendo a su bebé por última vez. ¿Fue Amanda la que había sugerido buscar un par de tijeras? ¿La había ayudado a cortarle un mechón de pelo y atarlo con un lazo azul? ¿Lo había guardado Evelyn durante los últimos veinte años y lo había sacado de vez en cuando para sentir su suave tacto entre los dedos?

Por supuesto que sí.

No es posible entregar a un niño y luego no volver a pensar en él. Eso era imposible.

—¿Quieres saber cómo me llamo? —preguntó el chico.

A Faith le temblaban las rodillas. Quería sentarse, pero sabía que no se podía mover. Estaba de pie, en el vestíbulo delantero. La puerta de la cocina quedaba a su izquierda; la puerta principal, a su espalda; el pasillo, a la derecha; y, al final de este, el cuarto de baño. Más allá estaba Will con su Colt AR-15A2 y su excelente puntería. Si pudiese hacer que ese cabrón se acercase hasta ella.

Apuntándola, el joven giró el arma, como si fuera un gánster.

—Pregúntame cómo me llamo.

—¿Cómo te llamas?

—¿Cómo te llamas, «hermanito»?

Faith notó el sabor de la bilis en la lengua.

—¿Cómo te llamas, hermanito?

—Caleb —dijo—. Caleb, Ezequiel y Faith. Creo que a mamaíta le gustan los nombres bíblicos.

Era cierto. Por eso el segundo nombre de Jeremy era Abraham, y el primer nombre de Faith, Hannah. ¿Había elegido Faith el nombre de Emma porque le parecía más bonito que seguir haciendo honor a la tradición de su madre? Evelyn había sugerido Elizabeth, Esther o Abigail, pero Faith se había obstinado porque ella era así.

—Aquí es donde se crio, ¿verdad que sí? —Caleb movió la pistola, señalando la casa—. Me refiero a tu querido Jeremy.

Faith odiaba que pronunciase el nombre de su hijo. Deseaba pegarle un puñetazo en la parte baja de la garganta.

—Aquí veía la tele, leía sus libros, jugaba. —El armario de la parte inferior de la estantería estaba abierto. Miró de reojo a Faith mientras sacaba sus juegos de mesa y los tiraba por el suelo—. El Monopoli, la Escalera, el Parchís. —Se rio—. ¡Lo siento!

—¿Qué quieres de nosotras?

—Joder, hablas como ella. —Se dio la vuelta para mirar a Evelyn—. ¿No me dijiste eso mismo, mami? ¿Qué es lo que quieres de mí, Caleb? Como si pudieses pagarme. —Miró nuevamente a Faith y añadió—: Me ofreció dinero. Diez mil pavos por dejarla en paz.

Faith no le creyó.

—Lo único que le interesaba era protegerte a ti y al capullo de tu hijo. —El diente de platino brilló en la penumbra—. Ahora tienes dos hijos, ¿verdad? Mamá no podía quedarse con su hijo mexicano, pero a ti no te importa cuidar de los tuyos.

—Las cosas ahora son distintas —dijo Faith. El estado de su madre había sido un secreto, pero ella había avergonzado a su familia para el resto de su vida. Su padre había perdido muchos clientes de siempre. Su hermano tuvo que exiliarse. ¿Qué habría sido de ellos si Evelyn hubiese decidido quedarse con un hijo que no era de su marido? No habría sido lo más acertado. Faith podía imaginar lo mucho que habría significado para ella—. Tú no sabes cómo eran las cosas antes.

—Sois igualitas. Mamá dijo lo mismo. —Le señaló el bolsillo—. ¿Piensas cogerlo?

Su teléfono había empezado a vibrar de nuevo.

—¿Quieres que lo haga?

—POE —dijo—. Procedimiento de Operaciones Estándar. Querrán conocer qué es lo que quiero, mis peticiones.

—¿Y cuáles son?

—Responde al teléfono y lo averiguaremos.

Faith se frotó la mano en la pierna para secarse el sudor, y luego sacó el teléfono.

—¿Dígame?

—Faith, ese tío es... —dijo Will.

374

—Sé quién es. —Miró a Caleb, esperando que se percatase del odio que sentía por él—. Tiene algunas peticiones. —Alargó el teléfono a Caleb, esperando que se acercase para cogerlo.

Se quedó inmóvil.

—Quiero leche y galletas. —Se quedó callado, como si estuviera pensando—. Quiero que mi mamá esté aquí cuando yo venga de la escuela. Quiero pasar un día sin tener que arrastrar mi culo hasta la iglesia al amanecer y que mis rodillas no me duelan de rezar por las noches. —Movió la mano dibujando un arco en dirección a la estantería—. Y quiero que mi mamá me lea cuentos de patitos. Tú hiciste eso con ese tal Jaybird, ¿verdad?

Faith apenas podía hablar.

—No pronuncies su nombre.

—Llevaste al pequeñajo al parque, a la Montaña Rusa, a Disney World y a la playa.

Debía haber memorizado cada fotografía que había visto en la caja de recuerdos de Jeremy. ¿Cuánto tiempo había estado en su casa? ¿Cuántas horas había pasado toqueteando las cosas de Jeremy?

—Deja de pronunciar el nombre de mi hijo.

—¿O qué? —Se rio—. Diles lo que quiero. Quiero que todos vosotros me llevéis a Disney World.

A Faith le temblaba el brazo de sostener el teléfono.

—¿Qué quieres que le diga?

El joven hizo una mueca de disgusto y dijo:

—Que se vaya a la mierda. Ya no necesito nada. Ahora tengo a mi familia. Mi madre y mi hermana mayor. ¿Qué más puedo querer? —Regresó hasta la estantería y se apoyó sobre los estantes—. La vida es maravillosa.

Faith se aclaró la garganta. Se puso de nuevo el teléfono en el oído.

—No quiere nada.

—¿Te encuentras bien? —preguntó Will.

—Yo...

—Pon el altavoz —ordenó Caleb.

Faith miró al teléfono para encontrar el botón adecuado.

—Puede oírte —le dijo a Will.

Este dudó.

—¿Está bien tu madre? ¿Puede sentarse?

Estaba pidiendo que le diese alguna pista.

—Está en la silla de papá, pero estoy preocupada por ella. —Faith respiró profundamente, mirando a los ojos de su madre—. Puede que yo necesite algo de insulina si esto dura mucho. —Caleb había estado en su nevera y debía saber que era diabética—. Mi nivel de azúcar estaba a mil ochocientos esta mañana. Mi madre solo tiene para mil quinientos. Me puse la última dosis al mediodía. Necesitaré la próxima dosis a eso de las diez, o mi nivel de azúcar empezará a subir y bajar.

—De acuerdo —respondió Will.

Faith esperaba que hubiese entendido el mensaje y no solo que le estuviese respondiendo.

—Tu teléfono.... —No pensaba con la suficiente rapidez—. ¿Te llamamos a tu teléfono si necesitamos algo, Will? —preguntó Faith—. ¿A tu teléfono móvil?

—Sí. —Will se calló por un instante—. Podemos traerte la insulina dentro de unos minutos. Dínoslo. Dímelo.

Caleb empezó a sospechar. Estaban hablando demasiado, y eso no era muy conveniente cuando se trataba de Will y Faith.

—Cuídate —dijo ella sin ocultar que estaba asustada. Su voz tembló sin que necesitase hacer un esfuerzo—. Ya ha matado a su compañero. Ha...

—Corta —dijo Caleb.

Faith intentó encontrar el botón.

—¡Corta! —gritó.

El teléfono se le escurrió. Faith trató de cogerlo del suelo. Recordó el revólver que tenía en el tobillo. Notó el frío del S&W en los dedos.

—¡No! —gritó su madre. Abrió tanto la boca que la cinta adhesiva se despegó finalmente.

Caleb tenía la pistola contra sus costillas, y con la otra mano le presionaba la pierna rota.

—¡No! —volvió a gritar Evelyn.

Faith jamás había oído a un ser humano emitir un ruido como aquel. Que viniese de su madre fue como si una mano se hundiese en su pecho y le arrancase el corazón.

—¡Basta! —rogó Faith levantándose y alzando las manos—. Por favor, déjala. Por favor...

Caleb aflojó la presión que estaba ejerciendo con la mano, pero la dejó encima de la pierna.

—Dale una patada a la pistola. Hazlo lentamente o mataré a esta perra.

—De acuerdo —dijo Faith arrodillándose. Un temblor le recorrió todo el cuerpo—. Haré lo que dices. Haré lo que me digas. —Levantó la pernera del pantalón y cogió la pistola entre el pulgar y el anular—. No le hagas daño.

—Poco a poco —advirtió el chico.

Empujó la pistola hacia un ángulo de la habitación, deseando que Caleb volviese al lugar donde había estado antes. El joven dejó la pistola donde estaba y permaneció al lado de Evelyn.

—Inténtalo de nuevo, cabrona.

—No. Te lo prometo.

Apoyó la Tec-9 en el respaldo de la silla, apuntando a la cabeza de Evelyn. La cinta adhesiva le colgaba de un lado de la boca y él se la arrancó.

Evelyn respiró profundamente. Inhalaba y exhalaba a través de la nariz rota.

—No te acostumbres al aire fresco —le advirtió el joven.

—Deja que se vaya —dijo Evelyn con voz cortante—. No la necesitas. Ella no tiene nada que ver. Era solo una niña.

—Yo también era un niño.

Evelyn escupió un hilo de sangre.

—Déjala que se vaya. Es a mí a quien quieres castigar.

—¿Alguna vez pensaste en mí? —Continuó apuntándole a la cabeza mientras se arrodillaba a su lado—. Cuando estabas con su pequeño cabrón, ¿te acordaste alguna vez de mí?

—Siempre me acordaba de ti. No pasaba ni un día sin que...

—No me cuentes rollos —dijo el chico retrocediendo.

—Sandra y Paul te querían como si fueses su hijo. Te adoraban.

El joven apartó la mirada de ella.

—Me engañaron.

—Lo único que querían es que fueses feliz.

—¿Acaso te lo parezco? —Señaló al hombre muerto que estaba en el suelo—. Todos mis amigos están muertos. Ricky, Hiro, Dave. Todos. Soy el único que queda vivo. —Parecía olvidarse del papel que había desempeñado en la masacre—. Mi falso padre está muerto. Mi falsa madre también.

—Sé que lloraste en su funeral. Sé que querías a Paul y...

La golpeó en la nuca con la palma abierta. Faith se movió sin pensarlo, pero él le apuntó con la pistola y se quedó inmóvil.

Faith miró a su madre. Tenía la cabeza inclinada y sangraba por la boca.

—Nunca me olvidé de ti, Caleb. Tú lo sabes.

Volvió a golpearla, pero con más fuerza.

—Basta —dijo Faith. No sabía si le estaba hablando a Caleb o a su madre—. Por favor, basta.

—Siempre te quise, Caleb —susurró Evelyn.

Él levantó el arma y la golpeó con la culata en un lado de la cabeza. El impacto hizo que cayese de la silla, al suelo. Gritó de dolor cuando se le torció la pierna. El entablillado hecho con palos de fregona se partió por la mitad y el hueso se le salió por el muslo.

—¡Mamá! —gritó Faith acercándose para ayudarla.

Se oyó un sonido metálico. Un trozo de madera saltó del suelo.

Faith se quedó inmóvil. No sabía si le había disparado. Lo único que veía era a su madre tirada en el suelo y a Caleb de pie, a su lado, con el puño apretado. Pateó a Evelyn con todas sus fuerzas.

—Por favor, basta —rogó Faith—. Te prometo...

—Cállate.

El joven miró al techo. Al principio, Faith no reconoció el sonido. Era un helicóptero. Las hélices cortaban el aire y sacudían sus tímpanos.

Caleb le apuntaba con la Tec-9. Tuvo que alzar la voz para que le oyese.

—Eso ha sido una advertencia. La próxima vez te pego un tiro entre ceja y ceja.

Faith miró al suelo. Había un agujero en la madera. Dio un paso hacia atrás, conteniendo el grito que le salía de la garganta. El sonido entrecortado fue disminuyendo cuando el helicóptero se detuvo. Faith apenas podía hablar.

—Por favor, no la pegues más. Puedes hacer conmigo lo que quieras, pero…

—No te preocupes, hermanita, a ti también te voy a dar lo tuyo. —Levantó las manos como si estuviese en un escenario—. Le voy a enseñar a tu muchachito lo que es vivir sin una madre. —Continuaba apuntándole—. Ayer tuviste suerte, cuando saliste corriendo detrás de él en la calle. Si se hubiese acercado un poco más, lo dejo frito allí mismo.

Ella sintió una arcada.

El joven empujó a Evelyn con el pie.

—Pregúntale por qué me abandonó.

Faith no podía abrir la boca.

—Pregúntale por qué me abandonó —repitió Caleb. Levantó el pie, dispuesto sobre la pierna rota de su madre.

—¡Vale! —gritó Faith—. ¿Por qué le abandonaste?

—¿Por qué le abandonaste, «mamá»? —la corrigió Caleb.

—¿Por qué le abandonaste, mamá?

Evelyn no se movió. Tenía los ojos cerrados. Cuando el pánico empezaba a apoderarse de Faith, ella abrió la boca.

—No tuve otra elección.

—¿Eso no es lo que me has dicho durante todo este año? ¿Acaso no me dijiste que todo el mundo puede elegir?

—Eran otros tiempos. —Abrió su ojo bueno. Tenía las pestañas pegadas. Miró a Faith—. Lo siento mucho, hija.

—No tienes que disculparte por nada.

—Vaya, qué bonito. La mamá y la hija consolándose mutuamente. —Empujó la silla con tanta fuerza contra la pared que una de las patas traseras se rompió—. Sentía vergüenza de mí, por eso me abandonó. —Iba a la estantería y regresaba—. No podía explicar de dónde había salido un mestizo. No era como tú. —Empezó de nuevo a deambular de un lado para otro—. ¿Y crees que tu papaíto era tan bueno? Dile lo que te dijo, mamá. Dile lo que te obligó a hacer.

Evelyn yacía de lado, con los ojos cerrados y los brazos delante. La agitación de su pecho era la única señal de que estaba viva.

—Tu papaíto le dijo que tenía que elegir entre él o yo.

379

¿Qué te parece? El mejor agente de seguros del año le dijo a tu mamá que no podía quedarse con su hijo porque, si lo hacía, no volvería a ver a sus otros hijos.

Faith intentó no mostrarle que había dado en el blanco. Ella había adorado a su padre, le había venerado como suelen hacerlo las niñas mimadas, pero ahora que era una adulta podía imaginarlo fácilmente dándole ese ultimátum a su madre.

Caleb se había colocado de nuevo cerca de la estantería. Tenía el arma bajada, pero Faith sabía que podía levantarla en cualquier momento. Estaba de espaldas a las puertas correderas de cristal. Evelyn quedaba a su izquierda; Faith, en diagonal, a unos cuatro metros de distancia, esperando que aquello acabase de una vez.

Esperaba que Will hubiese entendido el mensaje. La habitación era como un reloj. Faith estaba a las 1800, es decir, a las seis en punto. Evelyn estaba a las 1500, es decir, a las tres. Caleb iba de un lado a otro, entre las diez y las doce.

Faith se había ofrecido al menos veinte veces durante el mes pasado para cambiarle el horario de su móvil. Él se había negado porque, además de ser muy terco, sentía una especie de orgullo y vergüenza sobre su discapacidad. Él también la estaba observando a través de la ventana del cuarto de baño, y le había dicho que le hiciera una señal. Faith se pasó los dedos por el pelo, moviendo el índice y el pulgar, para indicarle que había llegado el momento.

Faith miró a su madre, que estaba tendida en el suelo. Evelyn la miraba con el único ojo que podía abrir. ¿Había visto cómo le hacía la señal a Will? ¿Se daba cuenta de lo que estaba sucediendo? Respiraba con dificultad. Tenía los labios en carne viva. Le habían apretado el cuello, y lo tenía lleno de moratones. También presentaba un corte en la cabeza. La sangre le brotaba de un profundo corte en la mejilla. Faith sintió que una oleada de amor le recorría el cuerpo y le llegaba hasta donde ella estaba tendida. Era como un resplandor saliendo de su cuerpo. ¿Cuántas veces había recurrido a ella pidiéndole ayuda? ¿Cuántas veces había llorado sobre su hombro? Tantas que no podía ni contarlas.

Evelyn levantó la mano, con los dedos temblándole. Se

tapó el rostro. Faith se dio la vuelta. Un destello cegador atravesó las ventanas delanteras, desgarrando las delgadas cortinas y dejando que entrase la luz en la casa.

Faith se agachó. Puede que porque eso es lo que le habían enseñado en unos ejercicios de entrenamiento que hizo el año pasado, o puede que fuese por ese instinto natural de empequeñecerse todo lo posible cuando se presiente que algo malo va a suceder.

No ocurrió nada de inmediato. Transcurrieron unos segundos. Faith contó:

—Uno…, dos…, tres…, cuatro…

Miró a Caleb.

El cristal saltó. El joven se retorció como si alguien le hubiese golpeado en la espalda. Dibujo una expresión de asombro y de dolor. Faith se levantó del suelo y se abalanzó sobre él. Él le apuntó a la cara. Ella miró directamente al amenazante cañón, y este le devolvió la mirada. La rabia se apoderó de ella, ardiendo en su interior, instándola a que avanzase. Quería matar a ese hombre, deseaba arrancarle la garganta con los dientes, sacarle el corazón. Quería ver el dolor en sus ojos y hacerle lo mismo que él le había hecho a su madre, a su familia y a su vida.

Pero no tendría esa oportunidad.

Un lado de su cabeza explotó. Caleb levantó los brazos. La ráfaga de tiros que soltó la Tec-9 hizo que cayese una lluvia de escayola del techo. Faith recordó lo que le habían enseñado: dos tiros, juntos, uno detrás de otro.

Caleb cayó lentamente al suelo. Lo único que Faith oyó fue el sonido de su cuerpo al golpear contra el suelo. Primero su cintura, luego los hombros, y después la cabeza golpeando contra la dura madera. Tenía los ojos abiertos. Eran de un azul intenso, muy familiar, pero sin vida.

Adiós.

Faith miró a su madre. Había conseguido erguirse y apoyarse contra la pared. Aún sostenía la Glock en la mano derecha. Bajó el cañón. Le pesaba demasiado y terminó por soltar el arma, que cayó rodando al suelo.

—Mamá…

Faith apenas pudo levantarse. Medio a gatas y medio andando, se acercó hasta su madre. No sabía qué parte del cuerpo tocarle, qué parte no tenía dolorida o rota.

—Ven —susurró Evelyn estrechándola entre sus brazos. Le acarició la espalda. Faith no pudo contenerse y empezó a llorar como una niña.

—No pasa nada, cariño. —Evelyn besó la parte de arriba de su cabeza—. Todo saldrá bien.

JUEVES

Capítulo veintiuno

Will se metió las manos en los bolsillos mientras recorría el pasillo y se dirigía a la habitación donde estaba Evelyn. El cansancio le había dejado atolondrado. Su visión era tan aguda que parecía verlo todo en alta definición. Notaba un zumbido en el oído, y podía sentir cada poro de su piel. Por esa razón nunca bebía café. Will se sentía tan cargado de energía como para poder suministrarla a una ciudad pequeña. Había pasado las tres últimas noches con Sara, y parecía andar sobre las nubes.

Se detuvo fuera de la habitación de Evelyn, preguntándose si debería haberle comprado algunas flores. Llevaba algo de dinero en la cartera. Se dio la vuelta y fue hacia los ascensores. Al menos podría comprarle un globo en la tienda de regalos. A todo el mundo le gustaban los globos.

—Hola —dijo Faith abriendo la puerta de la habitación de su madre—. ¿Adónde vas?

—¿A tu madre le gustan los globos?

—Cuando tenía siete años seguro que sí.

Will sonrió. La última vez que había visto a Faith estaba llorando en brazos de su madre. Ahora tenía mejor aspecto, aunque no mucho.

—¿Cómo se encuentra?

—Bien. La noche pasada la pasó algo mejor que la anterior, pero aún le duele.

Will podía imaginarlo. Habían llevado a Evelyn hasta el Grady con una escolta de policías completa. Había estado en el quirófano más de dieciséis horas, y le habían puesto en la pierna más placas que a Frankenstein.

—¿Y tú cómo estás? —preguntó Will.

—Tengo que asimilar muchas cosas —respondió Faith moviendo la cabeza, como si aún no le encontrase sentido—. Siempre quise tener otro hermano, pero solo para que le pegase a Zeke.

—Yo creo que te las apañas muy bien tú sola.

—Cuesta más trabajo de lo que imaginas. —Apoyó el hombro contra la pared—. Ha debido de ser muy duro para ella. Todo lo que tuvo que pasar. Yo no podría imaginar tener que desprenderme de uno de mis hijos. Se me rompería el corazón.

Will miró por encima del hombro de Faith, en dirección al pasillo vacío.

—Lo siento. No me había dado cuenta de que... —dijo Faith.

—No pasa nada. Un gran número de huérfanos terminan en el sistema penal —Will mencionó algunos ejemplos—. Albert DeSalvo, Ted Bundy, Joel Rifkin, el hijo de Sam.

—Creo que a Aileen Wuornos también la abandonaron sus padres.

—Se lo diré a los demás. Es bueno saber que también hay una mujer en la lista.

Faith se rio, aunque no tenía muchas ganas de hacerlo. Will volvió a mirar por encima de su hombro. Vio a una enfermera grande caminando por el pasillo con un enorme ramo de flores.

—Pensaba que no saldríamos vivas de esa casa —dijo Faith.

Había algo en su voz que le dijo que aún no había asimilado lo que le había pasado a su familia. Puede que nunca lo hiciese. Hay cosas que no se olvidan, por mucho que se intente.

—Tenemos que encontrar una forma mejor de comunicarnos en caso de que algo así suceda de nuevo.

—Estaba aterrorizada pensando que no me habías entendido. Gracias a Dios, tuvimos todas esas discusiones sobre cambiar la hora de tu móvil.

—De hecho, no te entendí.

Will dibujó una sonrisa burlona al ver su expresión de

sorpresa. Había puesto el altavoz mientras hablaba con Faith, y Roz Levy le dio su opinión nada más terminar la llamada. Les dijo que la habitación era un reloj, y que ella estaría más que dispuesta a presentarse allí con su Python y eliminar a ese cabrón que estaba situado a las doce.

—Quiero pensar que lo habría averiguado más tarde —apuntó.

—¿No sabes que si tuviese un nivel de azúcar de mil ochocientos estaría muerta o en coma?

—Sí, lo sabía.

—Sí, ya —susurró Faith.

—Lo del helicóptero fue idea mía. La cámara de infrarrojos nos dijo en qué posición estabais, y nos confirmó que el otro tipo estaba muerto. —Faith no parecía impresionada, así que añadió—: Y lo de las luces también.

Habían colocado dos coches patrulla de frente, y enfocaron con las luces las ventanas de delante. La sombra de Caleb contra las cortinas se convirtió en un blanco perfecto.

—Bueno, sea como sea, gracias por dispararle. —Faith entendió lo que quería decir su expresión—. ¿No fuiste tú?

Soltó un largo suspiro.

—Amanda me prometió que me devolvería uno de mis testículos si la dejaba disparar.

—Espero que no fuera por escrito. No le dio entre ceja y ceja.

—Le echó la culpa a mi rifle, que si yo era zurdo o no sé qué...

Eso daba lo mismo, pero Faith no quería discutir.

—En todo caso, me alegro de que estuvieses allí. Hizo que me sintiera más segura.

Will sonrió, aunque estaba seguro de que lo habrían resuelto sin su ayuda. Amanda era una mujer de recursos, y él prácticamente había estado escondido detrás de un muro mientras Faith arriesgaba su vida.

—Me alegro de que estés con Sara —le dijo.

Reprimió la sonrisa estúpida que estuvo a punto de poner.

—Solo está conmigo hasta que encuentre algo mejor.

—Me gustaría pensar que no lo dices en serio.

Él también. No comprendía a Sara. No entendía qué había visto en él, ni por qué estaba con él. Sin embargo, lo estaba. Y no solo eso, también parecía muy feliz. Esa misma mañana había sonreído tanto que apenas pudo juntar los labios para darle un beso de despedida. Will pensaba que se reía porque tenía un trozo de papel higiénico pegado en la cara, ya que se había cortado al afeitarse, pero ella le dijo que sonreía porque se sentía feliz.

No sabía qué pensar. No tenía sentido.

Faith sabía cómo borrarle la sonrisa de la cara.

—¿Y Angie?

Se encogió de hombros, como si no supiese nada de ella, a pesar de haberle dejado tantos mensajes en su casa y en el móvil que había llenado ambos buzones. Cada mensaje era más desagradable; cada amenaza, más seria. Will los había escuchado todos. No podía evitarlo. Aún veía a Angie con la pistola en la boca, y aún sentía un escalofrío al pensar que abriría la puerta del cuarto de baño y la encontraría sangrando en la bañera.

Afortunadamente, Faith cambió de conversación.

—¿Le has dicho a Sara que te dan miedo los chimpancés?

—No hemos hablado de eso.

—Ya lo haréis. Eso pasa con las relaciones. Al final se sabe todo, nos guste o no.

Will asintió, esperando que su rápida conformidad la hiciese callar, pero no tuvo tanta suerte.

—Escucha —dijo adoptando ese tono maternal que usaba cuando no se sentaba erguido o no llevaba la corbata adecuada—. La única forma de que lo fastidies todo es si continúas preocupándote por fastidiarlo.

Will preferiría estar en el maletero de la señora Levy que manteniendo esa conversación.

—La única que me preocupa es *Betty*.

—¿De verdad?

—Sí. Se está encariñando demasiado. —Era cierto: la perrita se había negado a salir del apartamento de Sara esa mañana.

—Prométeme que esperarás al menos un mes para decirle que estás enamorado de ella.

Will soltó un largo suspiro, anhelando estar en el Corvair.

—¿Sabías que Bayer solía tener la marca registrada de la heroína?

Faith movió la cabeza al oír su evasiva.

—¿Te refieres a la empresa de la aspirina?

—Perdieron la marca después de la Primera Guerra Mundial. Puedes verlo en el Tratado de Versalles.

—Vaya. Todos los días se aprende algo nuevo.

—Sears vendía jeringas llenas de heroína en su catálogo. Un dólar cincuenta por dos.

Faith le puso la mano en el brazo.

—Gracias, Will.

Will le dio una palmadita en la mano, y luego otra, porque una no le pareció suficiente.

—Es a Roz Levy a quien tienes que darle las gracias. Fue ella quien lo dedujo todo.

—No es la dulce ancianita que parece, ¿no?

Eso era quedarse corto. Aquella viejecita había disfrutado viendo la peor pesadilla de Evelyn.

—Es una bruja.

—¿Te dijo eso de las palomas y los azulejos?

Faith se dio la vuelta cuando oyó unas voces. La puerta de la habitación de su madre se abrió. Jeremy salió, seguido de un hombre alto con el pelo cortado al estilo militar y que tenía una mandíbula cuadrada que recordaba a la película *El infierno espera*. Sostenía a Emma sobre uno de sus anchos hombros. La niña parecía una bolsa de guisantes congelados colgando de un rascacielos. Su cuerpo dio un pequeño respingo al hipar.

—Eso debe de ser porque está contenta. —Faith se apartó de la pared con un gemido y añadió—: Will, te presento a mi hermano Zeke. Zeke, este es...

—Ya sé quién es este gilipuertas.

Will alargó la mano.

—He oído hablar mucho de ti.

Emma hipó. Zeke le lanzó una mirada fulminante a Will y no le estrechó la mano.

Él, por el contrario, intentó suavizar la situación.

389

—Me alegro de que tu madre se encuentre bien.

Él seguía mirándole. Emma hipó de nuevo. Sentía lástima por él. Era dueño de un chihuahua, sabía lo difícil que era hacerse el fuerte mientras se sostenía algo diminuto en las manos.

Jeremy puso fin al concurso de miradas.

—Hola, Will. Gracias por venir.

Will le estrechó la mano. Era un chico de aspecto desgarbado, pero le apretó la mano con fuerza.

—Me he enterado de que tu abuela se está poniendo bien.

—Es fuerte. —Pasó el brazo por encima del hombro de Faith—. Como mi madre.

Emma hipó.

—Vamos, tío Zeke. —Jeremy le cogió por el codo—. Le he dicho a la abuela que trasladaremos mi cama a la planta de abajo para que mi madre pueda cuidarla cuando salga del hospital.

Zeke tardó en apartar la mirada. El hipo continuado de Emma probablemente tenía algo que ver con la decisión de Zeke de seguir a su sobrino hasta el vestíbulo.

—Lo lamento —dijo Faith—. Es un poco gilipollas. Pero, no sé por qué, Emma parece haberle cogido mucho cariño.

Probablemente porque no entendía ni una palabra de lo que decía.

—¿Quieres pasar y hablar con mi madre?

—Solo he venido a verte.

—Ha preguntado por ti un par de veces. Creo que quiere hablar contigo.

—¿No puede hablar contigo?

—Yo ya sé lo esencial. No necesito entrar en detalles. —Dibujó una sonrisa forzada—. Amanda le dijo que te había prometido una hora con ella.

—No pensaba que lo cumpliría.

—Han sido amigas íntimas durante cuarenta años. Cumplen con lo que se prometen. —Le dio una palmadita en el brazo e hizo ademán de marcharse—. Gracias por venir.

—Espera. —Will se metió la mano en el bolsillo de la chaqueta y sacó un sobre que había llegado en el correo de la mañana—. Jamás he recibido una carta —dijo—, salvo las facturas, claro.

Faith observó el sobre cerrado.

—No la has abierto.

Will no lo necesitaba. Ella no podía imaginar lo mucho que significaba para él que supiese que podía leer una carta.

—¿Quieres que la abra?

—Por supuesto que no. —Le quitó la carta de la mano—. Ya he tenido bastante con que Zeke y Jeremy viesen esos vídeos. No sabía que me pusiese tan fea al llorar.

Will estaba de acuerdo.

—Bueno —dijo Faith mirando el reloj—. Tengo que ponerme la insulina y comer algo. Si me necesitas, estaré en la cafetería.

Will la observó mientras recorría el pasillo. Ella se detuvo delante del ascensor y le miró. Mientras lo hacía, rompió la carta por la mitad, y luego otra vez más. Will le hizo un gesto de despedida, y después entró en la habitación de Evelyn. Estaba repleta de flores de todas las clases. Enseguida le empezó a picar la nariz del perfume tan intenso.

Evelyn Mitchell giró la cabeza en su dirección. Estaba echada en la cama. Tenía la pierna rota levantada, con muchos tornillos saliendo de la escayola. La mano descansaba sobre una cuña de espuma. Tenía una gasa donde debía estar su dedo anular. Había tubos entrando y saliendo de su cuerpo. Tenía cubierta con una tirita de mariposa color blanco la herida de la mejilla. Parecía más pequeña de como la recordaba, pero luego pensó que había pasado por ese tipo de experiencia que puede reducir a una persona.

Tenía los labios agrietados y en carne viva. Mantuvo la mandíbula firme, tratando de hablar haciendo el mínimo movimiento posible. Su voz sonó más fuerte de lo esperado.

—Agente Trent.

—Capitán Mitchell.

Ella le enseñó la válvula de la bomba de morfina.

—La he desconectado porque quería hablar con usted.

—No es necesario. No quiero causarle más dolor.

—Por favor, siéntese. Me duele la nuca de tener que mirarle.

Había una silla al lado de la cama y Will se sentó en ella.

—Me alegro de que se encuentre bien.

Sus labios apenas se movieron.

—Bien es mucho decir. Digamos que voy tirando.

—Bueno, eso es mejor que nada.

—Mandy me ha hablado de su papel en todo esto. —Will imaginó que habría sido una conversación muy breve—. Gracias por cuidar de mi hija.

—Creo que usted le da más importancia que yo.

Sus ojos se humedecieron. Will no estaba seguro de si era de dolor o si se debía a pensar que podía haber perdido a su hija. Luego recordó que también había perdido otro hijo.

—Lamento lo sucedido.

Ella tragó con suma dificultad. La piel de su cuello estaba casi negra de los moratones. La habían obligado en dos ocasiones a elegir entre su familia con Bill Mitchell y el hijo que había tenido con Héctor Ortiz. Y ambas veces había tomado la misma decisión, aunque esa última vez Caleb se lo había puesto muy fácil.

—Era un chico muy problemático. No sabía cómo controlarlo. Estaba muy resentido.

—No hace falta que hable de eso.

Una risita áspera salió de su garganta.

—Nadie quiere que hable de él. Prefieren que desaparezca. —Hizo un gesto señalando el vaso de agua que había encima de la mesa—. ¿Podría darme...?

Will cogió el vaso y le acercó la pajita para que pudiese beber. Ella no podía levantar la cabeza. Will, amablemente, dio la vuelta a la cama y la sujetó.

Estuvo bebiendo casi un minuto antes de dejar la pajita.

—Gracias.

Will se sentó. Miró los ramos de rosas que había encima de la mesa que estaba enfrente. Había una tarjeta de visita sujeta al lazo blanco. Reconoció el logotipo del Departamento de Policía de Atlanta.

—Héctor era un confidente —dijo Evelyn—. Acusó a su primo. Pertenecían a la misma banda, y empezaron con cosas pequeñas, robando coches y bolsos para poder jugar a los videojuegos, pero la cosa empeoró muy rápidamente.

—Los Texicanos.

Evelyn asintió poco a poco.

—Héctor quería salirse, pero continuó hablando y escuchando porque era bueno para mi carrera. —Hizo un gesto en el aire con la mano que tenía buena—. Luego una cosa llevó a la otra. —Cerró los ojos—. Yo estaba casada con un agente de seguros. Era un hombre cariñoso y un buen padre, pero… —El aire pasó a trompicones a través de sus labios cuando suspiró—. Bueno, ya sabe lo que es eso de estar en la calle todo el día, arrestando a los chorizos, con el corazón encogido y sintiendo que el mundo no para de dar saltos. Luego regresas a casa y ¿qué haces? ¿Preparar la cena, planchar camisas y bañar a los niños?

—¿Estaba enamorada de Héctor?

—No. —Su respuesta fue contundente—. Nunca. Y lo más extraño es que no me di cuenta de lo enamorada que estaba de Bill hasta que le hice tanto daño que estuve a punto de perderle.

—Pero se quedó a su lado.

—Sí, pero con sus condiciones. Yo no estaba en disposición de negociar. Él se reunió con Héctor, y llegaron a un acuerdo entre caballeros.

—La cuenta bancaria.

Evelyn miró hacia el techo y, luego, lentamente, cerró los ojos. Will pensó que se había quedado dormida, pero ella empezó a hablar de nuevo.

—Sandra y Paul tenían muchas deudas, pues habían ayudado a que su familia regresase a su país. No podían criar a un hijo, aunque lo hubiesen podido tener ellos. Parte del dinero de la cuenta era de Héctor. El resto, mío. El diez por ciento de mi sueldo era para Caleb. Era como una donación, no para la iglesia, sino más bien como castigo. —Levantó la comisura de la boca, dibujando una especie de sonrisa—. Supongo que Sandra daba gran parte de ese dinero a la iglesia todas las semanas. Eran muy religiosos. Católicos. Pero eso no me molestaba tanto como a Bill. Pensé que serviría para darle unos principios morales muy sólidos. —Se rio—. Esperaba demasiado.

—¿Caleb se enteró de que usted era su madre cuando Sandra se puso enferma?

Evelyn miró a Will.

—Sandra me llamó. Parecía que me estaba advirtiendo, algo que no comprendí en ese momento, por eso la ignoré. La primera vez que vi a Caleb de adulto fue en su funeral. —Movió la cabeza al recordarlo—. Se parecía mucho a Zeke cuando tenía esa edad. Más guapo, a decir verdad. Pero también más resentido, lo cual era un problema. —Su cabeza seguía moviéndose de un lado a otro—. No me di cuenta de lo perturbado que estaba hasta que fue demasiado tarde. No tenía ni idea.

—¿Habló con Caleb en el funeral?

—Intenté hacerlo, pero no quiso. Semanas después, cuando estaba limpiando la casa, empecé a notar que las cosas no estaban en el lugar de costumbre. Registraron mi despacho. Lo hizo muy bien. No lo habría notado de no ser porque estaba buscando una cosa en particular. Yo guardaba un mechón de su pelo escondido en un sitio donde mis hijos no pudiesen verlo. Cuando fui a buscarlo, había desaparecido. Debería haberme dado cuenta entonces. Debí comprender lo obsesionado que estaba conmigo…, lo mucho que me odiaba.

Evelyn se detuvo para coger aliento. Will vio que estaba cansada, pero ella prosiguió.

—Llamé a Héctor para que nos viésemos. Habíamos estado en contacto desde que Sandra enfermó. No teníamos mucho tiempo para hacer algo. Íbamos a un Starbucks que está en el aeropuerto para que nadie nos viese. Fue igual que antes. Siempre escondiéndonos para que mi familia no lo supiese. —Cerró los ojos de nuevo—. Caleb estaba siempre metiéndose en problemas. Intenté hacer todo lo posible, incluso darle dinero para que fuese a la universidad. Faith las estaba pasando canutas para poder pagar la educación de Jeremy…, y allí estaba yo, ofreciéndole a ese muchacho pagarle lo que fuese necesario. Pero se rio en mi cara. —Adoptó un tono enfadado y tajante—. Al día siguiente, recibí una llamada de un amigo de la Brigada de Estupefacientes. Habían cogido a Caleb con una buena cantidad. Acudí a Mandy para que moviese algunos hilos, pero ella no quiso. Dijo que ya le habían dado muchas oportunidades. Aun así, se lo rogué.

—¿Heroína?

—Cocaína —corrigió Evelyn—. De haber sido heroína, no podría haber hecho nada, pero, al ser coca, pudimos llegar a un acuerdo. Cerraron el caso porque acordamos meterlo en rehabilitación.

—Lo envió a Healing Winds.

—Héctor vive a pocos kilómetros de allí. El hijo de su primo había estado allí, Ricardo. Y Chuck estaba allí. Pobre Chuck. —Se detuvo y tragó para aclararse la garganta—. Me llamó a principios de este año para tratar de reparar algún daño. Lleva ocho meses sin tomar nada. Yo sabía que estaba haciendo algunos trabajos de asesoramiento en Healing Winds, y pensé que Caleb estaría más seguro allí.

—Chuck le contó su historia.

—Al parecer, pero eso es solo uno de los pasos. Les habló del dinero. Y aunque les aseguró que yo no tenía nada que ver, no le creyeron.

—Fue Chuck el que estuvo en el hospital aquel día. Él fue el policía que le preguntó a Sara si el joven saldría adelante.

Evelyn asintió.

—Se enteró por las noticias de lo que me había sucedido y se acercó para ver si podía ayudar. No se paró a pensar que, con su expediente, nadie querría su ayuda. Le he pedido a Mandy que trate de arreglar las cosas con su agente de la condicional. Fui yo quien le metí en problemas. Mi equipo siempre me protegió, a veces en contra de sus propios intereses.

—¿Cree que Caleb pensaba que usted estaba implicada, como los demás?

—No, agente Trent —contestó, sorprendida por la pregunta—. No lo creo. Él ya tenía un concepto preconcebido de mí. Pensaba que era una mujer fría y poco cariñosa, la madre que nunca le quiso. Me dijo que lo único que había heredado de mí era ese corazón tan negro.

Will recordó la canción que sonaba cuando Faith entró en casa de su madre.

—*Back in black*.

—Era su canción favorita. Me hizo escuchar la letra, aunque no sé quién puede entenderla con todos esos chillidos.

—Habla de vengarse de la gente que te abandona.

—Ya veo. —Parecía aliviada por haberlo entendido finalmente—. La puso una y otra vez en la radio de la cocina. Entonces llegó Faith y la música se paró. Yo estaba aterrorizada. Creo que jamás he estado tan asustada. Pero ellos no querían a Faith. No era la pandilla de Caleb. Fue Benny Choo quien les dijo que lo arreglaría todo. Se quedó con Ricardo porque la heroína que tenía dentro valía mucho, pero les dijo a los demás que me secuestrasen y se marchasen, y ellos obedecieron.

Will quería estar seguro de averiguar cómo había sucedido todo, por lo que insistió.

—¿Caleb estuvo allí al mismo tiempo que Faith?

—La vio por la ventana. —A Evelyn le tembló la voz—. Jamás he estado más asustada. Al menos antes de eso.

Él la entendía perfectamente.

—¿Qué sucedió antes de que llegase Faith? Usted estaba preparando algunos sándwiches, ¿no?

—Sabía que Faith llegaría tarde. Esas sesiones suelen alargarse demasiado. Siempre hay algún gilipollas que quiere presumir. —Se quedó callada durante unos instantes, recordando—. Héctor vino a recogerme al supermercado. Conocía mis costumbres. Así era ese hombre. Sabía escuchar. —Volvió a guardar silencio, quizá para presentarle sus respetos a su amante—. Había ido a visitar a Caleb a rehabilitación, y le dijeron que se había marchado. No los retienen. Caleb se marchó sin ningún problema. No nos sorprendió. Yo ya había hecho algunas llamadas y supe que Ricardo lo estaba involucrando en algunos asuntos nada buenos para ninguno de los dos.

—¿Heroína?

Evelyn soltó un lento suspiro.

—Héctor y yo lo descubrimos mientras conducía de vuelta a casa. Sabíamos que Ricardo trabajaba en la tienda de Julia. Y no había duda de que no saldría nada bueno juntando a esos chicos. *Folie à plusieurs.*

Will había oído antes esa frase. Se refería a un síndrome psicológico mediante el cual un grupo de personas aparentemente normales desarrollaban una psicosis compartida cuando se juntaban. La familia Manson, la Rama Davidiana. Siempre había un líder inestable que lo dirigía todo. Roger Ling le había llamado la cabeza de la serpiente, y un hombre como él debía saber de ese tema.

—Una parte de mí quería que Faith llegase a casa temprano. Quería que conociese a Héctor, así me vería obligada a contárselo.

—¿Caleb mató a Héctor?

—Supongo que debió de ser él. Fue un acto traicionero y cobarde. Oí el disparo. Ya sabe que nunca se olvida el ruido que hace un silenciador una vez que lo has escuchado. Miré en el garaje. El maletero estaba cerrado y no vi a nadie. No lo pensé dos veces. Quizá presentí que sucedería más tarde o más temprano. Cogí a Emma y la dejé en el cobertizo. Regresé con mi arma y vi a un hombre en la habitación de la colada. Le disparé antes de que pudiese abrir la boca. Luego me di la vuelta y vi a Caleb.

—¿Forcejeó con él?

—No pude dispararle. Estaba desarmado. Era mi hijo. No podía hacer otra cosa. —Se miró la mano que tenía herida—. No creo que esperase que fuera a oponer tanta resistencia cuando me cortó el dedo.

—¿Se lo cortó en ese momento? —Will había pensado que fue en otro momento de la negociación.

—Uno de sus muchachos se sentó sobre mi espalda mientras Caleb me lo cortaba. Utilizó el cuchillo del pan y lo fue serrando como si fuese un árbol. Creo que disfrutaba viéndome chillar.

—¿Cómo le arrebató el cuchillo?

—No lo sé. Es una de esas cosas que suceden sin que lo sepas. De hecho, no recuerdo gran cosa de lo que pasó después, pero recuerdo cómo el otro muchacho cayó sobre mí y cómo se le clavó el cuchillo en el estómago. —Exhaló profundamente—. Corrí hacia el garaje para coger a Emma y salir huyendo de allí, pero, en ese momento, oí a Caleb gritando: «mamá, mamá»... Parecía estar herido. No sé por qué volví. Fue algo instintivo, como lo del cuchillo, solo que lo primero fue por una cuestión de supervivencia y lo segundo de autodestrucción. —Al mismo tiempo que hablaba, trataba de recordar—. Fui consciente del error que cometía. Recuerdo que pensé que era una de las mayores estupideces que había cometido en mi vida cuando pasé al lado del coche a toda prisa y entré en la casa de nuevo. Y estaba en lo cierto, pero no pude evitarlo. Le oí llorar por mí, y regresé corriendo al interior de la casa.

Se detuvo de nuevo para tomar aliento. Will vio que el sol había cambiado de posición y le daba en los ojos. Se levantó y bajó las persianas.

Evelyn, con voz cansada, dijo:

—Gracias.

—¿Quiere descansar?

—Quiero terminar y no volver a hablar de este asunto nunca más.

Eso se parecía mucho a lo que diría Faith. Él no quiso discutir. Se sentó en una silla y esperó a que continuase.

Evelyn no empezó a hablar de inmediato. Durante un minuto estuvo en silencio, con el pecho levantándose y encogiéndose al respirar.

—Durante sus primeros tres años —dijo finalmente—, una vez al mes les decía a Bill y a los niños que tenía que ocuparme de asuntos de papeleo en la oficina. Normalmente, era los domingos, mientras estaban en la iglesia, porque eso resultaba más fácil. —Tosió. Su voz se hizo más áspera—. Iba al parque que estaba subiendo la calle, me sentaba sola en un banco; si llovía, me quedaba en el coche, para poder llorar. Ni siquiera Mandy sabía eso. He compartido todos mis secretos con ella, pero no ese. —Le dirigió una mirada significativa—. No te puedes imaginar lo duro que fue para ella lo de Kenny. No le pudo dar hijos, y él quería una familia, niños de su propia sangre. No dejaba de hablar de eso. Decirle lo mucho que yo añoraba a Caleb habría sido una crueldad.

Will se sintió un poco intimidado al oír algo tan personal sobre su jefa. Intentó que Evelyn volviese a hablar del día en que la secuestraron.

—Caleb la engañó para que usted regresase a la casa. ¿Por eso no cogió a Emma y se marchó?

Se quedó callada el suficiente rato como para hacerle saber que había notado que prefería cambiar de tema.

—No se puede engañar a nadie que no se deja engañar.

Will no estaba tan seguro de eso, pero asintió.

—Entré en la cocina. Allí estaba Benny Choo. Por supuesto que era Benny Choo. Había cometido una masacre. Se encontraba en su salsa. Tuvimos un forcejeo y él me ganó, en parte porque le ayudaron. Quería el dinero. Todo el mundo quería el dinero. La casa estaba llena de tíos que gruñían y pedían dinero.

—Salvo Caleb.

—Sí, salvo Caleb —confirmó Evelyn—. Se sentó en el sofá y se comió un sándwich de carne que sacó directamente de la bolsa mientras observaba cómo los demás iban de un lado para otro destrozando la casa. Creo que eso le divertía. Creo que se lo pasó mejor que nunca observándome allí, aterrorizada, mientras sus amigos corrían como pollos sin cabeza buscando algo que él sabía que no iban a encontrar.

—¿Qué significaba la A que había debajo de la silla?

Soltó una risa entrecortada.

—Era una flecha. Imaginé que los técnicos de la escena criminal la encontrarían. Quería hacerles saber que el principal culpable era el que estaba sentado en el sofá. Caleb debió de dejar algún pelo, alguna fibra… o huellas dactilares.

Will se preguntó si el equipo de Ahbidi Mittal podría haber averiguado algo así. Él lo había intuido, aunque torpemente.

—¿De verdad escarbaron en mi jardín? —preguntó Evelyn.

Will se dio cuenta de que le preguntaba por la banda de Caleb, no por el equipo de Ahbidi Mittal.

—¿Usted le dijo que el dinero estaba allí?

Se rio, probablemente porque imaginó a los jóvenes corriendo por el jardín, de noche, con palas en la mano.

—Pensé que considerarían que podía ser, aunque eso solo ocurre en las películas.

Will no confesó que él había visto muchas de esas películas.

De repente, la conducta de Evelyn cambió. Volvió a mirar el techo. Los azulejos eran de color marrón. No había mucho que mirar. Will era muy bueno reconociendo las técnicas de evasión.

—Aún tengo que aceptar el hecho de que he matado a mi hijo —susurró.

—Él quería matarla a usted. Y a Faith. Mató a muchas otras personas.

Evelyn continuó mirando los azulejos.

—Mandy me dijo que no hablase contigo del tiroteo.

Will sabía que la policía estaba investigando la muerte de Caleb Espisito, pero asumía que Evelyn quedaría libre de toda sospecha al cabo de pocos días, igual que le había sucedido a Faith.

—Fue en defensa propia.

Evelyn soltó un suspiro lento.

—Creo que quería hacerme escoger entre los dos. Entre él y Faith.

Will no le dijo que compartía su opinión.

—Él pudo perdonar a su padre. Héctor llevaba una vida agradable, pero nunca se casó y no volvió a tener más hijos. Sin embargo, cuando Caleb vio lo que yo tenía, y lo mucho que había luchado por recuperar a Bill y a mis hijos, sintió un enorme resentimiento. Me odiaba. —Unas lágrimas humedecieron sus ojos—. Recuerdo que una de las últimas cosas que le dije antes de que todo esto sucediese era que sentir ese rencor era como tomarse un veneno y esperar que la otra persona se muriese.

Will dedujo que era el tipo de consejo que dan las madres a los hijos. Por desgracia, Caleb tuvo que aprender esa lección de la peor forma.

—¿Recuerda algo del lugar donde la retuvieron?

—Era un almacén. Estaba abandonado, de eso estoy segura, porque grité tanto que hubiese despertado a un muerto.

—¿Cuántos hombres había?

—¿En la casa? Creo que ocho. En el almacén solo tres, contando a Caleb. Los otros dos se llamaban Juan y David. Trataban de no usar sus nombres, pero no eran muy inteligentes.

A Juan Castillo lo habían matado fuera del almacén de Julia Ling. David Herrera había muerto a sangre fría delante de Evelyn y Faith. Benny Choo, Hironobu Kwon, Héctor

Ortiz y Ricardo Ortiz. En total habían muerto ocho personas porque un chico de veinte años estaba resentido.

Evelyn debía de estar pensando lo mismo. Su voz adquirió un tono desesperado.

—¿Cree que podría haberlo evitado?

Salvo matando a Caleb, Will no sabía cómo.

—Ese tipo de odio no se apaga.

Aquello no pareció reconfortarla.

—Bill pensaba que lo que le sucedió a Faith fue culpa mía. Dijo eso porque yo estaba con Héctor y había descuidado a mis hijos. Puede que tuviese razón.

—Faith es una mujer que decide por sí misma.

—Usted cree que se parece a mí. —Luego, desechando la protesta de Will, añadió—: No es que se parezca, es que es idéntica a mí. Que Dios se apiade de ella.

—Hay cosas peores.

—Hmm. —Evelyn cerró los ojos de nuevo.

Will observó su rostro. Estaba tan amoratada que apenas se le veían los rasgos. Tenía la edad de Amanda, el mismo tipo de policía, pero no el mismo tipo de mujer. Will no había sentido en muchas ocasiones envidia de los padres de otras personas, pues creía que era una pérdida de tiempo pensar cómo habrían sido los suyos. Sin embargo, al hablar con Evelyn Mitchell y ver los sacrificios que había hecho por sus hijos, no pudo evitar sentirse un poco celoso.

Se levantó, pensando que debía dejarla dormir, pero ella abrió los ojos. Señaló el vaso de agua. Will la ayudó a beber de la pajita. Esta vez no estaba tan sedienta. Tenía la mano alrededor de la válvula de morfina.

—Gracias. —Puso la cabeza sobre la almohada y presionó la válvula de nuevo.

Will no se sentó.

—¿Quiere que le traiga algo antes de marcharme?

O no oyó la pregunta, o prefirió ignorarla.

—Sé que Mandy es muy dura contigo, pero es porque te aprecia.

Will enarcó las cejas. La morfina había hecho efecto muy rápido.

—Se siente muy orgullosa de ti, Will. Te elogia constantemente. Habla de lo inteligente y fuerte que eres. Para ella eres como un hijo. En muchos más aspectos de los que imaginas.

Sintió la necesidad de mirar por encima de su hombro por si acaso Amanda se estaba riendo en la puerta.

—Y tiene razones para estarlo. Eres un buen hombre. Y no me gustaría que mi hija cambiase de compañero. Me alegré cuando os pusieron juntos. Esperaba que surgiese algo más entre vosotros.

Will volvió a mirar hacia la puerta. No vio a Amanda. Cuando se giró, Evelyn le estaba mirando.

—¿Puedo ser sincera contigo?

Él asintió, aunque se preguntó si eso significaba que no lo había sido antes.

—Sé que has tenido una vida muy difícil y que te has esforzado mucho por convertirte en la persona que eres. Mereces ser feliz, pero no lo conseguirás si sigues con tu esposa.

Como de costumbre, su primer impulso fue defender a Angie.

—Ella también ha pasado lo suyo.

—Mereces algo mejor.

—Yo también tengo mis demonios.

—Sí, pero son demonios buenos, de los que te hacen más fuerte. —Intentó sonreír—. Si me librase de mis demonios, perdería a mis ángeles.

—¿Eso es de Hemingway?

—No, de Tennessee Williams.

La puerta se abrió. Amanda señaló su reloj.

—El tiempo se ha acabado —dijo haciéndole una señal para que se marchase.

Will miró su teléfono móvil. Le había dado justo una hora.

—¿Cómo sabías que estaba aquí?

—Vamos, márchate —dijo dando una palmada—. Evelyn necesita descansar.

Will la tocó en el hombro porque era el único lugar que no tenía vendado ni conectado a algo.

—Gracias, capitán Mitchell.

—Cuídese, agente Trent.

Amanda le dio un empujón cuando salía de la habitación, y casi tira a una enfermera que pasaba por el pasillo.

—Has abusado —dijo Amanda.

—Ella quería hablar.

—Ha pasado por una experiencia terrible.

—¿Tendrá problemas por haber disparado a Caleb Espisito?

Amanda negó con la cabeza.

—La única persona que debe de estar preocupada es Roz Levy. Si dependiese de mí, la acusaría por obstrucción.

Will no la contradijo, pero la señora Levy había representado su papel de ancianita a la perfección, y ningún jurado la acusaría de nada.

—Ya me encargaré de esa vieja bruja en su momento —prometió Amanda—. Le gusta mucho remover la mierda.

—De acuerdo. —Will intentó poner fin a la conversación. Sara había salido de trabajar hacía cinco minutos. Él había sugerido que comiesen juntos, pero no sabía si se acordaría—. Hasta mañana. —Empezó a caminar hacia los ascensores, pero, para su desgracia, Amanda le siguió.

—¿Qué te ha dicho Evelyn?

Él alargó la zancada, tratando de dejarla atrás, o al menos de ponérselo difícil.

—La verdad, al menos eso espero.

—Estoy segura de que estaba oculta en algún sitio.

Will odiaba que le sembrase dudas con tanta facilidad. Evelyn Mitchell era la mejor amiga de Amanda, pero no tenían nada en común. A Evelyn no le gustaban los juegos, no disfrutaba humillando a las personas.

—Me dijo lo que necesitaba saber. —Presionó el botón del ascensor. No pudo contenerse—. Me dijo que estabas orgullosa de mí.

Amanda se rio.

—¿Y tú te lo has creído?

—No.

Por un instante, pensó que quizás Evelyn no le había dicho toda la verdad. ¿Le había querido decir algo en secreto? Will sintió una oleada de náuseas.

«Tú eres como un hijo para ella. En muchos más aspectos de los que crees.»

Se giró en dirección a Amanda y se preparó para el peor día de su vida.

—¿No irás a decirme que eres mi madre?

La carcajada que soltó Amanda resonó por todo el pasillo. Se apoyó en la pared para no caerse.

—De acuerdo —dijo Will presionando varias veces el botón del ascensor—. Ya veo que te hace mucha gracia.

Amanda se secó las lágrimas.

—Will, ¿de verdad crees que un hijo mío se convertiría en un hombre como tú?

—¿Sabes una cosa? —Se inclinó para mirarla fijamente a los ojos—. Me tomaré eso como un cumplido. Y ahora, por favor, déjame.

—No seas ridículo.

Will se dirigió hacia la escalera de emergencia.

—Gracias, Amanda, por ser tan amable.

—Vuelve.

Will empujó la puerta.

—No te preocupes. Lo guardaré como un tesoro.

—Ni se te ocurra darme la espalda.

Will hizo justamente eso. Bajó las escaleras de dos en dos, sabiendo que ella, con sus diminutos pies, no podría alcanzarle.

Capítulo veintidós

Sara se quitó las gafas y se frotó los ojos. Llevaba sentada a la mesa que había en la sala de médicos al menos dos horas. Estaba tan cansada que veía borrosamente la lista de pacientes que tenía en la tableta. En los últimos cuatro días había dormido solo seis horas. Su cansancio le recordaba su época en la residencia, cuando dormía en una camilla en el cuarto de la limpieza que había detrás de la sala de enfermería. La camilla aún estaba allí. El Grady había llevado a cabo una renovación de muchos millones de dólares desde la última vez que había trabajado en el servicio de urgencias, pero ningún hospital había gastado ni un centavo en hacer más cómoda la vida de los residentes.

Nan, la estudiante de Enfermería, estaba de nuevo en el sofá. A un lado tenía una caja de galletas medio vacía, y en el otro una bolsa de patatas fritas. Apenas se le veían los pulgares de lo rápido que escribía en su iPhone. Cada pocos minutos, cuando recibía un nuevo mensaje, soltaba una risita. Sara se preguntó si cabía la posibilidad de que la chica estuviese rejuveneciendo ante sus ojos. Su único consuelo era pensar que en pocos años tendría que dejar de comer esa comida basura que tanto le gustaba.

—¿Qué le pasa? —preguntó Nan soltando el teléfono—. ¿Tiene frío?

—Estoy helada.

Sara se sintió extrañamente aliviada al ver que la chica empezaba a hablarle de nuevo. Nan le había puesto malas caras desde que se dio cuenta de que no estaba dispuesta a contarle los detalles de lo que había pasado en el hospital.

La chica se levantó y se sacudió las migas que tenía en el uniforme.

—¿Quiere comer? Creo que Krakauer iba a pedir comida en el Hut.

—Gracias, pero tengo otros planes.

Sara miró el reloj. Se suponía que Will la llevaría a comer. Sería su primera cita, lo que decía mucho sobre su vida últimamente, teniendo en cuenta que él era la razón de que durmiese tan poco.

—Hasta luego —dijo Nan abriendo la puerta de un empujón.

Se tomó un instante para disfrutar de la paz y tranquilidad que reinaba en la sala. Se metió la mano en el bolsillo y sacó una hoja de papel doblada. Accidentalmente, se había olvidado las gafas en el coche esa mañana, y tuvo que bajar de nuevo las escaleras para ir al aparcamiento a buscarlas. Fue entonces cuando encontró la nota debajo del parabrisas. Aunque parezca extraño, no era la primera vez que alguien le dejaba una nota en el coche llamándola «perra». Por suerte, esa vez no se la habían pintado en el coche.

Sara no tuvo que consultar a un experto en caligrafía para saber que el mensaje se lo había dejado Angie Trent. Le había dejado otra nota en su coche el día anterior, aunque esa vez la encontró al salir de su apartamento. Angie estaba mejorando. La segunda nota resultaba más ofensiva que la primera, en la cual solo le había escrito, inocuamente, «puta».

Arrugó el papel y lo arrojó a la papelera. No cayó dentro, por lo que tuvo que levantarse a recogerlo. En lugar de tirarlo a la basura, volvió a desplegarlo y se quedó mirándolo. Era realmente desagradable, pero Sara no podía evitar pensar que, de alguna manera, se lo merecía. Movida por un arrebato, no pensó en el anillo que Will llevaba en su dedo, pero a la luz del día veía las cosas de forma diferente. Él era un hombre casado. Incluso sin esa designación legal, aún seguía habiendo un lazo de unión entre él y Angie. Ambos estaban conectados de una forma que ella no podría comprender nunca.

Además, resultaba obvio que Angie no estaba dispuesta a abandonar fácilmente. La cuestión era cuánto tiempo tardaría en arrastrarla al barro con ella.

Alguien llamó a la puerta.

Sara se aseguró de que la nota estaba en la papelera antes de abrir la puerta. Era Will. Tenía las manos metidas en los bolsillos. Aunque habían intimado de todas las formas posibles, siempre había un poco de timidez entre ellos durante los primeros diez minutos. Era como si él estuviese constantemente esperando que ella hiciese el primer movimiento, como si tuviese que transmitirle una señal para indicarle que aún no se había cansado de él.

—¿Es mal momento? —preguntó Will.

Sara abrió la puerta.

—En absoluto.

Él miró la sala.

—¿Puedo entrar?

—Creo que podemos hacer una excepción.

Will se quedó en el centro de la habitación, con las manos en los bolsillos.

—¿Cómo está Evelyn? —preguntó Sara.

—Bien. Al menos eso creo. —Sacó las manos de los bolsillos, pero solo para tocarse el anillo—. Faith va a coger la baja durante un tiempo, para cuidar de ella. Creo que les sentará bien pasar un tiempo juntas. O no. Nunca se sabe.

Sara no pudo contenerse y miró la nota que había en la papelera. ¿Por qué seguía llevando ese anillo? Probablemente, por la misma razón que Angie seguía dejándole notas.

—¿Qué sucede? —preguntó Will.

Sara señaló la mesa.

—¿Te importa si nos sentamos?

Will esperó a que ella lo hiciese. Luego cogió una silla y se sentó enfrente.

—Eso no suena muy bien.

—No.

Will dio algunos golpecitos con los dedos sobre la mesa.

—Imagino lo que vas a decir.

—Me gustas, Will. Me gustas mucho, de verdad.

—Pero...

Sara le tocó la mano y le puso el dedo sobre el anillo.

—Sí —dijo. No le dio más explicaciones, ni más excusas, ni tampoco dijo que se lo quitaría y lo tiraría, o al menos que se lo metería en uno de sus puñeteros bolsillos.

Sara continuó:

—Sé que Angie es una parte importante de tu vida. Y lo respeto. Respeto lo que significa para ti.

Sara esperó una respuesta, pero no llegó. Will le cogió la mano y con el pulgar siguió las líneas de su palma. Sara no pudo evitar la reacción de su cuerpo al tocarla. Miró sus manos. Le pasó el dedo por debajo del puño de la camisa, notando la aspereza de su cicatriz. Pensaba en todas las cosas que no sabía de él, en las torturas a las que había sido sometido, el dolor que le habían causado. Todo eso le había sucedido estando Angie a su lado.

—No puedo competir con ella —admitió Sara—. Y no puedo estar contigo sabiendo que quieres estar con ella.

Will se aclaró la garganta.

—Yo no quiero estar con ella.

Sara esperó para ver si decía que no era con Angie con quien quería estar, sino con ella, pero no lo hizo. Lo intentó de nuevo.

—No puedo estar en segundo lugar. No dejo de pensar que no importa lo mucho que te quiera, que ella siempre estará antes.

Una vez más esperó que dijese algo, cualquier cosa que la convenciese de que estaba equivocada. Transcurrieron apenas unos segundos, pero pareció una eternidad.

Cuando finalmente se decidió a hablar, lo hizo con una voz tan baja que apenas pudo oírle.

—Mentía mucho. —Se chupó los labios—. Me refiero a cuando éramos pequeños. —Levantó la mirada para asegurarse de que Sara le escuchaba, pero luego bajó la cabeza y se quedó mirando sus manos—. Hubo una época en que nos pusieron juntos. Era como una casa de crianza, aunque parecía más bien una granja. Lo hacían por dinero. Al menos la esposa. El marido lo hacía porque le gustaban las adolescentes.

A Sara se le hizo un nudo en la garganta. Trató de no sentir lástima por Angie.

—Como te he dicho, ella mentía mucho. Cuando acusó al hombre de abusar de ella, el asistente social no la creyó. Ni siquiera inició una investigación. Tampoco me creyó a mí cuando le dije que esa vez no mentía. —Se encogió de hombros—. Yo la oía por las noches, gritando cuando él le hacía daño. Le pegaba constantemente. A las demás chicas no les preocupaba, imagino que se sentían felices de que no les sucediese a ellas. Pero yo... —Sus palabras se fueron apagando. Miraba su pulgar moviéndose por entre sus dedos—. Sabía que abrirían una investigación si alguno de nosotros resultaba herido. O si nos heríamos nosotros mismos. —Le cogió la mano con fuerza—. Por eso le dije a Angie que yo lo haría. Y lo hice. Cogí una cuchilla de afeitar del botiquín y me corté. Sabía que no debía ser un corte sin importancia. Tú ya lo has visto. —Soltó una risa tensa y añadió—: No es poca cosa.

—No —dijo Sara. Costaba trabajo imaginar cómo había podido soportar el dolor.

—De esa forma nos sacaron de esa casa, y no dejaron que aquella gente se quedase con ningún niño más. —Levantó la mirada y parpadeó varias veces para limpiarse los ojos—. Una de las cosas que me dijo Angie la otra noche es que yo nunca haría una cosa así por ti, que jamás me cortaría de esa forma, y creo que tiene razón. —Dibujó una sonrisa llena de tristeza—. Pero no porque no te quiera, sino porque tú jamás me pondrías en una situación como esa. Tú jamás me pedirías que lo hiciese.

Sara le miró a los ojos. El sol que entraba por las ventanas hacía que sus pestañas adquiriesen un color blanco. No podía imaginar lo que tenía que haber pasado, lo desesperado que debía de haberse sentido para coger la cuchilla.

—Debo dejarte que sigas con tu vida —dijo inclinándose y besándole la mano, dejando sus labios pegados durante unos segundos. Cuando se levantó, algo dentro de él había cambiado. Su voz era más firme, más decidida—. Quiero que sepas que, si me necesitas, ya sabes dónde estoy. No importa lo que suceda. Puedes contar conmigo.

Había algo final en lo que dijo, como si todo hubiese quedado resuelto. Parecía casi aliviado.

—Will...

—No pasa nada —dijo soltando una de sus sonrisas forzadas—. Imagino que eres inmune a mis irresistibles encantos.

Sara sintió un nudo en la garganta. No podía creer que estuviese decidido a darse por vencido tan fácilmente. Quería que luchase por ella, quería que diese un golpe en la mesa y le dijese que no estaba dispuesto a darlo por terminado, que no iba a renunciar, que de eso nada de nada.

Pero no lo hizo. Se limitó a soltar su mano y a levantarse.

—Aunque suena estúpido, gracias. —Miró a Sara y luego a la puerta—. De verdad, gracias.

Oyó sus pisadas mientras recorría la sala, y el ruido que provenía del pasillo cuando abrió la puerta. Sara se llevó los dedos a los ojos, tratando de contener las lágrimas. No podía olvidar su tono de resignación, su conformidad ante lo que él consideraba inevitable. No sabía qué había pretendido al contarle esa historia sobre Angie. ¿Quería que sintiese lástima por ella? ¿Quería que le pareciese romántico el que él hubiera intentado suicidarse para rescatarla?

Se dio cuenta de que se parecía más a Jeffrey de lo que había querido admitir. Puede que, en el fondo, ella sintiese una atracción especial por los bomberos más que por los policías, pues ambos eran propensos a meterse corriendo en edificios en llamas. Solo en la última semana, por ejemplo, a Will le habían disparado una banda de gánsteres, le había amenazado un psicópata, le habían intimidado tres mujeres, le habían humillado delante de los demás, le habían metido en el maletero de un coche durante horas, y se había ofrecido voluntario para actuar en una situación en la que cabían muchas posibilidades de que lo matasen. Estaba tan preocupado por rescatar a los demás que no se daba cuenta de que a quien necesitaba rescatar era a sí mismo. Todo el mundo se aprovechaba de él. Todo el mundo explotaba sus buenas intenciones, su decencia y su amabilidad. Nadie se molestaba en preguntarle qué necesitaba.

Toda su vida había transcurrido en la sombra, el chico estoico sentado en la parte de atrás de la clase, con miedo a abrir la boca. Angie lo mantenía en la sombra porque así satisfacía sus deseos más egoístas. La primera vez que había estado con él, Sara se había dado cuenta de inmediato de que nunca había estado con una mujer que supiese cómo quererle, por eso no era de extrañar que hubiese capitulado tan fácilmente cuando le dijo que todo había terminado. Will había aceptado que nada bueno ocurriría en su vida. Por eso parecía tan aliviado. Siempre había estado al borde del precipicio. Tenía demasiado miedo a dar el salto porque, en realidad, nunca se había caído.

Sara notó que se había quedado boquiabierta por la sorpresa. Era tan culpable como las demás. Había estado tan deseosa de que luchase por ella que no se le ocurrió pensar que era Will quien esperaba que luchase por él.

Se dirigió hacia la puerta y corrió por el pasillo sin darse cuenta de lo que hacía. Como de costumbre, la sala de urgencias estaba llena. Había enfermeras corriendo con bolsas de suero, camillas que pasaban a toda prisa. Corrió hasta el ascensor. Presionó el botón una docena de veces, rezando en silencio para que se abriese la puerta de una vez. Las escaleras salían a la parte trasera del hospital, y el aparcamiento estaba delante. Will habría llegado a su casa cuando diese la vuelta al edificio. Sara miró el reloj, preguntándose cuánto tiempo había perdido lamentándose. Will estaría a mitad de camino de los aparcamientos. Tres edificios. Seis plantas de coches. Más aún si había utilizado uno de los aparcamientos de la universidad. Debía esperar en la calle. Intentó visualizar las carreteras. Bell, Armstrong. Puede que hubiese aparcado en el Centro de Detención de Grady.

Finalmente, las puertas se abrieron. George, el guardia de seguridad, estaba de pie, con el brazo apoyado sobre su arma. Will estaba a su lado.

—¿Todo bien, doctora? —preguntó George.

Sara se limitó a asentir.

Will salió del ascensor, con cara de avergonzado.

—Me olvidé de que *Betty* está en tu casa. —Dibujó esa sonrisa suya tan forzada—. Como diría un cantante de *country*, te dejo que me quites el corazón, pero no mi perra.

Uno de los sanitarios que pasaban detrás de ella empujó a Sara. Se apoyó en Will para no caerse. Él permaneció con las manos en los bolsillos, sonriéndole con una expresión curiosa en el rostro. ¿Quién había cuidado de ese hombre? Su familia desde luego que no, pues lo habían abandonado y lo habían dejado en manos del estado. Sus padres de acogida tampoco, pues habían pensado que era sustituible. Ni tampoco los médicos que habían experimentado con sus labios. Ni los profesores, ni tampoco los asistentes sociales que habían tomado su dislexia por estupidez. Y mucho menos Angie, que había jugado con su vida, con su valiosa vida.

—¿Sara? —Will parecía preocupado—. ¿Te encuentras bien?

Le puso las manos sobre los hombros. Ella sintió sus fuertes músculos bajo la camisa, el calor que desprendía su piel. Le había besado los párpados aquella misma mañana. Tenía unas pestañas suaves, rubias y delicadas. Se había reído con él, besándole las cejas, la nariz, el mentón, dejando que su pelo le cubriese la cara y el pecho. ¿Cuántas horas había pasado el último año preguntándose qué sentiría cuando sus labios se posasen sobre la cicatriz que tenía encima de la boca? ¿Cuántas noches había soñado con estar entre sus brazos?

Muchas horas. Muchas noches.

Sara se puso de puntillas para mirarle a los ojos.

—¿Quieres estar conmigo?

—Sí.

Ella saboreó la seguridad con la que respondió.

—Yo también quiero estar contigo.

Will movió la cabeza. Parecía esperar el golpe de gracia.

—No entiendo.

—Ha funcionado.

—¿Qué ha funcionado?

—Tus irresistibles encantos.

Él entrecerró los ojos.

—¿Qué encantos?

—He cambiado de opinión.

Parecía que aún no la creía.

—Bésame —dijo Sara—. He cambiado de opinión.

Agradecimientos

Como siempre mi mayor agradecimiento es para Victoria Sanders, mi agente, y para mis editoras, Kate Miciak y Kate Elton. También debo mencionar a Angela Cheng Caplan. Asimismo, quiero expresar mi agradecimiento a las editoriales por su constante apoyo. Ha sido un verdadero placer conocer a Gina Centrello y a Libby McGuire. A ti, Adam Humphrey, te agradezco que me hayas dejado asesinarte, pegarte y humillarte, así como las demás cosas que Claire da por hecho.

Gracias al incomparable Vernont Jordan por obsequiarme con las anécdotas de la Atlanta de los años setenta. Usted, señor, es todo una leyenda. A David Harper, porque lleva diez años ayudándome a que Sara parezca realmente una doctora. Como siempre, te estoy sumamente agradecida y te pido disculpas por los errores que haya cometido al narrar esta historia. Al agente especial John Heinen le digo lo mismo. Cualquier error que haya tenido al describir las armas es responsabilidad mía. Hay muchas personas a las que debo mostrar mi agradecimiento en la Oficina de Investigación de Georgia, entre ellas a Pete Stuart, Wayne Smith, John Bankhead y al director Vernon Keenan. Sois tan generosos con vuestro tiempo y os apasiona tanto lo que hacéis que resulta un placer estar con vosotros. Y a su portavoz, David Ralston, por su incesante apoyo.

Los padres no tienen un papel muy importante en este libro, pero yo quiero darle las gracias al mío por ser un padre tan maravilloso. Podría escribir una historia sobre ti, pero nadie creería lo bueno que eres. Y hablando de bondad, DA, ya sabes que, como siempre, te llevo en el corazón.

Quiero decirles a mis lectores que esto es una novela de ficción. Aunque he vivido en Atlanta más de la mitad de mi vida, también soy escritora y he cambiado las calles, el diseño de los edificios y los vecindarios para adaptarlos a mis necesidades. (Vamos, Sherwood Forest, ¡tú ya sabes que te lo mereces!)

ESTE LIBRO UTILIZA EL TIPO ALDUS, QUE TOMA SU NOMBRE
DEL VANGUARDISTA IMPRESOR DEL RENACIMIENTO
ITALIANO, ALDUS MANUTIUS. HERMANN ZAPF
DISEÑÓ EL TIPO ALDUS PARA LA IMPRENTA
STEMPEL EN 1954, COMO UNA RÉPLICA
MÁS LIGERA Y ELEGANTE DEL
POPULAR TIPO
PALATINO

***

**

*

PECADO ORIGINAL SE ACABÓ DE IMPRIMIR
EN UN DÍA DE PRIMAVERA DE 2014,
EN LOS TALLERES GRÁFICOS DE LIBERDÚPLEX, S.L.U.
CRTA. BV-2249, KM 7,4, POL. IND. TORRENTFONDO
SANT LLORENÇ D'HORTONS (BARCELONA)

***

**

*